权力之塔

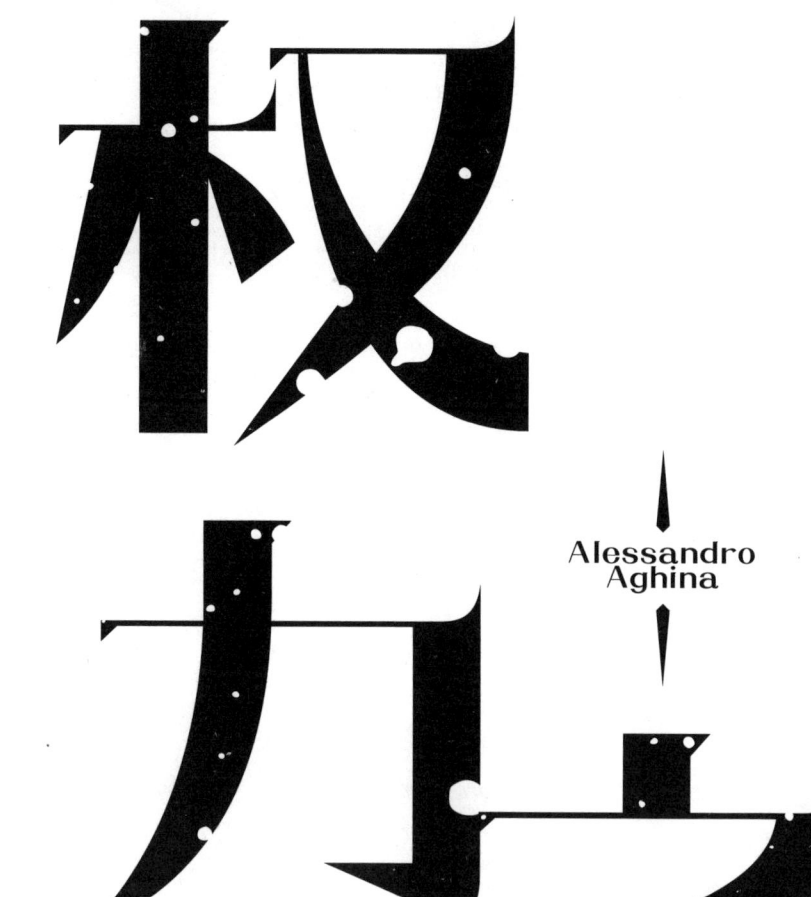

Alessandro Aghina

[意] 阿里桑卓·阿吉纳 著
高静 万代玉 译

LE TORRI DEL POTERE

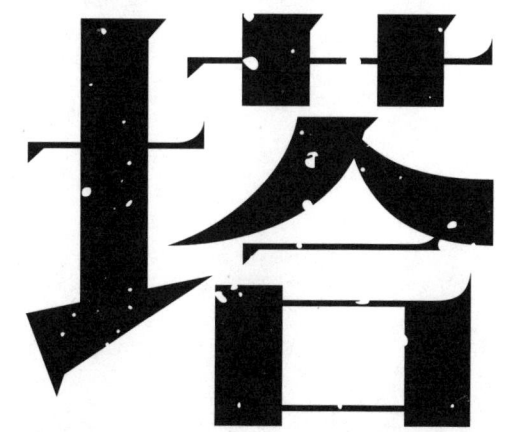

中国友谊出版公司

Le Torri del potere

CONTENTS

目 录

上卷 阿丽
1

中卷 大师之道
117

下卷 长老的怒火
227

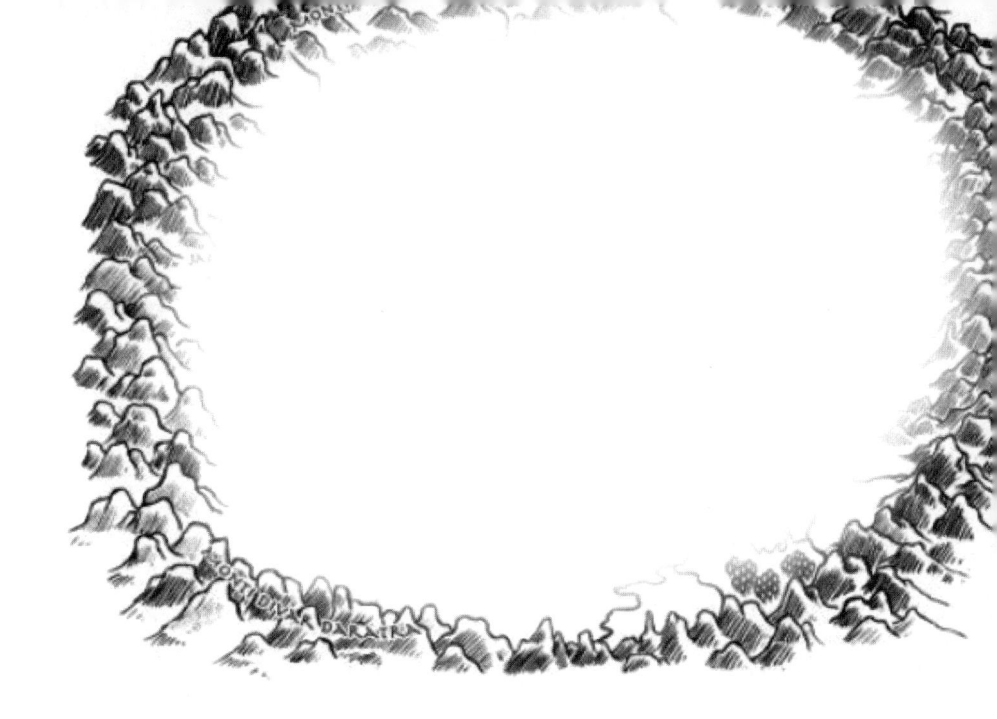

上 卷

阿丽

Le Torri del potere

第一章　引言

工业时代第 517 周期

阿丽迈着轻快的步伐穿过古尔都①狭窄的街道。紫红色的落日余晖映射在迪瓦达拉特拉山脉上，塞邦国的居民称之为"世界屋脊"。

形形色色的人们在城市的街道上流连徘徊着：有些人四处游荡，想方设法凑点钱吃上一顿热乎饭；有些人在工厂劳作了一整天后，急着往家赶；还有一些人恰恰相反，忙完公务后匆匆离城。

有一件事确凿无疑：古尔都城可不是人群恐惧症患者能待下去的地方。高温、恶臭和喧嚣令人无法忍受。那些时运不济、没能挤入上层阶级的人只能忍受，每天生活在这个充满汗水和泪水的混乱世界里。

阿丽也不是那个幸运儿：只需一眼，就能看出她和几乎所有的塞邦国子民一样，出身底层阶级。

她身材苗条，一米五八的个头儿，丢进人群里也不会惹人注意。当街巷变得太窄，只容许一人通过时，不得不靠边站的那个人往往是她。她对此已经习以为常。况且，干她这行的，不引人注目自然是一件好事。一张娇小的脸上长着雀斑，两只翠绿色的眼睛常被母亲说成"每只眼睛宛若一颗星"，一头乱蓬蓬的红发，可这一切并没有引来一群仰慕者，但阿丽对此并不太在意。虽说正值青春韶华，她还真没把心思放在男人身上，对他们也没什么好感。男人们永远都贪得无厌，懒惰成性，追名逐利，但最主要的问题还是一点也不可靠，随时都会跟着在大街上看到的长腿俏佳人走掉。

---

① 虚构地名，主人公阿丽住在塞邦国的古尔都城。——本书注释均为译者注。

阿丽的父亲堪称男性世界里的"个中翘楚"。在阿丽还不会叫"爸爸"时，他就撇下妻女，一走了之。

"看着点儿路，小姑娘！"

一通猛烈的推搡使阿丽很快回过神儿来。一个比她年纪稍长的女人，肩上扛着一袋米拉克①，抢了她的道，把她挤到一边，看都没看她一眼，扬长而去，就好像阿丽是阴沟里的一只啮鼠②。

虽然算不上重量级拳手，但阿丽有一套自卫的本领，知道如何保护好自己。她并非浪得虚名！

雷加是铁匠的儿子，年纪虽不比她大多少，但体重却是她的两倍。他常说："等你长大了，想在这条街上混的话，你得比恶神阿里曼③还要恶上三分才行。"

她记得在他们还是孩童时，争吵之间，阿丽快如闪电，一下子就把雷加打倒在地，差点弄断了他的锁骨，骑在他身上，像捏螃蟹似的钳制住他。雷加当即就放弃了反抗，束手就擒。自那一刻起，两人就成了亲密无间的好朋友。

毫无疑问，阿丽自然懂得如何对付像雷加这样的对手，但现在她已不再是一个孩子，视野变得宽广了许多。她很清楚，在这座城市，你永远不可能知道谁才是深藏不露的高手。揣测你面前之人的本事和能耐也绝非易事：貌似人人都在练习太奇④格斗术。一位僧人训练并教会了她许多招数，使她在她的街区声名大振。他常常说："克敌制胜的不二法门，正是不战而屈人之兵。"

此时，她几乎已经到了目的地：巨头公司大楼近在眼前。瓷漆的双开大铁门通往狭长的庭院，四周戒备森严，遍布警卫，这些人是你这辈子绝不想在暗巷里碰到的穷凶极恶之徒。事实上，最好永远都不要见到他们，她心想。

对她来说，大门毫无疑问地会为她敞开，不单是因为这些警卫认识她，更重要的是她左肩上醒目的刺青——鲜红色圆圈将一颗十角星包围在中央，

---

① 虚构原材料，可用作食材或充当衣物纺织原料。
② 虚构啮齿目动物，长尾，小巧灵活，常见于阴沟。
③ 塞邦国信奉的主神，与善神阿胡拉相对。
④ 词源 Tai chi，与"太极"谐音，为塞邦国普及的格斗术。

这是巨头公司成员的标志。

警卫的视线又开始在她身上肆无忌惮地游走，兴致勃勃地打量着她娇小、袅娜的身姿，此举每次都叫阿丽分外恼火，这次也不例外。但她习惯了这些人色眯眯的窥视，哪怕此情此景，也能确保自己神色淡漠，表情滴水不漏，但要回回做到也不是那么轻而易举的事。

虽然她并不能时常激发起异性的"性趣"，但最近几个周期里，那些肆无忌惮的眼神却变成了一种陌生的特征，这让她难以接受，令她困惑不已。有人曾向她解释，无须理会这帮警卫，他们个个头脑简单，成天摆出一副色相，但不会动什么歪心思，只是惯性使然，借此在这份并不如意的差事里消解乏味。话虽如此，阿丽仍然无法解决困扰她的这个疑团。

"一级侦察员"是她的正式军衔，但眼下这位侦察员心神不定，满脑子都在想别的事。

她受公司首领的亲自传唤，要在下午六点钟去私人办公室见他。这是她从未来过的地方。办公室在公司的较高楼层上，确切地说，是顶层。站在那儿，可以看到太阳发出耀眼的光芒，那才是真实的太阳，而不是那具难以穿透阴霾的苍白的仿真模型，那个光如游丝、不曾照彻过古尔都狭窄街巷的"太阳"。阿丽不禁想道：我们这些人，无非是一群蟑螂，在古尔都街上四处乱窜。要是这些有权有势的大人物哪天屈尊出现在我们这些卑微惨淡之人的生活中，我们就会跟蟑螂一样吓破了胆。

但今时不同往日，她不能再神游了。"该死！阿丽，别走神！"艾努尔的话语在脑海中回响着。她几乎所有的本领都是这位僧人传授的。记得他曾这样劝导她："你要是能多多专注于此时此刻，专注于事物本质，专注于眼下，善神阿胡拉赐予你的那颗聪明伶俐的小脑瓜，定能助你成就大事。"艾努尔的这番话前所未有地正确。如果她要给人留下一个好印象，就不能再放任自己的脑子东想西想，恣意驰骋了。

她离开了大厅，按照吩咐爬上了仪式感十足的楼梯。到了顶楼，她再次问路；最后，经过一条长长的走廊，她来到了副井。这里没有像主楼梯间那样的台阶。上层社会的人们总是有更好的东西可以享用：一个电梯间。

生平第一次，她即将乘坐这样奢华的东西。一个由齿轮和滑轮组成的复杂系统驱动着这个机械装置，将金属平台移到这座巨大塔楼的最高层。

当然，惊喜远不会就此结束。谁能想象在顶楼等待着她的会是什么？给人的印象就像是在梦中穿行着。一切都静悄悄的。然而，她身体的感觉却是真实的：从低层竖井中升起的热气，略微刺鼻的汗味和体味，从下面传来的远处的说话声。

一个与她年龄相仿的年轻人在电梯上等着她，招手示意她上来。"他可能是个电梯操作员。"踏进电梯时，阿丽心想。

然后好似肚子上被踹了一脚。这是对电梯突然加速带给她的感觉最贴切的描述。胃里像是灌满了铅，双腿也支撑不住了，脸颊紧贴在光秃秃的搪瓷铁壁上。每块肌肉都无比沉重，好像有一股无形但强大的力量猛地把她摁倒在地，用尽全力地迫使她待在那里。这一切发生得如此之快，以至于阿丽都没有时间来弄明白正在发生的事情。然后，向下的推力很快开始减缓为一种温和的重量感。

"第一次坐电梯？"

"的确如此。"

"我本应该提醒你的。"

金发小个子此刻轻松地站在电梯里，看起来颇为得意：他毫不掩饰、幸灾乐祸的坏笑只会加深她对他的这种印象。

她惊讶的同伴还没来得及把话说完，阿丽已经站了起来。现在可不是示弱的时候。

当电梯达到相当高的运行速度时，操作员开始拉动一些操纵杆，使其立即降速，防止电梯下降过快。如果说一开始她的胃里似乎还装着一头几吨重的梅尔克牛，那么现在她的午餐已经和她的扁桃体粘连到了一起。这当然不是令人愉快的感觉。但这一次，阿丽决不会再重蹈覆辙。她竭力保持镇定，在那张欠揍的脸上再度看到了掩饰不住的坏笑。

电梯停了。虽然阿丽想用一连串的问题来烦扰他,但她还是咬住了嘴唇。若是发问,岂不正中他下怀?那副自鸣得意的嘴脸根本不配得到这样的成就感。

她的旅程结束了。面前的景象,说得委婉一点,比那个恶魔般的电梯妄图带给她的体验更令人震惊。

一个发光的紫色球体停留在一个巨大的平原上,周围环绕着一个半发光的黏性旋涡,远处是高耸入云的"世界屋脊",就像一张血盆大口里的一排巨齿。

这就是日落。确切地说,这是所有那些生而有翼的生物和上层社会中极少数的幸运儿每天都能大饱眼福的落日美景。

在他们下方,是一口深不可测的黑井。像从雾海中冒出的尖锐岩石一样散落在各个方向,遍布各处的正是古尔都城其他公司的塔楼,还有……"等一下。那些是什么?其他城市!"完全正确。从这里你可以看到几英里远的地方,目之所及皆是其他城市的塔楼。"那一定是杰布勒,不,不对,也许是特什卡……"很难说清楚。从那个高度看过去,距离已经失去了意义。

"我得返回了。如果你不想再搭乘一次的话,最好赶快离开这里。"

她还是再一次让自己"破防"了,尽管她用心良苦,竭力保持镇静,努力做到处乱不惊。只是,那里的一切都如此陌生,如此有趣……在看到这些美轮美奂的景象之后,怎么可能感受不到直指人心的震撼呢?

阿丽走出了电梯,在金发小个子的指令下,电梯真像是坠入了深渊。

"不要往下看,阿丽!"她刚才就判断失误了,"那些人不是蟑螂,是蝼蚁,或者说是跳蚤!而我们这些人到底又站在多高的地方,位居何处?"

仿佛所有的新奇事物都还不够她欣赏似的,在她下方和四周,她看到了菜地和花园。她所看到的每一个地方都有许多层次分明的梯田,种植了塞邦国最好的作物,随时可以收获。那些是沙拉菜,那些是西红柿,还有小胡瓜和……她没有更多的词汇来描述那里种植的所有美味食材。

"我的恶神阿里曼啊!"这是她此刻能想到的全部用词。

她真的没有时间再去想这件事了。两名卫兵突然神不知鬼不觉地包抄了她，不露声色地站在她的身旁。她想，这些人才是真正的卫兵，是两个完全可以作战的战争机器，随时做好准备来评判她的身体，不是把她作为一个女性，而是作为一个潜在的安全威胁。

阿丽对这种表情了然于心。她职责的一部分也是要做到分辨出她在和谁打交道。她很清楚这两个家伙她可招惹不起，对此她毫不怀疑。

"我是来觐见最高首领埃肯塔尔的。"她开口说道。

"我们知道。这边请。"

"好吧，只能走一步看一步了。"阿丽心想，第一次感到浑身不自在，也许是因为她的这一身打扮。在她的皮甲和那件破旧的上衣下面，能看到几处裸露的皮肤，暗淡无光。她那褴褛的衣衫给她提供了一个极大的便利条件，让她可以混迹在古尔都的大街小巷而不被注意到。可是，在这里，她觉得自己就像在白色空瓷盘正当中的一只臭虫：暴露在众目睽睽之下，一览无余。仿佛有太多的红色箭头径直指向她，大声叫嚣着："她在这儿。这个街头小混混就在这里！"在这件事情上，她还能做得更好一些吗？这些衣服就是她的全部家当。如果首领认为这的确是一个问题,他还真不如送一些新衣服给她呢。通通见鬼去吧！她就是这样的人。如果他不喜欢，那是他的事。巨大的实心青铜双开门是一个明确无误的提示：那正是她要去的地方。迈着沉稳的步伐，两个卫兵几乎把她护送到大门口，然后向左转，把她领到一个狭窄的楼梯处。楼梯通往塔楼，纤细轻盈，宛如一根在春风中摇摆不定的芦苇。她差一点喊出声："喂！你们要去哪里？是去那个方向,不是这里！"当然，她忍住了——我真是个白痴，好像他们不知道自己要去哪里似的！又或者是……这一切是个圈套吗？她是被人陷害了吗？

"年纪轻轻的就已经开始疑神疑鬼了，俨然一个偏执狂。不过我们已经做得很好了。"她想道。至少沙伊德在变成一个古怪多疑的老人之前已是九十多岁的高龄了，他甚至会问自己的影子为什么总是一直跟着他。

楼梯没有她想象中的那般开阔，对爬楼梯的人一点也不友好。它在一扇紧闭的门前戛然而止，门前还有一个警卫和一个小平台。

"请交出武器。"

这不是请求,而是警告:她绝对不能带着武器跨过那道门槛。

阿丽把绑在腰上的两把格斗刀交了出来。然后她解开了皮带,上面绑着一套投掷匕首,包括那对特制匕首——骨质手柄,刀尖浸过箭毒。这是任何一个有自尊心的侦察员的必备装备。

显然,这些还远远不够,因为陪同她前来的其中一个卫兵向她走过来,意图非常明显。

"想都别想。"

卫兵铁青着脸,表情冷峻得无以复加,丝毫不见阿丽习以为常的那种恶作剧般的坏笑。"该死,"她想,"这家伙动真格的了。他若是以为可以对我上下其手的话,可就大错特错了。"

至少在阿丽的威胁下,他适时地收手了。尽管如此,他的脸上没有闪现出一丝犹豫不决的神情。

"你的靴子。"

这些人不太习惯言语上的针锋相对,也不擅长反唇相讥,这一点毋庸置疑。总之,他们把阿丽愿意脱下来的每一件物品都抖搂出来,进行了详细的探查。他们就是这样发现了她藏在皮靴外卷边处用来防身的小短剑。这一发现并没有使他们变得温和一些。将她的身子扳过来,用专业的眼光仔细观察着她,他们似乎终于得出了结论,现在她不再构成任何威胁了。事实上,那个高个子卫兵已经敲开了门,毕恭毕敬、郑重其事地报告说:

"她来了,长官。"

除了走进这扇门,她别无选择。

这一天遇到的惊诧之事恐怕还远不止于此。

第二章　觐见首领

确保日常经济交易顺利、和平完成必须成为任何希望盈利的公司的法定基石。

——第五章《巨头公司宪章》

遵照她被教导的那样，阿丽左膝跪下，鞠躬，以示敬意。她至少要学会行屈膝礼，这是对她最起码的期望，毕竟埃肯塔尔位高权重，是整个古尔都城乃至整个塞邦国最有权势和影响力的大人物之一。

低着头等了几秒钟后，她开始用眼角的余光探索着她所处的新环境。这个半圆形的房间十分宽敞，光线充足，摆满了最为稀奇古怪的物件，大部分是阿丽此生从未见过的。但真正让她惊叹不已的是那些家具：全部都是木制的。价值连城，无法估量：肯定比她这辈子看到的钱还要多得多。

显然，房间里还有其他人。公司首领正端坐在他的办公桌前。在这种情况下，阿丽先前在脑海中勾勒出来的他的意象再一次像秋风中四处飘零的落叶那般消弭殆尽了。他是一个意志坚定的人，五官规整，燕颔虎颈，略显张扬又带着一丝倔强，头发乌黑浓密，胡须修剪得整整齐齐。他那双犀利的绿眼睛，目光如炬，正在审视着她。总的来说，他可以称得上是个英俊潇洒的美男子。但阿丽，像往常一样，在形成对他的看法之前，也在暗中观察，等待时机。谨慎起见或是源自天生的戒心，她会在头脑中把自己对于对方的第一印象先进行存档，以备之后重访之需。

其他围观者当然也同样引人注目。站在一边的是一个气宇轩昂、优雅俊逸的男人，灰白的头发，身材颀长健硕，面容雅致，两只古老而睿智的眼睛神秘莫测，早已满怀期待地注视着她。

"他是长老族一员。"阿丽心想。她确实感到惊诧。长老族并不愿意经常到访人类居住的城市。他们在整个塞邦国都很有名，实际上是有些声名狼藉。他们被视为长生不老之神，在这个世界依然年轻之时，就获准知悉和拥有最古老、最神秘的力量。

最后一个人物，乍一看貌似是最无趣的，此刻坐在桌子附近，但没有背对着门坐。他个头不高，但也不算特别矮，一头深棕色的头发，一张脸平淡无奇，总之可以用乏善可陈来形容，除了……他的那双眼睛，两个深不可测的暗夜之洞，在其最深处闪耀着一丝微光，有不祥之兆。

"欢迎。请坐。"

"又是这种语气。"阿丽心想。这不是一道命令，而是一个没有任何转圜余地的程式化问候语。那种自卑感再度汹涌澎湃地席卷了全身。她的双腿瘫软得宛如母亲为她做的软糯、绵软的米拉克粥，她几乎是自然而然地跌坐进椅子里。

"你可能想知道你为什么会在这里。你被选中了。我需要一名侦察员。你将陪同罗恩一起前往里弗福克，他到时会好心地和你细说你要做的事情。"

寥寥数语中包含的所有信息都需要她好好梳理、消化一番。阿丽困惑不已。她正竭力把控住自己的情绪，正如她在那些周期里去艾努尔家接受训练时那般。

罗恩突然开口，打断了她的思绪：

"这一路有的是时间,回头再说给你听。依我看,你现在立刻离开此地为妙，小姑娘。明天早上八点到码头会合，第二区 A 码头。"

他的语气冷冰冰的，几乎不带任何感情，就像是在和他的随从说话一样。那个背对着她坐着的人，甚至连看都没看她一眼，似乎将注意力全部放到了繁忙议程表上的下一个事项上。

"你可真够直截了当的，罗恩。为什么我们的客人才刚到，你就心急地想把她打发走？施恩泰克无疑会很高兴带你去花园或是温室参观的，年轻的侦察员。在此期间，我们也可以刨根究底般地多多了解你。"

公司首领的声音中多了些许嘲讽，可是阿丽的头脑仍然无法完全理解个中深意。就像一个秘密大师试图在信息量严重不足的情形下对问题进行逆向分析一样，但她始终无法得出任何结论。

轻柔地向前迈了一步，长老已经站到了她身边。在短暂的一生中，阿丽还从未像此刻这般荣幸之至，见到了许多神秘的大人物，但她私下里听闻的一些事情似乎只得到了部分印证。他们举手投足之间带着一种与生俱来的优雅，神秘莫测，又令人着迷。

施恩泰克看上去五十出头。"你可真是个傻瓜。"阿丽心想。谁晓得施恩泰克经历过多少个周期了。按照人类的标准，他的族人们几乎是长生不老的。就她所知，他可能已经活了三百五十个周期，是埃肯塔尔曾曾祖父的一个儿时伙伴。

"我们大可不必待在这儿了。这边请，年轻的学徒……"

无论是傲慢还是激情，或者任何语气中的抑扬起伏，都无法透露出这个男人——"这个长老"，阿丽纠正自己，心里在想些什么。即便如此，她内心深处还是传来了一个小小的声音，这个声音鲜少判断失误，此刻在低声对她说，他是可以信任的。

像一个乖巧听话的女学生一样，阿丽跟着他回到了她来时经过的小路上。仅仅走了几步，她就和这位魅力十足的大人物并肩走在了花园里。直到几分钟前，阿丽甚至都想象不出这个世界上居然有如此漂亮的花园存在。

"今年这些迪俄斯库芮花①开得格外茂盛，你说是吗？"

阿丽压根儿就没听说过这种花，恶神阿里曼啊，不管它叫什么，这个问题把她难住了，没法给出一个像样的回答。

"在这里，这些植物，开着紫色的花。看到了吗？想必你已经感觉到了它们散发出的浓烈香气，虽然对于我们的鼻子来说，香气四溢的确是种美好的享受，可是用这些花瓣泡的茶却可以让人一连两天都动弹不得。"

---

① 虚构植物，花朵呈淡紫色，花香浓郁，花瓣泡茶可致人失去意识。

阿丽把这条信息归档，记录在她脑海中一个遥远的角落里，殊不知有朝一日，知晓的这个事实竟会救了她的命。

"我猜，长官，我们来这里可不是为了谈论鲜花的，又或许是我猜错了？"

"亲爱的，我们两个人说话时不需要加上头衔。你们人类总是那么急躁，总是将注意力放在日常的琐碎目标上。你们之所以无法理解泰恩泰尔教义，正是因为你们欠缺一个纵观全局的视野，要有'一览众山小'的全景格局才行。"

"我知道这个学说，我非常认同您所说的。可是，长老族的寿命至少是我们人类的十倍，这绝非偶然。"

"你的观察力相当敏锐，我的小朋友，头脑也很灵活。现在我开始明白为什么我的主人挑中了你。我和他的意见并不总是一致的。但在这件事情上，我相信他做出了明智的选择。"

自他们开始谈话以来，施恩泰克的脸上第一次浮现出一丝淡淡的笑意，打破了他原本毫无表情的面孔上所呈现出的那种完美至极的宁静祥和，就像一个小孩子将一颗鹅卵石丢进一池静水那般，激起了一层涟漪。

"预测一下埃肯塔尔可能很快会告诉你些什么，这可不是我的职责所在。但是我还是想给你一些忠告，我的小朋友。不要相信任何人，时刻保持警醒。已经启动的地下采矿项目很可能会打破你们世界千年以来的平衡。这些现象总是会产生深远影响的，好在埃肯塔尔已经关注到了这一点。"

这时，阿丽的好奇心全被激发了出来。

"我一定会珍视您的这些忠告。可是，您必须承认，您的这番话说得再含糊不过了。"

此话一出，阿丽顿时懊悔不已。她那有点耍小孩子脾气的娇弱语气不禁让人觉得与长老族的教义格格不入。

"当一条路行不通的时候，其他的路可能会行得通，年轻的学徒。和我说说你吧。"

她可能听错了，但她确信她在最后一句话里听到了埃肯塔尔说话时的口音。可以肯定的是，长老大部分的时间都待在那座塔楼里，难怪和首领的口音那么相像，她心想。

"没有什么可说的。我是一名一级侦察员。我知道我没有什么经验，但分派任务给我时，我总是会尽我所能去完成。我的武器技能远没有那么精湛，但他们都说我倒是很擅长掷飞镖。"

"我想听的不是你的职业介绍，阿丽，我想听听你自己的故事。"

施恩泰克第一次直呼其名。这可不是一个好兆头……可是，这个问题把她绕糊涂了，让她备感困惑。"恶神阿里曼啊，她有什么可以说给这个人听的啊？事实上，说给这个长老听？"她又纠正了一下自己。从表面上看，长老族会被误认为是人类，但事实并非如此。

"我自己也没有什么好说的。我母亲和我住在离这里不远的地方。她制作简单样式的米拉克衣服。我是跟着母亲长大的。我的身手非常灵活，行动也挺敏捷的，几乎可以攀爬上任何地方，于是我就想，当一名侦察兵也无妨……所以，我就到了这里。"

"我似乎记得，为了生女儿，即使是人类，也是需要一个父亲的。或者，是我弄错了吗？"

他声音中夹杂着一丝讽刺的意味，这可不是阿丽所期望听到的。"哪里有些不对劲。"她心想。

"不，您没有弄错。可是，除了受孕之外，我父亲在我的生活中从未扮演过任何角色。在我还没有长大到能认出他时，他就抛弃了我和我母亲。"

一提及她的父亲，阿丽就怒不可遏。她控制不住自己。艾努尔曾多少次告诫她，但都徒劳。"控制你的情绪。保持专注。你的愤怒毫无价值可言。"这戳到了她的痛处。然而，有那么一瞬间，当她说出"受孕"这个词时，她觉得她注意到了长老那如花岗岩般波澜不惊的眼神里竟泛起了一丝涟漪。

也许他自己曾一次又一次地尝试生育，但没有成功。有传言说，长老族繁衍子嗣的能力低下，所以每一个新生命的诞生都会给族人们带来巨大的喜悦和极致的欢乐，值得好好庆祝。

当她的怒气稍微平复下来后，她试图婉转地探探他的口风。

"我说错什么了吗？"

接下来的停顿给了她一个意想不到的积极回应。她可能已经击中了靶心，一语中的。

"我真的要再恭维你一次，阿丽。你的泰恩泰尔师傅是谁？别看你年纪轻轻的，你的感知能力已经达到了炉火纯青的境地。你刚才说你多大了？"

施恩泰克自然不会提供任何其他的细节，这也就证实了阿丽的直觉是对的，这足以让她为自己取得的小胜利备感自豪。他们的交流正以完美的"泰恩泰尔"式在两个层面上进行着，即"gon"（直言）和"lin"（隐语），也就是长老族教义所说的，字面意思和言外之意。

"一位善神阿胡拉派来的高僧在他的承诺允许的情况下，会不时地传授我一些技能。至于第二个问题，我会在六天之后完成二十个周期。"

当与埃肯塔尔低沉的嗓音并无二致的声音传来时，阿丽惊诧不已。

"就你这个年龄来说，你的确聪慧过人。"

他们一路漫步到了露台的正中央，旁边是一张带有四把椅子的粉红色雪花石膏小桌。夕阳的最后几道余晖照耀着整个花园。随着时间的推移，周遭的一切都黯淡了下来。

埃肯塔尔像一条猩红色的毒蛇一样悄无声息地走了过来。

"长官！"

条件反射般地，阿丽立即跪在主人面前。

"稍息，姑娘，我们没有多少时间了，我可不想把宝贵的时间浪费在这些俗套上。"

他在玉骢皮夹克的口袋里翻找了一会儿，然后掏出一根小金属棒，几乎是漫不经心地丢在桌子上。

"一块金属锭。依我之见，它也就是一种铜合金。可是，我不明白……"

"对着光，仔细检查一下，一级侦察员。"

现在太阳几乎已经消失在群山的后面了。阿丽高举着这块金属锭，努力地在暗淡的阳光下，仔细查看着。

"这种反射，这种颜色……不，它不可能是……难道和我想的是同一种东西吗？"

"那还能是什么呢？"

施恩泰克退后一步站着，以一种超然的、置身事外的姿态观察着这场对话。很明显，他对这个话题很熟悉，但还是选择全权交给埃肯塔尔处理。

"是一枚用金子做的金锭？谁会愚蠢到熔化掉珍稀珠宝？更不用说图章戒指了！再说了，它们不是都在各自主人的手中吗？"

"问得好。如果我告诉你，我有9个，总重量是112.5克，你会怎么想？"

阿丽很快意识到，她看起来一定像个白痴，因为她嘴巴张得大大的，愣在那里足足有好几秒，真是令人匪夷所思……一定是有人发现了一座金矿。

黄金是一种高贵的贵金属，整个塞邦国也只有几公斤而已。此外，仅有的这一丁点儿也都是这个世界上有权有势之人所拥有的珍稀珠宝。每一个伟大的古代公司首领都拥有一枚金质图章戒指，戒指的历史据说甚至可以追溯到百场大战之前的年代。

印章是他们权力和威望的象征。虽然更多的现代公司做了大量的生意，赚了大笔的钱，但他们没有图章戒指。仅仅因为这个，他们遭到了那些历史渊源可以追溯到远古时代的公司的嘲笑和鄙视。新兴公司的首领被认为不过是有些权势的阶级罢了。

毫无疑问，有些人不惜花重金购买足够多的珍稀珠宝，只是为了锻造一枚带有公司印章的金戒指。然而，许多人不愿意支付这笔贵得离谱的费用，因为凭借着这枚图章戒指赢得的声誉，往往不足以证明如此高昂的费用是物超所值的。

"我知道你在想什么，但这个想法必须贯彻到底，直至得出符合逻辑推理的结论。这一发现产生的效果是巨大的。是的，图章戒指的价值会缩水，但是，如果我们真的在谈论一座矿山，它可能意味着通货膨胀。"

凡是受过教育、有足够读写能力的人都知道这个术语，也深知它意味着什么：苦难、饥荒和死亡。那是塞邦国历史上最黑暗的岁月。百场大战结束后，世界变成了废墟，人们穷困潦倒，饥肠辘辘，但最糟糕的事情还在后面。由于缺乏现金来资助重大的重建项目，当时的一些公司首领，也许是被无良的经济学家误导了，决定"削减"货币，即减少西敏币的银含量和库夫币的重量，这是塞邦经济的两个基本货币单位，第一个是银币，第二个是铜币。其效果令人惊讶。项目再次获得了融资。繁荣再度回归，民众重拾信心。将流动性注入金融体系是天赐良机，但不幸的是，这一切只是昙花一现。

时至今日，专家们对这一结果仍然争论不休，究竟是因为当时的贵族领主们过于贪婪，将这一进程推至崩溃的边缘，又或者这只是一个时间问题。但事实是，价格开始上涨，起初是小心翼翼、试探性的，紧接着就是爆炸性的飞涨。人们再也无法跟上新模具的发展，这些模具生产出的商品越来越轻，质量也越来越差。许多人买不起足够的食物来养活自己。那些稍微有点钱的人开始囤积食物，唯恐食物的价格也会疯涨。那些以这种方式囤积居奇的人从不太富裕的人手中夺走了食物，可是大部分囤积的食物开始腐烂，都无法食用。

就像咬到自己尾巴的啮鼠一样，事情变得如此糟糕，人们惊慌失措，开始袭击商铺，然后是公司，寻找"隐匿"起来的食品店。骚乱演变成了一场内战。人们不再在田间劳作或是去啤酒发酵厂工作。成群的人死于疾病，宛如一场大屠杀。在历经这场劫难之后，人类设法恢复了元气，重整旗鼓，简直堪称奇迹。公平地讲，这要归功于一位长老：达尔·乌尔舒里。他致力于使一项法律获得通过——为新硬币的铸造设定参数。这些币值被宣布为不可更改的。对任何被发现操纵货币之人的惩罚是立即处决（这种惩罚方式是由人类添加上去的，众所周知，他们的血统中带有一种极为残忍的天性）。

现如今，这一机制一直在发挥效力。银矿和铜矿由一个超级法人机构实施严格监督，其成员通过一个非常复杂的遴选系统，每五个周期从每周期营业额至少达到一亿西敏的公司所有代表中选出。铸币厂只投放预定数量的货币，然后将其"借给"这些公司，根据一套复杂的机制收取一定费用，该机制规定可以以股份和税收的形式偿还部分贷款。进入现代后，铸币厂扮演着一个新型超级公司的角色。

这就是所教知识的大致内容，但阿丽对这个主题一向都不太感兴趣。不过，在她看来，新一轮的通货膨胀的影响非常明显：混乱，或者更糟，内战。

"有谁知道它是从哪里来的吗？"

"好兆头！我当时问的第一个问题也是这个。"埃肯塔尔心想。

"这就是你在这里的原因。此外，你必须对善神阿胡拉起誓，你决不会向任何人提及此事，甚至连罗恩也不行。听清楚了吗？"

"当然，大人。就连罗恩也不能说吗？"

"是的，他不知道你会成为他在这次调查任务中的搭档。按照官方说法，你将负责他的安全。我不太相信他。但是，鉴于他是一个九级会计师，我相信他是最佳的人选之一：无论如何，我都会选择他。你的补位合情合理，相得益彰。如果对手成功地将间谍安插在公司的最高层，没有人能摆脱嫌疑。在一级侦察员这样的级别安插间谍的可能性微乎其微，这就解释了挑中你的原因。你和罗恩，至少有一个会是清白的。当然我希望你们两个都是清清白白的。但如果以上的情形都没有发生，至少我会迫使这个间谍采取行动，现出原形。"

他说话的神情似曾相识。他让阿丽想起了她的小学老师，当他向全班同学讲解那个销售问题实际上是多么简单的时候，也是这般模样。

露台现在几乎完全笼罩在黑暗中，温度下降了几度。没有了不绝于耳的喧闹声，也没有了生机勃勃而又躁动狂热的城市街巷里的潮湿和难耐的酷热，阿丽觉得此刻的夜晚，一切都令人心旷神怡，心生欢喜。

轻柔的微风时而吹拂过西番莲灌木丛和攀缘的茉莉花，飒飒作响，时而悄然地游走于露台上的铁柱间，在盛开的银叶草花粉上制造出一股股的小气旋，这一切都让人觉得舒爽、惬意。待在那里，穿着衣服便有了完全不同的感受。在城市里，如若不是为了保护自己的身体不被窥视，人们会很乐意不穿衣服的。

"我不能再待下去了。施恩泰克会陪你去电梯间的。祝你好运,侦察员。好好为你的公司效力吧。"

阿丽在乘坐电梯下楼时,满腹忧思。

第三章　暗无天日

"准备好开始行动吧。你最多还有两天时间。"

"遵命，主人。他们派谁来了？"

"你认识的那个会计师，但和他一起的还有一个年轻女孩，她是一名侦察员。"

"什么级别的？"

"一级。她构不成什么威胁的。"

"太好了。按原计划执行，是吗？"

"当然。千万不要让我失望。"

"保证完成任务。"

无论谈话持续的时间是长是短，这样的会面总得让他打起十二万分的精神应付，真是精疲力竭。他的太阳穴隐隐作痛……这样的沟通方式，可真是见鬼了！一个人直接对着你的大脑说话，就像有一个钻头径直钻进你的脑袋里，不停地挖掘着，挤压着你的大脑，直到你感到自己好似坠入了卡奥深渊，冰冷无助，无力自拔。

第四章　棋子兵 D2-D3

"只有领悟到身体、思想和精神是一体的，才能释放出封闭在我们体内的巨大能量。"

——节选自《太奇勇士手册》

兵 D2-D3。

"好一个经典的开局。"他心想。开局棋走完了，很快就该下"象"了。但现在轮到他的对手走棋了，如果他并未落下这个子的话。

埃肯塔尔正在摆弄东方制造商公司首领送给他的那个象牙白雪花石膏模型。实属上乘之作：一只身上带着蓝色亮点的小翼龙，两颗小小的蓝宝石做成的眼睛赋予它一种不同凡响的真实感，还好没有把它做成一个孩子喜欢的玩具或一件没有灵气的珠宝。

事实上，这个摆件充满了灵性。工匠在车床上打磨着它，无疑用的是真正的钻石。工艺极为精湛，边缘处的雕琢极为精细。

该死！等待着实令人不安。战争已经开始了。对此，他毫不怀疑。

这个微缩模型被重新放回了原处，紧挨着一件六世纪印刷机的复制品。然后他的手指抚摩着短胡须，这个动作现在已经成为他的一种习惯。

很快他的兵和象就会在棋盘上移动。他的对手会如何对付它们，还有待观察。可以抛弃掉的小兵们。法尔赞，或者更多地被称为"车"的那颗棋子。哦，千万别。它可不是一个随意就能牺牲掉的棋子。最好还是谨慎点布局，小心为妙。然而，他很快在心里纠正了自己："没有哪颗棋子是碰不得的，即使是那颗棋子也绝无例外。如果游戏需要，我也会不得不牺牲掉你的，我的朋友。"

埃肯塔尔回想起他在自己身边一路陪伴的那些悠长岁月，回想起他给自己提出的那些宝贵建议，以及唯有长老族才拥有的超然而深邃的洞察力。

他深深地叹了口气。

第五章　整装待发

第二天，阿丽很早就起床了，那时外面的天色还近乎一片漆黑。她的母亲珂拉就睡在她身边。当她听到女儿走动的声音，她也无意再睡了。

"时间还早哪，亲爱的。"

"我知道，妈妈，可是我确实睡不着了。我最好现在吃点东西，这样就可以做好准备，随时开拔。"

"那我给你煮点贾什咖啡吧。"

"家里还有蜂蜜吗？"

阿丽快被宠坏了。在古尔都，大多数人的早餐要么是一碗米饭，上面浇点发酵的米拉克汁，要么就是一杯贾什咖啡。

虽然母女俩没有多少钱，但珂拉偶尔还是会给阿丽买一些加了开心果和芝麻的蜂蜜蛋糕；她可是她唯一的孩子，也是她生命中最大的快乐之源。

"别惹麻烦，听到没有？你只是一级侦察员，凡事让那个会计师出头就好……"

"哦，好的，妈妈，别担心，我会照顾好自己！我告诉你，妈妈，这只是一次无关紧要的调查，并不是什么危险的任务。"

显然，阿丽没有告诉母亲关于金子的事情，部分原因是她对待工作极为认真，还做了保证，绝不会向任何人谈及此事；再者，说了实话也只会让妈妈更加担心她，别无益处。

街道上冷冷清清的，还没有热闹起来。几个睡意蒙眬的旅行者即将开启新一天的旅程，这一天与前一天所经历的一切其实并无二致。

阿丽的旅行可不会像他们这样走马观花、到此一游的。等待她的是一场妙趣横生、精彩纷呈的旅程。而且……谁知道呢……如果她表现好的话，说不定还有资格晋升二级军衔，获得第二个刺青。这肯定会给她的生活带来翻天覆地的改变！她会赢得朋友们的钦佩和尊重；她确实知道怎么做才能获得成功，出人头地。她内心深处传来一个细小的声音，告诉她说："回到现实中来吧，阿丽。保持专注。活在当下。""是的，主人。"她差点就要这样回答了。他当然不可能听到她讲话，因为他的存在只是她凭空想象出来的。

集市上倒是热热闹闹的，充满了烟火气。许多摊位已经开张卖货了，米拉克和香料小贩正在准备小碗，供大家品尝他们家的食品。各式织物、颜料、香水、地毯，应有尽有……好像世间万物都可以在巴扎市集这个庞大而复杂的建筑物中找到各自专属的位置，每天都一样，每天又都略有不同。

"来自摩尔丹的香料！品质上乘！"

"蜂蜜蛋糕。尝尝吧，各位，试试看，味道棒极了！"

小贩们努力叫卖着，试图吸引今天光顾集市的第一拨顾客。阿丽特别喜欢逛集市。你几乎可以在那里找到任何想要的东西。这也是一个你可以了解许多不同事物的地方。显然，大部分消息的来源都有夸大其词之嫌，不可轻信；但如果筛选、过滤得当，对于侦察员来说，它不失为一个极佳的情报来源。

但那天，阿丽无心闲逛，径直前行，因为她还有重要的事情要办。

"第四区。不对，罗恩说的是第二区。往多兰海的方向走，街区数字的编号就会由大到小排列：只要沿着河水流过的地方走下去……第二区，A码头，就是这里。"码头上停靠着那种为工厂运送铁条的老式蒸汽驳船。它们是简单的蒸汽动力河船，两边各有一个桨轮。发动机燃烧着臭气熏天的煤炭，最糟糕的情况是烧泥炭，散发出的恶臭味比发情的布菲牛还要难闻。

"你来得可真早。"

阿丽迅速转身。她看到罗恩裹着黑色旅行斗篷，倚靠在集装箱上，旁边是成捆的米拉克半成品。他穿着舒适的麂皮靴，宽大蓬松的马裤，深色的米拉克衬衫，按照沙哈尔的习俗，腰间还缠着一条宽大的布带。他并非相貌堂堂、威风凛凛之人，也没有穿着昂贵的衣服或是佩戴着花里胡哨的饰品，所以他一点也不引人注目。

"看来您来得也很早，长官。"

"我过来检查一下咱们的驳船，看看是否一切正常。跟我来吧。"

话刚说完，罗恩不容她多想，就自顾自地走到了跳板上。

"我们就是坐着这个去旅行吗？"

她说"这个"时的语调就好像是在说一辆用来捡拾牛粪或污秽物的手推车。

"是的，没错，就是它。这样我们就不会引人注意了。我们会在两天内抵达里弗福克。"

阿丽期待的可是完全不同的交通工具。也许是那种侦察艇或客船。但眼前这个……这绝对不是一艘与九级会计师身份相称的大船。

她一直努力让本就枯燥乏味的一天带来的低落心情变得轻松明朗起来，没承想一大早就下起了蒙蒙细雨，还下个没完没了的，更让人心烦意乱，讨厌至极。

阿丽把斗篷拉得更紧了。她想："好极了，太绝妙了！把好好的大道让给煤水车和它的主人走。用不了多久，雨水就会把一切都浇得透透的。驳船上一处干燥的地方也找不到。发动机喷出的所有煤灰都会粘在一切湿漉漉的东西上，到时候我看起来就像是烟囱清洁工的女儿。"

当罗恩开始喃喃吟唱起来，阿丽也开启了她的腹诽模式。

"一个魔法师。这个会计师竟然还是个魔法师。难不成公司内部找不到其他合适的人选了。只不过……"好吧，她没有想到一切会变成这样。她的神经一直处于高度紧张的状态。她立即回忆起施恩泰克对她说的话："不要相信任何人。"

要不是看在他是顶头上司的分儿上，她早就动手了。破坏一个魔法师的专注力，令他失去魔力，其实不必大费周章，也无需太多气力。但是，她知道她必须等待时机，即使这意味着要冒着生命危险。她会很开心地向暴怒的罗恩解释为什么她会踢中他的心口窝，让他白白浪费了他所珍视的法术。吟唱声停了下来，然后……什么也没发生。或者更确切地说……是的，有些事情已经改变了。先前一直均匀洒落在他们身上的雨滴，现在已经偏移到离他们大约三米开外的地方了,就好像是被一个隐形的天幕弹开了似的。

"你现在可以坐下了,侦察员。"

"让雨停下来的那个把戏,还不错,真是不错。"

"那不是什么把戏,而是咒语。即使是最简单的法术,也需要多年的练习和努力才能学会。江湖骗子和街头魔术师耍的才叫把戏。明白吗?"

"呃,明白。长官,我绝无不敬之意。"

"这个罗恩,他以为他是谁?没错,他是我的上司。他甚至可能是一个天才魔法师。但这个权威专家既不讲礼貌,也不懂礼仪。"

"现在,我们可以谈谈我的任务了。目前正在对一家采矿企业的铁矿石短缺问题进行调查,公司在这家企业持有多数股权,你明白我的意思吗?"

"是的,我明白。"

如果彼此间的交流一直是以这样的方式进行的话,那么这次航行肯定不会太过愉快。不仅是他对她说话时的语气,还有他对"我的任务"的定义,都无比清晰地暗示了这个狂妄自大、夸夸其谈的家伙是如何看待当下的形势和此次任务的。

"我的任务是进行实地调查,也可以这么说,你会是我的护卫。清楚了吗?"

"差不多吧。我们到了里弗福克后,怎么去矿场呢?"

"一名随从人员会带着坐骑在那里和我们会合。骑着玉骢,到矿厂也就三个小时的路程。"

第六章　权力游戏

工业时代第 517 周期。
危机委员会第三次会议。
沙哈尔"物流和综合系统"办公室。

"这一消息早已尽人皆知。我们期待着开展不同层级的合作。"

强大的工商巨头公司（CCI）负责人爱兹里·梅迪哈以冷淡、尖刻的语气说道。埃肯塔尔对这个叱咤风云的女人充满敬意。她在公司一路升迁的速度快得令人咂舌。她仅用了 40 个周期就站稳了脚跟，统领大局。

她还是那么漂亮迷人，而且她非常清楚如何充分利用她的美艳。她穿着一袭深 V 领口的深红色连衣裙，丰满的酥胸中间镶嵌着一颗耀眼夺目的红宝石，巧妙地吸引了公司其他董事的目光。

自从她成为公司第二号人物以来，有关她的谣言就不绝于耳。有人私下里说她出卖色相，把美色当作武器为自己开疆辟土。更有不怀好意的人声称，她的迅速上位与前任首领的突然死亡脱不了干系。虽然埃肯塔尔不得不承认她的确美艳动人，但他还是感觉不到她的魅力所在。他对她的印象好似在与一条毒蛇搏斗，只要稍有分心，就会遭到致命攻击。他在回答她的问题时，竭力保持着一种超然、客观的语气。

"我们公司所掌握的信息已经收集在这份文件中，也向委员会提交了发现的所有矿石，提供了有关发现情况的详细描述。"

"这不是我想表达的意思。"

"梅迪哈首领，请您再做进一步的解释，好吗？"

"您早些时候说过，贵公司将通力合作。"

也许这只是他的想象，但当她说出"贵公司"这几个字眼时，埃肯塔尔觉得这个女人光滑润泽的嘴唇近乎轻蔑地微微翘起。

"的确如此。"

"那么，当我们公司的调查小组被派往矿石发现量最高的矿区时，你为什么不允许他们进入呢？"

"你说的是贾伊古拉的工厂吗？"

"正是。"

"我向你保证，一旦我方的调查人员完成了初步调查，你的调查小分队就可以全面进驻了。"

"难不成这就是你在古尔都时表达的想要开展合作的想法吗？"

"我们民间流传着这么一句谚语……"

"如果你能向我们这些不是古尔都子民的人阐述一下的话，那就再好不过了……"

女人的语气近乎傲慢无礼。"时机刚刚好。"埃肯塔尔心想。

"两个厨师煮坏一锅汤。"

"这可能适用于你……"

一向沉默寡言的首席技术官的声音含沙射影地悄然介入了他和爱兹里之间剑拔弩张的诘难。

"如果各方都能共享全部已获得的信息，尽快化解这场危机，这确实符合每个人的利益。"

"千真万确，长官。不过……"

现在，埃肯塔尔的语气充满了戒备。他内心很清楚，他的对手在最后一次交锋中占据了上风。

"委员会建议允许 CCI 观察员进入贾伊古拉的工厂。"

反对强大的金属管制委员会提出的"建议"是极不明智的做法，该委员会是塞邦国最具影响力的超级公司组织。

埃肯塔尔意识到他在那场唇枪舌剑中败下阵来："我会把一切事宜安排妥

当的。"他冷冰冰地总结道。嘴上这么说着，实则心里在想："这只是第一回合的较量，你这个该死的巫婆！"而爱兹里姣好精致的脸上流露出的胜利表情转瞬即逝。

首席技术官继续掌控着议题讨论的方向：

"现在，为了更好地进入下一个议程的主题讨论，我们应该先听听在座的各位公司首领是否有任何关于通胀飙升的消息需要汇报。"

第七章　人在旅途

当驳船离开港口区，绕过最后一个灯塔，向上游的目的地驶去时，阿丽的心情立刻大为好转。

不用再担心煤烟灰的问题了，因为风向与他们行驶的方向一致。没错，他们正以蜗牛般的速度前进着，宽大的桨叶在水中飞溅，就像一个巨人用力举起一只翻滚着的海怪；但对她来说又有什么关系呢？旅程已经开启。即使他们晚了几个小时，也不会有人因此丢掉性命。罗恩让她一个人待着。他则躲在一个角落里，倚靠着一箱补给品，那才是他们真正的货物。他似乎完全沉浸在他拿出的那本紫色小书中。他如此专注，在那一刻，想要去打扰他的想法甚至都没有在阿丽脑海中闪现过。雨停了，她移步到船舱的前部，但并没有让她此次任务的保护目标离开视线半步。

她一定没有给那个自以为是的会计师留下很好的印象。她关于他耍的是把戏那番评论肯定惹恼了他。众所周知，魔术师是特立独行的一类人。她可不会因为这件事情而失眠的。毕竟，他也有可能是个间谍。埃肯塔尔和施恩泰克都提醒过她。

无聊的情绪渐渐袭来。旅行很惬意，但也很乏味。鉴于他们悠闲自得的行进速度，她熟记于心的风景变化得非常缓慢。目之所及都是稻田和运河，田里种植着帕尔丹或米拉克水稻，还能看到一些村庄和昆虫——成群结队的昆虫！"真是塞邦国的瘟疫！"她心想。

她原以为她的第一个正式任务会大不相同。事实上,在短暂的职业生涯中，她已经被派去执行过一项任务，然而，她现在才知道，那个并不算数。事实上，在完成任务回到教官身边，正为自己的轻松获胜感到沾沾自喜、自豪不已的时候，她却惊讶地发现这只不过是她晋级为侦察员的最后一次准入测试。一天晚上，她悄悄溜进一所房子的顶层，偷了一个装有"高度机密"文件的信封袋。直到第二天，她才被告知这一切原来都是设好的局。信封里装的不过是档案馆里一些皱巴巴的废旧纸莎草纸。在那一刻，她觉得自己被无情地欺骗了。她的失望之情难以言喻。毕竟，每个受训学员都必须参加类似的测试，因此这些测试必须尽可能地显得真实。什么都难不倒她！攀爬，静默无声地移动，撬开上锁的百叶窗，对她来说都是小菜一碟，信手拈来。当然，在这一过程中，所有的感受都是真实的：肾上腺素激增，迫在眉睫的危险感，对被发现的恐惧感，都会令她喉咙发紧，心里七上八下的。好在最后，一切都很顺利。她在没有被发现的情况下成功偷走了信封。她的教官为她感到骄傲，并向她表示了祝贺。其他一些学员就没有这么幸运了。对他们来说，公司的大门将永远关闭。就在当晚，她获得了一个刺青。哦！真是火辣辣、钻心地疼！她一连一个星期都不能让肩膀沾水。但为了这份荣耀，一切都是值得的。之后，她把它当作奖杯一般，逢人便展示炫耀一番。

虽然还没到中午，但她的肚子已经开始咕咕叫了，因为那天的早餐吃得太早了。幸运的是，她带来了她的标准装备：毯子、年糕、干果、咸肉和其他一切她认为在毫无舒适感可言的旅途中可能会需要的东西。船上的服务更是无从谈起。当她想象着那些被煤烟熏得乌漆麻黑的船员和机械师为他俩提供美味午餐的场景时，忍不住笑了出来。"您要吃点什么？再来点河牡蛎？或许可以来点半发酵的米拉克糖浆？"他们两个人也不过是额外搭载上船的货物而已。他们得自己料理一日三餐。要是他们能像一袋帕尔丹稻米那样本分、安静地待在甲板上，什么都不用想，不用操心，那就更好了。

她坐下来，换了个舒服的姿势，开始整理她的装备。她把所有器械都检查了一遍，给自己找点事做。她的金属武器如果不好好清洗，很快就会生锈。"锈是你的敌人。不要让哪怕是一丝锈迹弄脏你的武器，否则它很快就会失去锋芒。倘若你放任铁锈不管，任其蔓延扩散，你得花费大量的时间和精力让武器恢复到最初的精良状态。"每当她拿起武器上油和抛光时，她的武器师傅的谆谆教诲就会回荡在脑海中。给刀片上漆是没有意义的。第一场战斗就会使坚硬的外壳涂层开裂，铁锈会在涂层下面扎根，擦也擦不掉。用不了多久，武器就该丢进废品堆里了。涂漆对锅碗瓢盆、横梁和大梁来说再合适不过了。几乎所有的铁制品都要经过油漆或搪瓷处理，从而具有耐腐蚀性，否则，公司的塔楼很快就会像在太阳炙烤下的米拉克草那般轰然崩塌。这种技术历史悠长。阿丽无法想象一个没有油漆的世界会是怎样！城市将不复存在，人们会生活在洞穴里，或是用砖头或石头建造而成的小屋里。

有人说，在古代的塞邦国，有些地区的人用木头建造房屋和其他物品。但那个时代对于现代而言，不过是一个遥远的传说罢了。留存下来的寥寥几棵树极为珍贵，当然不会浪费在这些事情上。塞邦国的植被丰富，长势繁茂，但几乎没有木质树干。那些带有树干、适合木材加工的树种确实非常罕见。大多数树木被肆意砍伐，几乎完全从塞邦国的地表上消失。直到许多个世纪前，CCI建立了一个私人保护区。

打磨好第二把格斗刀，阿丽突然注意到一包装有米拉克货物的罩子几乎令人难以察觉地在悄然移动着：有东西在那里。数月的训练和实战演练的成果立刻派上了用场。她本能的反应就是假装继续擦拭着武器，以免被察觉到她的异样。她浑身紧绷，随时准备好用优美、流畅的猛扑把可能的袭击者击倒在地。她很庆幸武器此刻就抓在手中。就在她做好了行动准备时，盖子又动了。一个小小的、带着鳞片的鼻子先冒了出来，她才看清楚原来是只啮鼠。他们还待在港口时就让这个"偷渡者"逮到机会上了船。或者，更有可能的是，它就是这艘驳船上的常驻民。无论水手们如何费力地驱赶它们，总有那么几个小家伙最后成功地溜上船。大多数人觉得它们令人反感，对它们嗤之以鼻。但阿丽却发现它们超级有趣，很可爱。它们的两只眼睛非常奇特，可以独自旋转，同时看向两个不同的方向，还有着长长的后腿和更长一些的尾巴。在孩提时代，她有时会停下来，着迷地盯着它们看，不知不觉中就会看上几个小时，直到母亲喊她回去做家务。有一次，她看到一只啮鼠被困在三米高的狭长壁架上。这只小兽一路向下走着，直到意识到它最终会撞到墙上才停了下来。因为没有办法掉头按原路返回，它竟然在上面待了一个多小时。当一辆足够高的手推车刚好经过时，这只啮鼠瞅准时机，敏捷地一跃而起，成功脱险，逃脱了这个可怕的陷阱。

肚子咕噜噜地叫个不停，把她带回到了现实中。她已经好几个小时没有吃东西了。驳船正缓缓驶向迪瓦达拉特拉山脉，巍峨的山峰在船头上方赫然耸现。阿丽伸了个懒腰，走到船中央，看看能否找到什么可以啃咬的东西来祭五脏庙。

罗恩又一次先她一步行动了。他正舒适地坐在一张低矮的桌子旁，自顾自地享用着一桌子美食。桌旁放着一口锅，正用一道火符咒加热。"恶神阿里曼哪，这些美食究竟从何而来？"她心想。大部分的食材她都没有见过，除了帕尔丹稻米，在古尔都，无论身处哪个阶层，人们几乎每顿饭都离不开它，用它来佐餐。

"看来这一次，英雄所见略同嘛。"阿丽伺机插话。

"饿了吗？"

"嗯。"

"请随意。我一个人可绝对吃不完这些。"

说吃就吃。食物太精致了。可是她的味觉还是有点不太习惯这些味道：它们对她来说很陌生，带着浓烈的辛辣味，但却神奇地做到了各种味道的平衡。

"这是什么？"

"这是浩莫尔，一种芝麻、鹰嘴豆和油的混合物。"

"那这个深色的呢？"

"小扁豆配欧芹和沙恩肉酱。"

甚至连烹饪的这些原料都是阿丽没见过的。它们可能来自她前一天看到的那片耕田。

"我的家乡不在这片土地上。我来自摩尔丹，比卡奥深渊还要更远一些的地方，我还是更喜欢家乡的烹饪方式。"

罗恩现在变得健谈多了，可以说是和蔼可亲。这个变化出人意料，但总归是件好事。

阿丽尽情地享用着她在黑色大理石小桌上找到的所有美食。她一生中从未像今天吃得这么好过。在家乡的节日筵席上，人们最多会准备一些油炸丝兰花，可以蘸着蜂蜜吃，上面撒些开心果碎，最后再浇上柠果和发酵的米拉克汁。她眼前的这一桌美食无疑比那些好太多了。

两人吃饱喝足后，罗恩左手一挥，一股无形的力量立刻开始清理起桌面，以惊人的速度整理得干干净净。不过一个简单的把戏而已，"或者更确切地说，是一道咒语"，阿丽连忙纠正自己，想必一个新手魔术师也能做得到。接下来，所有物件都在一些骨制的盒子里各就各位，这些骨盒做工精细，绘制着爬行动物或是翼龙们相互争斗的图案花纹。

然而，真正让阿丽惊诧不已的是看到罗恩打开了他腰间别着的一个简易的梅尔克牛皮袋，紧接着，所有的骨盒、琥珀色的特什卡玻璃杯，甚至是小矮桌，通通都滑进了这个小皮袋子里，消失不见了。

"恶神阿里曼啊！这究竟是……"

"这与你无关。"

每当讨论法术时，罗恩的心情总是会莫名其妙地变坏。阿丽早就洞悉了这一点。

"魔法师也有他们的秘密。"他用一种更温和的语气补充道。

看来，息事宁人、和谐相处不仅仅是她一个人的想法。毕竟，这个魔法师并不像她想象的那样惹人厌。为了表明他们的谈话已经结束，他掏出了那本紫色小书，再次埋头读了起来。

航行的时光总是过得不急不慢的，整个人也变得慵懒许多。烈日当头，闷热极了。随着驳船的行进，水蒸气转化成薄雾向四面八方散了开来，这是平原上阳光明媚的午后所特有的景象。就像班图剧院的布景徐徐地转换一样，这些美景慢慢地从阿丽的视野中消失了。在远处，那道不可逾越的"世界之墙"高耸入云，巍然屹立着。

没过多久，阿丽就靠着其中一捆米拉克包裹打起了瞌睡。然而，她的睡眠轻浅，时刻保持着警觉，让自己做好准备，随时在最需要的时候醒过来。

当船桨溅起的水花声改变了强度时，她猛地睁开了眼睛。原来他们已经接近岸边，准备装载更多的煤块。

火红的大太阳，或者可以称之为"光神"，现在几乎落到了迪瓦达拉特拉山的山顶上。难熬的湿热已经退去，一股还能让人透过气来的风开始强劲地吹了起来。

"我们会在这里停留几分钟。要是你想活动一下腿脚，可以下船走走。"

一个穿着背心的机械师一跃而起，跳上岸边，对着阿丽微笑着说道，想必他这件背心在很久以前还是白颜色的呢。对她来说，这似乎是一个搭讪的借口，她立刻生硬地回复说："谢谢，我就待在这里。"

"如你所愿。"对方回答。

瞧，她还是这副德行。她也知道自己这样不好。每当一个陌生男人对她示好时，她就像个刺猬似的，披上盔甲，高举盾牌，不允许任何人靠近。

在甲板下面铲了一整天的煤或是一整天都在百无聊赖中照看着发动机，这个家伙可能真的只是想和她聊聊天。事实上，不久之后，阿丽看到他朝站在码头上的一个人走了过去，而他们的船此刻正停靠在码头上。那个人似乎并不着急装卸货物，于是两个男人就站在那里聊起了天儿。

她环顾四周。码头不过是一个简易的喷漆铁皮平台，在这种情况下，通常会进行橡胶防水处理的。两三个红砖大棚，一个供应仓库，一个贮存清洁水的筒仓，除此之外也就没什么了。这个地方没有什么特别之处。她原本以为这次旅行会不同于以往。

日复一日，第二天又是以同样的方式上演着"昨日重现"。虽然罗恩再次拿出他的随身用具准备好了丰盛的午餐，好心地再次邀请阿丽和他一起品尝美味佳肴，但是他依然沉默不语，依然沉浸在那本紫色小书的阅读中。

第八章　应对之策

当你的包变轻时，就是再次离开之时。

——班图戏子的人生格言

古尔都城市上空飘扬着三面旗帜，杰布勒有两面，特什卡只有一面，沙哈尔和比不洛斯一面也没有，然而里弗福克竟有五面旗帜，对于这样一个小城镇来说已经很了不起了，贾伊古拉也才只有两面而已。可是贾伊古拉的居民多达一万两三千人。爱兹里·梅迪哈的声音依然在他脑海中回荡："当我们公司的调查小组被派往矿石发现量最高的矿区时，你为什么不允许他们进入呢？"

他在里弗福克的特工向他报告说，该市有CCI派来的间谍。尽管如此，他们还没有厚颜无耻到试图强行闯入贾伊古拉的矿区大门。到目前为止，那是自由贸易巨头公司（FTC）整个辖区中产量最高的采矿场。现在，那个蛇蝎心肠的女人爱兹里竟然可以畅通无阻地插手FTC的公司业务，以满足她强烈的好奇心。

施恩泰克此刻就站在他身边，默不作声，这是他的惯常做派。埃肯塔尔笑了笑。他的顾问可是个无价之宝，在公司也是个名人，只不过他的出名并非因为善于辞令，而是因为他是个喜欢独处的思想家。埃肯塔尔倒是很乐意去那间不同寻常的办公室拜访他，据说只有在那里，他才能更好地思考。

埃肯塔尔的目光停留在那只长得稀奇古怪的毛绒玩具上，它摆放在巨大的书柜里，单是书柜就占据了办公室右侧墙壁的大部分。它的小鼻子很特别，小小的身体上长满了短毛。它好奇的小眼睛似乎在直视着他，向他发出挑战："来吧……试试看，你能不能抓到我。"施恩泰克用他那悠扬悦耳的声音解释说，那叫毛皮，而不是毛发。尽管如此，埃肯塔尔依然无法分辨出其中的差别。塞邦国从来没有出现过这样的动物。实际上，只有男人和长老族身上才长有毛发。

"那个巫婆要派她的特工到贾伊古拉，而我们的内部调查还没有开始呢。"

"会计师应该明天就能赶到那里。"

"是的，好吧，我知道。实际上，他会和 CCI 的特工同时到达。我们的速度真是慢得出奇，令人难以置信。"

"早起的鸟儿有虫吃，但好事多磨嘛。"

施恩泰克又在卖力地向他推荐古尔都的古谚，可是这句话听起来还真是有些讽刺。

埃肯塔尔忐忑不安，忧心忡忡的。到目前为止，他委派一个专家小组负责统一协调此次的调查任务，他们做出的预测已经证明是极其精准的。这些金锭通常由那些声名狼藉的不法之徒卖给少数的无良经销商。兑换的金额不大，只是黄金实际价值的一小部分。当然，对于它是否真的是黄金本就心存疑虑的交易商疑心更重了。尽管如此，贪欲往往会占据上风。而且，由于货币风险可以忽略不计，黄金通常会易手。然后，由于没有工具来检查其纯度，甚至也无法确保它不是某种不寻常的合金，交易商会去求助珠宝商。虽然确实很少有珠宝商熟悉这种黄色金属，但凡一个名副其实的珠宝商，无论是仰仗着其业界声誉或是凭借着仔细勘验，都能认出那些古老的珠宝和代表着权力的戒指。毕竟，黄金并不是那么难以识别。然后，他们会花一大笔钱从经销商那儿购买金锭，或者在大多数情况下，承诺从出售珠宝或打算制成权力戒指的获利中拿出一定比例的提成分给经销商们。只有在这个时候，真正有权有势的人才会参与进来，也许是某个新兴小公司的经理，愿意花一大笔钱，只为得到一枚真正的金戒指。随着每笔交易的进行，易手的资金数额会成倍增长。这股资金洪流对经济而言，成为一种真正的麻醉剂：每个中间人一夜暴富，发了一笔巨额横财。没有任何预警，中间人就可以花掉令人咋舌的巨款。他们对于钱财的想象力可谓漫无止境,不受任何限制。如果这种情况时常发生，而且没有任何预警，商业主管们可就太清楚会造成多么严重的后果：商品供不应求，然后是价格一路飙升。当然，FTC 决不会袖手旁观。其他大公司深知其中的风险，也不会坐视不管。他们的对策就是想尽一切办法拿到那些金条。最好的情况是，在商业链的第一个环节形成之时进行干预。每一根收购回来的金条最终都会锁在公司的金库里。这样应该能从通货膨胀的过程中将其命脉抽离出来，不再让它愈演愈烈。不幸的是，他的专家小组做出的预测表明，相对于他们成功收购回来的每一根金条而言，平均有两根半金条仍然会落入最终的买家手中。人性常常贪婪又自私，这是一个亘古不变的普世真理。关闭塞邦国所有金匠铺、货币兑换商店和典当行解决不了任何问题。在一个像工业时代第六个世纪那样复杂的经济体中，一个精心运作的黑市很快就会出现，根本无力阻挠和反对。

最后，他们可以尝试对所有那些从事珠宝、金属和贵重物品交易的商店进行严密的监视。

一想到这些，埃肯塔尔就心乱如麻，他有些不耐烦地向那间富丽堂皇的办公室的大窗户走去。他的目光轻抚着那些古老的防御尖塔，它们装点着港口地区，有种别样的城市风情。港口挤满了巨型起重机，这些机器不停歇地装卸着沉重的河运驳船。随后，他的目光又向上望去，那条宛如银色大蛇一般的马尔西敏河，正徐缓地蜿蜒流入多兰海。然而，他的心思在那一刻却移到了别处。他继续思索着最近发生的几件事情，挂念着他派出的探险小分队。施恩泰克用耐心的声音将他从不着边际的思绪中拉了回来：

"尽管去试好了，但也绝无可能从这里看到里弗福克。"

他的顾问好像会读心术似的，读懂了他的心思。有时，他感觉到这不仅仅是一种修辞手法。

"你知道的，我是一个行动派，我的朋友。站在这里什么都做不了实在是令人不安。"

"我们并不是'什么都做不了'。我们的大脑一直在工作。我们已经采取了一些行动，此刻正在为其他行动做准备。"

他在施恩泰克缜密的逻辑中找不到任何漏洞：他聪明的头脑具有化繁为简的天赋，有时甚至一些极其复杂的问题，他都能用令人释然的简单和平静加以化解。即使是现在，他的分析也是一如既往地正确。然而，埃肯塔尔从来没有能够体验到哪怕是一丝一毫的长老一族那具有传奇色彩的平和心境。他就像一头困在围栏里的布菲牛，上蹿下跳，狂躁不安。他一股脑儿地宣泄着自己的情绪和想法：

"也许我们应该准备好第二支队伍，以防第一支队伍遇到麻烦。如果早知道CCI会有所行动，我可能会派出大队人马前去调查。"

"采矿勘探队里有一些优秀的成员。他们中的几个人甚至已经完成了所有的战术培训课程。"

"是的，我知道……"

"我自作主张地列了一份颇有潜力的候选人名单。"

虽然他认识施恩泰克已经十年有余，但长老总能给他带来惊喜。埃肯塔尔强迫自己不要将这份欣喜之情表露在他的语气中。

"很好。我午餐过后再研究一下名单。要不要和我一起就着沙拉克酱品尝一些河牡蛎？"

第九章　里弗福克

> 自工业时代第122周期水月的第一天起生效，适用于表示材料数量重量的唯一计量单位是克。明确禁止在任何合同或法律文件中使用除克及其倍数以外的任何其他计量单位，包括轻桑、重桑或铅西敏及其衍生物在内的这些替代单位。
>
> ——第二十二章－4.《巨头公司宪章》条目

他们终于赶在日落前到达了里弗福克镇，不禁长舒了一口气。

虽然这个镇子没有什么能让来自古尔都的人们感兴趣的东西，但阿丽认为，来到此地还是一件令她很开心的事情。

镇子很小，人烟稀少，摊位上几乎没有什么吸人眼球的商品，也没有像公司塔楼那样的大型建筑物：绝对是个无趣的居住地。

它实际上是一个从采矿区挖掘出的矿物的中转站港口，这个采矿区是迄今发现的矿产资源最丰富的矿区之一。铁、煤、钴、锌、铅和锡只是从散布在整个山谷的矿井中提取的一些原材料。一旦挖出的矿石数量变得相当可观，这些原矿就会在如雨后春笋般出现的各个工厂中进行加工。

该地区的采矿业已经有几百个周期的发展历史了。一些老矿要么随着时间的推移已经枯竭，要么就是被挖掘得太深，以至于继续开采变得无利可图。不管怎样，越来越多的新矿正在挖掘之中，而且这个过程依然在继续。"Bisne"，这些地区的人都知道这是笔大买卖。这里的人不说法尔斯语，法尔斯语是塞邦国绝大多数的居民都知晓的古代通用语言。这里的人们说英格利语，与前者没有任何关系。阿丽能听懂几个词，但她并没有真正考虑过学习一门只有几百万人口说的语言。"应该让他们学习法尔斯语才是。"阿丽心想。毕竟，几乎整个塞邦国，至少有一亿人都在说这种古老的语言，尽管存在着一些地方差异。

罗恩在古尔都上船前已经付了船费，所以他们准备在舷梯放下后立即下船。

虽然与她家乡城市的港口相比，这个港口小得可怜，但热火朝天、狂乱忙碌的氛围却如出一辙。成队的工人推着满载货物的手推车，汗流浃背，骂骂咧咧。其他工人用吊钩将货物固定在起重机上，然后吊起粗重的铁条，就像一只巨大的手抓着一堆细小的火柴棍似的。

成吨的煤炭被装在小推车上，被工人们用手推着沿着轨道前行。小推车的轨道与直接铺设在驳船上的其他轨道相连，使用一个巧妙的旋转杆系统，使装载操作变得更快捷、更安全。

他们接到的指令是前往负责处理公司采矿权益的公司分部所在地。在那里，他们将与一个名叫德温的人取得联系，他会为他们提供坐骑。

然而，太阳很快就要落山，即将消失在"世界之墙"的后面，他们当务之急是找一家旅馆过夜。当地的分公司只不过是一个小型贸易站，既没有食堂，也没有住所。

罗恩似乎在里弗福克待得舒服自在，乐得其所，所以从未到过此地的阿丽决定，暂时将食宿问题交由他全权处理。

"炭火烧烤是一家相当不错的客栈，是镇上最古老的客栈。我们可以在那里吃饭和休息。"罗恩宣布道，边说边走进了老城的狭窄小巷里。

显然，阿丽的所有感官都处于高度警戒状态，双手放在格斗刀的刀柄上，紧跟着他的脚步，一秒钟也不让他离开她的视线。在那些拥挤、狭窄的街道上，敌人随时都可能发起闪电般的袭击，结果必定是致命的。大街上几乎没有什么地方可以用来避险。最重要的是，几乎不太可能第一时间发现攻击者，继而摆脱他们。

"长官，我们应该放慢点速度，否则，我没有时间来掌控局面。"

罗恩略带嘲弄、不耐烦地哼了一声，随即缩短了步幅，放慢了脚步。

"只要说一句话就够了,你的腿可比我的短多了,小姑娘。如果我们在这里被当作攻击目标,能让我们化险为夷的肯定不是你那点雕虫小技。"

阿丽不需要进一步确认就明白了他是如何看待她在此次任务中的作用和表现的。"好吧,万事通,一切都听你的指挥好了。等我们坐在马鞍上时,我倒要瞧瞧你的能耐。"她心想。

第十章　及时行乐

> 变造流通货币是一项极其严重的罪行。任何从事旨在改变流通货币的重量、质量或成分等此类活动的人都应判处死刑。
>
> ——《特什卡法令》第五条

煤炭涨幅10%，钢铁涨幅5%，米拉克半成品涨幅12%，米拉克织物涨幅20%，帕尔丹大米涨幅25%，所有这一切都发生在短短两个月内。

爱兹里·梅迪哈忧心忡忡。到目前为止，还没有看到恐慌的场面出现。然而，这只是一个时间问题。瞧瞧那个米拉克商贩落了个怎样的下场？他拒绝出售部分囤货，指望着在下个月赚取更多的利润。这种自我维持的通货膨胀是可能发生的最糟糕的事情。那个人打错了如意算盘。她让人在广场上鞭打了他一顿，以儆效尤。眼下，她暂时稳住了局势。

那天闷热无比，甚至没有一丝微风穿过大开着的窗户，吹干她身上的汗水，此刻的她正赤裸裸地躺在巨大的圆形锻铁床上。晌午时分，烈日当空。然而，爱兹里的身体还没有像她的头脑那般醒过来，她的大脑早就清醒过来并且已经运转好一会儿了。躺在她身边的男孩此时也醒了。他很年轻，相当年轻，几乎是她年龄的一半，而且非常英俊。当时这个年轻人正站在院子里的一群新兵当中，她看到他的第一眼就心生好感。他身材高大，四肢修长，一头黑色的短发，一股傲气透过他那双如同卡奥深渊一样深邃的黑眼睛流露出来。令她心动的还有他时不时冒出来的狂妄自负。他的长相俊美，尤其是他那略带贵族气质的漂亮鼻子。他刚醒来就迫不及待地吻上她的脖子，柔情似水地抚摸着她的腹部。

"眼下的问题是该如何处理这些商店呢。增加库存必定会带来不成比例的利润。然而，那是一个极其危险的选择。"

男孩的触碰越来越大胆。他对她丰满的乳房爱不释手，轮番爱抚着那两颗红樱桃。然后，他的手慢慢地顺着她平坦的小腹向下滑去，越滑越远……她很快就失去了思考的方向。让数字和通货膨胀通通见鬼去吧！她的欲望此刻也被撩拨得令人难以忍受。她突然一跃而起，跨坐在他身上，在没有任何前戏的情况下，将他坚挺的昂扬塞进了体内，有节奏地律动起来。"为什么不尽情享受和这个充满生命力的可爱男孩再来一次水乳交融的美好呢？"这个念头一闪而过，她不禁加快了节奏，拱起身子，不停地扭动着，沉浸在高潮来临那一刻的快感中。

他们再次并排躺在一起，大汗淋漓，过了好一会儿，粗重的呼吸才慢慢地舒缓下来。爱兹里甚至都没有给小伙子一丁点儿喘息放松的时间：

"我相信你的教官此刻正在军械库里等着你呢，不是吗？"

猝不及防之下，男孩无法做出一个清晰的回应。

"但是……"

"如果你认为我把身体给了你，在共度了片刻愉悦的美好时光之后，你就能享受到某些特权，那你可就大错特错了，新兵……对了，你叫什么名字？"

"纳姆达尔，小姐……可是我想知道……我们什么时候能再见面？"

"别担心，纳姆达尔，如果我想要你的陪伴，我自然知道去哪里找你。现在你得快点了……早就迟到了。"

男孩满脸失望的表情。他呆愣地躺在那里，眼睛一眨不眨地盯着此刻正躺在他身边的这个风姿绰约的裸体女人。几秒钟后，他终于回过神来，急忙收拾起散落一地的衣服，迅速穿上。

当他转身寻找那扇大门时，他看到她已经离开了，只留下他一人呆站在CCI首领的巨大圆形卧室里。显然，关于这个女人的传言也并非空穴来风，他一边沉思着，一边沿着840级台阶走到了第二层，参加原定在当天进行的新兵武器训练活动。

第十一章　烤肉馆遇险

这家客栈确实非常古老。人们经过时，绝不可能不注意到它。它是一座由风化的红砖砌成的坚固建筑，是该地区最大的建筑物。

它没有任何标志，也根本没这个必要，因为当地人都知道它。他们俩吃了烤肉和烤鱼，还有炸鱼和克尔翩①蛋。对于那些没有多少钱的人来说，提供给底层老百姓的简餐可以用更实惠的价格买到配有不同酱汁的帕尔丹米饭、米拉克馅饼、炸青蛙腿和炖蛇肉。

屋里面很热，给人以一种压迫感。她的第一个念头就是马上离开这个闷热无比、令人压抑的鬼地方，出去呼吸点新鲜空气。然而，烤肉和烤鱼的香味太过诱人，食客们居然也能试着让自己习惯于这种喧闹和污浊的空气。

他们两个人肯定不会在人群中如鹤立鸡群般抢眼。

正值饭点，客栈里人头攒动。忙碌的年轻女服务员穿梭于各个餐桌间，餐桌上摆满了刚从厨房端出来的热气腾腾的菜肴，又或是一摞摞的光盘。从送回厨房操作间的那些几乎干干净净的盘子来判断的话，这家店的食物味道肯定错不了。

阿丽试图尽可能地收集更多的信息，掌握更多的细节。她极其认真地对待自己的本职工作，这就是她的工作：一切都要为他们的安全着想。

对他们来说，最好的办法是在角落里找到一张空桌子，这样两侧的情况都可以观察到，起到很好的保护作用。此时，一眼望过去，整个大房间里挤满了食客。很明显，所有的桌子都被占了；但如果运气好一点的话，没准儿……

"我们离门口远一点吧，长官。"

---

① 虚拟飞禽，为避免天敌捕食常在悬崖上筑巢。

等不及他的回话，阿丽已经开始向其中一个角落走去，那里有几位食客似乎准备离开餐桌。罗恩什么也没说，只是向她微微点头表示同意，然后顺从地跟在她后面。

他们并没有等太久。三个男人围坐在桌前，吃完饭已经有一段时间了，他们正全神贯注地讨论着参与某种经营活动的公司拥有采矿权或是佣金的话题。她听不太懂，因为他们中至少有两个人说的是带有强烈英格利口音的法尔斯语。有一个女服务员颇为婉转地暗示他们，如果他们不打算再点些别的吃食，在人满为患的就餐高峰时段，这张桌子需要尽快腾出来。

"好吧,亲爱的,你不用担心……我们马上就走。但明天还是这个时间点见，对吗？"

"Oki"是阿丽能听懂的英格利语表达方式，它的大意是"好的"或"一切都好"。在里弗福克，讲法尔斯语的移民们也这么说。

当他们最终背靠着墙壁坐下时，阿丽紧绷的弦也可以稍微放轻松些了。从这个位置，她很容易监视整个房间的情况。她不禁回忆起她的训练课程：首先是理论知识，然后是在像这样的客栈里进行实际演练。一个假扮的刺客会藏匿在旅客中间，学员们必须阻止目标被杀。

很明显，所有这一切都是不锋利的骨质武器完成的，所以并不具有危险性。在训练期间，阿丽更喜欢扮演杀手的角色，而不是侦察员。等待时的紧张气氛令她精疲力竭，因为无从知晓杀手何时何地会出手。

她扮演杀手这一角色的考核成绩得分很高，比她侦察员的角色得分还要高。不过，这只是为了演练，所以没有人在演习中阵亡。完成训练的杀手们被要求执行他们的第一项任务，从而获准晋升为一级侦察员。这是不得不杀人的一个委婉表述。那一次可不是演习，而是夺取某人的性命：通常是一个你不认识的人，这可是为公司效力去执行一项真正意义上的任务。只是这任务根本不适合她。她不喜欢杀人的想法。她从不认为自己愚笨，但她不喜欢做出那种残忍的决定，然后一辈子不得安生，不得不与她"消灭"掉的人的魂魄共度余生。

她的教官笑称她是一个幻想破灭的、浪漫的理想主义者。她从来没有真正参透这句话的深意。马苏尔，她在公司当学徒期间的导师，用他自己的理论体系来分析和归类他手下受训者的心理。如果问她对自己有多少了解的话，她肯定不是一个浪漫主义者。

"请问您要吃点什么？"

女服务员的询问突然把她从思绪中唤醒。看着她，很容易把她当成阿丽的远房亲戚：她只比侦察员高一点，也有一头乱蓬蓬的红发，脸上长着雀斑。毕竟，里弗福克也有不少红头发的居民。

在古尔都，大多数人都比较黑，头发是黑色或棕色的，肤色从白色到明显的琥珀色不等。

"配着姜汁和帕尔丹米饭的烤鱼。第七个钟头时再来一瓶店里最好的米拉克发酵酒。"

显然，罗恩早就想好了要点些什么菜。阿丽不晓得自己要吃点什么。

"或者我待会儿再过来点单，好吗？"

"不……不必麻烦了。也给我来一份同样的吧，我不要米拉克酒……"

"不喝点什么吗？"

"嗯……那就来杯蓍草茶吧。"

"对不起，店里没有这种茶。"

"那就来杯水吧。"

"马上就好。"

"效率很高，但整体上已经相当不错了。"阿丽心想，注视着那个女孩在记牢他们的菜单后迅速离开的背影。

罗恩是个沉默寡言的人。实际上，他就像一座墓碑。并不是说他平时很健谈，但此刻的他静静地坐在那里，双手紧握放在膝上，眼神一片茫然。他背靠着墙，呼吸很平缓，几乎微不可察。

"他一定是累了。"阿丽心想。在户外度过了极其漫长的一天。也许他很不习惯这种生活。最有可能的是，他整天都耗在图书馆里学习，或在某个实验室里埋头做着实验。

食物几分钟后就送来了，热气腾腾，香味扑鼻。负责点单的那个女服务员托举着菜盘和两个水壶走了过来，她极佳的平衡感肯定会让艾努尔欣羡不已。她优雅地把盘子放在桌上，微笑着转身开始清理旁边一张刚刚腾空出来的桌子，身姿优美，像极了舞台上翩翩起舞的芭蕾演员。"她绝对应该得到一大笔小费！"阿丽心想。

食物香气四溢，令人食指大动。她真的好饿。太阳早就下山了，她能听到肚子里传来的阵阵咕咕作响声。

她迫不及待地想尝尝姜汁鱼的味道。甚至在去除所有的鱼皮之前，她已经拿起了一小块，蘸了一下酱汁，正准备……

"换作是我，就不会吃那个酱汁。"

阿丽拿着叉子的手在半空中停了下来。但随后，她觉得自己的举动有点傻乎乎的，又把叉子放回了盘中。

"我能问一下，这又是怎么回事？"

"酱汁已经下了毒。一种阴狠至极、极具致命性的慢性毒药。"

阿丽一时语塞。敌人究竟是怎么做到的？有谁会知道他们两个人在那里？为了准备这次暗杀行动，他们必须事先准确地知道他们将在哪里停留、吃饭。间谍。这一定是内鬼所为。她的世界里无非是暗中偷袭、刀光剑影，一个她开始理解也知道如何应对的世界。而毒药则完全是另一回事。首先，人们必须熟知各种毒药，也了解如何检测出它们。可是她两样都不擅长。

可以肯定的是，此事非同小可。不管是谁策划了这起暗杀行动，敌人对他们俩的一举一动了如指掌，而且有充足的资金和装备来执行这项花费不菲的任务。所有这些想法几秒钟内掠过她的脑海。她现在正抓着她那把特制匕首。

"我应该去厨房看看吗？"她试探地问道。

"出于什么目的，侦察员？你觉得你可以大摇大摆地走进厨房，质问是谁做的姜汁吗？"

"这倒也不失为一个好主意。"

"千万别这么做。首先,我们得让酱汁消失。这样他们才会相信计划成功了。我的背包再合适不过了。"

"好吧。"

当罗恩准备把小杯子里的东西一股脑儿全倒进手帕里时,阿丽打断了他:

"长官,留一些在餐盘里,岂不更好?要不然,盘子干干净净地送回厨房,他们肯定能发现我们压根儿就没吃。"

"嗯,这个主意听起来真绝妙。"

这是他第一次夸赞她的想法。如果这还算不上是一大进步的话……

他们开始吃吃喝喝起来。如果说在这之前阿丽的胃口好得不得了,那么现在她根本无法将下毒未遂的阴影从脑海中甩掉。"如果被下毒的食物不止一样,而罗恩又没能发现,那该如何是好?"这些令人不安的想法让她食之无味,味同嚼蜡。在她看来,还不如嚼着骨灰让人心里踏实哪。唉,她原本可以心无旁骛地享受这一桌子的美食!

然而,还有一个想法也在困扰着她。如果他们俩一直被监视着,敌人可能早已注意到了酱汁其实并未被吃掉。阿丽全程一直保持着高度警惕,但她没有发现任何异常,也没有注意到有谁在特别关注着他们。但话说回来,她也会百密一疏、判断有误。这些间谍诡计多端、老谋深算,肯定会制造很多机会,在他们俩的眼皮子底下来执行这次暗杀任务。

他们默默地吃完了晚餐。罗恩似乎和以前一样陷入了沉思。不过在她看来,他可能是在准备其他的咒语。她先前没有注意到,他当时正是用他的法术才检测出来那种原本要让他们永远闭嘴的毒药的。这就是为什么他之前看起来如此心事重重、忧心忡忡。是她太天真了,以为他仅仅是有些倦怠。

"这顿饭还合您的口味吗?还想吃点别的吗?店里有一些美味的甜点,可以满足各种口味的需求。"

之前那个好心的女服务员再次回来,准备取走盘子和餐具。

"不需要了,谢谢。我们这就结账离开。"

"一个西敏,五个库夫。"

罗恩把两个西敏放在桌子上。

"就这样吧，请收下。"

"非常感谢。期待再次光临。"

她的脸上露出了笑容，刹那间，将漫长一天辛勤劳作的疲惫一扫而空。

他们起身离开了客栈，仍然保持着高度警惕。与此同时，客栈里的食客也渐渐地少了许多。

虽然气温下降了，但只穿一件衬衫在户外还是很舒服的。在塞邦国，只需穿一件轻薄的米拉克衬衫待在户外的地区少之又少。也许只有在高原地区才可以吧，可是里弗福克位于巨大的、不可逾越的山脉的下坡处，群山将整个已知世界包围在一个以多兰海为中心的巨大山谷中。英格利人称之为"火山口"，可能是因为那里酷热难耐，也可能是因为它看起来更像是一个巨大的火山口。

一到街上，罗恩立刻停下脚步，倚靠在客栈的砖墙上。

"多收集一些情报也无妨。"

"长官？"

"我是说那个女孩。我想问她一些事情。也许她什么都不知道。但是，我们必须试一试才知道。"

"无论如何，这样做只会打草惊蛇。貌似没有什么用。"

"你不要担心这个……"

他明确地说道，说话的语气不容置疑。可是阿丽真的很担心。她不想因为那个女服务员而使她自己良心不安。她对这个魔法师还不是很了解，但从她对他的那一丁点儿了解来看，她相信他完全有能力应对各种难题。

他是她的上司，级别很高，所以她不敢顶嘴。

"我们应该怎么把她带出来？"

她回过神来，对当下的形势做着理性的分析。她真心觉得艾努尔一定会对她的表现非常满意。

"你不是个侦察员嘛，还是我漏掉了什么信息？好好琢磨一下，自己想办法解决吧。"

　　阿丽的脑子里开始闪现不同的场景，渐渐地逐一排除掉。她的教官会告诉她："准备好每一个可能的行动方案，然后，一个接一个地排除最糟糕的方案。最后剩下的那个就是最好的。"好啦，她终于想到了一个法子。

　　她转过身，一头扎进了客栈。偌大的餐厅里只有三个女服务员。饭菜都上齐了，食客们也已吃喝起来，她们不似先前那般忙碌，走动时也不再那般风驰电掣。

　　"嘿，小妞，你什么时候下班？如果你一会儿跟我走的话，咱们可以去兜兜风。"

　　一个喝了太多米拉克发酵酒的食客正在用眼睛"意淫"着其中一个女服务员。她有一种别样的性感，丰满的嘴唇，一头乌黑闪亮的长发，高耸坚挺的胸部将汗湿的上衣撑得鼓鼓囊囊的。

　　"真是个好主意……好吧，我们可以一起出去。我去我家，你回你家。或许你可以先把头伸进鱼缸里，先清醒一下再说。"

　　这番话把大家都逗乐了，他被噎得无言以对，倒是依旧兴致勃勃的，继续盯着女孩的胸部一顿猛看。

　　"她来了。那个就是招待我们的女服务员。"她刚从厨房出来，手里拿着一个玻璃水瓶。

　　"请问……"

　　"有什么事吗？"

　　"我能和你聊几句吗？"

　　"当然，但只能一小会儿。我还得回去招待客人。"

　　很明显，她已经认出了刚才招待的这位食客。她不是每天都能幸运地得到这样一笔数目可观的小费。她又累又热，迫不及待地想要结束她的晚班工作。她那天真的赚得挺多的。如果能继续这样下去，她很快就会攒够钱来实现她一直以来的心愿。她想在码头边上开一个摊位，以实实在在的价格把炸鱼卖给那些驳船装载工人，他们既没有时间也没有钱去一家像样点的路边餐馆吃饭。

"是我的朋友。他生病了。我一个人挪不动他。他就在那边的巷子里。我想把他带进来。"

阿丽露出了担忧的神情,试图在语气中加入一丝紧迫感。

她不像培训班上的其他学员那样是个天生的演员,但她只能硬着头皮演下去。

"哦,我很抱歉!等一下,我这就给厨师的助手打电话。他可以帮得上忙,好吗?"

"不,不用了,我们不想弄得尽人皆知。他是个名人。他不是个大块头,如果你能帮我搭把手,问题就解决了。他看上去没什么大碍,只是有点喝醉了。我们可以扶着他在角落的那张桌子旁坐下来醒醒酒,然后我就去订一间房让他好好睡上一觉。"

阿丽继续编瞎话,越编越顺溜。她能感觉到额头上已经开始冒汗了。但她的这番话听上去还是挺可信的。

"好吧,但如果耽搁得太久,我就给乌尔打电话求助,这样行吗?"

"好的,当然可以。"

她们来到屋外,凉风习习。女服务员把上衣收紧了一些,因为她还在出汗,室外的气温也没有之前那么暖和。当她们并排走着的时候,人们几乎会把她们误认为是姐妹俩。

"我没看到他。他在哪里?"

"就在拐角处。"

的确,罗恩就待在拐角处,但他并没有像阿丽所说的那样躺倒在地。

"我现在看起来好多了……"

没等她把话说完,侦察员以迅雷不及掩耳之势来到她身后,一把将女服务员的左臂扭到身后,用右手中早已准备好的小钢刀抵住她的喉咙。一切发生在电光石火之间,惊恐万分的女孩吓得半死,几乎都忘记了呼吸。

"胆敢出声,我就割断你的喉咙。"

阿丽听到自己说话的语气竟是这般冷酷、残忍，着实吓了一大跳。毕竟，如果她真的尖叫了，阿丽不太确定自己能否做到用刀刺穿女孩的脖子。"我们两个人的年龄差不多大。"她心想。

阿丽抱紧了她，能听到女孩急促的呼吸声，感受到她的心跳突然加快。女孩的身体温热，大汗淋漓，吓得浑身直发抖。她的汗水陡然间在皮肤上变得冰凉。

"仔细听好了。如果你听懂了，就点点头。"

女孩上下移动了一下她的头，几乎微不可察。

"现在迈着小碎步慢慢向前走，好吗？"

她又点了点头，这次更果断了一些。

阿丽一直牢牢地抓着女孩，匕首抵在她的喉咙上。

当这古怪的三人组走得足够远，走到人们看不见的地方时，他们才停了下来，在黑暗的小巷里，躲在一个装满恶臭垃圾的垃圾桶后面。一个大油桶也替他们挡住了部分视线，使其不至于被人发现。

"现在你可以说话了，但要小声一点。"

"你叫什么名字？"

在女孩设想过的所有问题中，这个问题最是出人意料。

"凯蒂。"

"很好，凯蒂，如果你老老实实地回答我们的问题，你就会平安无事，清楚了吗？我是说什么都不会发生。"

"明白。"

阿丽能感觉到女孩害怕得直打哆嗦，她为他们对女孩所做的事情感到内疚。阿丽在心里祈祷着，这个魔法师千万不要在审问过后把女孩杀掉灭口。

罗恩开始了他的审讯。

"现在，听好了。我可不想重复我说过的话。我问你答。如果你不肯乖乖地配合，烤肉店明天就只剩两个女服务员了。"

凯蒂紧张地咽了口唾沫，点头表示同意。罗恩一直都像花岗岩那般冷酷无情，此刻他的语气冰冷，不容反驳。

"你今晚端给我们的姜汁已经被下了毒。如果你不相信我，看看这里。"

他掏出手帕，此时的手帕几乎完全浸泡在淡黄色的汁水里。这虽然算不上什么证据，但它能引发一连串的问题。

"这种毒药是剧毒，极其凶险，三四个小时之内，就可以杀死一头梅尔克牛。这是谁指使你干的？"

女孩看起来似乎比之前更加痛苦了。她显然在极力克制着自己不要哭出声，浑身抖个不停。她似乎对罗恩披露的真相感到非常诧异。

"我不知道。我以善神阿胡拉的名义起誓。我发誓，这件事与我无关。我不知道你是谁，我对下毒的事情也一无所知。"

"我才不相信你的鬼话。现在说实话吧。"

罗恩开始用他单调的声音缓慢地、有节奏地吟唱起来。阿丽不禁打了个寒战，想象着这个可怜的女孩此刻会有什么感受。

事实上，凯蒂的那双绿眼睛因为恐惧睁得大大的。魔法师现在已经念完了他的咒语。

"我已经对你施加了一个真理的桎梏。如果你现在胆敢撒谎的话，你就会立刻死掉。"

这句话自然而然地从他嘴里说了出来，就好像他说白昼之后必将是黑夜那般自然。凯蒂吓得浑身跟筛糠似的颤抖起来。

"说吧，有胆你就重复一遍你刚才说的话。"

时间一分一秒地过去了，然而女孩一直沉默不语，就是不肯开口。阿丽继续用"龙虾爪"的招式夹住女孩的手臂用力别在背后，刀刃抵住她的喉咙。

凯蒂终于开口了，用微弱而颤抖的声音说：

"我……我发誓，长官，我没有在你的食物里下毒。"

"难道你不知道是谁干的？"

"不知道。"

"好吧，你说的是实话。"

罗恩的态度温和了一些，虽然他的语气依然冰冷，但相比之前少了些刻薄和狠劲。

　　"告诉我们那些厨房工作人员的姓名，倒是他们可能会乘机给我们的食物下毒。"

第十二章　头疼欲裂

"有什么消息吗？"

"那个魔法师很厉害，主人。事情并没有按计划进行。"

"简言之，你失手了。"

"我相信在任何情况下，我都有能力控制住局面。"

"或许吧。不过这一次你必须使用更为直截了当的办法，让他们在任何情况下都无法发现这个装置。"

"绝对发现不了，主人。"

"你最好说到做到。"

这一次，在连接被关闭的同时，他感到太阳穴传来一阵异常剧烈的刺痛。这也许是对他行动失败的一种惩罚？他的下一步行动绝对不能失手。他的身家性命就在此一搏。主人这次的恐吓真的把他吓坏了。从他打探到的消息来看，主人对那些再次令他失望的手下决不会心慈手软。

他头疼得厉害，一直得不到舒缓，好在他终于想到了一个万无一失的补救办法。他记得码头边上有一个卖油炸丝兰的性感黑发女郎。她很年轻，眼睛里总是闪现着淘气的神情，正是他喜欢的那副模样。那天下午，他一直和她说笑个不停，哄得她开心极了。他相当肯定他已经命中靶心，成功俘获了女孩的芳心。看来那天晚上他可有的忙了。

第十三章　蓬荜生辉

人们越是富有，就越是贪婪。

——古尔都古谚

分公司的办公室与里弗福克的大多数房屋非常相似：一座方形的、巨大的红砖大楼。那不是他们的目的地，因为在那个时段，那里根本不会有人接待他们。

幸运的是，罗恩知道分公司经理住在哪里。那天晚上，他们恐怕会搅得他不得安宁。

"我们待在那里会很安全。"魔法师自信满满地说道。阿丽当然不会质疑他的判断。

天色已晚。镇上黑暗泥泞的街道上几乎没有什么行人。

"你看到那扇带着小窗的铁门了吗？"

"看到了。"

"你走去那里敲敲门，给他们看你的刺青。告诉他们事发突然，我们需要借宿一晚。只要门一开，我就立刻跟着你进去。"

"遵命，长官。还有什么要叮嘱我的吗？"

"分公司经理的名字是乌利亚·斯通布鲁克。如果你在门口看到他，就提一下我的名字。"

"好吧。"

街上空无一人。一小股淡红色泥浆沿着道路中间流淌下来。即使是在里弗福克，一周期的大部分时间里，雨水都很充沛。

阿丽飞速地环视了四周，屏住呼吸，稳住心神，离开了门廊这个临时避难所。她迈着自信的脚步向铁门走去。公司的徽章在大门外的漆铁上清晰可见。

为分公司经理及其家人提供住所的情况并不少见。住所的相对安全性抵消了公司的一部分开支。试想，一个安顿好家室的分公司经理，没有了这些后顾之忧，他的工作效率会远高于一个心生不满、居无定所的分公司经理，因为后者每天满脑子想着的都是如何解决这个与公司业务毫无关联的问题。

阿丽站在大门口。四周静悄悄的。她犹豫着要不要摇晃一下那个沉重的钟锤。

"愿阿胡拉与我同在。"阿丽祈祷着。她很快就会弄清楚，这是否只是敌人设下的又一个阴险的圈套。

"哐哐哐！哐哐哐！"

这声音听上去阴沉沉的，似是不祥之兆，尤其是在那种看似极不自然的静寂之中。

"声音大得连远在古尔都的人们都能听到。"阿丽心想，心头怦怦直跳。

没有反应。一切都很安静。阿丽紧张地四处张望，正考虑着是否应该再敲一次门，这时她听到里面传来了脚步声。

小窗户突然大开。虽然阿丽个头有些矮小，看不清来者是谁，但她还没来得及开口，就被一个低沉、气急败坏的声音训斥了一番：

"你要干什么，小姑娘？！"

"对不起，打扰了。"她边说边转身想给他看看她肩膀上的刺青，"我们是公司派来的，一路从古尔都赶过来。我们需要找个地方过夜。"

"这里不是客栈。明天再来吧，我的主人已经休息了。"

他的语气很坚决，没有丝毫反驳的余地。

"我们有危险！请您转告乌利亚·斯通布鲁克爵士，罗恩也来了，如果他不肯让我们借宿的话，我们不仅会丢了性命，任务也会失败的。"

虽然阿丽又在即兴发挥，夸大其词，但这招似乎奏效了。

"哦……在这里等一下。"

管家的声音依然透露着一丝犹豫不决。这种紧急情况在那些地方并不常见。小窗户啪的一声关上了，脚步声很快远去了。

"我们还待在外面的大街上。要是能留宿的话，真是棒极了。"阿丽心想。她再次感觉到脊背阵阵发凉，不寒而栗。她感觉好像有人在盯着她，又像是有人一直在暗中跟踪着他们，但她一个人影也没看到。从街上几乎看不到罗恩，他肯定还躲藏在门廊的阴影里。此刻，她才是那个最容易暴露的人：对刺客来说，绝对是一个最诱人的目标。

幸运的是，她又听到屋里传来了脚步声。然后是门闩被拉出来的声音，以及沉重的金属门铰链慢慢打开时发出的"嘎吱"作响声。阿丽也就刚刚能窥探到里面的情形，但她几乎什么也看不清楚，因为管家手里正拿着一盏小油灯，发出的光亮让她眼前一片昏花。

她必须让罗恩也行动起来，但是……他消失不见了。难不成是她的眼睛在捉弄她，她看花了吗？就在刚才，他明明还躲在那个藏身之处，可是现在那儿早已空空如也。这一切似乎就像是她凭空想象出来的。她很难解释当下的状况，因为她之前用来敲开门的"凭证"不翼而飞，消失得无影无踪。她转身回到街上，几乎无视她身后半开着的大门。

"长官，你在哪里？"

"侦察员，要是不想整晚都待在大街上，赶紧给我进来，快点！"

罗恩的声音从屋内传来。"究竟是怎么回事？我的恶神阿里曼啊！"她迅速地转身，但什么也没瞧见。

"快点进来吧！"

这一次她服从了命令。虽然不明白这是什么状况，她还是毅然决然地踏入了那所房子，此刻对他们而言，那是宛如救星一般的安全避难所。

门在她身后关上了。一个身材高大的男人，身着一袭飘逸的长袍，头发灰白，气宇不凡，但同时又透着习惯于服侍人的一种训练有素的严谨气质，此时正从头到脚地审视着她。

真正让她喘不过气来的是看到一个身影在门边慢慢地显现出来。起初只能看到它的轮廓，后来它逐渐变得越发具象化起来。正是罗恩。

"你终于决定进屋了！我认为如此明目张胆、惹人注目地穿过街道并非明智之举。一个信手拈来的法术而已，一点也不复杂。"

"长官？"

阿丽不解其意。但与此同时，她非常高兴地看到一切进行得如此顺利。她仍然紧握着那把骨质匕首的刀柄，随时准备好对付那个从天而降的"不速之客"。

"我们现在没有多少时间了。巴特柳克先生，这是我的一级侦察员护卫，阿丽。还请您带我们去见乌利亚爵士。"

"大人，这边请。"

"巴特"是一个英格利语单词，大意是指管家或私人助理。在法尔斯语中没有类似的表达。阿丽注意到这个人的疏离和冷漠，他在走廊上带路，手中的油灯散发着微光，勉强照亮脚下的路。当罗恩现出人形，出现在他身边时，他甚至没有表现出丝毫的慌乱不安。他的上司一定是在家中。

单从那座简单的方形建筑的外观看，没有人能猜想到阿丽此时在里面的所见所感。大院子里有一个大理石喷泉和一个简单但精心照料的花园，四周环绕着一座粉红色大理石柱的回廊。无论她看向哪里，都能看到各种装饰品，粉饰的墙壁，精雕细琢的长椅和大理石雕像。这才是奢华的享受，按照一个生活在社会最底层的公民的标准来判断的话，这简直就是恣心所欲的奢侈生活。

他们很快就被领进了一个装修别致的房间。在外省的城镇，藤制家具并不稀奇，但在这个房间里，一切都用各式装饰品和精美面料的帷幔来点缀，其中有些饰物是阿丽从未见过的。

在短暂的等待之后，门打开了，乌利亚爵士将他们迎进他的私人办公室。这里也不乏源自大半个塞邦国的手工艺品。他的矿物收藏也令人印象深刻：除了常见的石英和电气石外，还有锆石晶体、辉锑石、紫水晶和其他只有行家里手才能一眼识别出来的珍稀矿物。

赫赫有名的还有这张桌子：强壮的锻铁打造的两条翼龙腿，上面是张开的一对翅膀，支撑着一块厚重的钢化玻璃，玻璃上面装饰着千叶花的浮雕图案。

一个小摆件，不过区区几千西敏，但却是一个手艺精湛的木匠师傅一年辛苦所得的工钱。

"罗恩，小姐，请坐。想来杯12度烈酒吗？就我个人而言，我觉得口感尚可。"

"谢谢你，乌利亚，现在可不行。"

这似乎并没有改变屋主人的想法。他抓起桌上的一个深色玻璃瓶，将琥珀色的液体倒入一小只特什卡水晶玻璃杯中。

"我能为你做什么？"

"首先，我很抱歉深夜叨扰，但形势所迫，我也别无选择。"

"没问题，罗恩。如果我能为一个需要帮助的朋友尽点微薄之力……"

"不是为我，乌利亚，而是为了公司。"此时的魔法师，神情变得有些严肃，及时地纠正了他。

"当然。我想说的也是这个意思。"

有时，分支机构的负责人会忘记他们是在为一个更大的组织机构效力。虽然他们在各自的"领地"里是无可争议的领主，但在公司组织结构的总体布局中并没有他们的一席之地，他们只需对他们的最高领袖负责。于他们而言，领袖正是埃肯塔尔。

"无论如何，只借宿一晚。我们明天一大早就动身离开。"

"没问题，罗恩。欢迎你们前来做客。你们遇到了一些麻烦吗？"

"我们面对的敌人阴险狡诈，消息极为灵通，他似乎事先就知道我们的行动计划。他们早些时候试图下毒毒死我们，我们可能已经被一路跟踪到你这里了。不过我目前还不能确定。"

罗恩揭示的事实真相并没有被忽视掉。屋子的主人此刻显得异常警觉。

"我向你保证，明天一早，德温就会带着坐骑直接来这里接上你们。"

"谢谢你，乌利亚。这听起来的确是个好主意。我觉得我们最好去休息吧。"

第十四章　初见德温

如果说前一天危险的感觉非常强烈的话，那么今天，"光神"似乎驱散了所有的恐惧，仿佛仅凭他的存在就足以震慑任何潜在的袭击者。

"那个德温真是傲慢啊。"阿丽心想。他身形清瘦，肌肉发达，一大早就带着玉骢出现了，扬扬得意地笑着，优越感十足。但是，最重要的是，他故意装出一副若无其事、漠不关心的样子，借此让初来此地的他们明白，只有仰仗他这个出色的侦察员才能把事情办好，否则寸步难行。

当他试图帮助阿丽登上她的坐骑时，他触及了她的底线。

如果他认为阿丽会允许他的哪怕是轻微的触碰，他就大错特错了。她可是一名侦察员，所以骑马是她基础训练的一部分。她根本不需要那个像一头发情的布菲牛似的家伙来帮她骑上玉骢。

相比之下，今天肯定会比昨天过得舒心一些。在乌利亚爵士的陪伴下，吃了一顿美味丰盛的早餐后，他们离开了里弗福克。这里气候温和宜人，得益于从山上吹下来的和煦柔风，阿丽的心情也跟着明媚亮丽起来。

虽然乌利亚爵士啰里啰唆的，尤其是当他喋喋不休地开始讨论采矿研究或下一个周期的预算计划时，简直令人不堪其扰。但此刻，里弗福克正慢慢地消失在他们身后。

他们一行四人：罗恩、阿丽、德温和亚舍尔。亚舍尔是阿丽见过的最沉默寡言的人。他是德温采矿侦察队（或者称之为"采矿小分队"，这一带的人们都是这么叫的）的成员。

他们要花三个小时才能到达贾伊古拉采矿场，因为他们并没有走在铺设好的、宽阔的主干道上。主干道上有许多陡坡，像蜿蜒的河流一样悠然自得地延伸至工厂。实际上，有一条更快的路线，灵活的两足爬行动物坐骑可以应对自如。他们不时地涉过溪流或是爬上一个颇为陡峭的斜坡，但这对阿丽来说早已是家常便饭。显得有些吃不消的倒是会计师。他显然不习惯这种程度的舟车劳顿。德温一直在盯着她看，这一切都逃不过阿丽敏锐的观察力。通常在最具挑战性的弯道处，当他认为她不会注意到时，他便会偷偷地瞄上一眼，看看她的行进状况。但任何有自尊心的侦察员都不会错过这些小动作。半个多小时后，阿丽充分利用了他们并肩骑行的有利时机，决定稍微敲打一下他们的向导：

"德温，我相信除了我之外，还有其他人更值得你关注。"

"说什么哪？哦，你认为罗恩可能有些吃不消吗？的确，对于一个整日劳心费力地和繁文缛节打交道的会计师而言，这样的短途旅行对他而言是个不小的挑战。"

信息成功接收。她很高兴这番话能让他有所收敛。有那么一瞬间，她觉得自己听出了他语气中的一丝尴尬。

当他们接近矿厂时，首先让她留意到的是一种怪味：空气的味道在此之前一直是干净清爽的，可现在已经变得污浊不堪，沾满了烟尘。他们越过最后一道山脊时，可以清楚地看到烟囱，它们正向空中喷出刺鼻的浓烟。整个山谷都湮没在一种灰蒙蒙的浓雾中。古尔都的空气也不是那么好。人们烧煤、烧油来做饭。数以百万计的小烟囱也污染了她家乡的空气，但与此相比，简直是小巫见大巫。在旅程的最后阶段，罗恩和阿丽都咳嗽了好几回，而德温和亚舍尔似乎对此早已习以为常。

他们终于到达了目的地，刚好碰上了茶点供应的时段。他们和轮班的工人一道在食堂吃饭。公司所有成员手臂上都刻着刺青，凭着这个通行证，他们得以畅通无阻。德温和他的朋友并没有刺青。有人向她解释，从某种意义上说，他们是根据合同与FTC签约合作的雇佣兵。这些人组建了一个采矿研究专家小组，在这片土地上搜寻可以开采的新矿脉。他们被要求在入口处亮明身份，并在获准进入前填写表格。一路上，德温一直在给他们讲些奇闻逸事，逗他们开心，讲述自己的工作是多么有趣，很少会在一个地方停留超过六个月的时间，以及如何探索和了解这片土地上的每一个角落，收集土壤、岩石和水的样本，并将它们送到最近的化学实验室进行分析。

贾伊古拉拥有得天独厚的矿产资源。与其说它是一个采矿场，不如说是一座小城。这里有红砖房，供在此处工作的三千五百名工人和他们的妻子居住。这里还有商店、食堂、几家餐馆、一家客栈，以及一个大约一万两千人的小城市所能提供的绝大部分重要的生活服务。

队伍排得很快。排在他们前面的工人们拿起柳条托盘，许多服务员会忙着在上面放上一碗帕尔丹米饭和一盘铺在红藻上的炸青蛙腿。德温异常健谈。首先，他解释了这个餐食供应系统是如何运作的。阿丽对此很熟悉，因为它与古尔都塔楼的食堂非常相似。然后，他列出了他们这顿饭的简单配料，抱怨说没有别的选择，菜单也极其单调。在他看来，鱼太少了，除了青蛙腿之外，肉也很少。阿丽听凭他自顾自地说着。毕竟，她早就饥饿难耐，刚一落座，就带着对美食的极度热爱，狼吞虎咽地大吃起来。

"总的来说，我们的午餐还是很受欢迎的，很合某些人的胃口。"德温友好地笑着说道。食堂里闷热极了。阿丽已经解下了她那条沉重的双皮带，将它搭靠在她的椅背上，里面装着她那对特制匕首。这样一来，如果她需要的话，仍然可以迅速地拿到它们。她敞开的衬衫领口可以让人瞥见她的胸部，这完全没有逃过德温的一双鹰眼。此刻她正面对他坐着，所以他刚好利用这个有利位置偷瞄了好几眼。

"看来你也找到了符合你口味的东西。"阿丽答道，语气中带着一丝嘲讽。也许弦外之音对德温来说实在是微不可察，只见他依旧偷瞄着她，好像什么话也没听到似的。

"我想我们该去参观一下这个大院了，不是吗？"罗恩终于从长途旅行的疲惫中恢复了体力，询问道。

"是的，没错。我把你们引荐给厂长，我的任务也就结束了。不过，我不会马上离开贾伊古拉的。如果你们还有什么需要我帮忙的，可以来山百合客栈找我。今晚我做东，如能赏光，我将不胜荣幸，因为我有一些当地的美食想推荐给你们品尝。"

阿丽正要回复说他们情愿不要他的这些"服务"（包括他对她胸部的浓厚兴趣），但她适时地闭上嘴巴，还是少说话为妙。显然，这个问题该由探险队的队长罗恩来回答。

"荣幸之至。那么，我们下午第七个小时过后直接在客栈碰面吧，好吗？"

"好的。"

尽管德温也来自古尔都，但他入乡随俗地掌握了一些当地人的用语，阿丽心想。此时的德温已经起身离开，去归还他的柳条餐盘。

与厂长苏里曼一起参观工厂，在女孩眼中宛若开启了一个新世界。铁和其他一些金属的加工过程原来是如此复杂。在这之前，有一些概念对她来说完全没有任何意义。烧结、提纯、碳、硫和磷含量，这位和蔼可亲的厂长在带领他们参观高炉时抛出一些术语。这个中年男人，身体保养得很好：身材敦实，双手布满老茧，一看就是个辛勤劳作之人，双目炯炯有神，质朴圆润的脸上洋溢着欢乐之情。他坚定有力地和他们握手表示欢迎，极尽地主之谊。他要带他们参观一个极其庞大复杂的工厂，因此他的解释基本上离不开专业术语，听上去有点枯燥乏味，但他还是想方设法地让这次参观变得生动有趣一些。

对于每一台机器或装置，他都如数家珍地说上一堆奇闻逸事。这些故事往往悲惨收场，因为很不幸，工厂发生了许多事故。这些故事讲完之后，便是近年来事故大幅减少的统计数据，这使得贾伊古拉矿场在生产安全方面处于行业领先地位。

"但你列出的所有这些安全措施肯定花费不菲。"罗恩并不赞同。

苏里曼可不允许这位高级会计师拿这番话来吓唬他。相反，他全然不在乎地朗朗背诵起他的那套说辞。毫无疑问，他对于这个话题驾轻就熟，了如指掌。

"你所说的成本实际上为公司节省了大量资金，因为每起责任事故都代表着生产损失方面的巨额支出。若情形极为严重，还需要为接替伤者工作的新员工培训支付一大笔费用。更不用说要找到这种高水平的技术工人有多么困难。此外,公司内部法规要求每起事故都必须记录在案,这意味着有大量的文书工作要做,这对你们会计师来说,无疑也是极大地浪费时间。"

"我无意质疑你们管理的有效性,我只是好奇,仅此而已。"

罗恩平时自鸣得意的语气此刻已是非常克制了。苏里曼对这种反对意见习以为常,没有丝毫的焦虑不安。他早已经热情洋溢地谈论起下一个话题——装载起重机,他亲自对这个装置做了重大改进。起重机现在可以与蒸汽回路相连,这使它们的工作效率比以前提高了四倍。

阿丽打起了哈欠。他们今天真是忙得够呛。比起马不停蹄地赶路,参观铸造厂才真正耗尽了她的全部心力。在这里,每天都有数以千计的由钢和其他金属制成的钢筋、钢棒和钢管被装载到长货车上,货车便是沿着这条金属轨道进行运输的。这条双线轨道从贾伊古拉驶出,像河流一样延伸到山谷里。有人向她解释说,这些货车与一条千米长的钢缆相连,钢缆会将它们轻轻地卷起来送至登船港进行装载。然后,空载的货车会被挂在同一条钢缆上,返回贾伊古拉。整个机械装置由一台强大的蒸汽机提供动力,这台蒸汽机与山谷里的一个烟囱相连,正是这些喷吐着滚滚浓烟的烟囱污染了山谷原本清新的空气。

现在太阳已经低挂在地平线上,很快就要落山了。第二天,他们应该去参观仓库。然后,罗恩将开始他的工作,检查账目,找出生产力下降的原因。按照约定,他们并未提及这次视察的真正原因,但是厂长也是个精明人,他可能早就怀疑起了他们此行的真正动机。在去客栈的路上,两个人都没有说话。阿丽有很多事情需要考虑。当数以千计的小镇居民每天都忙着从原矿中"解救"出那种高贵的金属并从中受益时,阿丽却在那天已经看到了他们中大多人都没有意识到的事情。直到现在,她才觉得她的肚子已经开始发出低沉的咕噜声。

第十五章　谦谦君子

　　当每个职能部门都对失败负有同等责任时，责任完全在公司首领身上。

——《企业经济学手册》第一章

　　德温在客栈里等着。第七个小时早就过去了，但还是不见阿丽和会计师的踪影。如果他能说了算，他早就大吃大喝起来了。他非常喜欢当地的美食，但眼下最好还是耐心等待吧。尽管他努力表现得很友善，但那个女孩一定很讨厌他，对他不理不睬。通常情况下，他对付女人很有一套；秘诀就是总得哄着她们，让她们开怀大笑，剩下的一切自是水到渠成。但在这个女人身上，他的套路一次都没有奏效过。

　　真遗憾。他确实觉得她很有魅力，让他着迷。要是他俩相处的情况大为不同就好了，那今晚他就不必独自入睡了。他可以想出一堆的花样儿，在那个一头红发、泼辣性感的尤物身上试一试。

　　客栈门打开的一瞬间，带进了一股新鲜的空气，他多希望会是他们，但希望再次落空。他们已经身处高海拔的地区，夜晚比闷热的古尔都要凉爽得多。他更喜欢干燥一些的气候。如果没有烟囱和排出的那些污染物，待在这儿兴许真的会是件很美好的事情。

　　但是，恶神阿里曼啊，他们究竟去哪儿了？门开合了无数次之后，他突然瞥见了阿丽的小脑袋，顿时松了一口气：终于可以吃饭了。她快速环顾了四周，然后把罗恩领到他的桌前。德温彬彬有礼地向他们问好：

　　"晚上好。"

　　"晚上好，德温。"

阿丽不发一言，聊天的任务完全交由罗恩负责。

"你觉得这次工厂参观怎么样？"

"很长见识。"罗恩相当冷淡地回答。他和阿丽看上去疲惫不堪。

"你看起来有点累，所以如果你不介意的话，我来点菜。"

"谢谢你。"

这一次是女孩做出了回应。也许她在努力学着如何愉快地和他相处吧。

阿丽再次匆忙地吞下她的食物。这里的饭菜确实比食堂的餐食好太多。米饭煮得恰到好处，香味扑鼻。鱼也非常新鲜，因为已经蒸过，所以鱼肉鲜嫩可口。现在坐在一堆空盘子前，她感到浑身倦怠，睡意袭来。德温的言行举止表现得格外得体周到，竭力和他们攀谈聊着天；更准确地说，他的注意力全放在阿丽身上。不管怎么说，她实在是累惨了，懒得追究他肆无忌惮的眼神。尽管如此，他还是不打算就此停手。

"真可惜，你们明天公务缠身，哪儿也去不了！亚舍尔和我要去打猎，我肯定你也会非常喜欢的，阿丽。"

"我们可不是在度假，德温……我的意思是……我是说你的提议非常好，但你知道，我去不了。"

她显然倦怠至极。即使按照她的标准，她的回答也是相当刻薄的。她还是什么都别说的好。思前想后，循着一些蛛丝马迹，她终于弄明白了一件事：德温喜欢上了她。他时不时地盯着她看的那种眼神，然后整晚锲而不舍地和她搭讪。她不得不承认，他对她一直都很友善，彬彬有礼的。事实上，她觉得他没有什么不好：毕竟他也是个英俊帅气的家伙，身材高大，肩膀宽厚，一双深邃的黑眼睛，性感厚实的嘴唇。现在不是她考虑这个问题的时候。她被委派了一项重要的任务。最好不要总想着与她遇到的第一个陌生人调情。况且，当他们第一次见面时，她简直无法忍受他的那副德行。初见时的他，眼前的他，哪一个才是真正的德温？

也许他今晚的行为举止都是事先精心设计好的，只不过是想把她骗上床。"你的妄想症又犯了，阿丽。"谢天谢地，就连生龙活虎的罗恩此刻也蜷缩在角落里，一言不发、哈欠连天。在那漫长的一天里，他首当其冲，遭了不少罪，吃了不少苦头。

"德温，我想我完全可以代表侦察员说这句话，我们两个人已经非常非常累了。我想我们最好还是回房休息吧。"

"当然，可以理解。如果你们还需要我的话，我就在四号房间。你们好好休息吧。"

"你也是。好好休息。"

德温像个通达事理、风度翩翩的绅士一样平静地和他们道了晚安，然后向酒吧走去，而阿丽和罗恩则挣扎着站起身，向各自的房间走去。好在她不必和会计师睡在同一个房间里，阿丽心想。罗恩甚至没有谈及这个话题，反倒是解释说，他会对他们两个相邻的房间施咒，如果有人试图潜入任何一个房间，符咒就会立即唤醒他们。

她的房间干净整洁。毫无疑问,这家客栈设施简陋，但以阿丽的标准来看，它堪称豪华。一张巨大的床只为她而设，房间远不止五步宽，甚至还有几个脸盆，洗漱用水以及干净的棉毛巾。地板上铺就的红砖并不是很平整，质量也一般，不过对于这样的地方来说，一切已经足够好了，不要有其他的奢望。

当她迷迷糊糊地进入沉睡状态时，她再次想起了德温。他有时确实胆大妄为。她不禁注意到，在她爬上客栈楼梯的整个过程中，他的目光一直停留在她的后背上。不过，她不得不承认，那天晚上他举止温文尔雅，表现得非常好。"说不定他真的很喜欢我呢。"她大胆地做着猜想，喃喃自语着，随后就睡着了，睡得深沉而香甜。

第十六章　夜巡

在每个周期的这个时候，夜晚总是异常温暖静谧。沙兹玛[①]——塞邦国居民也称其为"夜之伴侣"，将森林笼罩在她那翠绿色的光环中。阿丽走在前面给罗恩开道，而此时的罗恩，身处陌生的环境，远没有以往那般盛气凌人，也比平时更加小心翼翼起来。

尽管有些慌乱，阿丽还是有点小激动，她自信满满地走在沉睡着的森林里，轻松穿行在蕨类植物和马尾草之间，几乎没有发出什么动静。

"嘘，侦察员……我们是不是跟得太近了？"

"天黑着呢，"她轻声说，"放心吧，他们压根儿看不到我们。咱们必须再靠近一点，才能瞧个明白。只是，我们必须保持安静。从现在开始，不许说话。"

他们刚走到空地的边缘，眼尖的侦察员就发现了一个理想的藏身处：一片密密麻麻的矮蕨类植物提供了一个极佳的屏障，不会被窥探到，堪称完美。他们可以一览无余地看到那些棚屋。这种蕨类植物遍布整个塞邦国，宽大的叶片像天幕一样庇护着他们。藏身之处还算舒服，这已经相当好了，毕竟等待他们的是漫漫长夜。

现在他们要做的就是静心等待。诱饵已下，只待鱼儿上钩。

时间缓缓流逝着。她的四肢变得麻木，眼皮像灌了铅似的睁不开。睡意席卷全身，令人难以抗拒。地面暄腾柔软。她要做的就是不再挣扎，任由自己瞬间进入深沉、安宁的睡眠状态。"不，阿丽。保持清醒！"她在心里对自己大喊道。

如果因为她的一时贪睡而毁掉了如此重要的监视行动，罗恩会怎么看她？

[①] 塞邦国信奉的月亮女神。

每隔一段时间，她就换一个姿势，趁机舒展、按摩一下酸痛不已的四肢，让血液重新流动起来。保持清醒似乎对于罗恩而言倒不是什么难事。也许是因为他成为魔法师之前的那段学徒时期，对着书本度过了许多个漫长夜晚。保持专注的能力似乎并不是他欠缺的品质。

  几个小时又过去了。阿丽早已精疲力竭。更重要的是，这种毫无结果的漫长等待令她深感不安。她的思绪飘忽不定起来，幻想着他们迄今为止的发现所带来的深远影响。在检查装卸记录时，罗恩注意到，购入的铅比产出的要多一些。当他们向苏里曼提及此事时，他惊讶不已。据他说，铅的生产在五个周期前就已经停止了，而且没有人下令重新开采方铅矿。由于特什卡附近发现了矿脉，在这里开采这种铅矿物已经不赚钱了。厂长辩称，运输成本已经扼杀了铅矿业务，但还是没能向阿丽解释清楚这个问题。不管怎么说，这件事值得深挖调查。越挖越深之后，他们发现了什么？五名矿工分两班次被派往方铅矿，含铅的矿石正是从该矿提取的，在档案中查到了由埃肯塔尔亲自签署的命令。几件事的来龙去脉也越发明朗清晰起来。大约有二十人从事铅的提取、提纯、冶炼和铸造工作，而不是从事铁矿石的加工，因此导致铁的产量略有下降。虽说赤字不大，但仍有亏空。这么做目的何在？这正是他们百思不得其解的地方。看来，苏里曼对他们说的都是大实话。然而，仍然有两种可能性：要么他演技精湛，要么他对整个计划毫不知情。阿丽倾向于后一种可能性。苏里曼这个人性情直率，非常简单。就连罗恩都赞同她的这一看法。此外，还有一个更严重的问题，那就是埃肯塔尔的签名。然而，罗恩似乎不愿意把这件事看得太过重要。毕竟签名有可能是伪造的。不过，即使是亲笔签名，FTC的首领每天都要签署数百份类似的命令，让他每一份都逐一细读批阅简直是太不可思议的事情了。

  现在的问题是，恶神阿里曼啊，他们究竟是怎么做到神不知鬼不觉地把铅偷拿出厂房而在账簿上不露任何马脚的。这就是他们两个人前来此地蹲守的原因。罗恩利用他作为九级会计师的部分权力和权威，让厂长发誓保密，至少目前能保守住秘密就好。现在他们要做的就是密切关注铅条的库存，这样他们就能发现是谁拿走了这些铅条，这些人拿着铅条去做什么。一阵"吱吱嘎嘎"的声音传了过来。仓库的门打开了。两个蒙面人熟练地推开了滑动门。

他们俩并未交谈，而是做了几个手势。他们的身影在空地上清晰可见，但现在夜色浓重，根本无从辨认戴着头罩的两个窃贼。

其中一人回到了他们曾出现的灌木丛中，很快就牵着两头驮畜回来了。

布菲牛发出的恼人的嘶嘶声是绝不会听错的。两只巨兽温顺地摇晃着结实的尾巴，跟着那个蒙面人来到仓库门口，最后它们全都走进了仓库。虽然不是完全悄无声响，但一想到这些布菲牛发出的声音与它们庞大的体形相比竟然如此微小，还真是令人匪夷所思。毫无疑问，这两只驯服的驮畜早已习惯了这种工作。

窃贼们没有在仓库里待太久。尽管漆黑一片，他们还是设法完成了原定计划。他们很快就出来了，驮畜们都被套上了缰绳，因负载过重而放缓了前行速度。

阿丽心想，看来这些铅块已经装载完毕。他们不可能起疑心的，因为自从他们再次踏进密林后，就不再回头张望了。

一路追踪并不成问题。即使是一个小孩子，也跟得上那些嘶嘶作响的驮畜，它们在繁茂的树丛中缓慢移动着，来回摆动着尾巴，嘈杂声不断。他们离得远远的。显然没有必要跟得太近。

几个小时后，一团红彤彤、金灿灿的火球气势磅礴地喷薄而出，升上了万里晴空，驱散了夜晚的阴影。

一切如常，他们的猎物在继续行进。阿丽像啮鼠一般灵活，决定再靠近一些，这样她就能看清他们，听到他们的谈话了。可是动物们发出的噪声占了上风。如果此刻窃贼们分头行动，一人从后面伏击他们的话，阿丽根本觉察不到。即使在这么近的距离，她也觉得根本不可能听清楚两个贼人在说些什么，因为主要的噪声来源依然是那两只巨兽。

在过去的两个小时里，森林已经悄然发生了变化：植被不再那么茂密，偶尔会遇到巨石和溪流。这两个窃贼显然知道他们前行的路线。事实上，他们似乎一直在循着痕迹行进着。起初，因为天黑，阿丽没注意到。但后来她清楚地看到，有人已经在那片茂密的树丛中穿行了好几次。一条幽暗、曲曲弯弯的小径在崎岖的山地间蜿蜒前行，绕开了那些天然的障碍物，引领着他们沿着最安全、最快速的路线前往地势较高的目的地。有时，道路会变得更加陡峭，植被也更为稀疏。

"长官，我们不能再这样跟下去了。我们需要停下来待一会儿，让他们先翻越过那个高地再追赶也不迟，否则他们可能会看到我们。"

"嗯，大可不必如此，侦察员。我一直希望我最好不要有机会用上这一招，但是……就待在我身边，站好了，别动。"

那时阿丽已经对他有了足够多的了解，明白他的语气意味着他要使用魔法了。她也知道最好不要反驳他，所以，她顺从地默许了。

罗恩从腰间的宽腰带上抽出一个小袋子。他小心翼翼地取出一些粉末，然后撒在他们的头上。当罗恩做完这一切后……他就从阿丽的视野中消失了。

然后，她想起了在里弗福克时的那一幕。肯定是那种粉末让他消失不见的。"真是太棒了！现在他只顾着把自己安顿妥当，而我……"她还没能收回思绪就开始……她的手臂……她怎么看不到它了？她又看向了自己的腿。它们竟然也不见了。她成了隐形人！她的感觉仍然和以前一样，但她却看不到自己的样子。没有什么比成为隐身人更不可思议的事情了！所以说，魔法师会隐身术……用上这个把戏，或是用罗恩口中所说的咒语。嗯，它居然对普通人也有效力。

"来吧，我们继续赶路。跟紧我。我们需要能够清楚地听到对方的声音，否则我们会迷路的。"

"啊……遵命，好的，那好吧。"

阿丽仍然对刚才发生在她身上的事情感到困惑，有些手足无措。前一刻她还是个侦察兵，而现在的她则成了某种精灵。她已经听到了罗恩的脚步声渐渐远去。她还能听到他的呼吸声，经过一夜的长途跋涉，他的呼吸略显急促。"如果我不立刻行动起来追上去的话，我会跟丢的。"她从近乎恍惚的状态中清醒过来，开始大步流星地追赶着罗恩。

"留点神！"

"哎哟，对不起，长官。"

"专心听着点声音，跟随我的呼吸节奏。如果我们像一群发情的布菲牛那样移动的话，即使我们是隐形的，他们也会注意到我们。"

"是的，长官。我会很小心的。"

刚才，阿丽在试图追上他时踢了他一脚。她几乎失去了平衡，也许把罗恩也撞了个趔趄。他们的行进现在顺畅多了。她一直专注地听着声音，还得留意着他时不时在她眼前留下的脚印。虽然这一切都让人紧张兮兮的，丝毫不能分神，但还是很实用的。

没错，她现在是隐形人了。但她的身体仍然在那里，像以前一样厚重坚实。这样的移动方式更累人。她还是不太习惯这种改变。这需要她全神贯注、全力以赴，毕竟一下子有这么多事情要同时完成。幸运的是，他们的狩猎即将结束。这队人马果断地溜进了道路右侧花岗岩墙上开出的众多洞穴中的一个。这是一个火山带，尽管确实年代久远，但即使是未经训练的眼睛，也能清楚地看到在过去年代里撼动这些土地的巨大力量的留痕。无论如何，这里就是这场追逐的终点。奇怪的是，他们竟然进入了一个山洞。阿丽没有料到会是这样一个终点。现在，如果他们想继续跟下去，就必须格外当心。

"我们可以继续跟着他们。咒语接近消散的时候，我会告诉你的。"

"好，那我来带路。"

阿丽觉得自己没有先前那么自信了。她一生中从未当过隐形人。所有这些体验对她来说都是全新的，而她在侦察员受训期间所学的全部技能在这个紧要关头却没能派上任何用场。

这个山洞非比寻常，有七八米宽，像纺锤一样笔直。山洞里一片漆黑，地面略微向山下的方向倾斜，几乎给人以一种人工挖掘的印象。然而，不可能以这种方式进行人工挖掘：墙壁无比光滑，没有镐头开凿的痕迹。他们继续前行，洞内也越发昏暗。他们不能再这样走下去了，否则很快就会磕碰到什么东西上。他们需要一些光源来探路。隐身，同时还带着一个光源。这主意真绝妙！任何人，只要朝着他们的方向瞥上一眼，立刻就能瞧出来有什么地方不对劲。无论他们俩隐身与否，都没有什么分别。

正当她准备向罗恩提及此事时，她注意到有两个光点在黑暗中格外显眼。现在他们的眼睛在逐渐适应一团漆黑后，能够看到一些东西了。很明显，她的上司已经看到了亮光。他依旧一言不发。阿丽可以听到他在她身旁稳步前行的声音。

隧道继续在脚下向前延伸着，感觉就像是走进了无边无际、永恒的空间似的。然后她想到，还有一个问题。唯一的光源一定是来自偷铅块的窃贼们。没有了光亮，他们俩又该如何离开山洞呢？阿丽鼓起勇气，壮着胆对着罗恩耳语了几句。她对自己的步幅进行了计时。罗恩大概比她高一个头，所以她得尽量贴近他的耳朵才能吸引他的注意。

"嘘，长官。"

他停了下来，她再次撞上了他。

"真该死！你这个毛毛躁躁的女孩！这次又怎么了？"

"对不起，我只是想知道我们该怎么离开这里。"

"你在担心什么？"

"没有。我想问的是你能找到光源吗。"

"对一个魔术师来说，这算哪门子的问题？"

"我怎么会知道……我现在就有麻烦了。"

"只管继续向前走就好。"

这句话让她莞尔一笑。就在那一刻，罗恩让她想起了她在侦察兵训练时期的教官，当时她还是个新兵。他们默默地走着，在不知不觉中逼近了目标。虽然光线并没有增亮多少，但他们仍然可以听到两只布菲牛呼哧呼哧地喘着粗气，在隧道里吃力地走着。

走了几个小时后，隧道里突然洒满了光亮。在黑暗中待了那么久，突如其来的亮光刺得眼睛生疼，就好像太阳直射在头顶上似的。但是，这显然是不可能的。他们正处在半山腰上。有那么一瞬间，阿丽担心他们可能已经被发现了。但她很快又醒过神来，他们现在是隐形人。唉，她还是没办法习惯这种隐身的感觉。

一想到谜底很快就要揭晓，他们俩备受鼓舞，就像两只啮鼠般，无声地加速向前移动着。就像悄无声息地出现一样，光线消失得无影无踪，他们再次陷入伸手不见五指的一片漆黑之中。阿丽突然停了下来。这一次，罗恩撞上了她。他比她重多了，差点把她撞倒在地。他们弄出了一些声响，但似乎并没有人注意到。现在，偌大的山洞里只剩他们两个人了。甚至连那两只巨大驮畜的噪声都听不到了。女孩低声咕哝了一句：

"哎呀。"

"你受伤了吗？"

"没有，好着呢。"

"把手伸给我。"

阿丽在黑暗中向他声音传来的方向伸出一只手，但她找不到他的手。感觉就像她小时候和雷格尔玩瞎子摸人的游戏一样。然后他们俩再次相撞，最后几乎是拥抱在了一起。

"对不起，长官。"

"没必要道歉。现在抓住我的手，我们移到墙边去。我需要制造一点光亮，否则我们哪儿也去不了。"

最后，当一道蓝色的亮光在他们较远的地方出现时，阿丽终于对他们的处境有了一个大致的了解。再往前走五十米，就是隧道的尽头。那里矗立着一扇巨大的金属门。谜底一定就在里面。

第十七章　浮生偷得半日闲

即使碾压一只蚂蚁，也要用尽全力。

——凯莫尔·罗曼的战争故事

山多·拉吉只是有点焦虑。这种熟悉的感觉又来了。只要他一直和这个女人打着交道，他就一直是这种状态，心神不宁，惶惶不可终日。自他被提升为四级技术官并被任命为董事会驻杰布勒的代表以来，六个月的时光已经过去了。与CCI的领袖保持外交关系是他的职责之一，当然这份差事并不是那么令人愉快。谁知道关于她的一切传闻是否属实。有传言说她有几十个情人，当她厌倦了其中一人时，就会把他除掉。他的脊梁骨直冒凉气：当然不是这闷热的一天正渐近尾声，温度有所下降的缘故。那天早上突然下起了一场倾盆大雨，雨滴有四方棋①的棋子那么大。然后"光神"冒了出来，连带着还有令人窒息的酷热和各种飞虫。当他转过街角向塔楼入口走去时，他拍掉了一只对他的脖子颇感兴趣的斑点蚊子。像往常一样，他又经历了一次过于彻底的搜身。他身体的每一个角落都被警卫摸了个遍，这种羞辱简直没齿难忘。这只是他的新任务带来的另一个不愉快的后果。爱兹里·梅迪哈对安保工作的重视简直到了走火入魔的地步——身上携带任何武器都不可能通过这里的安检。至少这次他带来了好消息，他一边想着，一边拖着脚步，吃力地爬着楼梯。这也是那个首领诸多怪癖中的一个：她关停了所有的电梯平台，仅留下两部货运电梯，用于日常的货物运输。

当他终于到达位于四十四层的首领官邸时，他已是上气不接下气，汗流

---

① 塞邦国的一种棋类游戏，规则类似于国际象棋。

浃背。他用一块精致的亚麻手帕擦拭着额头，额头上早已沁满了细细的汗珠。他试着做了几次深呼吸，让自己平静下来。当他终于稍稍缓过劲后，他向那扇沉重的青铜双开门走去，两名女警卫正在站岗。她们现在和他已经很熟络了。大门自然会毫无疑问地为他打开。两名警卫中的一人陪着他进去，另一个则继续坚守岗位。

通常接待他的大圆厅里此刻竟然空无一人，只有他们两个。警卫并没有在那里等着，而是继续走向左边的一扇门，点头示意他跟上。通过那扇铜门进入的区域，对于这样一个住所而言，大得险些让他惊掉了下巴：给他的印象宛如一个体育馆或是一间巨大的浴室。古朴的瓷砖地板一直延伸到俯瞰着下面城市的大窗户跟前。门的两侧摆放着两个来自舍赫尔的古色古香的瓷瓶，里面插满了美丽清新的洁白莲花。在他们的右边，有一张长椅，一张桌子，还有一些似海绵般柔软的棉布织物挂在架子上，这一切进一步证实了他对这个女人最初的印象。在他们的左边是其他几个房间，每个房门上都有一扇小玻璃窗，可能是供人们放松休憩的地方。他的同伴果断地继续前行，走到一块长长的、亚麻布窗帘前才停了下来，窗帘上绘着雅致的花卉图案。当她把帘子拉到一边，给他腾出地方进入时，山多简直不敢相信自己的眼睛。俯卧在按摩床上的正是他要拜见的女主人，她身边站着一个肌肉发达的男人，正在大力按摩着她的一条腿。最令人惊诧的是，她竟然全身赤裸着。有那么一瞬间，他认为自己来得真不是时候。然而，爱兹里只是将她天使般的姣好面孔转向他，并未移动她陷在按摩床里的身体，随意地和他打着招呼，就像他们在平时的接待大厅里碰面那般自然。董事会代表此刻不知道眼睛该往哪里看，脸涨得通红，浑身不自在。那个女人真是恬不知耻，居然在这样一个地方接见他，无疑是在故意羞辱他的身份。然而，山多毕竟也是个血气方刚的男人……眼前的女主人魅惑十足，风情万种。不管怎样，她立刻开口询问他：

"你说有一些紧急情况要报告。请坐。"

爱兹里冲着角落里摆放着的两张椅子点了点头。山多回答说：

"谢谢。我现在更愿意站着汇报。"

"如你所愿。我听着呢。"

"好的。您看，这则消息高度机密，我认为这也许并不明智……"

"我明白你的意思。我向你保证，科萨尔听不懂我们之间的谈话，他生来就是个聋子。我想，帕西斯已经回到了你刚才遇见她的地方。这里几乎就只剩我们两个人了。请讲，咱俩不必太过客套。不巧得很，我一整天都会很忙，匀不出太多的时间给你。提前向你表达我的歉意，还望你能接受。"

这个有着不寻常名字的按摩师实际上一直都面无表情，甚至在他自己的名字被提及时也是无动于衷。山多努力地集中注意力。也许她以这种方式接见自己并不是存心侮辱他，令他难堪。他认识这个和他说话的女人已经有一段时间了。他早已了然于心，这个女人深知自己的魅力，经常把它作为一种武器来迷惑和她交谈的男人们。她想从他那里得到什么，还有待观察。事不宜迟，这位技术官斗胆开始转达起了信息：

"委员会已经审核了您的请求，认为可以接受。委员会还认为，有必要以最快的速度采取行动。"

"鉴于当下的经济形势，下一次会议可能会提前一周举行，理由是事态紧急。"爱兹里建议道。

山多微不可察地点头表示同意。显然，他没有资格对这项事宜做出决定。然而，作为委员会的代表，他是委员会在这些特殊情形下的代言人，获得批准似乎早已是板上钉钉之事。就像眼下这种情况，他决定豁出去了，担着风险提前给出了赞同的回复。折磨够了年轻女人的双腿后，科萨尔将它们放在床上，开始用力按摩她的臀部。爱兹里补充说：

"不过，我认为有必要改变一下会议地点。"

"为什么？一连做出两个变动，不会令人生疑吗？"

在爱兹里的印象中，山多虽然是个年轻、稚嫩的技术官员，不懂官场上的那些尔虞我诈，但他会有大把的时间来打磨自己的才能。

"恰恰相反，下次会议要在这里举行。我倒是觉得，换到一个中立方，比如特什卡矿业联盟的总部，会更好地达成我们的目的。有必要提前通知你的首领。无须多言，严格保密，不能让其他任何人知晓这个计划。"

"我明白……细想一下，这确实是个好主意。"

科萨尔已经开始给这个女人做背部按摩了，他的手法绝对称不上温柔。当他把胳膊肘按压进爱兹里的背部时，她痛苦地呻吟着，但还是继续说道：

"啊哈，我想，啊哈，最好……啊……让董事会通知，啊哈，特——什——卡——联盟。"

"我同意。我会把消息传达下去的。我相信事情定会按照您的明智建议进行。"

随着爱兹里的一记专横的手势，科萨尔当即停下了手上的动作，静候下一步的指示。然后她从按摩床上跳了下来，径直站在惊愕不已、满脸绯红的山多面前。他不禁注意到，她的私密处竟然一根毛发也没有。

她总结道："很好，我们达成了一致。请原谅，我现在必须走了。"

山多说不出话来，不得不清了好几次嗓子。他不知道该往哪儿看，尴尬得想找个地缝钻进去。而爱兹里看起来心情大好，怡然自得，身心舒畅。

然后，当山多终于设法平复了心境，他才想起了他来此地的第二个原因，于是冒险问道：

"还有贷款到期的问题……"

"如果数目不算大的话，我们下次再谈吧。"

"没问题，首领。"

"哦，如果你想在这里再待一会儿，我可以向你保证，科萨尔绝对是个手法高超的按摩师；享受过他的一次按摩，你会感觉自己又年轻了许多。"

"谢谢您。或许下次吧。愿阿胡拉照亮您的前行之路。"

微微鞠了一躬，山多退到了这个像浴室似的大房间的正中央。与此同时，爱兹里漫不经心地走到由一扇带小窗的门隔开的一个小房间里。等待她的是一个女孩，拿着令天下女人都心生欣羡之情的全套化妆品。山多站在那里，一时间竟不知所措，眼睁睁地看着她风情万种地扭着细腰走开了。

发生在他身上的这一切似乎令人难以置信。他刚刚看到了居然一丝不挂的巨头公司 CCI 的首领……他不知道是否应该向他的上司讲述这段经历。但有一件事是肯定的：他永远也不会将此事告知他的妻子。

第十八章　山洞探秘

"我们应该在这里等他们。"罗恩宣布。他的语气不容置疑。毕竟,他才是探险队的队长。这一点毋庸置疑。到目前为止,他不仅证明了自己的确是实至名归、值得尊敬,最重要的是,他让阿丽完全没有理由怀疑他的忠诚。接下来必定会有一场打斗。只有一件事让她忧心不已:他们的敌人会有多少?无人知晓。这位年轻的侦察员确信,他们对付那两个贼人全然不成问题。可是,据她所知,那里的敌人可能有一百多号人。阿丽大胆地提出了异议:

"长官,请原谅我,但如果那里有更多的敌人……"

"你觉得我没有考虑过这个问题吗,侦察员?"

罗恩不喜欢被质疑。这一点是肯定的。但随即,他的语气温和了许多。当他深邃的双眼注视着阿丽时,她似乎在他的脸上捕捉到了一丝微不可察的笑意。

"你的问题合情合理。不过,相信我,我们不会遇到任何麻烦的。总之,我自有妙计来确保你平安无恙。"

魔法。像往常一样,阿丽总是会忘记他们这一方还有这样一个得天独厚的优势。与此同时,他们俩又开始变得部分可见了,这种把戏的效果不会一直管用的,也会有失效的时候。

在焦急等待的那两个人最终出来时,他们有机会彻底查看了大门和隧道的尽头都有什么。

在那扇厚重的大门旁边,有一块奇特的、擦得锃亮的黑色面板镶嵌在墙上。这扇门本身就是一个谜。它根本不像他们原先认为的那样是由钢铁制成的,而是一种未知的、光滑完美的白色材料,质地非常坚硬。当罗恩用手靠近面板时,它的表面突然亮起,出现了一些不明符号,把他们俩吓了一大跳。

阿丽担心他们已经被发现了。但魔法师表示，根本不可能发现他们。至少眼下，她还是想继续信任他。

时间一分一秒地过去了，什么也没有发生。他们还有足够的时间来研究那个面板。过了一会儿，它又变回之前那种亮黑色、死气沉沉的状态。然而，如果再次用手接近它，面板照样还会亮起，不明符号也会随之出现。当它被照亮时，屏幕顶部可以分辨出八条横线，底部可以辨认出大约四十个奇怪的符号。事实上，他们越看这些符号，就越觉得它们并不是那么陌生。至少前十个符号与数字非常相似，后面的那些符号依然很神秘。想要伸手去触摸屏幕的冲动很强烈，但当阿丽怯生生地把手伸向那些符号时，罗恩用不容置疑的、专横的语气制止了她。

"收起你的好奇心，阿丽。决不能让他们发现我们。"

她立刻把手缩了回来。一如既往，他说得很对。不过，等待总是令人惴惴不安。他们有一场硬仗要打，只是不知道战斗何时会打响。几个小时昏昏沉沉地过去了。经过那漫长一夜的追踪，他们两个人困倦得很，但他们不允许自己在此时美美地去睡上一觉。罗恩让她喝下某种植物沏成的饮料，据说有提神的功效，可以让她保持清醒。的确，几分钟过后，她又觉得精力充沛、神清气爽了。她的心怦怦直跳，她想要起身活动一下，四处走走，总想做点什么事情，做什么都行。她紧张地在大门前踱来踱去。渐渐地，作为他们唯一光源的蓝色光芒开始消退。这一次，阿丽注意到了她自一开始就错过的一件事情。在念完一段咒语后，罗恩从他旅行斗篷的众多口袋中拿出一个小袋子，在发光的岩石上撒了一点粉末。光芒立即就回来了，散发出的冷光照亮了他们四周。如果没有这套咒语，粉末是否还会一直起作用呢，她思索着这个问题。尽管她的上司肯定不会因为他的能言善道而被人称道，但阿丽还是努力找了个话题和他攀谈起来，借以打发她此时的无聊。

"长官？"

"我在听。"

"你说你来自摩尔丹，对吗？"

"没错。"

"在卡奥深渊那边更远的地方……我从来没有去过那里。它是什么样子的？"

"与古尔都大不相同。摩尔丹的气候要好得多，有宽阔的平原，我们那里可没有成群结队的昆虫。我们还有全塞邦国最好吃的水果。"

按照罗恩自己的标准来评判的话，他似乎相当健谈。显然，等待也让他有些焦虑不安。阿丽备受鼓舞，继续缠着他让他多讲一些关于那片遥远土地的奇闻逸事。

"每个男人都有四个妻子，这是真的吗？"

"如果是真的，那就没有足够的女人来分配给每个男人了。难道不是这样吗？"

她上司的逻辑一向严谨缜密。然而，阿丽可不是一个会轻易认输的人。她厚着脸皮继续说：

"如果出生的女性人数是这个数字的四倍，就不会不够分的。"

不过，罗恩似乎并没有生气。他的机智已经让他习惯了这些逻辑推理游戏。

"我可不希望自己生活在那样一个世界里。"

"我以为拥有许多妻子是每个男人的梦想……"阿丽调皮地反驳他。罗恩被逗乐了，摇了摇头，给了她一个颇有创意的答案：

"也许吧，但就我个人而言，四分之一的女人，比起四个女人，倒是会让我更满意一些。"

"你不喜欢女人吗，长官？"

"恰恰相反。我觉得她们非常迷人，就像我觉得翼龙也很令人着迷一样。不过，我可不希望在家里养上一只。"

翼龙是整个塞邦国最雄伟的生物，但也是最危险的生物。它们是可怕的有翼掠食者，主要生活在迪瓦达拉特拉山脉，以它们能抓住的一切生物为食，无论是有翼的、四足的还是两足的动物。幸运的是，它们只有几只。但阿丽继续发问：

"那么，女人让你害怕吗？"

她变得更加得寸进尺了。他们谈话时那种戏谑的语气使她不再像往常那般对上司心存敬畏之情。幸运的是，罗恩似乎很欣赏这种戏谑的交流方式，于是用一种颇觉好笑的语气答道：

"翼龙有强大的爪子和牙齿。它们的尾巴只需轻轻一挥，就能把布菲牛或巨蜥的脊柱像折断一根牙签那般截断，但雌性翼龙却拥有一种更致命的武器。"

听到这句话的阿丽惊讶地瞪大了眼睛，急忙问道：

"是什么啊？"

"它们的舌头，亲爱的。"

话音刚落，沉重的大门开始滑动，只发出一种微弱的、几乎无法察觉的嗡嗡声。他们俩利用门的阴影尽可能长时间地隐藏起来。紧接着，两个贼人同时跳了出来。正如罗恩所预料的那样，他们整个上午都在跟踪的正是这两个家伙，在他们身后，两只巨蜥向前爬行着。

阿丽开始与其中一人展开了激烈的徒手搏斗。她不敢使用她的特殊匕首，因为必须活捉他们。在这一点上，罗恩的态度一直很坚决。

她用眼角的余光瞥见了另一个贼人拔出短剑，正准备刺向魔法师。罗恩毫不畏惧，也没有拔出武器。只见他双臂交叉抱在胸前，平静地等着贼人的刺杀。"该死的！如果他把自己弄死了，我就得对付两个人，而且肯定会死得很难看。"阿丽心想。虽然她的对手正手持短剑，激战正酣，但从他们的第一次交手中不难看出他压根儿就不会使用这种武器。他挥舞着短剑，就像手拿苍蝇拍一样，毫无杀伤力可言，左一下、右一下地乱砍一气。因此，他的短剑，一种专为快速、精准刺杀而设计的尖锐武器，在他手中俨然废铁一块。她的脑海里依然回荡着她师父的教诲："对于尖利武器而言，要学会借力打力。这可不是一把扇子，丫头，这是一把可以杀人的短剑，我的恶神阿里曼啊！"她当时的偏好是专攻匕首的双持作战，认为她天生的敏捷灵活可以让她获益更多。不管怎样，学到的基础知识无论何时都是傍身之技。

当她不费吹灰之力挡住那个莽夫的进攻时，她又捕捉到了她左侧战况的一些片段。另一个贼人趴倒在地，就像死了一样。最奇怪的是，罗恩在整个过程中一动也不动。然后，魔法师揶揄她道：

"你需要我的帮助吗，侦察员？"

"我这边一切安好，我觉得自己表现得好极了。"

与此同时，阿丽继续轻松地躲避着对手的攻击。她在让他自己疲于奔命。然后，她瞅准时机，一记回旋踢正中他的下巴。那人继续疯狂地挥舞着他的短剑，不让阿丽靠近他，几秒钟后，他突然身子前倾，扑倒在地。罗恩接着问她：

"这下你玩够了吗，阿丽？"

"我现在……说实话，我竟然不晓得我这一脚居然有这么大的威力。"她打趣地评论道。如果罗恩没有在这当中助她一臂之力的话，她简直有愧于"侦察员"的名号。

"只是略施小计而已……"罗恩用开玩笑的口吻追加了一句。阿丽后来了解到这是魔法师的一大专长：如果他的注意力足够集中，就可以与潜在的施法对象建立起深层次的精神联系，然后发出指令，让他们入睡。当然，这是一种极为难得的天赋。而女孩务实主义的心态立即让她想到了这种超凡技能的一个略显平凡的用途。这对她的母亲非常有用，她患有失眠症，整夜在床上辗转反侧，连带着阿丽也备受折磨，无法安然入睡，有时甚至睁着眼到天亮。

无论如何，一切都结束了。两个贼人都躺在地板上睡着了，就像乖巧的小宠物一样，而布菲牛们则紧张地摇着尾巴站在一旁等待着。那扇白色的门在他们面前四敞大开着。一道强光从另一边照射过来。有一瞬间，阿丽认为门后面的房间里有某种通往外面世界的开口，可以让光神强大的光线照进来。但是那道光略有不同。它没有那种典型的太阳光的橙色调，相反，它是一道黄白色的强光。女孩知道在整个塞邦国没有任何装置能够发出如此强烈的光芒。将这两个窃贼牢牢地捆绑好，堵住嘴，这最不寻常的一天中最光怪陆离、最激动人心的探险之旅就开启了。穿过大门，他们发现来到了一个完全陌生的环境中，这里一尘不染，就连墙壁也是洁净的亮白色。一个半球形的装置悬挂在墙壁和天花板之间，正发散着异常明亮的光芒。罗恩宣称，这是长老族使用的魔法。阿丽在吃了不少苦头后终于学乖了，每当他提到这个话题时，千万不要反驳他。

第一个房间似乎是一个门厅，墙上设有壁龛，可以坐人。除此之外，这里异常冷清，一扇敞开的门通向紧靠里面的一个灯火通明的大房间。在继续前行之前，他们偷瞄了一眼横放在两只布菲牛背上的沉甸甸的皮袋。每个袋子里都装着数百根小金属条。阿丽不禁把它们和几天前在公司塔楼上看到的东西联系在一起，她顿觉喉咙一紧。这些全是金条。眼前的金条足以购买塞邦国几大巨头公司的所有股份。然后她突然想起埃肯塔尔曾提醒过她，不要表现出对这个话题有太多的了解，于是她立即紧张起来。她最好还是闭上嘴巴，少说为妙，让罗恩多多发言就好。

"你知道这些金属块是什么吗，侦察员？"

"我不知道……"

"没必要在我面前装傻。我又不笨。起初我没料到你居然也知道这件事，而且知道得还挺多。我确实需要做一些揣测和推断。有人可能会说，在一个魔法师面前，什么秘密也藏不住。不过别担心，你的任务完成得非常出色。没准儿我们俩最终还能解开这个谜团呢。"

阿丽不知道该说什么来回应他。她被彻底搞糊涂了："谁是朋友，谁是敌人？"无论是敌是友，她最好还是一路相陪吧。于是她回答说：

"请原谅，长官，我奉命不得提及此事。"

"不要担心。我刚才说过了，到目前为止，你表现得很好。"

对现场的探查比预期的要复杂得多。这个建筑物巨大无比。在相邻的大房间里，他们还发现了一个半透明的三维比例模型，它忠实地再现了这个神秘建筑物的架构。他们很快就放弃了继续探索整个建筑群的想法。即使他们分头行动，也要花上好几天的时间来探索整个建筑体。他们所到之处，那些半圆球就会发光发亮。当他们进入房间时，球体会像变魔术一样亮起来；而当他们从旁边经过时，门会悄无声息地滑开。一切都那么扑朔迷离，仿佛进入了超越王国的世界。虽然阿丽并不笃信宗教，但她信奉阿胡拉，并一直想象着这位智者的住所应该和这样的一个地方非常相似。罗恩有些寡言少语。而且，他一副忧心忡忡、心不在焉的模样。

直到他们发现了一个房间，里面摆满了之前发现的那种金条，他才从恍恍惚惚的状态中清醒过来，终于开口说话了：

"愿阿胡拉垂怜我们！这些金条价值连城，要是按照这个星球上所有公司账面价值的倍数来计算的话，足够买五十个塞邦国了。"

阿丽真的不知道该说什么才好，于是她选择了沉默。他们在刚刚过去的几分钟里获得的信息量大得简直是匪夷所思。他们需要尽快赶回去报告这些发现。罗恩似乎陷入了沉思。然后，仿佛是大声说出心中所想一般，他宣布道：

"现在我要去完成最后一件小事。"

"……"

"我们要想离开这里，首先得弄清楚怎么打开这道门。"

"你说得完全正确。我没有想到这一点。"她总结道。不过，她不得不承认，这个想法暗示着公司中最招人恨的一种人要去做一件令人极其不愉快的差事——施刑者严刑逼供。她甚至从来没有考虑过要成为其中一员。虽然这在FTC是一个相当有名气的角色，但它实际上会让你遭人唾弃，像过街老鼠那般，人人喊打。此外，主动地将尽可能多的痛苦施加在另一个人身上，在最极端的情况下，甚至致残或致死，这种想法着实把她吓坏了。她想不起来在第一堂训练课上有哪个学员对这个话题表示出兴趣，尽管他们都被迫目睹了一次真正意义上的审讯。这是她有生以来最厌恶的经历之一。一个被指控偷窃的中年男子拒不交代如何找到持有赃物的同伙。只要一想到即将面临的严刑拷问，许多人犯就会心甘情愿地选择招供，但这个人却没有。要想让他招供，必须上升到审讯的第三等级。这门课的许多学员在第二等级就已经感到极为不适了。那天晚上，她根本吃不下饭，哭了一晚上。第二天，谜底揭晓，窃贼之所以如此决绝，因为他的同伙正是他的儿子。FTC对盗窃行为的处罚非常严厉。初犯者将被判处五年监禁。再犯会被砍掉一只手。若有第三次，就是死刑。这是他儿子第三次犯罪。自那天起，阿丽一直小心翼翼地避免处罚过重，努力将量刑放在监禁这一等级范围内。一想到有一天自己也会不得不成为施刑者，她便惊恐万分。她曾希望仅靠威胁就足以解决问题。然而，情况并非如此。罗恩给了她严格的指示。然后他把自己和其中一个窃贼锁在一个房间里，直到两个小时后才走出来。阿丽感到困惑不解。她的目光首先落在她的上司身上，然后落在他们的人质身上。如果她必须说出这两个人中哪一个才是受害者，她会毫不犹豫地指向罗恩。等一下……她的目光随后落在那个人质的眼睛上，它们流露出极度的恐惧之情。她怯怯地想探个究竟：

"嗯……那什么？"

"我现在已经知道答案了。收拾好我们的东西，这就上路了。"

魔法师回答她，看到他似乎在挣扎着想要站稳脚跟，阿丽立刻表示反对：

"长官，您身体不舒服。"

"我跟你说，我很好，只是累了而已。我现在需要好好睡上一大觉，但不是在这里。我们必须马上离开。"

无须他再说第二遍。阿丽将驮畜牵了出来，把两个贼人捆绑得结结实实的，塞住嘴，像两根大香肠似的丢在两头布菲牛背上，然后问罗恩：

"长官，我们要怎么处理这些金条？"

"就把它们留在这儿吧。咱们拿上两块就好。"

"遵命。"

在离开那个不可思议的地方之前，罗恩走到黑色面板前，触摸了一下右下角。沉重的大门很快地开合，发出惯常的微弱嗡嗡声。他们沿着长长的、黑黢黢的隧道走下去。这一次，坡度对他们十分有利，所以他们少花了半个小时。罗恩跟在阿丽身后，耷拉着脑袋，拖曳着脚步，好像随时都会昏倒似的，一路上一句话也没说。

第十九章　休息

草率之人，事倍功半。

——古尔都古谚

"长官，我只是不明白为什么。我们原本可以一路赶到贾伊古拉。既然那些人不隶属于FTC，他们可能会背叛我们。这风险太大了。"

"你向来不缺的就是打破砂锅问到底的执着劲儿，是吧，侦察员？我想再相信你一次。我不确定我是否应该信任你。但事实就摆在面前：FTC的内鬼就潜伏在离这里不远的地方。"

"什么，你怎么会？"

她的问题卡在喉咙里。她真是太蠢了！当然，和往常一样，用的是魔法……

"你为什么要问我你早就已经知道的事情？听我说，阿丽，我们的处境极其凶险。我相信现在你应该很清楚我是怎么知道的。你看到我在山洞里施法术了。我们魔术师通过多年的学习和训练，磨炼出了心灵感应技能。我能感觉得到心怀敌意的人就在附近。难道你看不出来，如果他们也在感应着我们，我就会轻松得多吗？"

"嗯，是的，我想我明白了。"

女孩还明白了一件事。通常情况下，当罗恩直呼其名时，这可是个好兆头。这种情形最近时常出现，看得出来他们真的开始和睦相处了。

"长官，我注意到了一些事情。"

"说吧，阿丽。"

"在我看来，我们俩可以作为一个非常高效的团队一起工作。"

在那之前，她从未见过她的上司对她笑得如此坦然，如此灿烂。当他用中指和食指的指背轻轻捏住她的鼻子时，他又说道：

"现在还不是自夸的时候，相信我。无论如何，你应该知道，我也有同样的感觉。我想我从一开始就小瞧了你。你可能缺乏经验，但你头脑冷静、身手不凡，很好地弥补了这一不足。现在我们应该考虑交付货物了，你说呢？"

"我完全同意。"

连阿丽都觉得自己之前也错看了罗恩。但是，她一直都小心翼翼地和他相处，从没告诉他这些。在他略显粗暴和傲慢的外表下，实则藏着一颗金子般的心。她的父亲一定和他年龄差不多。如果有一个像他这样的父亲，那不是也很好嘛。

现在，他已经彻底缓过劲来了。在离开山上开凿出来的那个奇怪洞穴后，他们发现了一片蕨类植物密林，罗恩在那里酣畅淋漓地一口气昏睡了十多个小时。在此期间，看守因犯的任务自然落在了她身上。这项任务远没看上去那么轻松，甚至非常危险。那两个人有可能抓住她犯下的哪怕最细微的错误将她制服。绝不能允许这种情况发生。否则，他们会毫不费力地让罗恩动弹不得，毫无招架之力，因为眼下的他完全没法保护自己。一大觉醒来后，罗恩狼吞虎咽地吞食着他们一路带在身上的补给品，他吃了一半的饼干、一大块熏蛇肉和整整四个煮熟的克尔翻蛋。当阿丽瞪大眼睛看着他时，他向她解释说，他使用的那种魔法会让他异常虚弱。虽然魔法可以使他深入探究人们的思想，但同时也会耗尽他所有的精力。眼下，他们又耽搁了四个小时，因为他让阿丽也美美地睡了一觉。反正天还黑着，即便上路，他们也走不了太远。黎明时分，阿丽醒了，吃了点东西，多喝了几口前一天给她的那种提神的饮料。然后他们缓慢地踏上了旅程。

她仍然感到疲惫不堪。"他们前一天走了多远？"肯定有二十多公里。但也说不准。在那个隧道里，时间和距离已经失去了所有的意义。

勘探队的营地离他们所在的位置不算太远：有半个小时的路程，也许还要更久一些，因为速度可不是布菲牛的一大优点。他们终于在上午时分到达了营地附近。他们接下来要做的事情就是涉过一条布满礁石的小溪，之后就会来到一大片绿油油的草地上，勘探队员的帐篷在那里如雨后春笋般地拔地而起。他们要去的只是一个规模很小的营地，几百平方米的范围内散布着不超过十几顶帐篷、两辆马车、几个包裹、一些皮包和各种工具。四周静悄悄的，一切都显得非常安静。

罗恩停顿了一会儿，转向女孩。

"阿丽，在我们进入营地之前，有件事我想告诉你。"

"请讲，长官。"

"德温实际上是FTC安插在敌人内部的卧底。"

"你是说实际上……他不仅仅是我们雇用的技术人员，还来自某个特殊部门？但是……但是你为什么现在才告诉我这些？"

"我甚至现在也不应该告诉你……我不知道我为什么要告诉你，但我认为只有这么做，对你才公平。"

"但他没有那个刺青。"

罗恩给了她一个意味深长的白眼。"你是个愚蠢的小姑娘，阿丽。很明显，一个卧底特工不可能佩戴着他为之效力的公司的标志四处炫耀吧！"

"智者三思而后行。"艾努尔总是这么告诫她。在那一刻，这句话千真万确。

这两头巨兽驮着不寻常的货物顺利地涉水而过。虽然它们不是很喜欢水，但经过适当的训练，它们是可以做好这件事情的。

第二十章　用马兑象

一个熟悉的身影从营地的一个大帐篷里冒了出来,这个男人肩宽体阔,穿着一件破旧的亚麻衬衫,敞着领口,露出肌肉结实的胸膛,大步流星地向他们走过来时,阿丽激动得心跳加速。他还披着一件宽大的米拉克布料做成的灰色斗篷,用来抵御有点清冷的山风,这身装束让他看起来颇有一种王者风范,阿丽不得不承认这一点。无须多言,他堪称优秀男人的典范。

"欢迎来到我们的小型流动研究实验室。"德温满面笑容,爽朗地和他们打着招呼。

"祝你度过一个阳光明媚的清晨,德温。"

罗恩经常会使用这类问候语,这是住在卡奥深渊那一带的人们特有的问候形式。

"找到蘑菇了吗?"阿丽问道,那人听闻后微微咧嘴一笑。这片空地的四周长满了茂密的马尾草、开通花和蕨类植物。在每个周期的那个时段,还有可能找到一些软软的、可食用的外部生长物,与她知道的食用菌很相似。当地人称它们为"蘑菇",而在古尔都,它们通常被叫作"真菌"。

"我们把真菌留给那些在这片森林里迷路的侦察兵。你永远不知道他们的肚子什么时候会饿……"

不得不承认,他的身手有多么灵活,反应有多快,阿丽心想。这一切发生在电光石火之间,以至于侦察员阿丽仿佛手脚都不听使唤了似的,只能眼睁睁地看着,什么也做不了。德温突然掏出他藏在斗篷襟翼里的一把小弩弓,一根弩箭直直地射向罗恩。弩箭深深地插在胸口,罗恩疼得大叫,瘫倒在地。直到这时,阿丽才醒过神来,惊声尖叫起来:

"不……不要!"

女孩虽然惊恐万分，身陷绝望之中，但早已拔出了她的两把刀准备战斗。她的目光无法从地上罗恩的身体上移开。她已经把他当作朋友了。她向阿胡拉祈祷，希望这一击并不足以致命。然而，从地上漫延开来的血水来看，希望似乎很渺茫。她胸中涌起一股怒气，德温刚才的所作所为令她怒不可遏。她无法让自己平静下来。

"你这个浑蛋！我要你血债血偿！"

德温听后，迅速退后一步，举起双手，试图和她说上几句话：

"等等，阿丽。咱们才是一伙的。听我说。"

她能感觉到他努力地在对她说着些什么，但她脑海中根本记不住他都说了些什么。她只感觉到泪水不停地在眼眶里打着转。她很想在那一瞬间救出罗恩，但已无力回天。如果她想给予他一丝获救的希望，首先，她必须打败德温。

营地几百米开外的地方，人影幢幢。有人正向他们走来。如果她想赢得哪怕是一线生机，她就必须趁着对手还是孤身作战的时候，即刻出击。她虚晃几招，逼近了德温，试图让他失去平衡，这样她就能攻其不备，完成击杀。然而，德温动作异常敏捷，灵活地躲开了她的刺击。他并没有反击她，而是试着再次和她好好谈谈：

"阿丽，求你停下来，不要再打了。听我解释。"

德温的这番话终是在阿丽给自己竖起的愤怒之墙上凿开了一个缺口。她回答道：

"有话快说，命令你的人不要靠近。"

听到自己声音中透出的冰冷无情时，阿丽着实惊诧不已。这是一个全新的、更具战斗力的、杀伐果断的阿丽。她可不会让他这么轻易地打败自己的。

"好吧。"

他用尽全身的力气，朝他的手下喊话，这群人正迅速穿过这片草地，逼近他们打斗的地方。

"弟兄们，原地待命！我要和侦察员单独谈谈。"

然后他继续说，语气更友善了一些。他仍然和阿丽保持着安全距离，没有做出任何威胁性的举动。

"罗恩是个间谍。我刚才救了你的命。"

"我才不会相信你的鬼话。"

"好吧。现在听好了……埃肯塔尔肯定也告诉你了,他怀疑公司里有内鬼,不是吗?"

"你怎么会……"

"这是我的工作。我为FTC效力。"

然后他用低沉的、近乎耳语的声音,补充道:

"我负责情报工作……"

尽管阿丽筑起的如花岗岩般坚固的心墙几乎岿然不动,但她看上去还是疑心重重。到目前为止,德温已经告诉她了两个实属高度机密的事实真相。他葫芦里究竟卖的什么药,还有待进一步观察。

"罗恩心急火燎地让你离开刚刚发现的那个院落,难道你不觉得蹊跷吗?"

"……"

最后这个真相的揭秘令人震惊不已。阿里曼啊,他究竟是怎么知道这些的?德温继续竭力说服她:

"他还打算今晚杀了你,然后嫁祸给我。这样他就可以一石二鸟,一举消灭两个对手了。"

"但是……但是……他为什么不在我们待在那儿的时候杀了我?"

"就像我刚才说的那样……哎哟。"

阿丽已经听不进他的连篇鬼话了,瞅准时机,飞起一脚正中他的胸口。他只得滚落在地,不断后撤以减轻这一记猛击的力道。她用眼角的余光瞥见罗恩还在动。真是太好了,他还活着,在地上痛苦地呻吟着。他正试图引起她的注意。当他张嘴想说话时,咳出了一大摊血。她心中大恸。曾经注视着她那双深邃的黑眼睛,此刻和她记忆中的已是大不相同。在他的生命一点点逝去的时候,他还试着告诉她一些事情,但他永远也做不到了。她已经做好了决定,拼死也要为罗恩报仇雪恨。

德温这个劲敌一点都不好对付。在发起新的一轮攻击之后，当她试图用其中一把匕首刺向他时，他却以迅雷不及掩耳之势避开她的进击，同时抬起腿，狠命地踢向她的太阳穴。猛烈的冲击令阿丽痛不欲生，疼得她直不起腰来。她的肺部极度缺氧，但在重创之下，她依然无法呼吸。她太清楚这种感觉了。她的摔跤教练大齐也曾给过她类似的猛击，还一个劲儿地力劝她千万不要停下来："学着忽视疼痛。不要一动不动地待在原地，否则你就没命了。要有创造力，将自己置之死地而后生。"本能地，她就势滚倒在地，出其不意地给德温来了一记扫堂腿。她惊喜地看到，她击中了他的腿部，将他打倒在地。阿丽一下子蹦了起来。虽然肺部依旧疼得火烧火燎的，由于轻度缺氧感到头晕目眩，但她终于又可以自由呼吸了。而此时的德温，借着强有力的腰部力量，一个鲤鱼打挺从地上跃起，站直了身子。阿丽惊恐万分。这个男人至少比她强壮三倍。从一开始如果她自认为可以好好利用自己超凡的灵活身手在对决中占据上风，她就大错特错了。德温是一个名副其实的战争机器，个中高手。当他们再次交手，一番激烈的拳打脚踢之后，德温设法避开了年轻侦察员的一记侧踢，对准她的浮肋狠命一击，直接将她打趴在地。在她倒下的时候，两把匕首都掉了出来，她的脸紧贴在湿漉漉的草地上，绝望至极，阿丽觉得她似乎已经输掉了这场战斗。尽管她的腰部疼痛难耐，但她还是忍着剧痛，如闪电般地顽强地站了起来。

要是她的教官知道了，肯定会为她惊人的毅力感到骄傲，因为她做到了处乱不惊、沉着冷静地回击着向她袭来的每一记狠招，可是夸赞与否已经没有什么分别了。一切都已成定局，她确信德温很快就会了结她的性命。他再次开口对她说：

"难道你还没有打够吗……小姑娘？"

他表现出一副乐在其中的样子。显然，作为一个对手，她的功力远不及他高强。这才是德温的真面目：狂妄自大，一如初见时那般。当他最后一次攻击她时，阿丽已是精疲力竭，根本无力招架或躲避他的猛击。她又挨了一记前踢，右胸被击中。当她因猛烈的撞击而转过身时，她感到后脑勺下方一阵疼痛袭来，然后昏死过去。

德温站了一会儿，静静地欣赏着他脚下这个战败的猎物。她绝对算不上是他的对手，更谈不上是一个旗鼓相当的对手。这并不是一场公平的打斗，反而更像是一种令人愉悦的消遣。"简直像布菲牛一样蠢得要死。"他一边想着，一边把女孩的武器、飞刀腰带、紧身皮衣和靴子通通扒了下来。像扔一袋土豆似的将她甩在肩上，扛着她向营地走去。几个小时之后，她也许就不会这般歇斯底里了，或许会变得通情达理些吧。

第二十一章　冗长乏味的会议

工业时代第517周期
危机委员会第4次会议
位于特什卡的"特什卡采矿联盟"办公室

"高级委员会的成员们，尊敬的同事们，正如你们所知，一个精妙绝伦但又阴险毒辣的诡计已经开始实施，旨在破坏塞邦的经济稳定。正在产生的破坏性影响是有目共睹的。我不需要列举出过去一个月里所有生活必需品成本的上涨情况。我只想说，局势正在迅速失控，很快就会把我们拖进一个无底深渊。我想你们都会同意，一旦我们查明是谁在背后搞鬼，我们就有责任刻不容缓地采取有效行动。"

当爱兹里·梅迪哈讲话时，房间里一片死寂。她的语调，她的手势，她丰腴的体态：关于她的一切似乎都令她看起来魅力十足、风情万种，她成功地吸引了听众的注意力。在这样一个庄重的场合下，她的穿着极不得体：精致的绿丝绸裹住了她婀娜多姿、凹凸有致的好身材，一直裹到脚踝处。她的胸部被一个镂空的装饰物恰到好处地遮住，上面描绘的图案是一场假想战斗中交战正酣的几只翼龙。她饱满圆润的酥胸下，一大片的光洁肌肤在这些长着翅膀的爬行动物的爪子和羽翼中巧妙地显露出来。她腹部赤裸平坦，只在肚脐处装饰着一颗璀璨夺目的绿宝石，并巧妙地框在了时髦面料上裁剪出来的一个正方形中。如果这还不够炫酷的话，她长裙上的开衩从腿部一直爬到了腰线处，这可是埃肯塔尔见过的最恬不知耻、放浪形骸的一幕，因为这无疑证实了她里面什么都没穿。

"现在我们找到了证据。这个人从一开始就在拿我们当猴儿耍。让我们在此开会只是为了浪费我们的时间，分散我们的注意力，好让他能顺顺当当地继续实施他的计划。金子来自FTC……"这个女人在一个异常短暂但却意味深长的停顿后继续说道。当她用甜美动人的语调率先向埃肯塔尔发难时，听众们早已被她的性感妖娆迷得神魂颠倒。在她的演讲接近尾声时，当她最精彩、扣人心弦的压轴戏变成了对FTC的直面攻击时，特什卡采矿联盟（CMT）的圆形大会议室仿佛炸了锅似的，嘈杂声四起，乱作一团。爱兹里静静地站着，注视着她说出最后那句话后取得的效果，真是一石激起千层浪。

她有着完美的面容，精致的五官，唯一的褶皱就是刚才泛起的一丝微笑。静静地看着她时，埃肯塔尔不得不压制住内心升腾起来的强烈冲动，在那一刻，他想掐死她的心都有了。他狂热的想象力在脑海中重建了一个场景：只见他一把抓住爱兹里的脖颈，将她完美无瑕的漂亮脸蛋用力按在房间中央那张由特什卡水晶制成的华丽椭圆形桌子上，撩起衣裙，露出后背，然后狠狠地打她的屁股，直到打得乌黑青紫为止。令人遗憾的是，这只是当下的一个幻想而已……

"尊敬的同事们，高级委员会的议员们，请大家听我说几句。"

埃肯塔尔试图用他浑厚、魅力十足的男中音引起听众对他的注意力。如果说他在执掌FTC的这些年里学到了一件事，那就是必须立即用他自己对事实的描述来平息这种莫须有的攻击，以证明对手的指控是多么荒谬可笑。

"虽然这个女人很聪明，但她还不够聪明。她只是利用此刻的严峻形势来攻击一家公司罢了。多年来，她一直将这个令她望而生畏的竞争对手视为眼中钉、肉中刺。这些指控虽然极具攻击性，但是没有任何证据支持。FTC已经采取行动，力图化解这次危机。亲爱的同事和委员会成员，试想一下：若真是FTC暗中捣鬼的话，又会捞到什么好处？这次的危机完全有可能使我们整个经济陷入混乱。它会毁掉我们，也同样会伤害你们。"

人们低声交谈着，对最后一句话纷纷表示赞同。埃肯塔尔知道在这场唇枪舌剑的对阵中，他成功地扳回一城。可他的对手并不打算如此轻易地放弃阵地，弃甲而逃。为了强调自己的公司和FTC之间的鲜明对比，爱兹里特意选择站在会议桌的另一端,离埃肯塔尔远远的。现在她迈着脚步,靠桌子再近一些,每走一步,她裙摆的开衩就会随之张开,将她华丽丽的右腿直至纤腰暴露在众目睽睽之下。她再度成功地吸引到所有与会人员的目光和注意力:几乎清一色都是男人。沉默再次笼罩了整个房间。她很清楚自己在做什么。就连埃肯塔尔也不得不勉强地承认,这个女人非常危险,简直危险至极。她毫不妥协,继续说道:

"倘若我们没有获得重要的证据,我决不会如此胆大妄为地提出如此精准的指控。作为最大的矿业集团之一,究其本质而言,不会受到此类通胀波动的影响,也不会对铁和煤这些原材料的价值带来任何影响。由此可见,FTC密谋策划这种破坏经济稳定的行为已有一段时间了。而在此期间,他们一直在仓库里囤积各种货物和原材料。"

"一派胡言!这些无端的指控简直卑鄙无耻、下流至极,甚至远超过我眼前这个女人不雅着装的下作程度。"

埃肯塔尔掷地有声、令人无法抗拒的声音瞬间成功地打断了她的侃侃而谈。他对爱兹里着装的评论甚至引起众人的一顿哄笑。然而,她并没有被他的话吓倒,毫不畏惧地继续说下去,不让自己的思路被打乱:

"最重要的是,我们带来了无可辩驳的证据,铁证如山。委员会的女士们和先生们,尊敬的同事们,我想向你们介绍亚思敏·巴姆加拉,FTC的二级会计师。"

从爱兹里的随行人员中走出一名女子,坐在桌边的人们不禁惊呼起来,因为她向众人展示了裸露出的肩膀上的刺青,一个被火红色的圆圈环绕着的十角星:FTC的独特标志。埃肯塔尔绝望了。真是无所不用其极!调查尚未完成,他派出的第二个小组的调查工作进展缓慢。唉,他依然没有收到第一小组的消息。肯定有什么事情不对劲。

他还确信,公司内部的问题比他预想的要严重得多。他能够从收到的最新情报中推断出,FTC内部很有可能成立了一个秘密平行组织,这个组织无疑具有广泛的影响力。那个年轻女孩的出现就是一个可怕的征兆。事实上,形势急转直下，局面对埃肯塔尔极为不利。除非爱兹里志在必得，笃信自己一定会完胜，否则她绝不会用上釜底抽薪这一招。无论这个女孩说些什么，真相或是谎言，已经没有什么区别了。在那一刻，埃肯塔尔觉得自己待在其他任何地方都好过待在那间会议室里。与此同时，亚思敏已经开始解释她是谁，以及她在贾伊古拉的工厂里做了哪些事情。埃肯塔尔越发焦躁起来，他偷偷地把一只手伸进了口袋里。在确认没有引起任何人注意的情况下，他熟练地抠开了皮带扣的背面。里面藏着一个精妙小巧的惊喜，这很可能会成为他离开此地的救星：这个装置由三个易碎的小玻璃瓶组成，封装在一个金属圆筒里。第一个小瓶里装着硝石细粉，第二个装的是液态蜂蜜，第三个瓶子里是硫化氢，一种溶于水的恶臭气体。在这样一个拥挤的房间里，这三者的完美结合一定会让场面混乱不堪。他轻轻地抽出了圆筒。如果他过早地拆启密封条，他就没救了。大功告成！他的右手紧握住圆筒：一场宛如童话般的游戏即将登场。为了达到最佳效果，他必须把它扔到房间的正中央。他在心里开始数数："一、二……"该死的！就在此时，门开了，爱兹里的两名贴身护卫迅速走进房间。这实在是太不寻常了。她一定是事先做了安排，获准在委员会开会期间允许武装警卫进入会议室：这两个家伙都脱不了干系，一个是会议主持人，另一个是首席技术官。这个突发状况需要对他的计划稍做改变……"三！"在发生更多的"意外"之前，他猛地扔出了圆筒，深吸一大口气后，屏住了呼吸。

金属圆筒击中了会议桌的一只锻铁桌腿，慢慢地滚到了第二技术官法尔赞·克瓦拉的脚边，他坐在那里，整个人吓傻了，一脸白痴相。但是，什么也没有发生。然而，过了一小会儿，只见一股浅灰色的烟雾从圆筒里冒了出来，短短几秒钟，房间里就弥漫着刺鼻的烟雾和令人作呕的臭鸡蛋味。埃肯塔尔屏住呼吸，向前一跃。他的右手拿着一把小尖刀，之前被他巧妙地藏在西装里面。此刻，房间宛如地狱一般，人们乱作一团：参会人员不停地咳嗽着，尖叫着。每个人都在尝试着挪到爱兹里身后的出口处。爱兹里突然一阵猛咳，猝不及防地被抓了个正着。埃肯塔尔抓住她的肩膀，拖拽着她往外走，这可比他预想的要容易得多。爱兹里被这突袭吓得浑身颤抖个不停，更没有能力反抗他。他的大块头和惊人的体力使他们很轻松地就来到了出口。他粗暴地用肩膀推开特什卡采矿联盟的领导人，把他挤到一旁，终于扫清了通往大门口道路上的所有障碍。横亘在埃肯塔尔和自由之间的只剩下先前驻守在这儿的两名警卫了。他们可不是毫无经验的新兵，一旦意识到有什么不对劲的事情发生，他们会立刻打开门，拔出武器在走廊里等着他。其中一个警卫是个女人。她身材瘦削，肌肉发达，肩宽背厚，握剑的姿势自然流畅，但更重要的是，她那宛如花岗岩雕刻的面容，冰冷坚定的眼神，无不透露着她是一个可怕的对手。无意和他们硬碰硬，埃肯塔尔依然将爱兹里扣牢在怀中，她可是他的安全通行证啊。爱兹里开始缓过劲来，但埃肯塔尔没有给她任何喘息的机会。他接连出招，肘击她的肋骨，将刀尖抵在她的喉咙上。为了让她知道他没有在开玩笑，他用锋利的刀尖刺破了爱兹里的喉咙，力道刚刚好，只见一滴血顺着这个年轻女人白皙的脖颈流了下来。他用左臂将她整个人箍得紧紧的，立刻感觉到她心跳如鼓。这可是个好兆头。现在她终于知道害怕了，开始担心自己的小命不保了。埃肯塔尔咆哮道：

"告诉你那壮得像布菲牛似的警卫，让他们靠边站，放下武器！"

他试图尽可能地表现出一副咄咄逼人、极具威胁性的样子。这是他要迈过去的最后一道坎儿。远处的那扇门通向露台，他的私人卫队和他们的坐骑正等在那里。

"我不认为我需要听令于你。毕竟，如果你杀了我，你也死定了。"

虽然爱兹里的声音听上去很平静，但埃肯塔尔却能看透表象。当他搂紧她娇小的身体时，他能感觉到她的焦躁不安。她的心脏怦怦乱跳，呼吸急促，将她内心的惶恐忐忑暴露无遗。他决定继续向她施压：

"也许你说得没错，爱兹里，可是你永远不会知道，一旦我让你血流满地，喉咙割裂，嘴巴大张着……而且，我或许还能打败你的那两个心腹哪。"

不得不说，他有一种洞察秋毫的天赋，这使他在战略和心理较量中成为一个令人生畏的强劲对手。他试探着说：

"我可以先切开你漂亮的脸蛋儿,再把它刮花,让上面遍布可怖的疤痕。你说这个想法怎么样?或者,你可以叫停你的警卫,就不用担心厄运临头了。相信我,我只想离开这个鬼地方。"

"你得向我保证,你绝不会伤害我。"

女人说话的语气不再像刚才那般自信满满了。他深谙打蛇打七寸的道理,找到了她的弱点:她骨子里的虚荣心。眼下正是利用这一点的大好时机,他想,于是向她保证,只要她乖乖地合作,她绝不会受到任何伤害。万般无奈之下,她只好放弃了抵抗。

"尼玛,珀西斯,放下武器,退后。毕竟,还会有其他机会再次见面的,不是吗?"她补充道。埃肯塔尔用尖刀紧紧抵住女人的喉咙,拖着她沿着走廊移动着。然而,等待他的是一个令人备感失望的惊喜。当他一脚踢开门,露台上的护卫竟然不见踪影。不过,他还是在着陆平台上看到了被捆住双腿的利瑞鸟[①],特什卡采矿联盟的一小队卫兵把守在那里。他们的出现不足为奇,毕竟这里是他们的大本营。反而倒是他的护卫队很可能被勒令离开或是被解除了武装,只有这样才能确保他们不会搅局。

"你这个蛇蝎心肠的女人,究竟给我设了多少个陷阱?"埃肯塔尔对她怒吼道。

"你真的以为你能成功脱险吗?我可没有什么能耐命令那些士兵做任何事。"爱兹里说。

"也许当你只剩一只眼睛的时候,你才会更配合我。"

他举起尖刀,将刀尖缓缓地移向她的右眼。她拼命挣扎,但他的大手无情地钳制住了她。当他把刀刃放在她的眼皮上,停留了片刻,她立刻安静下来。埃肯塔尔感觉到她浑身发抖,心跳加速。她心惊胆战,额头上直冒汗。

如果他能看到她的正脸,他就不会错过他手中的人质因为极度恐惧,那双美丽的绿眼睛早已瞪得浑圆的样子。

---

① 虚构爬行动物,体态优美,长有双翼,善飞,常用作坐骑。

她浑身的那股傲慢劲儿也消失殆尽了。她毕竟也是人，也有人性的脆弱。他左臂紧箍着她，感觉到她胸前饱满浑圆的双丘随着她吃力的呼吸上下起伏着。

"等等……再等等，我一定会想出法子的……"爱兹里呜咽着说道。她吓得瑟瑟发抖，现在早已完全听凭他的摆布。她要么是一个演技精湛的演员，要么就是她的肾上腺素耍的把戏，让她此刻心跳加速，胆战心惊。

"我可以命令我手下给你的利瑞鸟松绑。这下你满意了吗？"

这是她的出价。鉴于没有更好的主意，埃肯塔尔只好同意了。爱兹里仍然不放弃，拼命地想把她的眼睛从刀刃上移开，但她的攻击者太过强大。她甚至都没有机会拔出她一直藏在戒指里的毒针。况且，她怀疑即使她找到了时机下手，也未必能让毒针派上用场。这个举动只会落人口实，授人以柄，埃肯塔尔一定会让她付出代价的，用不了二十秒，她就会毙命。

"尼玛……珀西斯……快去放了埃肯塔尔的利瑞鸟，立刻就去！"

一路跟着他们来到露台的两名警卫似乎犹豫不决。但当埃肯塔尔再次将刀尖放在爱兹里的眼睑上时，她心里猛地打了个激灵，厉声敦促个不停，直到他们匆忙赶去执行她的命令。

驻守特什卡的卫兵们似乎比尼玛和珀西斯更为迷惑不解。他们并没有收到任何指示，此刻不知如何是好。虽然可以听到里面传来声音，但他们的领袖还没有走到露台上来。他们怯生生地试图阻止爱兹里的两名警卫，但这两个完全没有被吓倒。当利瑞鸟双腿解绑，重获自由时，埃肯塔尔吹出了一记尖锐响亮的口哨声。强有力地拍打着翅膀，利瑞鸟飞身一跃，落到了站在着陆平台远端的主人身边。与此同时，露台上也热闹起来了。男男女女从爱兹里和埃肯塔尔刚刚离开的走廊里蜂拥而出，一边咳嗽，一边大声咒骂着。当埃肯塔尔确信自己已经做好准备了，他立刻松手，放开了女人，拼尽全力把她推向即将涌上前来将他团团围住的众人。然后，他跳上利瑞鸟的鞍座，打了个响舌，他的坐骑倏地就从联盟塔楼上俯冲而下，速度快得令人瞠目结舌。耳边呼啸着的风声吹散了他身后人群的呼喊声。借助着俯冲时获得的加速度，这只飞鸟展开了它巨大有力的翅膀，确保他们可以平缓地向下滑行。紧接着，利瑞鸟开始有节奏地拍打它巨大的翅膀，每一次拍打都能获得些许向上攀升的高度。慢慢地，他们爬升得足够高了，于是沿着设定好的航线飞去，飞向古尔都：那是家的方向。

　　埃肯塔尔只回头看了一次。联盟的塔楼就像一个巨大的水晶手指，优雅的轮廓依稀可见，在他们身后巍然耸立着。视线扫到露台上，他看到了一群乌合之众，手舞足蹈地比画着，争吵不休。压根儿就没有人追赶他们。想必这群人还在喋喋不休争论着谁才对此事享有管辖权吧。如果他没记错的话，像这样的情形在塞邦国是史无前例的。他很安全……至少就目前而言，他是安全的。

第二十二章 爱情来临？

不战而屈人之兵才是王道。

——节选自《太奇勇士手册》

疼痛来袭。隐隐作痛，伴随着耳鸣。

她现在已经醒了。

她口干舌燥，嘴巴里仍有一丝腥甜的味道。她的眼皮像灌了铅似的，怎么也睁不开。

我的恶神阿里曼啊，究竟发生了什么事？头脑中的画面一一闪现。那个浑蛋……他竟然真的对她下了狠手。没错，他的确知道他在做什么。

他成功地避开了她的攻击，却设法一次又一次地专挑她最疼的部位下毒手。但是，似乎不会给她造成任何永久性的损伤。

她试着活动了一下手。双手完好无损。她开始摸索着身体的其他部位。

"哎哟……"

或许是几根肋骨被打断，裂开了。事实上，她可以轻松自如地活动上肢，这已经算是个好兆头了。其他的暂且不谈，他起码没有像一级刺客被教导的那样打断她的手臂。

"如果你必须让目标活着，首先要确保他不会对你造成任何伤害。如果不需要转移到别处，那就先打断他的膝盖。如果必须将他转移走，那就打断锁骨！"教官的告诫仍在她的脑海中回荡着。任何有自尊心的侦察员、刺客或间谍都会在训练中学习这些基本规则。显然，那个浑蛋的师傅另有其人。

她想了又想，可是绞尽脑汁也想不明白他为何要留着她的手臂。难不成……她的脑子里一片混乱。甚至连她的手都没有捆绑起来。对于一个初训学员而言，这可是个纰漏，也只有新兵才会干出这种傻事。只需一点点的好运气，她现在就能悄无声息地开溜了。

她环顾四周，发现自己躺在一块米拉克编织毯上，这顶布帐篷可能就是那个浑蛋营地里的其中一个。

浑身都疼。

她不得不慢慢地移动着。她确信如果她一下子站起来，肯定如同筛糠般抖个不停，站也站不稳。她能感觉到自己正慢慢地缓过劲来，因为她的心跳加快了，怦怦直跳，有力地撞击着胸膛。

她才刚刚抬起头来……该死的！

"早上好。"

那个浑蛋就站在那里。要么是她倒霉透顶，要么就是他根本不像她想象的那样毫无经验可言。

"你感觉怎么样了？"

"我已经好多了，谢谢。我能喝点水吗？"

"当然可以。"

讨杯水喝是侦察员惯用的伎俩。他会将注意力全部集中在杯子上，对突如其来的攻击不会有防备。

只需对准喉咙，快速一击，他就会像醉酒的梅尔克牛一样，不省人事。她聚气凝神，确保自己出手那一刻犹如利刃出鞘。"集中注意力，阿丽！很好，就像现在这样。再靠近一点。看着我。现在的我，无比虚弱，手无缚鸡之力。看到了吗？"

迅雷不及掩耳之势的攻击，他根本不可能挡得住，至少正拿着杯子的那只手就做不到反手回击。然而，事与愿违……计划失败！德温微微收紧下巴，刚好护住喉咙。虽然阿丽及时地将手改握成拳头状才不至于折断手指，但原本的重磅出击现如今像是一拳打在棉花上似的，绵软无力。

"我们还要再打一场吗，小姑娘？"

他现在将她压在身下。金属杯掉了下来，里面的水洒落开来，湿了她一身。

他压制得她完全动弹不得。

阿丽知道,在这样力量悬殊的打斗中,她根本就没有丝毫的胜算。他至少比她强壮三倍。他不费吹灰之力就能把她按倒在地,对他拳打脚踢也没有什么好果子吃,只会让她精疲力竭。她只能像一只待宰的羔羊,任凭他摆布。

他依旧不发一言,只是紧盯着她,那双深邃的黑眼睛闪现出的神情令人捉摸不透,但也绝无敌意。

阿丽再次感受到内心深处别样的悸动,就像腹部传来的一阵刺痛似的。这种感觉多么奇妙啊:每当她凝视着他的双眼,就再也无法将视线移开,因为她早就在他黑色双眸中闪动着的两簇熊熊燃烧的火苗中,迷失了自我。她的心怦怦地狂跳不已。也许是刚才那番打斗的兴奋劲儿还余波未消的缘故吧,但事情或许并没有那么简单。也许她一直都在自欺欺人,自以为可以很好地把控住情愫。当他略带麝香味的男子气息扑面而来,无孔不入地侵入她所有的感官时,她觉得自己已经被这个男人深深地迷住了。他的抚摸一点也不令她生厌。

一切都发生在电光石火间。他的嘴唇紧紧地贴在她的唇上,舌头也强势地探进了她的嘴里。一时间,她愣住了,惊讶得什么也做不了,对此刻发生在她身上的事情感到匪夷所思。紧接着,她开始激情难耐地、热烈地回吻着他。他们继续较量着,只不过这次完全换成了另一种方式。他牢牢地钳制住她,仅用一只手抓住她的双臂,另一只手则滑进她的衬衫,一边亲吻着、抚摸着她,一边脱掉了她的衣物。

阿丽全身上下燃烧着无法抑制的欲望。这种渴望,因她长久以来一直与她认识的男人们保持安全距离而备受压制。现在的她,不惜一切代价也要满足这种热望,仿佛她必须弥补自己在这一刻到来之前还在极力克制的情欲。尽管理性一直处于高度戒备状态,但此时此刻,阿丽只想放任自己屈从于一种更原始、更强大的本能。

自不必说,对于食髓知味的阿丽而言,那晚无疑是良宵一刻值千金。

第二十三章　山雨欲来风满楼

在等待忠实的老友施恩泰克到来的时候，埃肯塔尔在脑海里重温了一遍他在特什卡塔楼上演的一幕惊天大逃亡。他有很多话要说给他的好友听，因为他的"虎口脱险"堪称一个奇迹。此外，他还非常解气地羞辱了他毕生的劲敌，居然还发现了她的致命弱点——女人那可悲可叹的虚荣心，这一切带给他莫大的成就感。毕竟，她也只是一个女人。除了他，还会有谁能够做到泰山压顶而面不改色？答案一定是施恩泰克。当埃肯塔尔在他最喜欢的位置，那个露台中央的雪花石桌前等待时，长老迈着四平八稳的步子向他走来。即使在这种情况下，他也不会失去众人皆知的镇定自若，还有冷静客观的逻辑分析能力。

"大人。"

"坐吧，我的好朋友。今夜的微风真是令人心旷神怡，美妙至极啊！"

"我已经听说了。你表现出了超凡的即兴创作能力。"

"我的确成功逃过一劫。实际上，将爱兹里·梅迪哈劫为人质，令她当众出丑，真是过瘾，大快我心啊！"

听了这番评论，施恩泰克扬了扬眉毛，他一向处乱不惊的脸上微微抽搐了一下。长老一族不太容易理解人类的这种竞争关系。

"我还没有掌握到这个信息，原来你对那个女人竟然到了如此痴迷的地步。"

这句话噎得埃肯塔尔差点一口气没上来。他对那个女人一点也不感兴趣。说真的，他对她憎恶至极。他认为她是一个极度危险的人物。如果她死掉了，他的日子可能会好过得多。在他做出这般反应之后，他也产生了一个疑问。"莫非施恩泰克对他的了解胜过他对他自己的了解？"他早就体会到，长老给他的金玉良言应当毫无疑问地被信任和采纳。也许是时候听听施恩泰克有什么话要说。于是他继续追问：

"请继续说下去，我的朋友，因为我很难跟上你的思路。"

"虽然我从未见过你们两个人在一起时的样子，但依据我对人类情感的了解，从你的描述中也可一探究竟，因为你此刻的反应像极了产生强烈性吸引力的样子。"

"我永远也不可能觉得那个女人有什么吸引力。当然，我知道她很有魅力。不过，我的理智一直在警告我，这个蛇蝎美女比黑曼巴还要危险。"

"没错，你的分析非常正确，也合乎逻辑。然而，人类的性欲并不受大脑的高级功能所管控，而是大脑中同时掌控着不同活动的某个区域产生的。"

最后一句话让埃肯塔尔有点晕头转向，困惑不已。他无法理解长老所说的一切，但这也很正常。长老族掌握的科学和医学知识远超普通人类的认知。他会再认真思考这个问题的，虽然他一点也不认同施恩泰克的看法。

"即使如此，我们来这里可不是为了讨论我的性欲问题。眼下的形势岌岌可危。"

"如果我冒犯了你，还请你原谅我。"

"我看不出你的分析有任何冒犯之处。你的见解总是那么睿智精辟，令我醍醐灌顶。我之所以改变话题，恰恰是因为事态严重，得赶紧想想对策才行。我们的敌人正准备发动一场战争，而我担心我们必输无疑。"

"那些制造商有没有对我们的援助请求做出回应？"

东方制造商公司自成立之初就与FTC结盟。如果说在这个紧要关头，有谁能让他们开口求助的话，非这家公司莫属。然而，有一件事使局面变得有些复杂：如果CCI的指控属实，向FTC施以援手显然不符合制造商们的利益。不管是谁对所有这些黄金的出现负有责任，都必须予以制止。他们的世界，或者至少是在过去几个世纪中发展起来的社会，正面临着生死存亡的严峻考验。

第二十四章　背叛

> 战争之于利益，犹如白昼之于黑夜。
>
> ——古尔都古谚

当德温那双大手终于敲击完控制面板时，大门渐渐滑开，现在发出的是正常的嗡嗡声。他们四个人已经做好了准备，即将跨过那个神秘建筑物的门槛。亚舍尔和特伦茨都是矿产勘探队的正式成员，但他们实际上也是FTC的特工，现在已经加入了阿丽和德温的探险小分队。

阿丽仍然无法将这一幕从她脑海中抹去，罗恩了无生气的尸体横躺在帐篷里的一块冰冷的防潮布上。在最后的绝望挣扎中，他的脸绷得紧紧的，直至他的灵魂永远地离开了它一直占据着的肉身躯壳。在她童年的记忆中，当死神降临的那一刻，她祖父脸上的神情与罗恩的完全不同。祖父撒手人寰，与她们阴阳两隔，他的灵柩停放在阿胡拉寺庙里，四周摆满了鲜花，供人们前来吊唁，做最后的告别。在祖父生命弥留之际，被痛苦折磨了几日之后，他的脸上显现出一种从未有过的平静。虽然这一天对阿丽和珂拉来说是个悲恸心碎的日子，但她们还是在温暖的友情中找到了些许慰藉，特别是在艾努尔的悼词中，在那些感人至深、充满希望的话语中获得了力量。

然而，此时此刻，在那个看似超现实的场景中，哪怕是最微小的细节也只会加剧她的恐惧和痛楚。想起那些神奇的物件全部被收集起来，装进一个大皮包里，被魔法师藏在他的旅行斗篷里一直随身携带着，她不禁泪流满面，豆大的泪珠顺着她疲惫的脸颊流了下来。她为自己这种脆弱的表现感到羞愧，于是尽可能地掩饰好内心的悲伤。

德温的一番说辞在他手下人的佐证下，成功地说服了阿丽，就连她的理智也告诉她：罗恩确实是 CCI 派来的间谍。尽管如此，她还是很难接受他们在一起共度的整个旅程中，罗恩一直都在以假面示人，对她的关心都是虚情假意，甚至还打算杀人灭口……

当第一个房间里的魔法球运行到最大功率，全然亮起时，她的思绪立刻闪回到当下。

有德温在身边，阿丽感到自己比以往任何时候都更加自信。有这样一个功夫高手作为她的盟友，带来的好处毋庸置疑。当四个人全都进来后，德温关上了那扇厚重的大门。他们接到的命令是原地等待，直至 FTC 的特遣大队抵达。

看起来他们还要再等上几天。阿丽早就计划好了，她和德温该如何好好利用这个空当，共享美好时光。德温就像她的影子一样，寸步不离地黏着她。他连一分钟都等不下去了，猴急得不行。这里有那么多的房间，他们随便找一间就可以先温存一番……

此时的阿丽探索此地的好奇心占了上风，她开始小心翼翼地探查着这个不可思议的地方。不管怎样，步步相随的德温似乎已打定主意，决不让她离开他的视线半步。

"我想在这个地方到处转转……"阿丽突然插话说，言语间透着一丝顽皮。现在,他那赤裸裸的、迫不及待想要吃掉她的眼神已经不再困扰她了。然而……

他继续目不转睛地打量着她，视线在她的上衣领口处逡巡着。他似乎不确定该怎么做才好。紧接着，他神色陡然一变，冷冷地答道：

"在我看来，你的旅程就到此为止吧。我很抱歉，相信我，你我之间本不该以这样的方式收场。我真的很喜欢你，但你已经看到了太多不该看的东西。"

"你说什么？但是……"

她还没有把话说完，德温已经径直朝着她的脸部来了一个回旋踢。事实证明，她多年艰苦训练的努力没有白费，关键时刻可以用来保命。阿丽想都没想，本能地躲过了这一脚，迅速使出手刀招式进行反击，直取他的裆部。尽管人高马大，她的对手却身手矫健，机敏过人。德温设法用一记"下位直臂锁"招架住了她的进攻，力道之大，将阿丽甩到了一旁，同时也让她失去了平衡。阿丽可没有将这分秒必争的战机浪费在试图站稳身形上，也不可能给对手以可乘之机进行反扑，她就势"以守为攻"地来了一记行云流水般的扫堂腿，直逼德温的脚踝，试图将他击倒在地。紧接着，一个完美的后空翻，她安然着地，随即做出开放式防守的站姿。果然不出所料，他一个侧跳，成功地避开了这威力十足的横扫。

现在，两人相距不过几英尺，虎视眈眈地留意着对方的一举一动。尽管阿丽已经准备好使用她的撒手锏——那对特制的匕首，但她依然犹豫不决地望向她的对手。

"那么说，你才是真正的内鬼。罗恩和此事毫无干系。你这个浑蛋！"

"你给我听好了，你必死无疑。特伦茨和亚舍尔马上就会赶来和我会合。放下武器。我保证，你不会受罪的，我会让你死得痛快点。"

听到这番冷血无情的话，阿丽顿觉冰霜彻骨的寒意席卷了全身，浑身的血液好似都冻结在了血管里。尤其是她已经认定了他是她生命中一个非常特别、非常重要的人，可是，这个人却一心只想让她死。她活下来的机会微乎其微。德温已经让她见识到了他比她还要厉害百倍。虽然在内心深处，她深知自己根本不是他的对手，但不战而退可不是她的做派。毕竟，他想让她放下武器，只因他清楚地知道，她的淬毒匕首对他来说是一个致命的威胁。是时候使出绝招，让他也尝尝她的厉害了。

战局风云突变，鹿死谁手还不一定呢。就在这时，从大厅的另一端传来了一阵急促的脚步声，一定是那两个手下赶来了。这下她死定了。

他们进来的那扇大门已经关闭，阿丽不知道怎么才能再次打开。她的大脑飞快地思考着。当罗恩"审问"那两个偷铅块的窃贼时，在漫长的等待中，她一直在研究这个建筑物的三维模型，这个半透明状的模型，外观居然如此奇特复杂。整栋建筑物实在是太大了，她肯定记不住整体结构。不过，她倒是记住了还有另外一个出口，恰好在他们刚刚进入的那个出口的正对面。她铆足劲儿，将其中一把淬毒匕首朝德温扔了过去，动作无比流畅，一气呵成，接着转身，拔腿就向门口跑去。正如她之前担心的那样，她听到身后传来一阵金属落地的叮当声：显然德温成功地避开了这一刀。就这一秒钟的时间差，足以让她抢在德温前面，在门后找到一个更有利的藏身之处。

她没有时间来得及做其他事情，因为坏蛋们已经追杀过来了。进入房间后，她即刻拔出第二把匕首。房间里堆满了斜坡式集装箱，她躲在其中一个箱子的后面。俗话说得好，"枪打出头鸟"，她严阵以待，等着第一个进来的家伙，一定要好好招呼他一番。

"一群浑蛋！他们正小心翼翼地、不急不慢地靠近我呢。他们觉得是有大把的时间可以陪我玩这场'猫捉老鼠'的游戏吧。"她心想。

"阿丽，别再负隅顽抗了，没用的。你知道一切都结束了，不是吗？"

德温冷酷无情地说道。他的每一句话都深深刺痛了她，仿佛一把利刃扎在她的心窝上。回想起几个小时前他们还浓情蜜意、如胶似漆的缠绵，她就觉得恶心，但她现在强迫自己冷静下来。"集中注意力，阿丽。保持专注，该死的！"与此同时，德温继续用他那迷人的男中音对她说：

"好吧。看来你还是想最后赌一把……我会奉陪到底的。不过我警告你，如果你现在不收手的话，你一定会后悔的。这次我可不会让你那么快地轻易死去。"

阿丽鼓起所有的勇气，信心十足地回答他，声音里甚至还带着一丝狂妄和不屑："你还是觉得你一定能打赢我，是不是，德温？别忘了，我这里还有一把匕首在等着取你的小命！你知道的，只要有一点点擦伤，你就……"

不幸的是，她听上去好似在喃喃自语地发着牢骚，并没有带给她此时此刻急需的勇气和斗志。利用这短暂的停顿，阿丽扫了一眼她所在的房间。虽然比前厅后面的第一个大厅小一些，但这个房间也算得上宽敞了，更像是一条走廊。两边间隔均匀地矗立着呈四十五度角的扇形拱柱，每个拱柱上方都有一个透明的屏幕。太恐怖啦！她先前居然没有注意到，透过上方的视窗，她竟然看到了一具干尸。尽管这场景令人毛骨悚然，她还是强迫自己不去想这些事。事实上，她需要立刻找到一个逃生出口。这个房间实际上还有一个通向长廊的出口，只不过走廊的光线不如其他房间的明亮。攻击者的脚步声越来越近，除此之外，她别无选择。

跑了一小段路后，她发现自己置身于一个与第一个门厅相似的房间里，除了常见的魔法球和白色大门旁边的黑色面板，唯一的装饰物就是两侧的壁龛。现在怎么办？绝望中，她比照着先前看到的开门方式，试着触摸面板右下角的地方。大门立刻发出惯常的嗡嗡声，然后滑开了。瞅准门缝开得足够大之时，她马上钻了过去，随即沿着隧道一路狂奔。与此同时，德温已经追赶到了门口，但他并没有跟着她进入黑漆漆的隧道，而是在亮着灯的门槛前停了下来，用他浑厚有力的声音在她身后喊道：

"再见，侦察员阿丽，你的旅程到此结束！"

当沉重的大门再次关闭时，阿丽长舒了一口气。不知为何，德温并不打算继续追赶她。"这的确有点蹊跷。"阿丽一边走，一边暗自思忖着。她终于自由了！

第二十五章　旅程结束

她感觉像是有人一下子打开了炉门，一股股灼人的热浪喷薄而出。阿丽周围的一切都炙热无比。空气灼伤了她的肺。地面烫伤了她的双脚。她能感觉到炽热的太阳光喷洒在她裸露的皮肤上。哦，阿里曼，她究竟是在什么鬼地方？就算在摩尔丹也没有这么热过。甚至连天上的太阳也不一样：这里的太阳是黄色的，更明亮也更毒辣。有没有可能和见证她出生、成长的亮闪闪的大太阳是同一颗？可是她记忆中的是淡红色的，一点也不像眼前这个无情蒸烤着她脑袋的亮黄色大圆盘。

目之所及是一片贫瘠、广袤无边的黄土地。在她眼中，这就像是一个由岩石、沙子和尘灰构成的浩瀚的海洋。天空的颜色是她短暂的一生中从未见过的钴蓝色，如此明亮清澈。画家似乎只有两种颜色可以选择用来描摹这幅怪诞奇妙的景象：钴蓝色和赭色。如果说有什么能让这一景象变得更加陌生、令人不安，那一定是她此刻看到的一幕：远处的一切似乎都在起伏波动着，直至化为乌有。阿丽不停地揉着眼睛，想确定亲眼所见的并非幻影。可是她看到的依然是那个嘶嘶作响的巨大火盆，里面热气蒸腾，热焰熏天。

她慢慢地转过身来，仔细观察着身后的这片大地。然后，她感受到了太阳炽热的光芒将她的背部晒得暖暖的，而在这之前，骄阳似火，她被晒得头晕眼花，脸上、胳膊上的皮肤也都被晒伤了。她能感觉到太阳光触碰到了她的身体，仿佛她身后有一个熊熊燃烧着的壁炉似的。

绵延不绝的群山。无论她看向何处，映入眼帘的都是崎岖陡峭的一座巨大山脉，一堵无边无际、无法逾越的山墙。当她终于意识到眼前究竟是何物时，她顿觉无望，犹如千钧压顶一般。那正是赫赫有名的"世界之墙"，她现在已经来到了迪瓦达拉特拉山脉的另一侧。

中 卷

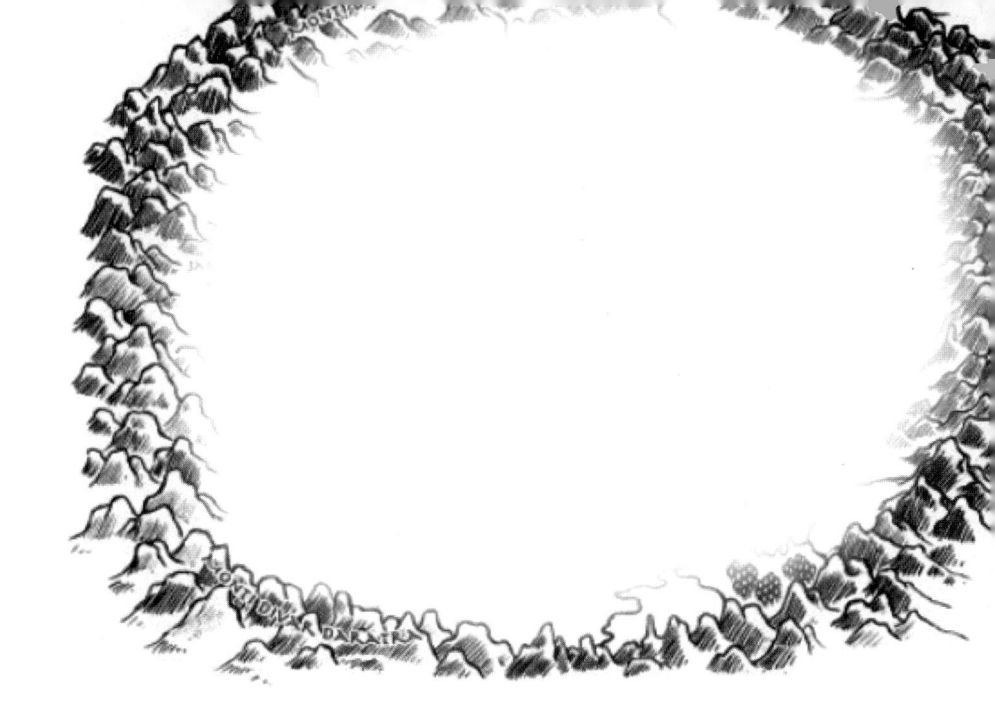

大师之道

Le Torri del potere

第一章　沙漠求生

捕蛇要善借敌人之手。

——特什卡古谚

在这永无止境的隧道里，阿丽仿佛已经走了好几个小时，才终于走到出口。

据阿丽所知，还从未有人能成功穿越迪瓦达拉特拉山脉。她只好苦中作乐：自己可是成了史上第一人呢。调侃一句也算是给自己些许慰藉吧，毕竟，她很快就要小命不保了，也没有人会知道她的"丰功伟绩"。一想到再也见不到所爱之人，阿丽就想掉眼泪。"冷静点，阿丽。"她强迫自己理性思考，"如果这座山就是世界之墙，难道我就一定找不到出路吗？"她现在该怎么办？四周热浪袭人，阿丽能感觉到太阳直射着头顶，把她的脑袋烤得滚烫。灼热干燥的空气钻进她鼻子里，让她一点也不舒服，难以呼吸。泪水也开始往眼眶里涌，她的嘴唇早已干枯开裂。

"我一定要走出这个地方。"阿丽暗下决心。于是，她的双腿迈上最近的斜坡。每踏出一步，她就感觉心脏泵出血液的速度变得更快，明明才刚走了几米路的距离，她就觉得喘不上气了。"一步，两步。一步，两步。不要多想，阿丽，只管把一只脚迈到另一只脚前面就行了。"她强迫自己把内心的焦灼、恐惧、疲惫通通丢到一边，只有这样，她才能踏着缓慢而不失稳健的步伐继续前行。奇怪的是，虽然天气很热，但阿丽居然一滴汗都没流。终于走出了几百米远，她发现自己走得歪歪斜斜，越来越难沿着直线前行。她现在走路的样子，就像一头喝醉了酒的梅尔克牛。可祸不单行，时间一分一秒地过去，阿丽觉得越来越口渴。她干渴难耐，嘴巴比卡奥深渊还要干涸，舌头跟上颚粘在一起，喉咙干涩得生疼。

阿丽拼命忍住不去碰水壶，但现在，区区一个水壶就占据了她整个脑海。既然如此，她决定干脆拧开喝上一小口。"就一口。"她叮嘱自己，"还得留一些水为后面做打算。"

温暖的液体流进了干涩的喉咙里。这水烫嘴，但喝起来舒服得很，阿丽在心里评价道。只可惜水壶太小，水很快就会被喝光。与此同时，地面开始向上倾斜，阿丽的步子也随之变得愈发沉重。她费力地喘着气，似乎滚烫干燥的空气无法满足她对氧气的需求。

但阿丽从不轻言放弃，她继续拖着沉重的身体坚定地朝山里走去。艰辛跋涉了半小时后，她只好稍做休息。她感到心脏在胸腔内怦怦直跳，视线开始变得模糊，呼吸急促又吃力。她再也无法忍受，身上的盔甲和所有装备都让她不堪重负。衣服的皮革材质被烤得灼热，紧贴在皮肤上，让她苦不堪言。无奈之下，阿丽只好接连解开盔甲上所有的皮革饰带，让它们都随意地垂到地上。靴子也不是靴子了，她觉得自己现在踩着的，分明是两块煮熟了的肉，连靴子里的脚都泡成了一锅粥。她恨不得把靴子也脱了才好，但怎么可能光着脚在这一大片滚烫又尖锐的岩石上行走？阿丽把上衣扣解开，有那么一瞬，她恨不得连上衣也脱掉，但细想之后还是继续穿着吧。她停下脚步，松开腰带，抿了一口水后再次出发。现在，唯一能用来自保的东西就剩这两把长钢刀了，其他的任何东西她都不想带在身上。阿丽一步一步地往前走，脑子开始漫无边际地胡思乱想起来，于是乎，德温就出现在了脑海里。德温，这个阴狠毒辣的蛇蝎小人！记得从一开始，德温就在不断地奚落她，阿丽就像一条鱼，落入了他的渔网中。"要是我活着走出去，你就死定了。"阿丽暗下决心，给自己打气鼓劲。她越往前走，脑子就越是一团乱麻。她想起了与德温、罗恩一起度过的时光，又想起了罗恩的死，这是要算到德温头上的另一笔账。"会计师罗恩绝对不是间谍……天知道幕后真凶究竟是谁。肯定是FTC里的人。但为什么要这么做呢？如果把经济搞垮了，那谁能有好果子吃？又或许，还另有隐情？还有我的母亲，她又会怎样呢？"阿丽思绪纷乱，无法停留在某一个想法上，她脑海里浮现出痛苦与死亡交织的残酷画面。她觉得自己恐怕不能活着走出沙漠了。阿丽膝盖一弯，摔趴在地，双手与膝盖被滚烫的石头硌得生疼。她手掌心火辣辣地疼，但似乎又感觉不到疼痛。阿丽惊诧地发现，她居然能像一个旁观者那样，可以平静地看着发生在自己身上的所有事情。

阿丽的泪水顺着脸颊直淌，立刻蒸发得无影无踪。凭借着无比强大的意志力，她终于勉强站起身，眼前一片模糊，走起路来跌跌撞撞的。于是，她在心里警告自己："你要是现在倒下去，可就再也站不起来了。"现在，路面变得越来越陡，阿丽只觉得自己的身体异常虚弱，每走一步都耗费了巨大的精力。她必须打起精神，不然身体往后一倒，脖子一歪，那她可就真的就地长眠了。

可现在，阿丽有一种感觉，好像热浪正在消退，光线也渐渐柔和下来。虽然炽热的太阳还炙烤着她的后背，但天气已经不像之前那样炎热了。她试探着转头往太阳的方向望去，映入眼帘的是一个深红色的球体，它即将没入一片紫褐色的石海。原来，太阳快下山了，天空中呈现出阿丽熟悉的各种色彩和色调。她头顶上那块儿呈深蓝色，很快就会变黑。起初，阿丽对周围的变化还感到惊讶，但她马上就反应过来，天气很快就会变得凉爽起来。想到这里，她的心情立刻好了不少，觉得身体里充满了一股新鲜的活力。她猜，或许自己还没有走到绝境吧。

阿丽觉得精神振奋，继续攀登起来。由于斜坡很陡，有时她只能手脚并用。翻过一个岩脊后，她发现自己来到一片平坦的高原上，大地在太阳的炙烤下裂开了口子。她面前是一片无边无际、纵横交织的赭色干土，到处都是任意铺陈的大石块，就像是玩四方棋的巨人分了神，不小心把这若干枚"棋子"落在了这里。

刹那间，阿丽觉得自己一定是产生了幻觉，不然怎么会看到一块石头在动？这些巨石的阴影纷纷投映在这片广袤大地上。此时，阴影开始无限延伸，把影子拉得很长，阿丽这才反应过来：石头后面有东西在动！那东西离得并不远，甚至还很近。阿丽感到脖子后面冒出一种熟悉的凉意：这是危险来临的信号。一个浑身黑黢黢的生物从一块巨石背后钻了出来，慢慢向她逼近。

几条黑色的腿在这片荒地上敏捷地爬行着。阿丽长这么大以来,还从没见过这样的动物。它的身躯和她的手臂一样长,长着六条结实的腿,一节节拼接而成,还有两只像龙虾一样危险的爪子。尤其是那条弯弯的长尾巴,尾巴尖子上还竖着一根尖刺,跟她手指一样长。看到这一幕,哪怕在这么炎热的天气里,阿丽还是被吓出了一身鸡皮疙瘩。要是这只怪物不伤人,她就不配当侦察员。于是,阿丽立刻加快脚步,怪物随即也跟在她身后追了上来,速度快得惊人。虽然她没有回头,但能听到它的腿在身后疯狂地"嗒嗒"作响,就像是在攻城略地一样。她铆足力气,以最快的速度飞奔起来,连肺都快跑炸了,心脏怦怦直跳,都快跳到嗓子眼了。这时,阿丽看到前面不远处有一块陡峭的岩壁,或许爬到这里就安全了。阿丽身手矫健,擅长攀登,爬到岩壁上完全是小菜一碟。她纵身一跃,脚就踏上了岩架,接着就开始飞快地攀爬,不断寻找能立住手脚的支点,好尽量与那只尾巴长着刺针的大怪物拉开距离,它现在才刚刚追到崖底。阿丽刚往上爬了几米,就扭头向下看……啊,糟了!怪物正紧跟其后,似乎还爬得不费吹灰之力。它的大钳子离阿丽的双脚越来越近,而她却孤立无援,刚刚一路狂奔,把她仅有的一点精力都耗尽了。我的恶神阿里曼啊,现在该怎么办?阿丽伸出左手继续向上攀缘。突然,她手握住的那块石头裂开了。她灵机一动,想到一个主意。"管你身体多硬,长了多少鳞片,还是扛不过一块石头。"她一边自言自语,一边试着把石头掰下来当武器用。她右手掰开一块大石头,石头锋利,但不算太沉,径直朝怪物砸去。这个距离她是不会失手的。不出所料,石头砸中了它的后背,却又弹开了,就像是击中了一块金属盾牌一样。可怪物并没有被吓倒,锲而不舍地一路尾随。这叫阿丽无比绝望,只好接着向上爬。她刚把脚从一个支点挪到另一个,就看到身下的怪物挥舞着爪子,想来抓她的靴子,只听啪的一声,爪子就在她脚后跟下方合上了。阿丽吓得拼了命似的往上爬,哪怕手被锋利的岩石弄疼了也无暇顾及,毕竟,她已是命悬一线。

"休想让我成为你的晚餐!"

话音刚落,阿丽发现自己没吼出来,因为声音一经她干涩的喉咙,就变得刺耳沙哑。尽管如此,这一声吼还是给她壮了胆。山坡越来越陡,怪物也随之放慢脚步,但阿丽还是没有一点安全感。这怪物就像一台可怕的机器,那几条邪恶又纤细的腿一刻不停地跟在她身后,甩也甩不掉,阿丽只觉得自己筋疲力尽。她的前臂累得抽筋,每爬上一块石头都疼得倒抽一口凉气。她已经爬得上气不接下气,累得像跑了一整天似的。不过,这个陡峭的斜坡给了她灵感,如果她能掰下一块又大又重的石头,就能把怪物从岩壁上砸下去。很快,她就找到了机会。阿丽右手抓住一块体积较大的石头,感觉到指头下面似乎有一条细细的裂痕,裂痕横贯整块岩石。于是,她以最快的速度爬上岩架,再抽出匕首,将刀锋插入裂缝中,但岩石并没有因此散架,而脚下这只大虫却越来越近,现在相距不到两米。绝望中,阿丽把刀子深深扎进裂缝里,再一脚踩在刀柄上,以它为杠杆,另一只脚从另一侧发力,希望这样便能撬开这道裂缝,奈何石头还是纹丝不动。这时再从岩架上撤离已经来不及了。那就再试一次,无论如何,这次她一定要成功。阿丽把全身的重量都压在刀柄上,用尽全身力气往下蹬。终于,她感觉岩石松动了。她的匕首也断成了两截!突然,阿丽一直攀附着的那道岩缝迸裂开来,她的身体不自觉地前倾,挥动着双手想要找到新的支点。而在她下方,一大块岩石轰然坠落。阿丽眼看就要坠入深渊,而怪物就在下面不到一米的地方。她可不想葬身山崖,于是不顾一切地伸手一抓,虽然身体失去了平衡,但还是成功抓住了支点。不过,那只怪物就没那么幸运了。沉重的石块砸中了它的腿,一路把它砸到了崖底。在微微暮色中,阿丽能看到有一团碎片、尘土接连翻滚着直至轰然坠地。怪物不可能还活着,也一定不能活着。现在,她终于安全了。可天色几乎完全黑了下来,她也不能再接着爬了。如果说阿丽从她教练那里学到了什么,那就是切忌在黑夜中攀缘。

　　但一切还没结束,今晚,还有新的惊喜在等着阿丽。

第二章　民主投票

工业时代第 517 周期
金属管制委员会内部会议

"会议开始。"阿米尔·登戈毕宣布道，语气还是一贯地庄严肃穆。巨大的会议厅里鸦雀无声，直到一个声音打破寂静：

"是哪一方率先挑起战争的？"

发问的是一位年轻的技术官——古尔都特使。他话音刚落，会场上立刻响起了轻微的私语声。

"这重要吗？现在都已经打起来了。"阿米尔恶狠狠地反驳道。

原本良好的会场秩序被打破，会议厅里一片混乱，窃窃私语的声音愈演愈烈，几乎变成了咆哮怒吼。不计其数的声音里，阿米尔能听到场下爆发出若干谴责的声音："这仗本不该打起来的，我们怎么能让战争说打就打起来了呢？"

"各位，拜托你们冷静一下。现在可不是在开什么欢天喜地的庆祝大会。各位请安静！"

终于，阿米尔那响亮的声音成功穿透了会场的喧嚣，吵嚷声这才降到了可以接受的程度。

"今日召集各位前来是要做一个决定。显然，大家多多少少都赞同，战争对我们来说是场灾难。"

许多附和的声音在会议室中回荡。阿米尔接着说：

"因此，现在我们必须决定在这场战争中的立场。"

塞邦已经有 500 个周期没打过仗了，这些人完全有理由感到不安，阿米尔心里也是这么认定的。此时，向来不愿意出头的第二技术官法尔赞·克瓦拉发话了：

"我提议，我们应该站到最强大的参战方一边，好尽快结束此次战争，也能将人员伤亡降到最低。"

听到这话，阿米尔对他怒目相向，那神情，显然表明了阿米尔对这种想法的态度。他再次开口，声音依旧冰冷而响亮：

"我尊敬的同僚，恐怕你还没有充分考虑过此事的后果。"

"那您有什么提议？"第二技术官法尔赞·克瓦拉反问道。

阿米尔接着说下去，声音沉稳而冷漠：

"我尊敬的各位同僚，在继续进行投票之前，我想提醒大家三件事。首先，所有巨头公司都对我们负债累累，一旦我们支持某一方，那我们就必须承担一个后果，即另一方不会再付清所有尚未结算的欠款。第二，即使我们站在人数最多、实力最强的CCI与特什卡采矿联盟联军一方，转而与FTC为敌，那我们在采购白银，尤其是铜这方面的业务就会面临巨大的问题。我要提醒诸位，单单一个FTC就控制了目前50%以上的铜矿和20%以上的银矿。况且，我想大家也都认为这场战争不会立刻终结。第三，一旦保持中立，我们便能继续为参战双方都提供资助，为我方获取更多利润。因此，我建议，我方应坚守等距离政策，即与交战双方保持同等的距离。进行表决之前，还有人想补充吗？"

会场中还有一名长老——赞·伊诺克。整整250个周期，他一直在委员会中担任协调人。此时，他一如既往地选择沉默，显得镇定自持，等待着事态的进一步发展。

随后，其他几个代表纷纷发言，表示支持加入某一参战方，其中就有委员会派驻杰布勒的特使。这些赞成与CCI、CMT保持统一战线的代表里，这位特使似乎是最热衷的一位。但最终，他的论点似乎没能说服多少成员。

投票后，阿米尔看到他的中立派显然占了上风，于是脸上的笑意更盛。最后只收到10个黑球、58个白球，还有5名技术官弃权。至于委员会其余成员，要么外出，要么身体不适，纷纷缺席。总共90张选票中，阿米尔仍然获得了绝对多数票。

第三章　希望不灭

　　阿丽抬头仰望着漫天星辰。浩瀚的星空美得让阿丽惊艳不已，一时间，她甚至都忘却了自己的悲惨境地。数以百万计，其实是数以亿计的星星在黑暗中闪耀，连她头顶上的天空都被照亮了。这些星星如此密集，似乎漫无边际。有的看起来紧密地聚在一起，汇成星群；有的则自顾自地闪烁着无比耀眼的光芒；还有的光亮微弱，似乎快变成看不见的小点。阿丽朝天际凝视了好几分钟，这才意识到嘴巴一直大张着，自己沉浸在神奇的大自然中。当然，即使在古尔都，晴朗夜晚也能看到一些星星，最多只有几百颗，但这里照亮天穹的奇景却是无与伦比的。要是之前有人告诉阿丽这些，她是不会相信的。她看到此时地平线一直延伸开来，仿佛与无限的永恒相接。她凝思着善神阿胡拉的鬼斧神工，渐渐地，差点感动得掉下泪来。在这最短暂也最漫长的一瞬间，她觉得自己也融入了这奇妙又完满的造物中。她真真切切地相信，在这个纷繁复杂的造物方案里，自己也占有一席之地。然后她意识到，所造之物即是爱。

　　突然，阿丽觉得身上凉飕飕的，沉浸在星空中的陶醉感也戛然而止。原来，现在开始降温了。她停歇在一个岩架上，岩架的长度足以让她舒展四肢。她身后是坚硬的岩石；她身前是黑暗的深渊，好在此时此地她并不恐高。虽然只能在光秃秃的石头上过夜，但现在最大的问题是寒冷。她完全没有料到晚上气温会这么低。白天热浪袭人，热得完全不像是人类世界的正常温度。现在气温又迅速下降，白天被高温炙烤的岩石如今在夜色中渐渐冷却。只穿着无袖上衣的阿丽开始感到阵阵寒意袭来。失策啊！如果她留下那件皮质盔甲该多好！至少也能帮她抵御严寒，在这险峻的地势中为她提供一些庇护。想到这里，她默默咒骂着自己当初的鲁莽。她一点也不习惯寒冷的天气，毕竟她的家乡古尔都一点都不冷，至少没有冷到要穿正儿八经的厚实衣裳来保暖的程度，可是这里就不同了。阿丽尽量蜷缩在岩壁上，不想让身体的热量流失。她被冻得起了一身鸡皮疙瘩，时不时就突然打起冷战，让她的身体战栗不止。在这样恶劣的条件下，她怎么可能睡得着觉？何况，她口渴得厉害，嘴巴和喉咙比沙漠还要干涩。她累了，可以说疲惫不堪，但她又睡不着，严寒让她睡意全无。

　　这一晚上，有好几回她都觉得自己就要小命不保。夜晚漫长到永无止境，她细数着徘徊前进的每分钟、每小时，感到自己的双臂已经冻麻了。她这辈子都没有经历过这样的天寒地冻。一阵恐慌袭上心头，她意识到自己渐渐感觉不到四肢了。阿丽试图保持清醒，但她实在是累坏了。等睡意终于将她笼罩住，她失去了意识，沉睡无梦。

　　前面有光。阿丽苏醒过来。哪怕没有睁开双眼，她也能感觉到黑夜已经过去。她试着动了动身体，但她的臂膀、双腿都没有给出恰当的反应。她双臂僵硬，一动不动，不过脖子还能动。渐渐地，躯干和肚子也能动了，可腿还是动不了。

　　阿丽睁开双眼，她发现自己还保持着昨夜入睡时的姿势。太阳开始从身后的山脉中探出头，清晨的第一缕阳光照在她身上。尽管时辰还早，但闪耀的光芒，早已驱散了严寒，她的四肢渐渐恢复了知觉。起初，她感到一阵强烈、极为不适的刺痛感，接着就是……痛。她觉得浑身疼痛，昨晚休息时，身上几个部位支撑起她身体的全部重量，所以现在这几个地方疼得尤其厉害。再加上她还没有起来活动过，情况就更糟了。几分钟后，她终于能坐起身来，检查着自己的手臂，发现石头划穿了部分皮肤组织，这些地方出现了深红色的印记，几乎就像是疮疤。"好吧，现在我的手臂上又有了些新的刺青。"她默默自嘲道，不知道自己是该笑还是该哭。她觉得恶心，头疼得厉害，还特别想吐。她的肚子咕咕直叫。每一次呼吸她都能感觉到浑身在疼，喉咙更疼，无比干涩，连每次吸入新鲜空气时都疼得她龇牙咧嘴的。阿丽记得之前还存了几滴水，于是查看了一下水壶。打开水壶后她急忙举到嘴边，生怕最后几滴水会漏掉,结果……空无一物。"糟糕!水不会是蒸发了吧?"她轻轻地摇了摇水壶,感觉里面还有东西在晃动。"感谢善神阿胡拉!"她再次倾斜水壶,小心翼翼地把壶嘴边缘完全倒过来,终于喝到了最后几滴水。可惜她的处境并未改善多少,这点阿丽很清楚。她的视线向前方探去,下面沙漠的面积比她预期的还要宽广。"该死!不管怎么样,我昨天也算是爬得很高了。"她几乎无法看清下面空旷的干土,也无法准确找到岩石下落时砸死那个怪物的地方。"别灰心,阿丽,要想得到一线生机,就必须爬得更高。"于是,她抬头看了看,但几乎立马就后悔了。原来,她才爬了这座庞大山脉的一小部分。艾努尔大人的教诲再次回荡在耳边:"尽管把一只脚迈到另一只脚跟前,要坚持一步步向前,不要去想最终的目的地。只有这样,你才能在最艰苦的征程中获得成功。"

于是,阿丽缓慢地踏上了新的征程。现在天气不冷了,也还不算太热。虽然阿丽已经筋疲力尽,但在这种温度适宜的环境下,她还能爬得动。但她的肌肉时不时地抽筋,她只好停下来,等到痉挛消退再继续前进。尽管如此,阿丽还是成功地爬了一段路。

但主要问题在于温度开始迅速攀升。太阳还是那个太阳,它的热量曾温柔地抚摩并温暖过阿丽冰凉的四肢,现在,太阳却变成了一个无情的火炉,毒辣的火舌鞭打着她的手臂和大脑。更糟糕的是,阿丽又多了一个烦恼:她的手臂一片鲜红色,被严重晒伤了,这就是阳光带给她的实实在在的痛苦,但她无能为力。

等阿丽爬到高原上时,她几乎都直不起身。她的视线很模糊,耳朵几乎都听不到自己的脚步声。她头疼欲裂,只觉得身上所有的能量都被耗尽了。她几乎都感受不到胳膊上的痛楚,但恶心的感觉已经变得无比强烈。有时,她觉得眼前像是被蒙上了一层无法穿透的黑色面纱,只觉得头晕目眩,一步也走不动了。可她还是不打算放弃。于是她开始匍匐前行,膝盖剐蹭着光秃秃的岩石,一点一点地往前挪动着。她觉得生命快要走到尽头了,但直觉告诉她,山里一定有水——说到底,山脉不就是河流的发源地吗?她的思绪变得断断续续。荒诞的画面在她的脑海里接二连三地闪现：德温在窃笑……母亲在哭泣……闪闪发光的池塘……还有和德温对战时受伤的痛楚。疼痛、死亡、鲜血、火焰、黄金、闪闪发光的池塘、疼痛、焦虑，又是那片闪闪发光的池塘……不，不是幻觉，阿丽发现眼前是真的有池塘。原来，再往前走几米就是一片波光粼粼的广阔水域，一望无垠，但她视线模糊，只能看到近在眼前的水体发出的光亮。"只要再走几米……加油，阿丽……你得救了。"她感到扑面而来一阵清爽的湿意。她的头沉进水里，她开始觉得喘不上气了，她没有呼吸了……她挣扎着把身体撑起来。水……这是真正的水。阿丽的手臂疼得火烧火燎的，她觉得它们就像是发着白炽灯光的金属片，一接触到冰冷的液体就发出咝咝的声音。她尽情狂饮，每喝一口水就咳嗽一下。接着，她发现这水其实一点也不凉，味道也很奇怪，让人反胃，很不对劲。她记得之前在哪里闻到过这种味道……是在哪儿呢？矿场？不，是在工厂……不，不是那里……河边。没错！记得她和德温回到偷铅块的贼走过的小路时，德温曾向她解释道，这座山其实是一座活火山。当时，他们见到了那条恶臭的小河，河岸上堆着一些发黄的沉积物。他继续用那催眠般的声音，跟阿丽讲述他这一行的秘密。火山区的水尤其富含矿物质，是极好的肥料。德温肯定是喜欢极了自己的声音，才会喋喋不休地讲了十分钟左右，但阿丽当时听得心不在焉。如此说来，这水里含硫。一个微弱的声音在心里拼命地警告她，这里的水喝不得，但她实在是太渴了，喝得停不下来。虽然水里弥漫着一股腐烂的味道，但这些水正在修复她被沙漠渐渐夺走的生命力。几乎就在一瞬间，阿丽觉得自己好多了。虽然依旧头疼欲裂，但她感觉自己的精力正在恢复，就像是吸收了魔法的力量一般。阿丽把水壶浸到湖泊里，好储存一些含硫的水，只是，她还是觉得身体异常虚弱。她停在湖边，把烧伤的皮肤浸泡在这些不同寻常的水中。泡在水里的感觉可以说令人陶醉，但她还是决定继续前进。她不能耽搁太长时间，因为困扰她的不仅是口渴这个问题，还有饥饿，她的身体早已在大声抗议错过的饭菜。"饿了这么久，别的不说，我这身材肯定傲人。"她默默调侃道。但身材从来就不是困扰阿丽的问题。身为一名侦察员，她保持高强度的锻炼和健康的生活习惯，不该长的肉从来没长过。肚子开始咕咕作响，阿丽只好更加仔细地四处觅食。她本以为能找到一些动植物果腹，但很奇怪，这片湖泊附近居然什么也没有，她一无所获。

突然，阿丽感到一阵痉挛……痛不欲生，叫她无法呼吸。她疼得向前弓起身子，强烈的恶心感还有突如其来的痉挛一齐涌上心头。她的胃开始有节奏地收缩，她把刚刚喝下的水吐了出来。

阿丽以前也生过病，但这次情况完全不同。她的身体疼痛难忍，痉挛也没有减弱的迹象。她双手双膝撑地，作势要继续呕吐，可肚子已经空空如也，吐无可吐。她感觉自己的状态越来越差，冷汗热汗通通冒了出来，她虚弱得无法再用手臂撑起身体。这时，阿丽才意识到那水有毒。正因如此，湖周边才没有任何活物。她的视线再次模糊起来，眼前开始出现光怪陆离的景象。她胳膊打战，几乎就要瘫倒在地。她见到的最后一个场景是一个奇怪的身影向她走来……然后她就陷入昏厥。

第四章　战时估算

　　城市服务和基础设施管理的行政责任应该由在该地产出最高营业额的巨头公司承担。营业额数值以流动资金表中所示数字为证，由金属管制委员会每周期进行计算。其余巨头公司的费用也应按该表格一并计算。

　　　　　　　　——第十五章－3.《巨头公司宪章》条目

　　埃肯塔尔的竹笔只在空中握了一小会儿，接着就径直向页面底部移去，然后再次停了下来。突然，他的声音如惊雷般爆发：

　　"怎么会这样？一千二百万西敏？我们是在用银子造武器吗？"

　　埃肯塔尔再次投来期盼的目光，视线先落到总会计师身上，然后是他忠实的顾问施恩泰克。此时，这两张脸虽然大不相同，但看起来却又如此相像：这两张脸上都没有任何鼓舞他的表情。然后，长老施恩泰克答道：

　　"大人，打仗是很费钱的。在下认为，下足血本就是最能有效克敌制胜的方法。"

　　于是，埃肯塔尔的笔像往常那样在文件底部一挥。他下一份要签署的文件是向金属管制委员会申请新的信贷额度。

第五章　偶遇大师

德温抓住了阿丽，死命地把她按在溪水里，钳制得她动弹不得。看来，他是想把她活活闷死。阿丽感到鼻孔里、嘴里全是令人作呕的硫黄水味，她几乎喘不过气来。她必须呼吸，但德温死活都不放手。他紧紧箍着她，把她的胳膊勒得生疼。他的手就像钢钳一样嵌进阿丽的肉里。德温把她折磨得痛不欲生，她再也憋不住气了。她觉得肺都要憋炸了，头痛欲裂。她必须呼吸点新鲜空气才行。德温把膝盖压在她脖子上不断发力，狠命地下压……他想要阿丽的命。虽然阿丽竭力挣扎，但她觉得自己已是逃生无望。也许这样更好：就这样陷入昏迷，迎接死亡这个终极解放者的到来，不再有任何痛苦，永恒的长眠，拥抱死亡吧。但死亡并未来临。有那么一瞬，恍惚之间，阿丽发现自己正躺在德温的怀里，一丝不挂。在那个不可思议的美妙夜晚，他们一直在做爱。那时的他们，是如此深爱着彼此。在那个激情与放纵的漫漫长夜里，阿丽把整个身心都交付给了德温，可谁又能料到，才不过几天，德温就背叛了她，在她背后狠命捅了一刀。

"你这个畜生！"

阿丽的尖叫声在陌生的黑暗洞穴里回荡着。

阿丽醒了。她突然爆发出的一声怒吼唤醒了自己。花了好几秒钟的时间她才缓过神来。她不知道自己身在何处。这既不是她的家，也不是军事学院里她自己住的小单间。她筋疲力尽，浑身发热。她在发烧，她一定是在发高烧。她的胳膊疼得厉害，她的眼睛半闭着，她觉得自己正躺在一个光线昏暗的房间里，而且周围还有人。

阿丽痛苦万分，难以正常集中起注意力。就在这时，她听到一个声音：

"你醒了。"

阿丽的感官有延迟，就像是被人堵上了一样。她费力去思索，但大脑还在半梦半醒之间，就像是喝得酩酊大醉时的那种状态。渐渐地，一些连贯的思绪开始在她脑海中出现。听这声音……看来他是长老。费了好大力气，阿丽终于答出声来：

"但还没醒透。"

阿丽刚开口，发现嗓子嘶哑，她甚至听不出这是自己的声音。她喉咙发烫，头仍然疼得厉害，一阵阵地抽痛。她发现额头上、手臂上都放了某种敷料，自己正躺在一张软床上。不管身旁这人是谁，阿丽都欠他一条命。她双眼扫视了一下房间：这里很空旷，或许是个山洞。此时，阿丽的恩人正坐在她床边，亲切地对着她微笑。他的头发是白色的，眼睛是灰色的，似乎难以辨认。他神色不变，镇定自如，身上散发出永恒的和平与安宁。在他面前，阿丽觉得自己很渺小，微不足道，但同时又感到无比平静自在。然后，这位老者用宽慰的口吻对她说：

"这是一个非常好的迹象。到时候你自然就明白了，很快，你的身体就会好起来的。"

阿丽试着动动胳膊，但一阵刺痛袭来，她立刻放弃了。她的胳膊烧伤了，两边都在发烫，还伴随着阵痛，就像被浸入了沸水中。胳膊上面有一层湿布将其牢牢盖住。敷料下面的皮肤看起来很奇怪，上面长了脓包，就像穿着不合脚的鞋子长途行走后磨出来的水泡。再往下，阿丽能看到自己的脚，它们也裹在清凉的敷料里。她的靴子和裤子都放在地上，离得稍远一些。这时，阿丽壮起胆子问道：

"我们这是在哪儿？"

"在我家。"

"我知道，我是说您家在哪儿。"

"你现在应该休息。等你身体恢复了一点，我就会回答你所有的问题。"

"不论您是谁，就让我问一个问题好吗？拜托了。"

"我叫德拉夫·苏尔，你可以叫我德拉夫。就这样，你的问题问完了。"

"但我一个问题都还没问呢。"阿丽不服气。德拉夫无奈地说道：

"你还真是犟得很，也好，也许人犟一点才能活下来。那你就问吧。"

"我们现在哪儿？"

"我们在欧梅因陨石坑的西侧山脊上，也就是你们人类所说的'世界之墙'。"

"所以我们是在墙的另一侧？"

"没错。但现在你该休息了。你说只问一个问题的，还记得吗？"

阿丽又想抗议，但也没多少底气。她觉得自己的眼皮越来越沉重，胃里冒出个无底洞，于是，她向这位神秘的恩人求助：

"请问我能吃点东西吗？"

德拉夫默不作声，拿起一只放了小骨勺的碗，开始给她喂一种奇奇怪怪、质地稀薄的甜粥。

这是奥格姆，他解释道。阿丽没能听懂他说的话，因为几勺下去后，她又回到了半梦半醒的状态。

不知过了多久，阿丽的肚子开始大叫起来，她又醒了，不知道时间过去了多久。额头已经不那么烫了，可能高烧已经退了。胳膊还是疼，而且还很酸。整个身体都或多或少有瘀青和伤口。阿丽的思绪回到了神秘的恩人德拉夫身上，但他却不见了踪影。她试着站起来，脑子里还是天旋地转。尽管如此，总的来说她还是觉得身体好多了。阿丽小心地试探着下床站起身，但她的腿立马不听使唤了，只好一屁股坐回原地。她身体仍然很虚弱，这是她这辈子都没有体会过的感觉。阿丽仔细看了看她最终落脚的地方：这是个相当宽敞的房间，在一个天然洞穴里面。房间中央有一张编织的草席，另一侧摆了几个碗，里面的东西形状奇奇怪怪，还有一个米拉克布袋和一点别的东西。些许光线从洞穴对面的一个缺口照射进来，照得房间里暖烘烘的，但又不至于热得难受。阿丽试着喊了一声：

"德拉夫？"

短暂的停顿后，阿丽听到了一阵脚步声，一个气度不凡的身影站到她与光线之间，他答道：

"我在……很好，你又醒了。可你还没告诉我你的名字。"

"我叫阿丽。"

"很高兴见到你。我想你恐怕是饿了。"

"其实，要是有东西吃的话，那我可是乐意至极。"

德拉夫二话没说又走开了，回来时拿着一个浅口陶瓷锅。锅里盛放着两个小白球，上面涂了某种暗红色的酱汁，闻起来还挺香的。阿丽饿坏了，直接朝食物扑了过去。原来，这两个白球是克尔翻蛋，这在古尔都称得上是真正的美味。她刚吃完，德拉夫就递给她一碗橙色小块状的食物，阿丽没有表态，只静静地咬了一口，这味道像是油炸的南瓜。一切都美味极了，不过也有可能是她饿坏了。这一次，吃完饭后，阿丽感觉身体没有那么虚弱了，于是，她开始缠着德拉夫不停地问问题。德拉夫尽量用通俗易懂的语言回答她，结果被问了十多个问题。德拉夫被逼得实在没招了，只好无奈地说：

"阿丽，我想咱们俩得约法三章。"

"好，您说。"

"首先，我会尽量把我知道的信息跟你解释清楚，但你不能打断我。要是解释完你还有问题，我也会努力解答。你觉得怎么样？"

"好吧。"

"我在这里住了二十个周期，完全与世隔绝。至于为什么会选择这个地方，我也很难解释。或许是因为这里能让我远离一切纷杂的事物。和长老族的兄弟们生活在一起，让我感受不到生命的意义，因此我需要静谧的独处时光来满足我的精神追求。那时，我开始明白，如果我继续待在贾格尔森林里，我就再也无法提升自己，做到日日精进了，因为精力全部耗费在了日常生活琐事和人情世故上面。起初，在这里生活很困难，尤其是很难找到充足的食物来源，但后来我成为一个辨识有用植物的高手。没错，附近还有植物，只要知道寻找植物的方法就没问题了。"德拉夫一边解释，一边注意到阿丽脸上惊讶的神情，"我盖了一个小菜园，可以为我带来大自然的产物。很快，我就会把所有的东西都给你瞧个遍。就这样,我没什么可说的了。你是这里的第一个访客。五天前,我在硫黄湖泊附近发现了你,当时我可是大吃了一惊。"阿丽无比诧异,不由得插了一句嘴:

"什么?五天前?"

"嗯,没错,你已经昏迷了三天。这段时间里,我尽全力给你的身体补充水分。"

"我还没道谢呢,谢谢您救了我。"

"没关系。不管怎么说,现在我也很想听听你的故事,我相信一定非常精彩。"

于是,阿丽开始讲述她的经历。她重新开了好几次头,每次都补充上之前漏掉的重要细节。这样一来,她讲出来的故事就变得有些混乱无序。但最终,她还算连贯地讲出了自己的遭遇。讲到德温的行为时,阿丽想竭力秉持客观的态度,但话一出口,声音里还是明显透露出愤怒与沮丧。

听了阿丽的故事,德拉夫似乎若有所思,头一次,他的神态没有平时那么镇静了。然后,他评论道:

"一听到人类居然可以做出如此残忍的事情,我就总觉得很难过。"

"德拉夫,我很想让他付出代价。"

"我对此深信不疑。但你们两人当中,他才是那个真正的可怜人。他走上了一条黑暗的道路,但自己却浑然不知。暴力只会引发更多暴力。只有真诚的宽恕之心才能助人打破仇恨的枷锁。"

"但……这种恶行是无法宽恕的,而且他不会就此停手,还会继续害人的。他在我身上做过的事,还会再去做的。"

"你说得没错。但现在不是解释泰恩泰尔教义的时候,我们换个时间再来讨论这个话题。"

阿丽有些困惑。"这个教义与宽恕有什么关系?"可是这时,她觉得体力不支,于是欣然接受了德拉夫的建议。

当阿丽再次醒来,天已经黑了。她觉得,现在的气温还有点低。敷料发挥了神奇的作用，她的手臂已经不疼了。现在，她是该穿得像模像样点了。眼睛适应了黑暗之后，阿丽找到了自己的长裤，但裤子也是一副惨不忍睹的模样，有几处都破了个洞。尽管如此，最后把它们穿在身上的感觉还是蛮不错的。剩下的那把匕首还挂在刀鞘里。只可惜她永远失去了那件紧身皮衣和那套骨质飞刀。阿丽小心翼翼地向洞口走去，但德拉夫不在这里。

阿丽找到他时，他正坐在一块平坦的石头上，欣赏着头顶上星辰密布的夜空，就像那天她在沙漠里见到的一样。

"这次你可就没办法甩掉我了。"阿丽在心里头打好了如意算盘。她把肩上的毯子拉得更紧了一些：她有很多事情想向德拉夫求教。

第六章　战术磋商

如无后备部队，切忌在空旷的战场上迎敌。

——凯莫尔·罗曼的战争故事

爱兹里大发雷霆：她就像一只原始时期的野兽，怒火正将她的五脏六腑烧得扭曲变形，从体内将她吞噬。她精灵般精致的脸蛋变得几乎难以辨认，眼睛里的怒火熊熊燃烧着。

在参谋部的士兵看来，有幸加入爱兹里的总参谋部既是他们的荣耀，也是他们的悲哀。这些士兵常常备感诧异，一个外表如此优雅端庄的人居然能迸发出如此强烈的怒火。这时，爱兹里一声大叫：

"卡拉索斯将军！"

这种语气可不是个好兆头。帐篷里的几个军官无比惊恐地互相扫视一眼，恐怕没有谁想站在这位卡拉索斯将军的立场上，体会一下其中的滋味。

大约五百个周期前，"将军"这个头衔就不再使用了。但最近，由于一些实际的原因，它又再度流行起来，因为几个世纪以来的第一场全面战争开始了。

如今，一支CCI小分队驻扎在潘鲁德河的第二座桥上。该分队由一个近八千人的军团组成。就塞邦世界而言，这是一支大规模的军队。协调如此庞大的部队需要采取新的方法，或者说需要重新启用老办法。

"小姐。"

身材魁梧的卡拉索斯将军毫不费力地屈下右膝，轻轻低头以示尊重。即便如此，面对这位有权有势的CCI领袖爱兹里，他依然能够直视她的双眼。他的长相非常扎眼，身高一米九，是个秃头，肩膀像摔跤运动员那般宽厚，脸上有一道疤痕，从右脸颊横穿到左脸的眉毛处。卡拉索斯身上体现出了非同凡响的决心与力量。过去一个月以来，他手下的士兵都对他爱戴有加。他指挥起来也是说一不二，铁面无私，不仅要求部下做到最好，也要求自己精益求精，充分彰显了非凡的个人魅力。士兵被召到他面前时，往往都心生虔诚的敬畏之心。唯独一人让这位将军多多少少心生恐惧——爱兹里·梅迪哈。

整整一个月里，爱兹里一直在接受最为严苛的训练，这种训练通常都是为新兵安排的。她和士兵们一起行军、战斗、吃苦，赢得了他们的尊敬和爱戴。她不仅骁勇善战，更重要的一点在于，她凭借自己的狡黠与智慧发动了战争，不亚于一名身经百战的老兵。那双迷人的绿眼睛仿佛刺透了将军的双眼，她恶狠狠地宣泄着满腔怒意：

"我听够了各种借口。不管怎么样，我都要拿下那座破石桥。"

"抱歉，在下没有能力创造奇迹。"

"你这是在顶撞我。"

"我只是在陈述事实。"

如果说这世上还有谁敢和爱兹里叫板，那一定是卡拉索斯将军。就在两个星期前的第一场大战中，这两人就有过激烈的争辩。当时，他们带领将近一万两千名CCI士兵，与陷落在杰布勒平原的一支FTC小部队作战，只是FTC有一座小山峰作为屏障，这无疑为敌军带来了防御优势。于是，CCI分几拨进攻，击溃了FTC阵地，打破了敌军的防线。FTC弓箭手在军队中造成了巨大的杀伤力。CCI步兵穿过杰布勒平原时，已经用高高的盾牌把自己尽量隐蔽起来。但FTC长长的金属箭如雨点般纷纷洒向旷野中的CCI军队，带来了致命的后果：就像农民拿镰刀收割小麦一般，CCI士兵被箭矢纷纷击倒。没有哪副盔甲能够阻挡住致命的流箭，只有重型盾牌能为他们提供足够的庇护。最后，CCI部队付出了巨大的努力，才终于得以在左翼和防御队形的中心跟FTC敌军展开了激烈的肉搏战。CCI部队也蒙受了巨大的损失。

当时爱兹里就因为部队遭受了重创而大发雷霆，不过还有一个原因：她刚刚得知金属管制委员会宣布保持中立的立场，会继续与作战双方都保持贸易来往。于是，她把卡拉索斯将军传唤过来，命令他即刻向 FTC 发起骑兵冲锋。卡拉索斯毫不犹豫地坚决反对，说现在发动攻击为时尚早。这两人言辞激烈，爱兹里称卡拉索斯是"窝囊的梅尔克牛粪"，而卡拉索斯则反击说，她对兵法的理解堪比仅仅五个周期大的孩子。就在这时，爱兹里挥起鞭子，冲他的脸抽了过去。卡拉索斯进行了艰难的心理斗争，克制住还手的冲动。最后，他垂下头，视线朝下，这样一来，爱兹里就不会注意到他心里澎湃的怒意。要是卡拉索斯敢还手，他当场就会被她砍下脑袋。

就这样，卡拉索斯别无选择，只好下令进攻。

结果这场仗打得无比凄惨。CCI 部队骑在玉骢上全速冲锋，一排排 FTC 弓箭手还没有跟从地面发动进攻的 CCI 部队交手，就把骑兵们打了个落花流水。CCI 骑兵团伤亡惨重，还没走到半山腰就明显溃不成军了。战局一目了然的时候，爱兹里大步流星地愤然离开战场。她冲进马厩，拿起她的两把短剑对着一根金属栅栏一顿狂砍，直到她砍得没了力气，瘫倒在地。最后，珀西斯找到了狼狈不堪的爱兹里，试图将她唤醒，但爱兹里没有任何反应。于是士兵们只好把她抬了出去。她的两把剑已经砍得没办法再用了，被埋在了干草堆里。虽然 CCI 最终还是打赢了这场仗，但也为此付出了惨痛的代价。

接受了那次鲁莽行事的教训之后，爱兹里自然变得更加审慎了。在做任何重大决定之前，她总是先征询卡拉索斯的意见。在今天之前，爱兹里再也没有羞辱过他。此时，卡拉索斯注视着爱兹里小姐，想要看懂她的情绪。他不得不承认，自从两个星期前那个不吉利的日子以来，他还从没见过爱兹里如此大动肝火。听到卡拉索斯平平淡淡的回答后，爱兹里便冷嘲热讽地说道：

"如果连拿下一座桥这么简单的事情都做不到，那我们都不要当兵了，回去种帕尔丹稻米吧，至少还能做点有用的事！"

"那您有什么计策吗？"

不得不承认，卡拉索斯还是很务实的。但爱兹里并不买账：

"没有计策……这是什么规矩，你才是替我出谋划策的人。"

与此同时，爱兹里的怒火渐渐平息了下来。和许多反复无常、乱发脾气的人一样，爱兹里的怒气来得快，去得也快，通常不会持续太久。于是，卡拉索斯顺势回答道：

"各种办法我们都试过了，敌军显然占据了有利的防御阵地。但我军目前依然掌控着局势，所以敌军战败无非是时间问题。现在，我们只需按兵不动，把敌军拖垮。"

"可我们等不了了。用不着我来提醒你另一边的战局吧。我们的农场都被FTC占领了，老百姓们也慌了神，四散而逃，现在敌军正要把他们一个个都给抓回来呢。"

的确，现在局势相当复杂。石桥对面是梅丹平原，是塞邦水稻产量最高的地区。中间是古尔都，除了几座被围的塔楼、堡垒外，现在古尔都完全处于FTC的控制中。

塞邦国没有城邦。巨头公司各自掌控这片国土的不同区域，就像克尔翾身上散布的各个斑点。塞邦国国泰民安，在这片旷野上，已经有好几个世纪没有战争的爆发。而调兵遣将之术是一门科学，它早已湮没在尘封已久的史册中。但现在它被人重拾起来，因为目前最需要的就是这门科学。

记得第一次战役爆发时，为数不多的CCI部队和驻扎在古尔都附近的CMT盟军袭击并烧毁了梅丹平原上的农场，企图切断古尔都的粮食供应线。FTC的反击来得太迟，因为FTC大部分军力都在拼命攻克古尔都，而当时古尔都里到处都是CCI和CMT的部队。FTC成功拿下古尔都后就开始试图夺回周边地区。由于古尔都物资匮乏，梅丹平原便成了新的主攻目标。困扰FTC的问题在于潘鲁德河上的三座桥：它们很快就会成为CCI和CMT向梅丹平原大肆派兵的通道。FTC完全有必要把这种可能扼杀在摇篮中。穿过玛西拉沼泽从南部登陆是不可能的，而"世界之墙"正守护着古尔都的北部和西部地区，所以只要攻克东部这一侧，就能拿下整个古尔都。如果FTC能够控制这三座桥，那么任何企图入侵的敌军都不会有什么好下场。但凡有军队滞留在梅丹平原上，就会被FTC团团围住，迅速击溃，同时其余的大部分军队则会被压制在潘鲁德河的另一侧。因此，FTC一定要尽快派兵守住这三座桥。只是，现在派兵为时已晚，因为 FTC 与潘鲁德河之间隔着的是数百公里的狭窄道路、灌溉渠道，还有一望无际的稻田。

不过，当时 FTC 却实行了一项全方位的创举，至今为止，整个塞邦国内都没有出现过类似的战略部署：空降部队。战争手册根本没有提及过空降部队，因为手册编写的时候，利瑞鸟还没被驯化。而且在正统的军事战术家眼中，这种长着一对翅膀还无比脆弱的鸟儿根本就不堪重任。他们据理力争，说几支精准的箭矢就足以刺穿它们翱翔天际的膜翼，就跟刺穿几片薄薄的湿纸一样容易。

可这种战略安排却出人意料地大获成功，轰动一时。三队 FTC 士兵乘着利瑞鸟飞驰而来，仅用了几个小时就占领了三座桥，损失微乎其微，因为空降部队几乎没有遇到任何抵抗，毕竟大家都认为这遥不可及的距离肯定让 FTC 束手无策，因此这些桥梁的守备极为松懈。

潘鲁德河上的两座钢制新桥，当桥上的各个关键点都被泼上强酸后，两座桥随即轰然倒塌。只剩最后一座石桥了，这座桥年代久远，甚至可以追溯到百场大战之前。于是，空降而来的 FTC 部队决定攻占建在桥两侧的小型堡垒。不怕死就来过桥啊！古尔都的 FTC 弓箭手们无情地射死了所有企图过桥的敌兵。眼下，CCI 部队想尽办法要攻占的就是这座石桥。

爱兹里让卡拉索斯退下，她叹了口气，几乎自言自语地嘟哝着："还是老样子，什么事都得我亲力亲为。"

第七章　战争恶果

　　古尔都的景象让阿丽大惊失色，不寒而栗。一直以来，大家都说战火无情。但当她穿过古尔都西门时，当她看到当代战争造成的巨大破坏时，她才终于领会到这句话的深意。古尔都的大街上，尸体俯拾即是，呈现出各种极其诡异的姿势。尽管乍一看，这些尸体就像是毫无生气的人体模型，被匆忙的店家遗弃在路上，但这股气味和阴森寂静的氛围让这一画面更具真实感，直令她反胃。腐肉散发出刺鼻恶心的臭味，让人难以忍受。这时，阿丽停下脚步，靠在大门附近的砖房上。如果她没记错的话，这里曾有一家卖烤饼、肉丸子、玉米面包的铺子。大火刚燃起的时候，外面的砖石被熊熊烈火吞噬着，全都熏黑了。被烧得只剩半截的店门大敞着。

　　阿丽走进铺子，看到地上满是瓶瓶罐罐和玻璃碎片，但最糟糕的是，她在一片狼藉中看到了一双腿，视线顺着腿往上走就看到了一具头朝下的尸体。于是，她脑子里立刻浮现出店铺老板的样貌。她记得这位上了年纪的老板，待人和蔼，平时就做点卖烤饼和圆面包的小生意，卖给往返古尔都的游客。想到这里，阿丽立马就后悔了，真不该进来瞧上一眼的。

　　空中全是成群结队的苍蝇，像发了狂似的四处乱飞。阿丽毫不犹豫地继续前行，脑子里出现了一个可怕的念头："我的母亲不会出事了吧？"阿丽和她母亲珂拉就住在离这里不远的贫民区。她开始向善神阿胡拉祈祷，保佑母亲平安无恙。"善神啊，求求您，千万别让她出事。只要您答应我，我什么都愿意做，我保证我每天都会去寺院参拜……不会出事的，一定不能出事……"

　　此时，街上臭气熏天，令人作呕。阿丽只好停下脚步。她该怎么办呢？阿丽回想起医生在检查伤口感染的病人时的一系列操作。她有样学样，从上衣撕下一块湿布条捂住口鼻，以最快的速度在贫民区的狭窄街道上狂奔，完全没注意到个别路人向她投来不安的目光。其实，在这片荒凉的地方，根本没人真正注意到她。阿丽仍然穿着那条黑色的米拉克裤子，膝盖已经破了洞，还有那件衬衫，那是她从一个贪心的农夫那里用最后一把刀换来的，那个农夫因为收留了她，想趁此要点酬劳。其实，阿丽已经后悔了，她不该把武器卖掉的。但那晚雨下得很大，她实在不想饥肠辘辘地在外头冻上一晚。

一路上，阿丽与几个人擦肩而过，他们瘦削的脸上都流露出绝望、恐惧、愤怒与痛苦交织的神色。这座绝望之城里，在每一个衣衫褴褛的小女孩身上，阿丽都能看到自己的身影。

终于，阿丽走到了家门口的街道，她的心怦怦直跳。她看到自家那座赭色的砖房还立在原地：这是个好兆头。百叶窗和沉重的铁门都落了锁，似乎没人在家。她使劲地捶门，大声呼喊着母亲的名字，但没人应答。阿丽嘟哝着，像是自言自语地说道：

"现在该怎么办呢？"

阿丽不知所措，觉得心里万分煎熬，闷闷不乐的她只好在台阶上干坐了一会儿。

"你是在找你母亲珂拉吗？"

听到这突如其来的声音，阿丽立刻扭头，只见站在她身后的是一个老婆婆。阿丽不假思索地回答：

"是的。"

阿丽觉得这人看起来很眼熟，哦……想起来了，她叫拉勒，是住在街对面的寡妇。但她现在的相貌跟从前大不一样了：现在她满脸哀戚，像是老了不少。

"珂拉现在不在家，当时有几个卫兵过来把她带走了。"

"卫兵？什么样的卫兵？"

"就是当兵的。别担心，他们对她很和善，把她的个人物品装满了两个行李箱，坐着马车一块儿走了。"

"这是什么时候的事？"

拉勒想了几秒钟。她的脸皱巴巴的，像一块西梅干，此刻紧绷着，眉头紧蹙，好像这样就能帮她集中注意力回想起来一样。随后她答道：

"有一个月了，连我自己都不敢相信，居然已经过去了一个月，情况越来越糟糕了。"

"一个月……那些当兵的身上有 FTC 的标志吗？"

阿丽动了动肩膀，好让拉勒更清楚地看到她肩膀上的刺青。拉勒答道：

"就是这个，孩子。你是珂拉的女儿，叫阿丽，对吧？"

"嗯。"

"你母亲很担心你，当时她并不想走，只想待在家里等你回来。但相信我，她做了正确的选择。目前，按我见到的情况来看，年纪轻轻的女人待在这里是没有什么好结果的，你最好也快点离开。"

阿丽坚决地摇了摇头。她现在有很重要的事要做，她要向埃肯塔尔大人汇报情况，讲述她经历的一切。如果她想找到母亲，那最好是从 FTC 总部找起。

"拉勒婆婆，那您为什么不走呢？"

"亲爱的，我年纪太大了，我身上没有值得别人惦记的东西了。但你不同，你年轻漂亮……你应该明白我说的意思……"

"当然明白……但进了塔楼后我就安全了。现在我必须走了，您多保重，拉勒婆婆。"

"你也保重，阿丽。愿善神阿胡拉永远照亮你前行的道路。"

FTC 塔楼差不多是在古尔都另一侧，位于新城区。阿丽试着在脑海里规划出穿越古尔都的最佳方案，最好避开集市区，这是肯定的，各种各样的抢劫、暴力事件都在集市上演。哪怕是老城区也并未让她有多放心，即使没有战乱，那些狭窄的巷道也很危险。剩下的就是工业区，那里有许多仓库、小工艺作坊、工业企业。工业区道路宽敞，方便她预先看到任何可能对她不利的人。没错，工业区就是她最好的选择。阿丽做好了决定，加快了步伐。

阿丽最终来到了工业区，可一路上看到的画面让她心里五味杂陈：有愤慨和厌恶，也有沮丧和悲哀。古尔都有一部分地区几乎没有受到战火的影响，但富人区就不同了，这是最富裕、最具影响力的大人物聚集的地方，这里大都遭到洗劫、破坏甚至烧毁。所到之处散发着令人作呕的腐肉气息。一所被烧了一半的房子前插着几根长矛，上面挂着被砍下的人头，他们面目全非，呈现出死前狰狞的样貌。阿丽走过时，只觉得那一双双空洞呆滞的眼珠子正不怀好意地盯着她。这些人头里，至少有两个是女人的。看到这里，阿丽开始奔跑起来，想把脑子里冒出的可怕预感甩在身后。

对于这一切，阿丽只觉得无能为力。她开始把心思都放在母亲身上，不让自己胡思乱想，让自己重新振作起来。阿丽继续在这地狱般混乱的街道上前行。她一边走，一边回想起最近发生的事，想起德拉夫·苏尔，还有和他一起度过的几周里学到的东西。记得那时，阿丽急于上路，可德拉夫还是跟她解释，说必须等到完全康复才能下山。他用平静、安和的声音告诉她，她生命的火光几乎就快熄灭了。其实，醒来几周后，阿丽头一次去看了她下山时一定要攀爬的悬崖，那座悬崖就是她回到人类世界的必经之路。那一眼足以令她心生恐惧，她真怕自己爬不下去。但德拉夫只是对阿丽笑了笑，告诉她，她要做的就是消除内心的恐惧，这样才能达到几乎无所不能的境界。他教会了阿丽很多事，让她了解到长老族的思维方式，还有爱好和平这一崇高的人生信条。阿丽觉得，她要是成功地回到人类世界，她会想去看看长老族生活的世界是什么样的。只可惜，这绝无可能，因为几个世纪以来，长老族一直都不允许人类踏足他们的贾格尔森林，于是，阿丽只好不情不愿地跟德拉夫告别了。德拉夫神秘兮兮地告诉她，如果她愿意，接下来，他可以一直当她的人生导师。但阿丽并不懂这话是什么意思，但那时她也没让他多做解释。德拉夫的教学方法别具一格，跟她之前习惯的教学方式完全不同。德拉夫告诉她，如果有些东西她无法理解，那这仅仅意味着掌握这一概念的时机还没到。尽管爬下悬崖的过程漫长又艰辛，但阿丽还是成功克服了一路上的重重险阻。

这时，阿丽发现周围有动静，她的思绪立刻回到眼前。定睛一看，原来不过是一只下水道的啮鼠在找食吃。

现在，古尔都的街道上阳光明媚，到目前为止，阿丽都没看到几个人。

她甚至碰到了几支友好的巡逻队，但他们身负严格的命令，没工夫注意她。说实话，她都不知道遇见这些士兵是好事还是坏事。士兵里似乎还有几个人一瞬不瞬地盯着她。阿丽听到他们窃窃私语，咯咯直笑，让她起了一身鸡皮疙瘩。正值兵荒马乱之时，谁也不可信。

这时，阿丽看到了一些士兵，还有一驾沉重的马车。虽然他们没有佩戴标志，但身上鲜红色的制服显然表明他们是FTC的士兵。这让她的心情大好。

阿丽粗略地扫视了一圈，发现他们的装备是她目前为止看到的最好的。阿丽决定上前一试。只见两只巨蜥慢吞吞地拉着车，车上装满了麻袋。阿丽向士兵打了声招呼，但他们只是漫不经心地瞟了她一眼。直到一名士兵停下脚步，车夫这才拽了拽缰绳，把车停下来。于是，阿丽挺直身子，啪的一声，向他们行了一个最标准的军礼，朗声道：

"报告，一级侦察员阿丽。"

"不错，侦察员，要是再不夹着你可爱的小屁股跑得远远的，你就会变成啮鼠叼在嘴里的肉。我是三级士兵马洛里，他们两个是布里安和拉沙卡里，那边那个懒得不想动弹的家伙也叫马洛里，不过你可别误会，我们俩不是兄弟。"

听到这话，阿丽回想起她之前短暂的军事训练，她还记得士兵之间习惯互相称呼姓氏，难怪会有两个"马洛里"。

只是，眼前这个叫马洛里的家伙可不怎么符合阿丽对职业军人的印象。他看上去有点邋里邋遢，穿得破破烂烂的，说话含糊不清，阿丽多费了些工夫才听明白他在说什么。好像他嘴里还在嚼着什么东西，可能是德罗班叶，这种叶子有上千种疗效，但人们嚼它一般都是为了提神。

"我希望能和你们一起去塔楼……"阿丽满怀希望地请求。

"想都别想了，俏妞。看见车上这堆东西了没？这是帕尔丹大米，这些供粮断断续续运来古尔都有很长一段时间了。看到这边乱七八糟的东西了吗？我们奉命把这些大米送到寺院分发。"

"这样啊，那你们要往哪边走？"

"老城区，你去过吗？能告诉我们那边情况怎么样吗？"

"事实上我没去过，对那个地方我一直都是绕道走。"

"太明智了，那里缺粮缺得最厉害。人哪，填不饱肚子就会干些莫名其妙的事。"

"这话我会放在心上的，祝你们好运。"

"保重，亲爱的。"

临走的时候，阿丽强烈地感觉到这个马洛里想顺手拍拍她的屁股，跟她告别。很好，阿丽要的就是这个效果。但马洛里没有伸手，只是夸张地摆了一个正式鞠躬的造型，就接着往前走了。车夫使劲挥了几鞭子后，车子才慢吞吞地动了起来。

第八章　兵器改良

一只手拿不起两只柠檬。

——摩尔丹古训

埃肯塔尔及时停住了脚，他差点就撞到了跪在他脚边的小个子女人。这女人好像是他手下的军官。担任军官的女性不多，她就是其中之一。我的恶神阿里曼啊，她叫什么名字来着？埃肯塔尔还没回想起来，女人就开口了：

"大人，请您见谅。我是五级士兵珂琳·德尔阿克鲁亚。"

"我真不知道该原谅你什么。你要是有什么请求，直说就好，我赶时间。"

埃肯塔尔更加仔细地打量了她一番。珂琳这个女兵长相相当特别：她身材矮小，体形微胖，肉乎乎的脸上长着一只有趣的狮子鼻，还有两只好奇的小眼睛，无数乱糟糟的卷发围住她的圆脸庞。她算不上什么美人，埃肯塔尔在心里下了结论。

"那好，这个，我想出了一个办法，至少能将我军步兵的作战效率提高30%。"

"30%是不是少了点儿？哪怕是我手下最谨慎的将军，他们也一般都会说我军取得了惊人的进展，可以让效率增加两倍……"

"哦……抱歉，那或许是35%。我估计得有点保守了。但您要知道，这是个独创性的方案，很难估出一个确切的数值。"

倘若有人问，用什么方法能引起埃肯塔尔的注意，那这个珂琳似乎已经猜到了答案。在听到他这番评价后，不论是埃肯塔尔的顾问、手下的将军还是战略专家，都绝不会做出这种反应。这个珂琳要么脑子完全不正常，要么就是头脑严谨得不得了。埃肯塔尔决定再给她一分钟时间。

"你话能不能别说得这么含糊？"

"这个，既然这样的话，大人，那我首先要给您看个东西。"

"你把你的想法跟我手下的将军说过了吗？"

"啊，嗯，大人，我说过了。"

在埃肯塔尔看来，如果珂琳把"大人""见谅"这种说辞通通省略，那她现在应该已经把整件事情都跟他解释完了。不管怎么说，到了这个时候，他的好奇心渐渐占据了上风。

"那他们是怎么跟你说的？"

"回大人，他们说我胡扯。"

珂琳要么是装出一副无比实诚的模样，要么她就是整个庞大的 FTC 里最好骗的家伙。可就是这么一个女人，再加上她这种极其可笑的体形，居然一路爬到了五级士兵的位置，那她肯定是有些本事的。于是，埃肯塔尔决定再多给她一分钟时间。

"那麻烦你告诉我，为什么我就应该对你的想法另眼相看呢？"

"回大人，因为人人都知道，您思想开明，不是个因循守旧的人。"

"至少大体上是这样吧。现在，你有什么想法就告诉我吧。"

"我们现在用的兵器之所以杀伤力不够，是因为敌军的盔甲太结实了。"

虽然两人的对话还在不断继续，但珂琳似乎说出了越来越多荒谬的观点。但不知是什么原因，她的话在埃肯塔尔听来开始变得有了些道理。难道是这个女人把他也逼疯了？反正参谋部都已经等了这么久，再多等一会儿也没什么大不了。他今晚也睡不了多久。这种生活，埃肯塔尔早就已经习惯了。

"如果我去看，要花多长时间？"

"这个，不会太久，也就几个小时而已。"

"什么？"

埃肯塔尔的监察官有时还抱怨一连几天都见不到他的人影，可现在他却要在这个珂琳身上浪费掉两个小时的时间。不知是什么原因作怪，他听见心里有个声音一直在跟自己说，这两个小时不会白等的。考虑几秒钟后，埃肯塔尔给出答复：

"那好，女兵，你说服了我，我就给你三十分钟时间，走吧。"

此时，一名监察官听到了大人和这名女兵最后的对话，不由得一脸震惊。但他很快就醒过神，试着插上一句：

"长官，参谋部可都等了三个小时了，我们还要商谈明天的部署。"

"他们都等了三个小时了，再等半个小时也没关系，反正天还没亮呢，不是吗？"

"是，您说得对，天还没亮。"

埃肯塔尔早已转过身去，催着珂琳赶紧带路，前往目的地。

第九章　绝地求生

环顾四周，阿丽觉得这里根本不是自己出生的城市古尔都，而是一个巨大、怪诞的恐怖剧院。当她深入到工业区腹地时，只觉得自己对周围的一切更是无能为力。

阿丽一边沿着大路走，一边看到了许多街边的标志，像"移动式起重机 & 脚手架""工业设备""陶瓷批发销售""家用锅炉 & 工业锅炉""干果 & 种子""树脂添加剂 & 铸造模具"，等等。路旁是两列仓库和工业建筑，外观各式各样，朝着大路尽头的方向几乎无限延伸而去。街上连一个人影都没看到，好像是被敌军匆忙遗弃了似的，四周没有任何遭到破坏的迹象。

突然，阿丽发现这里并不是空无一人，但现在反应过来已经太迟了。原来就在小栅栏后面几步远的地方，有两个男人弓着身子在一具尸体身上上下摸索着，想找些值钱的东西。其中一人听到阿丽的脚步声后，抬头往路上看了一眼，于是两人的视线瞬间交会，阿丽心里顿时产生了一种强烈的危机感。紧接着，她脑海里清晰地浮现出几个问题："我在哪里见过这张脸？我为什么一看到他就这么害怕？"

这时，两个男人都停手了，他们站起身，朝阿丽走过来。事到临头，她瞬间反应过来，原来那个男人是德温的手下，当时奉德温的命令对她动手的两人中就有他。真是晴天霹雳！

"哎呀，真是秀色可餐啊！跑什么跑啊，漂亮妞，如果你想要吃的，我们这里就有。"

这男人的语气听上去可不妙。阿丽的直觉告诉她给食物只是个借口，但她肯定还没意识到更大的危险还在后面。就在这时，男人脸上突然闪过一丝诧异，随后面色一滞，冲身旁的男人喊道：

"萨米尔，快去找头儿，让他赶紧过来。还不快去！"

阿丽这才反应过来，立刻头也不回地以最快的速度飞奔起来。前面就是十字路口，阿丽直接右转，男人还在她身后紧追不舍。阿丽能听到身后的脚步声跟得很紧。可恶，这个男人跑得好快，快要赶上她了。

逃是没用的，阿丽很快就会被男人追上，那该怎么办呢？坦率地说，阿丽已经不怎么想逃了。德拉夫的教诲在她脑海中不断涌现。跟德拉夫相处了这几周后，她真的会受到他的影响而改变战术吗？阿丽心里依然还有这个疑问，但她马上就会知道答案了。路中间栽着几棵年份不长的观赏性椰子树，树干依然翠绿、柔软，这正中阿丽下怀。于是，她一边继续狂奔，一边用左手抓住了椰子树的树干。同时，她全速拐到左侧，身体绕着这个刚刚设想好的中心支点，画出了一条灵动的曲线。当阿丽闪到左边后，她发现男人就在她身前，着实把她吓坏了。她的右腿早已蓄势待发，于是向前飞起一脚，前脚跟朝他胸口上踢去，正中他胸骨的位置。这一脚力道不轻，连阿丽都被震得连连后退。而她早已算好了这个结果，顺势向后一倒，灵敏地翻身而起。但男人就没有这么幸运了，这一脚踢得他径直向后倒去，发出一声哀号。阿丽看准时机，立马压在他身上，男人还在大口喘着粗气。阿丽毫不犹豫，马上用膝盖顶住他的太阳穴，将他制服在地。男人看上去已经半死不活了，但阿丽没时间得意，因为萨米尔已经回来了，而且更不幸的是，他还带回了一个老熟人。

"德温！"阿丽惊叫起来。

"真是冤家路窄啊，是吧，阿丽？"德温立马接话。

德温的两个手下跑得气喘吁吁的，在林荫大道起点的地方停了下来。德温得意扬扬，满脸尽是讥讽嘲笑。他像看猎物一样审视了阿丽好一会儿，再度开口：

"看来那片沙漠也没要了你的命。所以啊，人要是想做成一件事，就必须亲力亲为，这话真是没错。我向你保证，这次你绝对逃不掉了。"

阿丽立马开跑，她心里明白，就算自己跟德温一对一单挑都不是他的对手，何况是现在，他还有两个帮手。

不过阿丽也知道，德温的速度比她快得多，这条街还没跑到头，她就会被抓住。阿丽左边是一个巨大的工业库房，巨型滑动门正四敞大开着。乍一看，这似乎是个藏人的好地方。于是，阿丽抢在德温之前，成功溜了进去。

里面的光线有点昏暗，还有一股奇怪的味道。一排排锋利的钩子挂在离地面两米高的栏杆上。阿丽心想："这是个什么鬼地方？"

最后，阿丽看到了一些四处摊放着的工具，推测这里应该是一个大型屠宰场。四周没有动物，也没有肉，但这也可以理解，毕竟现在物资匮乏。一进门，阿丽只能放慢脚步，因为这个地方光线太过昏暗，但主要还是因为她一路上看到了种种器具和残渣：大锯子、松肉锤、各种刀子、磨刀的砂轮，还有许多她都不知道是用来干什么的东西。她走到一个巨大的钢制切肉台前，桌子上面异常干净。

此时，阿丽能听到德温在门外给手下下达着命令，他要自己一个人进来，让另外两个人守在门外，切断阿丽的后路。"够精明的，德温。"阿丽不由得对自己的对手赞叹道，"就跟玩四方棋一样，如果我是你，我也会这么做。"

可现在怎么办？这样一来，阿丽就不得不与德温正面对抗，现在没有别的办法了。一想到这里，阿丽的双腿就直发抖。她还清晰地记得上一次两人打斗的情形，不由得默默告诫自己："算了，别再想了，阿丽，你这是在自讨苦吃。"她自己的刀早已当给了那个贪心的农夫，她只好先拿起一把屠夫用的切肉刀。此时，德温已经进门了，没过多久他就发现了阿丽。

等阿丽听到德温发射弩箭的声音，一切都已经太迟了。她马上感到肋部一阵剧痛，白色的上衣迅速染红。她还算幸运，箭只是从她身上擦了过去，但还是觉得很疼。这一次，德温还是比她更狡猾，他用藏在旅行披风里的小型便携式弩箭成功做到了先发制人。还是跟以前一样的老把戏，可阿丽还是上当了。弩箭体积小，灵活方便，唯一的缺陷就是射程非常有限。但显然，以阿丽和德温两个人的距离，这种小型弩箭用来伤人还是绰绰有余的。用完弩箭后，德温把它放下，又拔出一把小刀，大步流星地逼近受伤的阿丽。阿丽能真切地感受到自己的膝盖抖个不停，不仅是因为自己突然受了伤，更是因为看到恶魔德温正向她逼近。"集中精力，阿丽。"她试着清空头脑中一切负面的想法，为这场战斗做好心理准备。还记得德拉夫经常告诫她："要像水一样放松，与宇宙融为一体，感知你的对手。如果你头脑清晰，身体就能移动自如，预判到他的每一个动作。"

理论上讲，德拉夫的理念可谓是空前绝后，但把理念付诸实践就完全是另一回事了。德拉夫曾告诉阿丽，其实她的掌控能力很强，只是内心的恐惧阻碍了她前进。而现在呢，可恶，她心里的恐惧可不止一点点！最终，两人相向而立，德温斜眼看着她，露出一个傲慢的微笑，就像是知道自己打赢了一样，可能是因为他对自己信心十足吧。这时，两人几乎同时展开攻势，拳打脚踢，佯攻使诈，回防招架，各种招式都用了一通后，发现没有哪招能切实有效地击中对方。于是，两人认真地审视着彼此。突然，阿丽变换身形，开放式防御的姿势不见了，她靠前的那条腿向前一伸，立马飞出一脚。显然，德温预料到了这一击，一个闪身就成功避开，还不忘向阿丽受伤的那一侧狠狠来了一个回旋踢。猛烈的冲击下，阿丽撞上了一堵墙，刀也脱了手。他这一脚让人痛不欲生，阿丽躺在地上喘着粗气，她感到两滴眼泪顺着脸颊流了下来，鲜血从她肋部的伤口滴落。她知道自己完蛋了，刚刚那一脚是终极一击，胜负已分。她吓傻了，内心痛苦万分，她已经完全没有希望了。

可此时，德温却没有继续下手直接了结她，反而停在原地，两只强有力的臂膀交叠着，注视着阿丽，冷不丁问了一句：

"阿丽，你知道我们这是在哪儿吗？"

阿丽没有料到他会收手。显然，德温非常享受折磨猎物的时光。无论如何，阿丽还是给出了回答，想趁此机会喘口气。

"在屠宰场，你朋友就在这里做事。"

"还跟我说笑，是吧？不知道你有没有注意到这里有多少种有趣的工具？"

对话还在进行，阿丽就已经站起身来，走到巨大的钢制工作台的另一边。阿丽没有回答，德温便自顾自地接着说：

"你真是躲到了一个好地方啊。居然有这么多工具任我挑选，运气真不错。

本来我想要的东西，一样都没带在身上，这下好了，我可以带你好好体验一下这里的全部三重'境界'。"

德温说这番话的时候，眼睛里闪着奇异的光芒，把整个人的神情都照亮了。一阵灭顶的恐惧袭来，让她痛苦万分。他刚刚说的是刑房里的行话。刑房里的犯人会被施以难以言喻的酷刑，甚至是断手断脚，他们因此在痛苦中备受折磨，这种惊悚的折磨达到极致，就是所谓的"第三重境界"。此时，阿丽已经在德温的脸上看到了那种熟悉的表情。记得当时在帐篷里，他们二人在火热的激情中缠绵，德温达到高潮后的表情就跟现在一模一样。阿丽顿时惊恐万分，她意识到德温的欲望被唤醒了。她曾听别人说，世界上有这么一种人，他们在向他人施暴时会引发性亢奋，说不定德温就是这类人。

德温一边审视着自己的猎物，一边慢慢靠近切肉台，期待着捕猎终结时的那份狂喜。他用怪异的语气接着说：

"我在想啊，我能让你在我手底下熬多久呢……很快你就会发现，我在这种事情上经验可是丰富得很。"

突然，德温跳上了切肉台，阿丽的心脏吓得漏掉了一拍，她自救的可能性几乎为零。出于本能，她迅速溜到桌子下面。在如此狭小的空间里，阿丽自然是占据绝对优势的那一方。

"看来，你是想玩捉迷藏啊？"

德温弯下腰来找她，此时，阿丽爬到了桌下的中间位置。她把手放到地上，似乎被某个金属状的东西刺了一下：原来地上零星散落着几支箭镞。有时，猎人会把体积较大的猎物带到这里来，好宰杀个痛快。他们会留部分肉在这里，就当是付了场地费，然后把其余部分处理干净再切好，最后把最好的肉带回家。显然，箭矢的碎片依然残留在猎物体内，猎人直到开始处理的时候才发现，于是就留下了这些丢到地上的箭镞。应该就是这样，除此之外，阿丽找不到其他解释。看到这些箭镞，阿丽脑子里蹦出一个想法，虽然疯狂，但一旦成功就能扭转颓势。她深吸一口气，试着把恐惧从脑海里全部释放出来。然后，她拿起一支箭镞，小小的拳头攥紧箭杆的一端。接着，她抬脚抵住切肉台中间的桌脚，瞄准德温的双腿，使出全身力气，像弹簧般跃起。这一招速度惊人，力度强劲，箭镞的箭柄都刺进了手心里，阿丽只感到一阵钻心的疼痛。但真正遭殃的那个人是德温，他没料到阿丽会使出这么一招，反应慢了半拍，锋利的箭尖深深扎进了他腿里，就在膝盖上方。他一下子栽倒在地，疼得抱着腿在地上直打滚，像个疯子似的破口大骂。

  与此同时，阿丽敏捷地滚到另一侧，一个挺身就站了起来。二人再度相向，阿丽觉得在这场对决中，自己已经拿下了关键的一分。现在，她明显能从德温的脸上看到惊恐的神色，而自己的忧虑却早已烟消云散了。德温试着发起攻击，可他还没出手，阿丽就立马做出了反应。不论是防御、躲闪还是反攻，现在她每一招展现出来的威力连自己都觉得惊诧。最后，阿丽一肘击在他的肚子上，突破了他的防守。德温痛得弓起身子，气喘吁吁，痛苦万分。事不宜迟，阿丽双手钳住他的头，使出浑身巧劲儿，往自己膝盖上顶去。然后，她闪到一边，抓起他有力的臂膀猛地一扭，再顺势倒下，拖着德温的身体耍了一记"螃蟹式"招数，将他制服在地，德温旋即又是一声撕心裂肺的惨叫。最后，阿丽用膝盖顶住他的后脑勺，用尽全身力气，把德温打晕，惨叫声这才戛然而止。

  阿丽几乎不敢相信自己的眼睛，她居然打晕了德温，比她预料的要轻松很多。当然，还是有点运气的成分在其中，不过运气好从来都不是什么坏事。想到外面还有德温的同伙，阿丽不禁对她的战绩感到欣喜万分。毕竟在她印象里，外面那两个家伙可算不上什么太奇格斗术大师。于是，她像复仇女神一样冲了出去。那个男人刚走到阿丽面前，她就耍起一套精彩的腿脚功夫，男人还没反应过来就被撂倒了。最终，他也被打晕，倒在了阿丽脚下。此时，她发现了一个问题：两个犯人太多了。她一定要审问德温的，至于他的手下，似乎就没那么重要了。所以，她该怎么办呢？

  突然，阿丽看到院子里有一扇沉重的活板门，她顿时心生一计。不出她所料，活板门下面就是屠宰场排放污水的集水池。她掀开门，把德温的手下扔进了脏兮兮的池子里。接下来，阿丽要带德温去个好地方。

第十章　战线后方

达到最高水平的认知能力是一切造物的终极目标。

——泰恩泰尔教义

"来打我。"

"这……"

"我记得你好像没有荣升为 CCI 领袖吧，怎么我下的命令就不管用了？"

卡拉索斯将军只好一拳打在爱兹里肚子上。这一拳打得恰到好处，只是根本没使上他几分力气。

"再来！这次打脸。"

听到爱兹里的命令，卡拉索斯犹豫了。要是放在两个星期前他俩吵架那会儿，卡拉索斯若是接到了这个命令，肯定非常乐意效劳，而且还要打得她恨不得爬回娘胎里去。但现在是现在。虽然爱兹里在他身上留下了难以磨灭的印记，他脸上那道不光彩的鞭痕至今未消，可如今，他差不多把那些被她羞辱的怒气都忘光了。卡拉索斯只好再度出手，这次一拳砸在她右下巴上，差点把她打晕过去。不过他还是手下留情，只使出了一小部分力气。

"再重点！"

卡拉索斯又朝她左下巴挥了一拳，下手更重了。爱兹里直接倒在了地上，她嘴唇开裂，淌了几滴血下来。但很快，她又站了起来。

"来，再打。"

卡拉索斯的左臂还有点酸，于是伸出右手，一拳正中她面门。要是他使足力气，再从下往上挥出这一拳，那轻易就能要了爱兹里的命，可他实在没有这个想法。这回，爱兹里一头栽了下去，缓了好一会儿才站起身，满脸是血。

"小姐，您不觉得已经差不多了吗？"

"我还不知道你对手下的俘虏这么温柔呢。再来，就打这儿。"说完，爱兹里指着自己的眉毛。卡拉索斯虽然有些不情不愿，但还是执行了最后这道命令。不得不承认，爱兹里的胆子不是一般地大。他相当确信，换作是他手下的士兵，都到了这种地步，是绝不会要求再挨一拳的。

终于，爱兹里的脸肿了，还时不时地抽搐着，鼻子和嘴唇仍在流血。不过她只让卡拉索斯打了她一只眼睛，留一只眼睛好让大家能够认出她来。毕竟，整个塞邦国里，再也找不出第二双这样惊艳的绿色杏仁眼了。

这办法应该管用，爱兹里估摸着。对于这个计策，她和卡拉索斯已经一起讨论过很多次了。尽管风险相当大，但他们可以说没有其他选择。毕竟CCI部队还被困在潘鲁德河对岸，也就是现在被称为"梅丹岭"的地方。

爱兹里的思绪回到当下。现在，她正小心翼翼地踏入潘鲁德河的急流，顿时感到凉水冲刷着她的双腿，冻得她瑟瑟发抖。尽管如此，她还是果断地扎进水里。爱兹里非常擅长游泳，她从小就喜欢水。但凡来到附近有水的地方，她的父亲都必须格外留意着她，因为她只有两岁大的时候，一瞧见水就会毫不犹豫地跳进去。的确，潘鲁德河水流湍急，水体浑浊，但她不需要逆流而行。她要做的就是以两岸为参照物，与岸平行地向前游，实际上是循着对角线的轨迹往前游，慢慢游到河对岸。此时，爱兹里觉得泥泞的河底正在迅速往下走。看来，就是现在：她深深吸了一口气，往前奋力一扑。坏了！水流很急，河水马上就把她卷走了。她觉得自己被困在水下，哪儿也去不了。此时，水流蛮横地裹挟着她的身体前进，她只能顺着稳定的水流向下游。爱兹里一路漂流，陪着她的只有天边的沙兹玛散发出的一丝微光，她看到右侧五个桥拱在夜色中的轮廓很快变得越来越远。短短一瞬间，她甚至能想象得到奔腾的河水将她一路冲到多兰海，让她连到对面上岸的机会都没有。一想到潜藏在海里的大怪物，爱兹里就不寒而栗。但很快她打消了这种幼稚的念头，试着专注于此时此刻。她没有放弃，继续努力，将自己逼到极限的境地，把头潜入水中，然后手臂前伸，双腿后蹬，然后再次伸出手臂，如此反复。可她还是觉得身体根本没有前进半步，这是多么令人沮丧啊。

游到一半，爱兹里开始觉得身体有些酸痛，疲惫不堪。突然，她发现自己被卷进了水底的旋涡。她轻盈的身体陷在强大的旋涡里，一圈一圈地旋转，被拖向水底。她喘不上气了，水流将她死死困住。她惊慌失措，试图使出全身力气向上游。她渴望能再次呼吸，于是扭动身体，又踹又游，企图从旋涡里挣脱出来，但还是被困在水下一米多的地方脱不了身，或许还不止一米：水流浑浊，很难分辨得清水下深度。所以，这就是她爱兹里的结局？无所不能的CCI领袖居然被淹死在一条河里！她的身体越来越没有力气，水流依然将她牢牢钳制住。爱兹里变得越来越恐慌，但与此同时也感到了愤怒与痛苦。一丝清醒的意识出现，她回想起自己年幼时，曾听到一些在河里捕蚝的人说过困在旋涡里该怎么自救，他们说："大多数人都会犯这样的错误，他们一心只想游到水面上，最后只会被淹死其中。唯一能自救的办法就是顺着水流的方向潜到河底，只有这样才能赢得一线生机。"于是，爱兹里不再挣扎，她感到水流正一路向下把她拖往暗处。她的身体不断下沉，最后湮没在一片漆黑中。这种感觉真可怕！她拼命想摸清哪条路是向上走，哪里可能是河底。她必须得喘口气，肺都要憋炸了。然后，她感觉右脚碰到了一个硬邦邦的东西：正是河底。现在水流流向变了，她感到身体被拖向另一侧。于是，她趁机使出仅剩的一点力气拼命向上游。她觉得自己的肺都要炸开了，整个人越发提不起劲，她快要撑不下去了。

等到终于游到水面上，爱兹里贪婪地喘息着，一个劲儿地呼吸着新鲜空气。她再也游不动了，只觉得筋疲力尽，就像是已经一刻不停地游了一个星期一样。她做什么都没力气，只能一动不动地任由河水冲走，时不时有气无力地划一下，只是不想让自己沉入水中。好几分钟过去了，她的体力才开始慢慢恢复。她向善神阿胡拉祈祷，希望不要再碰到任何旋涡，否则她一定会被淹死的。终于，她感觉好一些了，于是对准远处的河岸再次果断地游了起来。突然，爱兹里感到身旁有个什么东西。我的恶神阿里曼啊，这是什么鬼东西？片刻的惊慌过后，她发现这不过是一具尸体。虽然夜色中她无法看清，但根据身上的衣服判断，这似乎是一具士兵的尸体。这一刻，他归属于哪个阵营已经不重要了。她放开尸体，让它静默地随波逐流，继续完成这悲哀的水上旅途。最终，爱兹里游到了河对岸，她瘫倒在散落着鹅卵石的岸边，静静地躺了一阵。她的体力完全透支了，全身冰凉，抖得厉害，腿也抽筋了，连之前被殴打的伤处也钻心地疼起来。起初，凉水还能抚慰她的伤口和肿胀的嘴唇，就像止疼药一般，但它的"疗效"很快就消失了，现在她又感到脸在抽筋，眉骨和下巴越来越疼。爱兹里决定还是先动身为好。现在是什么时候了？记得她下水时才刚过十点，照她的感觉，现在可能是凌晨两三点钟了。不过，她觉得自己已经在水里泡了太久，或许对时间的感知出现了偏差。"不愉快的经历似乎总是比愉快的经历更加漫长。"她一边心里感叹着，一边试着爬上向河床倾斜的那片陡坡。这次旅程将会无比漫长，比她预期的还要漫长得多。爱兹里在生自己的气，因为一直以来，她都极其善于筹划深思熟虑又别出心裁的计策，这可是出了名的。可这次不同，因为她要亲自实施这一计策。

这次与死亡擦肩而过的经历的确给爱兹里带来了不小的心理阴影，此外，她也没料到自己会被冻成这样。她迅速集中起纷乱的思绪，聚焦当下。

现在，爱兹里迈出去的每一步都不能有任何差池，她也不能再抱着注定失败的消极态度，否则就会功亏一篑。显然，她早已把自己那套宝贝盔甲留在了军帐里，决定还是穿上最紧身的裤子和只在训练时穿的紧身上衣。她极其不情愿地眼睁睁地看着护卫珀西斯脱下了那双她心爱的布菲牛软皮靴，即使这么一双靴子也会让她在水里下沉得更厉害。

军事行动中，珀西斯已经成为她的影子。记得当时，她刚回到帐篷准备最后检查一次她被打得鼻青脸肿的容貌，珀西斯瞧见了她，眼神锁定在爱兹里身上时，那一贯如花岗岩般冰冷漠然的脸上冒出了怪异的表情，皱着眉头喊道：

"善神阿胡拉保佑，我的小姐啊！这是出了什么事？谁下的狠手？是谁吃了熊心豹子胆？告诉我，我这就去宰了他！"

"少安毋躁，放宽心，我的守护天使，告诉你一个好消息，是我亲自下的狠手。"

"啊……"

"别担心，珀西斯。如果一切不出我所料，用不了几天，我就会把一切原原本本解释给你听，到时候，我们一定要在潘鲁德河对岸美美地喝上一杯米拉克奇瑞汁。"

回到当下，爱兹里继续向前走，她感到凉爽的晚风抚摸着她湿漉漉的皮肤，呜呜，冻得她牙齿咯咯打战。她的衣服湿透了，整个人在风里瑟瑟发抖，小腿也在抽筋，她只好时不时停下脚步，躺在地上，紧紧抓住那只拖后腿的脚，用尽全力做着拉伸。过了一两分钟，她才稍微恢复体力，继续赶路。不过，一切还是慢慢好起来了，她的精力也渐渐恢复了。地上长满了青草，无比松软。除了一些芦苇和灌木外，一路上没有其他挡路的东西。最终太阳升起时，爱兹里开始焦躁不安起来。她一定是走到了河下游好几千米远的地方，才会连桥的影子都看不到。她已经走了好几个小时，觉得又累又饿，腿又开始抽筋了，拖慢了她的行程。她在心里咒骂自己，居然没有事先想到乘小竹筏过河，这样就不必冒着被淹死的危险跳进潘鲁德河，也不会耗费这么长的时间还没有到达目的地。渐渐地，"光神"驱散了黑夜的阴霾，另一个令人不安的想法又出现在爱兹里的脑中：要是在这里被FTC的人发现了，那她整个计策都会一败涂地，他们会把她抓到古尔都去，关她一辈子，甚至更狠毒。不行，她一定要撑到石桥堡垒才行。"打起十二万分精神来，爱兹里，如果敌军发现你在这里，还是这副鬼模样，那你就彻底完蛋了。"开战的头两个月里，爱兹里就听到了许多骇人听闻的传言。她脑子里冒出来的每一个惊悚的想法都让她对自己生死未卜的未来充满了担忧。算了，还是不要多想的好，她得加快速度，可她也需要适时的休息。她决定至少休息五分钟，停下来喘口气。第一缕阳光洒在爱兹里身上，驱散了寒冷，腿也不再抽筋了，这感觉真美妙。她的裤子已经晒干了，只是上衣还有点潮湿而已。虽然她的肚子饿得直抗议，但再次走到马路上时，她觉得心里又多了几分底气。

接着，眼前出现了河道弯口，弯口处的河岸上堆积着一个小山丘，爱兹里顺着弯口绕了过去。快到吃午饭的时候,她终于看到石桥堡垒就在前面不远处。再过半个小时,她就能走到目的地。可爱兹里刚振奋起精神,就听到了雷声滚滚,真是怕什么来什么。抬头一看,远处堆积着灰色的云层,这是下雨的征兆。就在她快要到达堡垒时,雨已经淅淅沥沥地下了起来。起初还只是大颗的雨珠,接着就变成了倾盆大雨。等爱兹里走到堡垒脚下时,她已经不知道自己是人,还是刚从水里爬出来的青蛙了。她浑身上下没有一处是干的,又累又饿又冷,脚下还磨出了水泡,腿也在抽筋,头疼得像是要炸开似的。至于这张被打肿的脸就更不用说了,她脸上还从来没有这么疼过。

"站住!来者何人?不说话就放箭了!"

这一声大吼不知是从哪儿冒出来的,吓得爱兹里打了一个激灵。声音很近,比她想的要近多了,但她什么也没看到。空中洒下密密的雨幕,她都看不清自己现在是踩在了哪里。爱兹里决定用尽剩下的全部力气喊一嗓子,只有让声音穿透暴雨的咆哮声,护卫才能听得见。于是,爱兹里扯着嗓子大喊:

"我是爱兹里·梅迪哈,工商巨头公司 CCI 的领袖!我前来请求庇护!"

"你说什么?大点声……暗号是什么?"

听到最后一个问题,爱兹里怔住了。这个问题很危险,要是没答对,一般情况下,几秒钟后至少会有几支箭射杀过来。有时士兵会拿这个开玩笑,不过,现在可不是玩笑:按规矩,宁可错杀一千,不可放过一个。于是,爱兹里索性扑腾一声倒在地上,她已经累坏了,而且这样一来,她暴露在射程范围里的面积也没那么大了。

堡垒城墙上传来一声抱怨:"喂,你去哪儿?烦死了!我也得跟着下去一趟。"

一级士兵卡马被迫从为他遮风避雨的堡垒上走下来,他可是一点也不高兴。天空灰蒙蒙的一片,滂沱大雨下个没完没了。除了自己的鼻尖,他此时什么也看不清,什么也听不到。

卡马拉好了弓,插好了箭,开始搜查下面的整片区域。

刚开始搜,卡马就立刻被吓得倒吸一口凉气,他看到一个女人正脸朝上倒在巨大的水坑里，大颗的雨珠打在她身上，溅起的泥浆糊了她一身。一瞬间，他吓得一动也不敢动，只呆呆地盯了她好几秒钟。接着，他开始大叫：

"指挥官……快来看啊！"

"卡马，要是我发现你大惊小怪、小题大做的话，保证让你吃不了兜着走。"

这声威胁是从堡垒城墙里传来的。接着，第二名士兵懒洋洋地从栅栏里走出来，步伐不急不慢。可他真的什么也看不见，于是只好循着卡马的声音走了过去，还把一肚子的脏话都骂了一个遍。还没走到空地上，他就对身后的士兵吼了一声：

"纳克拉，我到卡马那边去的时候掩护一下我！"

纳克拉随即现身，手里拿着一把威武的长弓。正是这样的弓弩夺走了石桥上许多 CCI 士兵的性命。与此同时，爱兹里看到了她身前的士兵，她用手肘撑起身子，试着和他搭话。卡马吓得往后一跳，把弓拉得更满了。然后，他用几近威胁的语气命令道：

"不许动。在搞清楚你属于哪个阵营之前，你哪儿也去不了。指挥官！是个女人。"

爱兹里不禁表示抗议："你看都没看我一眼吧？我这副样子难道像是个威胁？"

这时，第二名士兵也过来了，他审视了一番这个倒在地上的女人，直接感叹道：

"哎呀……我们真是捡了个宝贝啊。兄弟们……今天是大伙儿的好日子。"

一阵恐慌再度向爱兹里袭来。事情的走向都和她设想的大不相同。她拼尽全力，再次亮明身份：

"我是爱兹里·梅迪哈，工商巨头公司 CCI 的领袖，我前来请求庇护。让我见你们指挥官一面。"

"哈哈哈哈哈……太好笑了，那我就是首席技术官……那边那个嘛，就是古尔都的老大。"第二名士兵满是嘲讽地信口开河说道。爱兹里特意地缓慢起身，生怕发现她的这名士兵因为神经过度紧绷而误伤了她。她想露出自己的脸，让这个拿箭的傻帽儿看个清楚，谁知他哪儿都不看，偏偏死盯着爱兹里的胸部。他调侃道：

"那我们现在就进去，让委员会的成员都见见你，之后再为你开场欢迎派对。"

看来情况越来越糟了，爱兹里心里直打鼓。要么就是她的脸被揍得还不够狠，要么就是她高估了自己相貌的知名度。这时，她想到了一个办法。爱兹里慢慢转过身，露出自己的全貌，让士兵看到她肩膀上绘有CCI标志的刺青——一条腾跃而起的翼龙。她必须以这种方式来抓住两名士兵的注意力，不然他们似乎就只对她湿漉漉的上衣感兴趣，上衣此时早已被雨淋得几乎可以透视了。终于，第二名士兵突然站在原地一动也不动，大叫一声：

"天哪！你真是CCI的人。卡马，把她绑起来。"

卡马立刻动手，牢牢抓住爱兹里，把她的手腕绑到身后。他们把她带进堡垒里后，第二名士兵恶狠狠地说道：

"现在我们必须上报指挥官。"

"又或者，先把她给办了，之后再上报也不迟……"

"想都别想，你这个蠢货。要是被指挥官发现了，我们每个人至少要挨上三十鞭。"

爱兹里不禁笑了，部分原因在于她终于成功地说服他们去叫指挥官，但除此之外，还因为她在心里暗想，如果这些士兵若是真的如他们所愿把她给办了，那就不只是挨三十鞭子那么简单了。没错，这些士兵真的就是一帮臭流氓。谁知道她CCI的部队是不是也这样？爱兹里向自己默默保证，如果她能活着离开，回去后一定要好好调查一番。士兵绝不能干出这种下作之事，否则，塞邦国就会倒退回百场大战时期的原始、野蛮的状态。

不过，至少这些士兵多少还讲点规矩，让她穿上了一件军用披风，然后把她带到六级士兵凯默尔·洛尔那里去，他就是这个破旧据点的负责人。同时，这些士兵甚至默默说服自己，说不定这个女人真的是CCI领袖呢。若干名杀手把爱兹里全方位地审视了一遍，他们认为眼前这个女人跟他们听到的描述一模一样。当然，他们也不能完全确定，但这双绿色的杏仁眼即使不是独一无二的，也是世上少有。

爱兹里把上过蜡的斗篷拉紧了一些，好像在这种环境下，她突然重新领悟到了"得体"二字的内涵一样。接着，她被领进一间库房，这里临时用作指挥官的顶层办公室。爱兹里直奔主题，马上开始介绍自己：

"洛尔指挥官，我相信士兵已经把我的身份告诉您了。我是一路逃难过来请求庇护的。"

"梅迪哈大人，能接待您是我的荣幸。从您现在的情况来看，我斗胆推测：贵公司碰到了一些麻烦？"

"现在 CCI 的情况我不太清楚。是这样的，我手下的将军叛变了，把我关了起来，但我侥幸逃了出来。"

凯默尔花了点时间来消化这一令他人震惊不已的真相揭秘。看来，这是一场军事政变：CCI 领袖爱兹里被废，现在成了他的阶下囚。的确，这可是个重大的战报。毕竟，凯默尔只要再等几天，FTC 的援军就能赶来了。于是，凯默尔干脆顺水推舟地说道：

"大人，我没有这个权力为您提供庇护，但在等待将您转至古尔都期间，我会确保您一切安好。"

"非常感谢您，洛尔指挥官。我累坏了，他们对我用了好几个小时的酷刑，我都两天没有吃东西了，还必须奋力游到潘鲁德河对岸。"

其实，爱兹里倒也没夸张多少。她说的每件事终归都属实，除了用刑这个编造的环节。她热切期盼着 FTC 这帮人不要为了得到进一步的证实而对她用刑才好。此时，凯默尔对一路护送爱兹里过来的士兵吩咐道：

"士兵卡马，把梅迪哈大人带到楼下用餐，大人想吃什么都行，然后叫几个外科大夫，让他们看一看大人身上的伤。之后再锁到地牢里，不能让大人离开你的视线。记得要以礼相待，明白了吗？"

"遵命，洛尔大人。"

爱兹里注意到，原来最早发现她的那名士兵就是被指派来照顾她的人，她不禁感到非常满意。和士兵一同进入地牢时,爱兹里发现里面装满了一袋袋帕尔丹大米、一桶桶椰子油、一捆捆米拉克,还有他们储存的许多箭矢和燃烧弹。

爱兹里暗暗盘算着,很快就要到她大显身手的时候了。

第十一章　恐高症

其实，阿丽并没有深入了解过FTC塔楼。毕竟，她是在军事学院接受的训练，而且侦察员不会经常出没于管理层的办公室，只有个别场合除外，要么是每月发薪水的那天，要么是过来接受命令，又或者前来填写报告，后两种情况她都偶尔碰到过。

现在，阿丽等得心急如焚。把德温交给卫兵后，她立即求见埃肯塔尔，说她一定要马上跟大人说上话，有要事汇报。但显然，阿丽只能等着大人来接见她。

阿丽绝不会想到，现在再看到门口那些卫兵熟悉的面孔，居然会令她感到如此愉快。以往，阿丽只觉得他们态度粗暴，每次经过时，他们都摆出一副恨不得把她从里到外都看个透的眼神，这让她一度无比反感。现在却不同了，一开始见到阿丽，他们都一脸诧异——这也是意料之中的事情。但紧接着，他们就对阿丽的到来表示欢迎，仿佛她是个失散多年的姐妹，现如今终于平安回家了。

只是，回了"家"的阿丽显得很奇怪：她浑身是血，身上的装备也不翼而飞，身边还跟着一个犯人，他的手被绑住了，嘴也被堵住了，走路也一瘸一拐的。那场终极对决中，阿丽的伤口流了太多的血，因此，她只好临时用几根粗针把伤口缝合起来。她运气还算不错，在屠宰场的抽屉里找到了这几根粗针。前往FTC塔楼的路途漫长，她和德温两人都备受煎熬。德温一瘸一拐吃力地走着，但一声都没有抱怨。而阿丽呢，每走一步都要受一次折磨：身上草草缝合的伤口让她苦不堪言。

眼前这两名卫兵开始对阿丽轮番盘问起来。他们脸上透露出一些困惑，但面对这个刚强的小姑娘，他们也明显充满了敬意：这样的神色多多少少地抚慰了阿丽的自尊心。可阿丽必须守口如瓶，她不能跟他们透露太多信息，左右为难之际，心里不由得感到一阵烦闷。毕竟，侦察员阿丽可是十分重视上头下达的命令，特别是像这种高层下达的命令，更是不敢有丝毫懈怠，马虎不得。

阿丽把德温这个卑鄙小人交给卫兵"好好照看"，郑重声明哪怕这个人手臂骨折了，走路也一瘸一拐的，但他依然是个危险分子，应该立即把他关起来。卫兵向她保证，特别行动队马上就会来收拾他。阿丽离开时，卫兵都想和她握一握手，并真诚地向她问好，祝她好运。直到这时，她才意识到自己还不知道他们的名字，但她的名字卫兵们都一清二楚。

阿丽现在所在的房间位于行政管理层，再往楼上几层就是一个露台，那是她即将会见FTC首领埃肯塔尔的地方。房间里只有一张桌子，还有六把带玉骢皮垫的金属椅子，除此之外没有任何装饰。毋庸置疑，这里景色宜人，因为你可以俯瞰整个古尔都的北部地区。只是现在不同以往，即使从这里远眺过去，城中的断壁残垣、造成的巨大破坏，依然令人胆战心惊。

可阿丽还要在这里等多久呢？

其实，房间里还有一样东西：一只华丽的铜制广口玻璃瓶放在黄铜托盘上，托盘里还有六只小玻璃杯，用特什卡水晶装饰而成。

阿丽觉得口渴。在屠宰场与德温激战之后，她就喝光了水壶里所有的水。喝一点凉茶也没关系吧？而且，她也确实有资格喝上一口。瓶子里的水芳香四溢，薄荷味还捎带了一些淡雅的花香。她一边闻着，一边把小玻璃杯送到嘴边，杯里盛满了清凉的琥珀色液体。杯子才刚刚靠在她的嘴唇上，她的手就顿住了，脑子里响起了红色警报。这种气味……她曾闻到过，但是在哪里呢？她知道这种香味很危险。阿丽脑海中浮现出那晚露台上的画面，还有她与施恩泰克的对话……没错，迪俄斯库芮花，这薄荷茶里掺了迪俄斯库芮花，这香味再明显不过了。有人想弄晕她，但为什么呢？她必须马上离开这里。"冷静点，阿丽。"她的大脑快速分析起来，"谁能在这里下手？看来是FTC内部的人，而且是一个非常有影响力的大人物。"

她现在还能相信谁？埃肯塔尔是 FTC 的领袖，如果他不可信，那她还能信谁？阿丽轻轻把耳朵贴在门上，耐心地等待着。过了一会儿，她终于等来了一直想要的结果。她听到了咳嗽声——门口有卫兵，所以她不能从大门走……那还能从哪儿离开呢？只剩下窗户了。第三十层楼的窗户很少打开，这是有原因的：高楼开窗很危险，窗外的风刮得吓人。

但她继续向窗边走去，紧紧攀在窗台上，发现墙上能做支点的只有光滑的玻璃和金属制品，于是，阿丽的信念动摇了，看来溜走也不是什么好主意。毕竟，爬山是一回事，在这里爬墙又是另一回事。

不过，至少门外的卫兵似乎还没有注意到屋里有什么动静。阿丽走到第一面窗户前，看到对面是一间空办公室，里面只有一张气派的办公桌，也许是哪个大人物的桌子。她慢慢地向前移动左脚，一厘米一厘米地往前挪。窗台才一掌宽，往下一看，这高度直叫她犯恶心。如果现在身体失去平衡，迎接她的将是九十米左右直线距离的自由落体。她紧张得双手冒汗，心脏怦怦直跳。此时此刻，阿丽一点错也不能犯。记得母亲总是叮嘱她："急于求成只会事倍功半。"在这种情况下，一旦失手，绝无可能有第二次机会，阿丽在心里告诫自己。那就接着向前走吧。阿丽绝不能去想她还要走多远，只能想着一定要把下一步走得稳稳的。从一个大窗子爬到另一个大窗子是最艰难的挑战，因为她必须探出身体，绕过两个窗台之间的钢柱。她又回想起自己训练的时候。那时，阿丽是全班攀缘成绩最好的学员。要是夏米拉在这儿该多好啊！当年的阿丽觉得自己简直无药可救了：她一向恐高，怕得浑身战栗。对她而言，攀缘训练就是一场活生生的折磨。当时，她只勉强通过了考试，可能是因为马苏尔睁一只眼闭一只眼对她开了绿灯吧，毕竟阿丽其他项目的成绩都很高。不过，要是夏米拉现在处在她的位置上，估计还傻待在那个房间里呢，想到这里，阿丽不禁为自己感到一丝骄傲。

啊，糟了，有人来了！虽然下午阳光很刺眼，阿丽还是能看到一个人影从房间里向她走来。不管来者何人，他或许都看到了自己……这人的身影不断逼近，阿丽的心跳瞬间加速……她短暂的探险活动已经结束了，阿丽一边想，一边发抖。也许这就是最好的结果吧。窗外的阵阵狂风无情地拍打着她，让她变得越来越没有底气。由于四周没有支点，阿丽不知道该怎样才能顺利地爬到下一层去。就在离她半米远的地方，窗户突然向内打开了——原来只有一个人。也许阿丽可以出其不意，迅速地将他制服。于是，她立即掉转方向，小心翼翼地朝窗口挪过去。

第十二章　高空迷雾

最大的敌人是自己。

——节选自《太奇格斗术勇士手册》

卡拉索斯将军一整天都在盯着 FTC 那座塔楼。其实，他大可以吃完午饭再过来。清晨刮起了风暴，视线里一切都显得模模糊糊。他根本无从得知爱兹里的计策是否按计划顺利进行，但他很快就会知道答案。他要在太阳落山后发动一次全面进攻。

CCI 士兵们忧心如焚，他们在想打完这场仗后，多少人会活下来，多少人会出现在死亡名单上。第一次进攻后，死的死，重伤的重伤，共有一百九十人丧生。第二次进攻后，只有一百多人伤亡，而敌军 FTC 的损失微乎其微，他们的弓箭手用致命的长弓严密守卫住了 FTC 堡垒，但凡有 CCI 士兵进入射程，就能轻取他们的性命。又长又窄的石桥宛如一个致命的漏斗。此时，太阳刚刚照耀在"世界之墙"的雄伟山峰上。快了，就快了，卡拉索斯马上就要收到信号了。

"将军，将军！"

这是卡拉索斯手下的一名士兵，他的职责是守卫 CCI 已经占领的堡垒。此时，他正挥舞着手臂，好引起将军的注意。潘鲁德河两侧各建有一个堡垒。在云梯、冲车和炮火的强力攻击下，CCI 轻而易举地攻陷了它们这一侧的堡垒。当然，他们也遭受了一些损失，不过面对如此赫然耸立的城墙，损失在所难免。然后，CCI 大举进攻，击溃了兵力上不占优势的 FTC 守军。最终，幸存的 FTC 守军迅速撤到了河对岸。而现在，CCI 的部队必须通过这座漏斗形的石桥，他们在兵力上的压倒性优势也就荡然无存了。

"出了什么事，士兵？"

"第一座塔楼冒烟了。"

士兵刚汇报完，卡拉索斯自己也看到了。起初，他并没有当回事，毕竟，军中每天做一两次饭很正常。但今天早些时候，FTC 的两个塔楼就冒起了一缕缕细烟，这看上去就不正常了。要么是敌军在准备一场烧烤盛宴，要么就是那边着火了。"我的善神阿胡拉啊，真是要感谢您，我亲爱的爱兹里小姐。"卡拉索斯在心里默念，一抹得意的笑容照亮了他的脸庞。

"传令所有士兵集合，准备进攻！"

"是，大人。"

FTC 的塔楼上空，一开始升起的是缕缕薄烟，随后浓烟滚滚，变成了粗黑的烟柱。塔楼上的两个炮眼里似乎也不时地涌出一些烟雾，楼里的 FTC 士兵好像热锅上的蚂蚁似的，乱作一团。

<<<<　>>>>

凯默尔·洛尔坐在一间连窗户都没有的小房间里，这就是他在二楼的办公室。他无奈地放下笔，觉得自己大概是无法清净地写报告了。外面恼人的嘈杂声扰乱了他的思绪，这动静只可能意味着一件事：大事不妙。

"大人！大人！"

只见他手下一名年纪较轻的士兵闯了进来。凯默尔不禁长叹一声，把笔放下，问道：

"出了什么事，士兵？难道有人在攻楼？"

凯默尔是明知故问，他知道现在时辰还早，根本不可能有人选择此刻进攻，虽然再过几分钟天就黑了，不过现在毕竟还大亮着。其实，凯默尔本想及时写完报告，只可惜外面吵得他不得安宁。士兵立即回答道：

"不是，是地牢冒烟了，门也被堵住了。"

"……"

地牢？他的犯人爱兹里还被关在里面呢。冒烟……堵门……原来，这是个陷阱，而他傻乎乎地跌了进去。凯默尔只觉得心里越来越慌，下令道：

"所有士兵集合，敌军要打进来了。"

"那门怎么办啊，大人？"士兵几乎哀怨地又问了一句。

"还用得着我吩咐吗？把门砸开啊，制服那个女人，别让她再捣鬼，如果有必要，直接杀了她。"

"是，大人。"

话音刚落，士兵早已飞奔而去。与此同时，洛尔指挥官已经开始在盔甲上系好了布条，他想，他大概马上就要用到它了。

<<<< >>>>

第一批 CCI 士兵把沉重的盾牌牢牢举在头上，快速穿过漏斗形的石桥。在他们身后，还有更多的士兵，在 CCI 军官竭力的呐喊助威下，迫不及待地想要冲上石桥狭窄的通道。

空中，FTC 塔楼开始射出致命的金属箭雨，铺天盖地倾泻而来。地上，CCI 厚厚的钢盾组成一道防御屏障，金属箭穿透屏障上的缝隙时，盾牌里面一片哀号。CCI 士兵们头顶上的盾牌也会突然被撕开一个更大的缺口。伤兵则会被身后的战友踩在脚下，不管他们身上的箭伤是否致命，都会被困在可怕的人流中受尽折磨，最后被活活踩死。左侧 FTC 塔楼射出的箭并不多，因为黑色的烟柱已经蔓延成一朵巨大的黑云，遮天蔽日，FTC 士兵很难再往下放箭。许多 FTC 士兵像发了狂的蝗虫一般，弃楼而逃：这座塔楼已经废了。

当 CCI 先锋队终于赶到河对岸，犹如瓮中捉鳖，毫不留情地生擒了一边咳嗽一边从唯一的出口仓皇而逃的残兵败将。还剩另一座塔楼没攻下来，但此时的 CCI 兵士们士气高涨。

没过多久，第一批飞钩、云梯就部署开来。CCI 弓箭手已经在 FTC 这一侧的河岸占好新据点，箭头瞄准了 FTC 守军，而此时的守军只能把身子探出去，将爬到塔楼墙上的敌军射下去。

最终,卡拉索斯将军带领第一拨人马赶到这里。他率领着一支小分队到起火的塔楼里寻找爱兹里,但没有看到她的踪迹。地牢里全是呛人的浓烟,哪怕用湿布捂着脸也进不去。于是,卡拉索斯下令去提桶水来灭火。就在这时,他听到身后响起了熟悉的声音:

"这着火的塔楼里是有什么宝贝吗?"

听到这话,卡拉索斯不由得笑了。站在他身后的就是梅迪哈大人,她从头到脚全湿透了,除了卡拉索斯之前在她脸上留下的瘀伤,爱兹里看上去毫发无损。卡拉索斯实在是好奇得不得了,开口问道:

"我的恶神阿里曼啊,您怎么做到的?"

"我心里只要是打定了主意,非做不可的事情,任凭谁都拦不住我。我以为,到现在为止,你应该已经很了解我了。将军,记住最后一件事,请尊重敌军俘虏。"

当天晚上清点死伤人数时,结果已经摆在了每个人眼前:CCI 在没有太大损失的情况下,大获全胜。可笑的是,洛尔指挥官现在反过来成了 CCI 的俘虏。爱兹里已经太久没好好休息过了,当她感到自己渐渐地被睡意湮没时,脑海里却浮现出一张脸,那是一直在地牢里看押她的那名士兵,一想到他,爱兹里就觉得心生不安。于是,她又回忆了一会儿当时的情景。自爱兹里被关进牢房的那刻起,那名士兵就一直待在地牢看守着她。也就是那时,她脱下湿漉漉的长裤,挂起来晾干,然后蜷缩在牢房的一个角落里。她不露声色地故意让士兵看到她只穿了件上衣,几乎遮盖不住全身。当士兵直勾勾地盯着她时,爱兹里从他的眼神里读出了赤裸裸的狂热。最终,内心经过几番挣扎之后,他毅然决然地拿出牢房的钥匙,走了进来。爱兹里装出大惊失色的模样,要求他立刻出去。士兵开始对她动手动脚,还解开了自己的裤子,她甚至假装反抗,但总之都只是做做样子,半推半就罢了。他甚至都没注意到爱兹里藏在戒指里的细针。就在他快达到高潮时,爱兹里把针迅速刺进了他的皮肤里。她一早就知道,在这种时候男人对周围世界的感知是多么麻木。

细针上的烈性毒液竟然发作得这么快，士兵还没来得及抽离她的身体，就已经变成了一具死尸。爱兹里几乎咒骂了起来，她还被压在下面呢。

　　爱兹里的思绪回到当下。在战斗中死在她手里的男人不计其数，为什么这次就该与众不同呢？她太累了，累到无法再细想这个问题就睡着了。珀西斯在一旁守着小姐休息，她听到爱兹里辗转反侧，时而说着梦话，还持续了很长一段时间。就连这位勇猛的女战士珀西斯都不禁猜想，小姐这次一定是遭遇了什么特别可怕的事情。

第十三章　车中异物

垃圾车里奇臭无比，阿丽觉得自己快窒息了，这味道、这感觉都糟透了。不过，黑暗中的阿丽至少看不到盖在她身上的所有秽物。

垃圾车在走廊上嗒嗒作响，每次颠簸本就让人不舒坦，而且车子每晃动一下，都会把她撞到一些又黏又臭的东西上。

最后，垃圾车终于到了电梯间。随着电梯开始下降，熟悉的不适感再次涌进阿丽的胃。她觉得自己可能会吐在车里。阿丽用尽全身力气忍住反胃的感觉。她不能发出任何声音，至少现在还不能。

阿丽觉得等待的时间似乎无比漫长。终于，沉沉的盖子被人揭开了，抬头就看到一张满是皱纹的脸——他可真是她的大救星啊！直到这时，她才长长地舒了一口气。

时间回到片刻之前。当时，阿丽正准备从敞开的窗户那儿发起攻击，结果把开窗的男人吓得一声惊呼。阿丽迅速收手，她察觉到这个人绝对不是她期待的那个敌手，况且，这男人显得异常脸熟。

顺着阿丽的目光看过去，只见面前的男人上了年纪，面容和善，这副慈眉善目的样子肯定构不成什么威胁。他恢复了镇定后，立刻无比激动地质问道：

"我的天哪，小姑娘，你知不知道自己在干什么呀？你刚刚待在窗外又是在做什么？"

此时，他们两人在一间大办公室里，里面放着四张大玻璃桌，除此之外空无一人。其实已经快到傍晚了，要是还有人在上班，那才真叫奇怪呢。再看男人手里推着笨重的垃圾车，身上穿着脏兮兮的工作服，显然，他是一名清洁工。

"抱歉啊，我还以为……不是，算了，您当我什么都没说。"

阿丽有一种强烈的感觉：他很面熟。最终，她反应过来，原来他就是在供奉善神阿胡拉的中央神庙前行乞的老人。没错，记得那还是在水节当天，阿丽偶遇到他，给了他一些玉米面包，他衷心地向她道了谢。其实，那天阿丽不只是在庆祝水节，她还有更特别的理由值得欢庆：她刚刚通过了巨头公司FTC的准入考试，被任命为一级侦察员。

现在，男人似乎也认出了阿丽，他问道：

"你就是那个给我玉米面包的小姑娘，对吧？"

"而您就是水节那天在中央神庙前请求救济的老爷爷。"

"是我。"

"可您怎么在这儿？"

"现在我不用再乞讨了，干些打扫的活儿就能赚钱！我刚看到有人在这边走动，看模样像是你……但你刚刚怎么爬到窗户外面去了？会摔死的，要知道我们这是在三十三层。"

"嗯，我知道。听我给您解释，我觉得我可以相信您。"

阿丽只告诉了他一些最基本的情况。他认真地听着阿丽的讲述，然后向她透露了一些关键信息：

"其实，埃肯塔尔大人并不在这儿。"

"那他在哪儿？"

"哪会有人跟我说这些呢？但我也无意中零零碎碎地听了些消息，我可以告诉你，大人可能跟着军队一起离开了。"

一瞬间，阿丽觉得她的世界崩塌了。她费了这么大力气赶来FTC的塔楼，而大人根本就不在此地。不过，仔细想想，或许这样再好不过。试想如果她和其他士兵混在一起，那岂不是更容易就能接近大人了。所以，现在她要做的就是离开塔楼，如果可以的话，一定要活着离开。

恰恰是这位老人——阿丽的大救星，想出了一个办法，能让她毫发无损地离开塔楼。他的垃圾车里有一个巨大的金属垃圾桶，打扫卫生时他会把发现的所有垃圾都倒在里面。最高级别的员工什么东西都会带进办公室：水果、面包、零食，高层领导人尤其喜欢这么干。他们把垃圾丢在每层楼的垃圾桶里，这位名字叫克里安的清洁工老人就负责把垃圾桶清空。克里安跟她说，最近的一天，他正饿得不行，一位年长的男人刚好出现在他面前，男人身上有FTC刺青，还问他想不想挣点钱吃顿热乎饭。战争爆发后，许多非必要岗位上的年轻男性都被即刻派往军事学院接受短期的军事训练，随后再送上前线。所以，克里安不过是补了上一位清洁工的空缺而已。

最后，他们二人来到了那间狭小的库房，克里安把阿丽从垃圾箱里放了出来。

克里安人很好，他告诉阿丽哪里是清洗的地方，还给了她一套换洗衣裳，毕竟她穿成这样在公司里走来走去是不行的。而且，她一侧的伤口火辣辣地疼，需要即刻清洗包扎。阿丽决定最好还是休息一下。现在，整个古尔都面临着粮食严重短缺的问题，但克里安还是让她吃了顿饱饭，这真是个意外之喜。他曾饱受饥饿之苦，于是给阿丽提了一些明智的建议："能吃就得吃，万一吃了上顿就没下顿了呢。"

晚饭后，他们俩安顿下来，睡在宽敞的厨房里。克里安没有家，公司也同意他睡在这里。阿丽很开心能找到一个可以信任的人来帮她，找到一个可以暂时照看她的人。这一次，她让自己美美地睡了一觉。

第二天还有一场漫长的征程在等着她。

第十四章　行军调动

开弓没有回头箭。

——摩尔丹古训

"什么？请你再说一遍？"

要向埃肯塔尔大人汇报这种丑事，这名军官只觉得尴尬不已，他紧张得直咽口水，让大家听得清清楚楚的。

"大人，石桥失守了。"

"洛尔指挥官，他人在哪里？"

"回大人，目前我们还没有得到确切的消息。当时，他们连通信兵都没派出去就被……"

"这怎么可能？石桥那里防守严密，科斯塔提将军向我保证过，至少还能坚守一周。"

"……"

年轻的军官看起来更是局促不安，显然，他不知道还要说些什么。埃肯塔尔现在明显是心急如焚，他们还要行军三天才能赶到石桥。可这样一来，敌军 CCI 就有足够的时间渡河、挖战壕。他还接到消息，说 CMT 的一大批士兵正在向潘鲁德河进军。如果他们成功与爱兹里·梅迪哈的 CCI 部队会合，敌军的力量将是现在的三倍。可恶，情况变得越来越糟了。如果敌军攻下了三座桥，若在第二座桥上严防死守，到时候一切努力就都白费了……

"备好我的坐骑！"

埃肯塔尔这声命令让帐篷外的卫兵大吃一惊。一开始大人还大发雷霆，现在似乎已经冷静下来了，可如今怎么又……这位 FTC 首领可不是个轻易发脾气的人，所以情况一定是相当严重了。卫兵一边揣测，一边飞奔而去，准备把大人的玉骢牵过来。

<<<< >>>>

爱兹里终于醒过来了，她已经睡了一整晚再加大半个上午。帐篷里有一面椭圆形的大镜子，哪怕是在外行军，爱兹里的帐篷里也一定少不了它。她走到镜子前，突然爆发出一声尖叫，帐篷外所有的卫兵都急忙闯了进来。

镜子里的人连爱兹里都觉得陌生极了。她看到镜子里的自己双眼通红，眼睛里布满血丝，下面还挂着深深的黑眼圈，脸上还有乌青发紫的瘀伤。她此刻还处在关在地牢里的状态。她依稀记得某一晚，她做了可怕的噩梦，觉得备受折磨，但奇怪的是，梦里却不是她勇渡潘鲁德河的情景。对梦境的记忆如潮水般从她指尖溜走，一瞬间，她看到了那名士兵的脸。"他叫什么来着？卡马……不，这只是他的姓氏……"

爱兹里连他的名字都不知道。

"珀西斯。"

"小姐，我在。"

但凡看到爱兹里的情绪变成这样，珀西斯马上就会打起十二分精神，绝对不会跟小姐唱反调。她一定会乖乖听从小姐的命令，越殷勤越好，事办得越麻利越好。可即便如此……

"现在情况怎么样了？"

"我们的大部队昨晚成功渡河，早就开始加固阵地了。"

"CMT 的援军呢？"

"最迟两天后到。"

珀西斯不仅能捕捉到小姐脾气的每一处细微变化，还能预测她突如其来的情绪波动。但这次，她也没有料到小姐的状态会这么糟糕，整个人神情恍惚，心神不宁。堡垒已经被攻下，我军损失很小，增援部队也正在路上，我军大多都已经渡河，如果FTC再攻打过来，那耸立在他们面前的只会是严密加固后的阵地。在珀西斯看来，情况好得不能再好了。没错，爱兹里看起来一团糟，但她身上只是一些瘀伤而已，很快就会恢复如初，还是那个漂漂亮亮的小姐。

"传唤将军，我必须和他谈谈。"

"是。"

当然，爱兹里嘴里的"将军"只会是卡拉索斯。

<<<< >>>>

埃肯塔尔的视线越过玉骢头上的角，凝视着一望无际的稻田和米拉克田。对眼前这一幕，他觉得自己无能为力了。只见FTC部队在泥泞的道路上缓缓行进。由于昨天大雨倾盆，现在路况变得更糟了。宽阔平整的道路上，布菲牛牵引着一条长长的蛇形重型军车，有气无力地往前拖拽着，而与之平行的乡村小道上是FTC的步兵。"完了！我们的速度慢得像蜗牛。"埃肯塔尔一边暗自焦急，一边驱动身下的玉骢往回走。这迟缓的行军场面他已经看够了，他不禁想起学校里他最欣赏的一位老师曾经说过："非常时期需要非常手段！"

行军过程中召集参谋部是相当难得一见的事，现在，这罕见的景象就在FTC军中上演。军队才赶了短短几个小时的路程。帐篷早已全部叠好，井然有序地装在沉重的布菲牛车上。就这样，埃肯塔尔和参谋部在离大路不远的一个农舍厨房里激烈地讨论着战局。这个地区已经遭到敌军的洗劫和破坏。牲畜已经被杀，可能是被吃掉了，农舍的主人也不见了踪影，但这间砖砌的农舍仍然完好无损，满足了他们的议事需求。

"各位……我刚想到了一个办法，把你们召集起来是想听听你们的意见。"

埃肯塔尔说话时，底下鸦雀无声。他手下的将军真心敬佩他。当初他剑走偏锋，设计了一出宏伟的空袭计策之后，FTC就夺回了梅丹平原，手下的将军对他就更是敬爱有加了。此时，埃肯塔尔用颇具亲和力的男中音接着说：

"首先，我必须要问各位一个问题：我的恶神阿里曼啊，我们为什么要带这些笨重的装备？"

听到这个问题，将军们个个面露惊诧之色。他们大多认为这个问题一定是个陷阱，于是集体沉默，因为答案似乎太过明显，哪怕是不懂行军打仗之人都能想明白其中的利害关系。

最后，埃肯塔尔手底下最年轻也是最积极的一位将军诺文·沙斯特里大胆应答了一句：

"因为没带装备就打不了仗。"

埃肯塔尔似乎不打算表示赞同，而是继续用沉稳的语气追问：

"我倒是还想问一下，为什么就打不了仗？"

"原因很简单，因为打赢一场仗靠的不仅仅是利剑和弓弩，还要有投石器、备用箭矢、弩箭、粮草、战地医院……"

"我明白，如果要攻打严密加固的阵地，一定需要攻城武器。但你列举的东西也可以在打仗过程中运过来，不是吗？"

听到这番话，一名高级将领试探着发问：

"所以您是建议我们先把步兵和弓箭手派过去，装备稍后再运送至前线？"

"我就是这个意思。"

"其实您说的这种做法也可以理解。只是来回距离太远，部队至少会有三顿饭吃不上。如今，所有的粮草都装在马车上，如果我们现在分发，又会浪费很多时间。"

"将军,这点就不用担心了,这里有大约两万名能派上战场的士兵,对吧？"

"没错，大人，是这个数。"

"那就意味着要准备六万份粮食。一名士兵的标准配给量大概是二百五十克，那一共就是十五吨，对吧？"

"是。"

"一只成年利瑞鸟能承载约一百千克物品，飞翔一百公里的距离，甚至更远，我没说错吧？"

渐渐地，众位将军的脸上"由阴转晴"，个个喜形于色。诺文再度开口，这次，他的声音里难掩欣喜之情：

"我想我听懂了……您的意思是说，我们在路上行军时不带重型装备，配给的粮食就由利瑞鸟运送。"

"嗯，你说对了。"

接下来几分钟，场下议论纷纷，声音嘈杂，没有一个人的声音能听清。最后，埃肯塔尔做总结发言：

"那就这么决定了，咱们就这么干！下达必要的军令吧。"

第十五章　利用价值

德温的腿疼得厉害，虽然用绷带包扎了一下，暂时止住了血，但他现在需要的是专业护理。他在这里已经等了近一个小时都无人问津，只好暗自叫苦不迭："还要等多久才有人来管管我啊？"德温一早就跟传话的人说过，此事事关重大，应立即上报大人。

等大门终于打开，德温展颜一笑。大人终于愿意接见他了。德温觉得这是个好兆头，于是毕恭毕敬地向他问好：

"大人，您大驾光临是我的荣幸，能见到您，我非常高兴。"

"我可是很不高兴……"

七级特工德温·索里亚诺听到这句话，脸色顿时一片煞白。他诚惶诚恐、低眉顺眼地俯下了头，说道：

"大人，如果我做错了事惹您不高兴，我立马改过。只要您一声令下，我一定赴汤蹈火，在所不辞。"

"这错是你改得了的吗？"

"我知道我把事情办砸了，但我真的觉得还有许多事我都能为您效劳。"

"恐怕没这个机会了。看看你这副可怜兮兮的倒霉样，你已经没有任何价值了，现在的你只是个麻烦。"

刹那间，德温感到脑部一阵刺痛蔓延开来：两侧太阳穴剧烈胀痛。

"啊，可是……"

话未说完，德温就瘫倒在地，气喘吁吁。他一边伸出一只胳膊，朝大人探去，一边想尽力站起身来，可又趴回到了地上。一颗血珠从他鼻腔滑落，但德温却再也看不到了，因为他的瞳孔渐渐扩散，双目已经了无生气。

面对这具尸体，主人都懒得再多看一眼，他俊朗潇洒的身影直接朝门口候着的两名卫兵走去：

　　"小心把他处理掉。"

　　"是，长官。"

第十六章　伤口缝合记

男女享有同等的权利，遵守同样的法律。

——第二章导语，《巨头公司宪章》

　　为了找到埃肯塔尔大人，阿丽已经长途跋涉了四天，她打听到的消息有时自相矛盾。看着眼前满载物资的马车络绎不绝，她猜测前线必定就在那个方向。此时，她乘坐的马车再次陷进了路面的凹坑里，她不禁疼得叫出了声，暗骂道："这连恶神阿里曼都不屑来的破路上到底还有多少个坑啊？"

　　她身上的伤口还是疼得厉害，不过至少眼下还没感染。即便如此，她还是明白自己要万分小心。她见过有些人，伤还没她重就一命呜呼了，就是因为他们放任伤口溃烂不管。为了踏上这辆马车，阿丽厚着脸皮，使尽了浑身解数与那名士兵周旋。她自称手握重大机密情报，只能向埃肯塔尔首领本人汇报。至于对方信与不信，阿丽也说不准。兴许那名士兵是看到她身上有伤，觉得怪可怜的，于是干脆放了她一马，让她上了车。

　　当晚，她与一支分队共同搭建营地，分队士兵还让她和大家一起吃了顿热乎饭。自踏入沙漠以来，她连一分钱都没见过……

　　接着，大家围着营地篝火坐了一圈，其中一名士兵似乎特别同情她的遭遇，在阿丽清洗伤口时，那人低头盯着她身上那道难以愈合的口子，不禁道出了心中的疑虑：

　　"冒昧问一句，这是谁缝的？我觉得像是出自肉贩子之手。"

　　阿丽不禁失笑。他猜得真够准的，除了那句"肉贩子"。于是她坦然承认这是自己的手笔。只见那名士兵的双眼顿时瞪得大大的，看到他的反应，阿丽颇为得意扬扬。

"或许你得去看看医生,你觉得呢?"

"原来这里有医生,这可是个好消息。"她暗自估量。

于是,阿丽接住话茬儿,答道:"要是这里有医生的话,那真是再好不过了。"

等两人一起来到医疗帐篷前,阿丽几乎立刻就被请了进去。部队最后的一场重大战役发生在几天前,如今,长长的医疗帐篷里显得空旷寂寥。

刚让她脱掉衣服,身旁的男人便一声惊呼:"我只想知道这是哪个冒牌医生缝的。"这男人身材矮小,蓄着胡子,一副正经八百的模样。

"您要是看到我迫不得已拿来缝伤口的东西,兴许就懂得口下留情了。"阿丽腹诽道。不过这牢骚还是放在肚子里吧。

"呀,这甚至都不是用来缝合伤口的线啊……"他一惊一乍的,"小姑娘,躺这里。首先,我必须把伤口清洗干净,然后再缝上六针,最后还要把这几块地方清理掉,不然是有可能感染的。做好心理准备,会有点疼。"

此时,阿丽再也按捺不住,沉着冷静、肯定地说道:"大夫,您就别担心我了,您手上的针比我用的精细太多了。"

听到这番话,小个子男人一言不发,只是静静地打量着她,好像她脑子不太正常一样。将针刺进皮肉时他才开口:"这会留疤,你清楚的吧?"

"嗯,我猜也是。要我说,留身上比留脸上好。所以,也不算太糟。"

"也许你说得对。你看,我在这里医治士兵都有一个月了。要是你这么个漂漂亮亮的小姑娘身上留了疤,那真是够可惜的。"

听到这突如其来的赞许,阿丽的脸微微泛红,但她可没什么机会陶醉其中。随着针不断扎进皮肤,她费了老大劲才忍住没叫出声来。简直是钻心的剧痛,竟比她当初自己动手缝合时还要痛上百倍。或许是与德温的对战让她热血沸腾,自己动手缝合时才未感觉到这般深切的痛楚。男人不禁注意到阿丽已经痛得龇牙咧嘴,于是特地补上一句:"小姑娘,这是好兆头啊,能疼成这样就说明皮肉依然完好。现在你该休息了,注意少走动,明白了吗?"

"明白了大夫,非常感谢。"阿丽一边回答,一边穿好了衣服。

第十七章　桥上激战

　　工业时代第 517 周期，太阳月第 11 天下午 3 点，埃肯塔尔的部队突袭了位于潘鲁德河的 CCI 桥头堡前线部队，而彼时的 CCI 只是匆匆攻下了石桥，防御工事尚在修建之中，于是被 FTC 打了个措手不及。CCI 参谋部给出最悲观的预测：至少还要 36 小时防御工事才能建造完毕。可敌军已经站在了家门口。

　　爱兹里手下的一众将军早向她解释过 FTC 不足为惧，他们满脸的不屑一顾：像 FTC 那种规模的军队，它的行军速度比最慢的布菲牛还要逊色许多。谁人不知布菲牛的速度有多慢，那拖泥带水的劲儿是板上钉钉的。再反观我方 CCI 的精锐部队：弓弩手 2000 名，步兵 6500 名，剩余部队还在杰布勒的穷乡僻壤进行整编行动。就在几小时里程之外的地方，还驻扎着 CMT 的援军：35000 名步兵，8000 名弓弩手。

　　可谁曾料想到埃肯塔尔居然率领 6000 名弓弩手、12500 名步兵、800 匹玉骢轻装简行地一路杀过来，不然 CMT 援军第二天就能赶来和 CCI 会师了。

　　夜幕降临，黄昏的阴影开始融入黑夜，笼罩在阴影之下的是疲乏不堪的军队。此时，结局已然明了：CCI 战败，甚至更糟，这场战役演变为对 CCI 的屠杀。大概在日落时分，一些原本在杰布勒平原的 CCI 部队突然现身驰援。他们英勇奋战，试图过桥到河对岸增援战友。但卡拉索斯将军完全明白，现在增援人数太少，且已错失战机。其实这些部队还不如干脆不来增援的好。CCI 开始全线溃败时，幸存士兵的士气跌到谷底，一个接一个开始向桥边撤去。虽然两座 CCI 塔楼尚在苦苦支撑、顽强坚守着，不断发出阵阵箭雨，但防线已然瓦解。CCI 左翼被撕开了一个突破口，原来此处的 FTC 步兵装配有不同寻常的楔形利剑，穿透力极强，哪怕面对重型武装也能轻易冲破，非一般长剑所能比拟。

正当 CCI 步兵部队企图再次冲过桥，前往对岸安全区时，一场内部混战就此彻底爆发。因为初抵战场的 CCI 援军受命前往梅丹平原，也需要过桥。但两支 CCI 部队都未接到收回成命的指示，他们相向而行，于是在桥上陷入僵局，寸步难移。

人在极度恐惧时便会缺乏变通能力，这个道理放在此时此景再合适不过。这两股 CCI 部队肩负各自使命都需要过桥，虽互为战友，但一场疯狂的"内战"就势开启。

痛心地注视着眼前的混战，爱兹里·梅迪哈脸色煞白。这次她并未参战，因为之前上演的苦肉计把她折磨得够呛，现在还觉得浑身乏力。因此，她只是站在石桥附近的制高点目睹了这场混战。局势愈发混乱，FTC 军队开始对 CCI 散兵进行血腥屠杀，在前线与河流之间形成碾压之势。此时，一个铿锵有力的声音响起，试图引起爱兹里的注意：

"小姐，我们真的必须马上撤退了。"

"绝无可能。我们必须坚守到底，付出了这么多代价才走到这一步，现在绝不能放弃。"

"我们已经输了，毫无转机了。"

"还没有！"

爱兹里一声嘶吼充满了野性、近乎原始的力量，让卡拉索斯将军彻底怔住了：他从未见过她这副模样。爱兹里并非性情暴躁之人，但现在她的精神状态介于偏执与冷漠之间。或许她理性的大脑对当下的形势已经了然，但感性的一面还在抗拒，不愿接受战败的现实。

刹那间，几支利箭落在两人身侧，深深扎进泥土里。其中一支箭刺进了一名士兵的喉咙。他是爱兹里护卫队的成员，只见他跪倒在地，奄奄一息。

此时情势危急，刻不容缓。可爱兹里仿佛在她身边筑起了铜墙铁壁，任卡拉索斯说什么也无动于衷。怎么办？再耽误几分钟，他们的性命都要交待在这里了。

珀西斯一如既往地立于小姐身侧，虽然忧心如焚，却不知该如何劝说。

卡拉索斯先是望向石桥那边，接着他的眼神定格在爱兹里纤细的身躯上，看到她仿佛凝成了一座雕像。于是，他迈着坚定的步伐走向爱兹里，一把将她搂入怀中，像扛起一袋土豆似的把她扛上肩，然后拼命朝桥上奔去。看到这一幕，珀西斯瞠目结舌，直接愣在原地，好不容易才缓过神来，立即追了上去。

士兵们挤作一团，一窝蜂地拥上桥，场景触目惊心。时而有成群的箭矢铺天盖地地袭来，士兵死的死，伤的伤，横七竖八躺了一地，侥幸捡回一条命的便一拥而上，他们脚下的遍地尸身铺就了一条死亡之路。偶尔也会有士兵被推下桥，伴随着一阵惊呼，他们接连没入潘鲁德河汹涌的波涛里。对身着金属盔甲的士兵来说，这无疑堪称死刑。

好在卡拉索斯身形庞大，他像布菲牛般一路冲锋陷阵，但凡有人挡在身前，妨碍他前往对岸的安全地带，他就见一个杀一个。一开始，他肩上的爱兹里还发狂地左踢右踹，现在似乎冷静了下来。珀西斯一直在身后竭力追赶，但她只能跟在那群发了狂的士兵后面垫底，所以始终难以赶上。

最终，卡拉索斯奋力"杀出一条血路"，将爱兹里带到了桥对面的安全地带。她静坐在草地上，双手抱膝，将头深埋在膝盖里，全然无视周遭的世界。尽管战场上刀枪铿锵的嘈杂声让卡拉索斯不是很笃定，但他的确听到了她的啜泣声。确定爱兹里脱离险境后，他开始厉声高呼，向周边的士卒军官发出一连串指令。这边的形势远不如桥对岸混乱，于是，卡拉索斯放慢了语速，将命令交代得清清楚楚、明明白白的，确保士兵们不折不扣地去执行。

他吩咐手下士兵守好城墙据点，随时准备击退趁夜强攻的 FTC 军队。只见卡拉索斯在战场上来回比画着手势，疾声呼号。到最后，他分队的士兵有的被杀，有的被俘，还有的依然在浴血奋战，力争将军令贯彻到底。

天亮之前，战局终于稳定下来。与此同时，梅丹平原一侧的塔楼完全被 FTC 占领。而这边河岸上，就稀疏的队伍来看，CCI 军队似乎已经所剩无几，但好在他们已经重建了防线。

现在,卡拉索斯已经累得半死不活,等终于返回营地篝火旁充饥时,他碰到了爱兹里。她的模样几乎让人辨认不出,她怒目而视,那双冷酷的绿眼睛威慑力十足,简直是满目狰狞。他们两两相对,一言不发。爱兹里直勾勾地盯了他许久,仿佛用眼神就能将他撕裂一般,终于,她开口了,用毫无起伏的声音说道:

"就凭你的所作所为,我本该摘了你的脑袋。"

卡拉索斯身为将军,这次却没有按规矩鞠躬致敬。他仍旧板着身子,凝视着爱兹里:他的双眸像黑夜那样晦暗,仿佛两团残留着余烬的红光燃烧着原始的力量,而与之相对的则是爱兹里那双没有温度也没有灵魂的"绿宝石"眼睛。她继续用毫无起伏的声调接着说:

"但我不傻,今天你救了我的命,应该也救了许多将士的命。即刻起,你就是我们整个 CCI 军队的新任总司令。"她叹了一口气,又补上一句,"我是说,剩下这些将士的总司令。"

转身前,爱兹里咬牙切齿、恶狠狠地撂下最后一句话:

"还有,下不为例。"

说完后她猛然转身,快步溜进了目之所及的第一间空帐篷,一头栽倒在地,就这样沉沉睡去。

第十八章　战地重逢

> 严禁以任何数量、比例生产含以下化合物的产品：硝石、碳、硫。
> ——《特什卡法令》第七条

　　这是阿丽头一回在大战后进入军营。所到之处全都是精疲力竭的 FTC 士兵，他们一个个瘫倒在床，身上血汗交织，脸上笼罩着绝望与悲伤。他们曾信誓旦旦地向她保证，此战必定大获全胜。可万一打输了呢……

　　快抵达潘鲁德河时，她见到的情形可以说比古尔都的满目疮痍还要惨烈。

　　大片血肉模糊的尸体铺满草地。活着的士兵身上满是极度严重甚至致残的创伤，阿丽从小到大都从没见过这样的惨状。医疗队在这些临时营地中来回穿梭，他们早已驾轻就熟，全心全意地照顾着一个又一个伤员。医治时，伤员往往会发出撕心裂肺的惨叫。这场景实在是令人揪心，阿丽不由得扑腾一跪，趴在地上干呕起来。她用四肢撑着身子，把午餐甚至连带着早餐都通通吐了个干净。等她缓过来后，她听到右边传来声音：

　　"小妞，要是闲着不干活就走人，免得在这里碍手碍脚的。"

　　这声音显得异常熟悉。阿丽挣扎着站起身来，发现面前站着一男一女。开口的是那个女人——阿丽的母亲珂拉。

　　母女二人四目相对良久，直到珂拉再度开口。她声音嘶哑，夹杂着啜泣声："我的小丫头……"

　　阿丽立刻扑到母亲怀里，母亲眼里渐渐噙满了泪水。两人默默相拥了许久，她们太过想念彼此，这份惊喜来得也太过突然。如今阿丽见到的母亲跟她印象中的母亲大不相同。穿上护士服的珂拉看起来无比严肃而淡漠。她一头红色的长发束成马尾，里面掺杂了几缕银丝。在这之前，母亲的头上还从未出现过白发呢。

那名男子的声音突然响起，试图引起她们的注意：

"这个……珂拉，我们必须赶去做一个截肢手术了。"

阿丽的母亲如今是一名救死扶伤的护士。听到他的提醒，珂拉仿佛从一场美妙的梦境中苏醒过来，眼睛依然闪着泪光，她用那双跟女儿一模一样的绿瞳注视着阿丽，对她轻声呢喃：

"我的小宝贝，我得走了……我们的任务还没有完成。到了晚上你可以去医院旁边的帐篷找我。"

阿丽努力想说些什么，可是她的喉咙像是打了结，一句话也说不出来，只好回应道：

"我也要动身了，我还没把消息传给大人呢，等完成了任务我就会回来的。"

珂拉看着唯一的女儿走出那片尸横遍野的战场，目光又在她身上停留了片刻。"感谢善神阿胡拉。感谢您，睿智的主，回应了我的祷告。"她心里万分感慨，"阿丽变了，变得太快了。但现在最重要的是我的小丫头还活着，活得好好的。"

接着，珂拉转过身来，面向身旁那个又高又瘦的男人。他是一名医生，脸上爬满了疲惫的皱纹，虽然眼眶发红，但眼神中依然闪烁着镇静与决心的光芒。这是个可敬的男人，珂拉默默评价道。与此同时，她做好准备，接下来要协助他实施一场又一场的手术。

阿丽环顾四周，上千具残缺不全的尸体将她包围着。她茫然无措，不知道要往哪边走。紧接着，她注意到远处耸立着两座塔楼，它们被黑暗勾勒出蔚为壮观的轮廓。于是，她决定到塔楼那边去看看。母亲哭泣的身影在她脑海中挥之不去：那个身影和阿丽印象中的母亲大不相同。她真没想到，自己竟能在这样炼狱般恐怖的地方看见母亲。但她仔细一想，又觉得完全合情合理。如今的情势下，女裁缝的一双巧手自然会成为无价之宝。想到这里，阿丽不禁为母亲感到无比自豪。她又走了一段距离，估计母亲应该不会注意到她了，这才停下脚步，回头凝视着远处的母亲：只见她做事雷厉风行，从容自如，身旁站着的是那个不苟言笑的小个子男人，他肯定是名医生。母亲把各种器械递给他，必要时还帮忙把病人扶起身。

阿丽收回视线，继续在漫无边际的苦难之地游荡。足足四回她才终于问到了多少靠谱一点的方向。她发现自己来到了一个大帐篷前，门口两端的柱子上挂拉着 FTC 火红的标志性旗帜。帐篷里的那个声音是……无论身处何处，无论在多少人中，她都能辨认出来——埃肯塔尔就在这里。他正在帐篷里与人交谈，但其他人的声音她就听不出来了。通往帐篷的入口由两名悍将严密把守。阿丽还记得在她获准觐见埃肯塔尔之前，她就见过其中一名卫兵。于是她鼓起勇气，朝两人走去。见状，两名卫兵立即压低长矛，释放出明确信号：小妞，退后。看来是时候亮出自己的身份了。于是，阿丽摆出一副最为嚣张的派头，高呼：

"奉大人传召而来。我乃 FTC 一级侦察员阿丽。"

两名卫兵露出些许错愕的神情，然后其中一人发话：

"大人公务繁忙，明天再来吧。"

卫兵的语气冷漠无情，没有丝毫可以转圜的余地，但阿丽要汇报的事情至关重要，她只好孤注一掷。于是，她故意抬高嗓门，把全身怒火一股脑儿地从嘴里撒出：

"蠢货！我必须马上见到大人！我手握重大情报，必须立即汇报，它能让两军停战，懂吗？"

两名卫兵大惊失色，他们可没料到面前这小妞的反应竟会如此激烈，一时之间不知如何是好。其中一名卫兵打量着阿丽，眼神透出明晃晃的敌意，让她浑身不寒而栗；而另一人脸上则闪过一丝会意的神色。谢天谢地，他们的争执必定是引起了帐篷内人员的注意。不愉快的冲突尚未爆发，埃肯塔尔就已经从帐篷里现身，他威武的身躯横亘在两名卫兵之间。

阿丽记得上次会面时，埃肯塔尔还身着米拉克与丝绸制成的华美长袍，而现在，他身上披的是威风凛凛的战甲。

埃肯塔尔的目光落在阿丽身上时，脸色旋即一变：整天漫长作战带来的所有疲惫顷刻间一扫而空,取而代之的是欣喜的大笑。他脸上甚至滑下一滴泪来,随即陷入了浓密灰白的胡须中。

"赞美善神阿胡拉吧,你还活着!"

这短短的一瞬间里,连阿丽也能感觉到埃肯塔尔是真心想抱抱她。虽然此举多少会让她有些尴尬,但她也并没有感到任何不快。此时,卫兵立刻闪到一边,她觉得自己似乎已经拿到了"通行许可证",于是她神气活现地走进了宽敞明亮的圆顶帐篷里。

映入眼帘的是一大群军人,他们个个年纪不轻,此时都不约而同地看向阿丽,脸上写满了好奇。阿丽暗自揣测道,这必定就是著名的参谋部吧,毕竟她一路上都有耳闻。埃肯塔尔并没有立马开口,反而沉默了半响。老实说,阿丽甚至还没行鞠躬礼,可那是因为刚才情绪太过激动,令她不知所措。如今,大人刚走到眼前,她便立即下跪,企图弥补她方才的失礼。

"烦请侦察员起身,我相信你一定为大家带来了十分重要的消息。事到如今,这些繁文缛节已经起不了多少作用,甚至一无是处,我受够了各种间谍与秘密,现在,我想要你一五一十地向我汇报。"

阿丽早已和德拉夫讲述过一次她漫长的经历,因此现在她能轻而易举地道出其中的关键所在。不过,和德温发生关系这事她只字未提,她认为在场的众人并没有兴趣了解这种细枝末节。阿丽讲述完毕后,整个帐篷里只剩下一片窃窃私语的声音。埃肯塔尔听到这些消息,似乎松了一大口气,开口道:

"但愿我们能再次找到所有证据,我会下令立即搜查隧道。明天我们还有一趟非常重要的出行。"

"我没听错吧?他刚刚说'我们'?看来我还得再进一次隧道。"阿丽暗自琢磨着,认为这场"故地重游"不会是太愉快的经历,奈何现在情势危急,她必须找到真相。

"长官,那您不在时我们该怎么做?"

"加固此处阵地,然后给我想出个办法,毁了那座该死的石桥。"

"遵命。"

参谋部人员逐个离开帐篷。显然，他们需要的无非就是指令。

然后，埃肯塔尔转向阿丽，脸上是怎么也止不住的盈盈笑意。

"听好了，侦察员，你现在最好休息一下，我们明天出行要用飞的。骑过利瑞鸟吗？"

"回大人，没有。"

"也不难，到时候你会发现自己骑术了得，二级侦察员。"

"嗯……啊？哦，多谢大人。"

"别谢我。你很努力，理当提拔到第五级。但要是直接让你晋升为五级侦察员，可能会给某些人造成不好的印象。"

阿丽离开后，埃肯塔尔又在帐篷里待了好一阵，他轻捋着自己浓密的胡须。胡须已有些许泛白，再也不像这场混战刚开始时那样乌黑了。

第十九章　秘密转移

他再次细细端详着手头这些数量庞大的"藏品"。它们都会好好待在这儿的。"不打紧，一些小小的牺牲都是必要的。"他这样告诉自己。

伸手一按，一面可移动的墙随即打开，他把最后一个布菲牛皮制的袋子放进电梯间。接着，他在发光的图标上输入一个序列，紧接着皮袋开始溶解，最后化入稀薄的空气中，变得无影无踪。然后，他把手再次放到铁墙墙面，先前用过的发光图标再次出现。这次，他输入了一个稍长的序列，然后亲自踏上电梯，他就像之前那只袋子一样凭空消失在空气中。

办公室里依然漆黑一片，空无一人。

第二十章　飞行技巧

> 踏上舞台之前，先唤醒沉睡的童心，倾听童心的声音。
> ——班图戏子的人生格言

阿丽发现，那个管电梯的金发孩童不在这里。阿丽曾戏称他长了副欠揍的脸。她觉得这么揶揄他完全合情合理。但凡是男性青年，要么早已送上前线，要么正在学习所谓的"速成"训练课，然后再送上战场，他却得以幸免。

她居然还挺想再见那金发小子一面，真是难为情啊。这时，阿丽和埃肯塔尔大人刚从利瑞鸟上下来，踏进了电梯间，两人你一言我一语，像老战友般融洽。乘着这只巨大无比的鸟翻山越岭，那感觉真是妙不可言。多美好的一天啊！短短几个小时内，她就与母亲团聚，还荣升 FTC 二级侦察员。而且就在当天，她还能凌云高飞。她迫不及待要再次体会这种令人陶醉的驰骋快感了。

阿丽和大人停在塔楼上，准备先让利瑞鸟休息片刻，好再次骑行。然后阿丽谈到了德温的事，埃肯塔尔一直在用心倾听，整个故事讲完也没有打断过她一次。唯独在阿丽提到有人在茶里下了迪俄斯库芮花瓣时，他才开口询问她，是否确定无疑。毕竟，也可能只是香味近似罢了。阿丽提出了种种阴谋论的猜想，埃肯塔尔都一一推翻了。只在一点上，他稍显犹疑：他不明白为什么阿丽并未得知他在前线一事。到头来，这肯定也不会是什么秘密，但阿丽居然毫不知情。交谈中，阿丽也会据理力争地捍卫自己的论点，哪怕是那些貌似不那么重要的论点，她只是不希望自己在他眼里显得愚钝罢了。无论如何，她开始有些怀疑自己的判断了。这些天里，她用所有的自我怀疑来折磨自己。难道都只怪她太过多疑？好吧，反正他们很快就会一起找到答案的。

随着电梯沿副井急速降至低层,阿丽稍稍倚靠在栏杆上。她越来越喜欢这种电梯装置了,这比爬八百多层台阶要好得多。而且坐电梯的感觉就像是在飞一样,她恰恰就喜欢飞行。她发现自己对飞翔有一种由衷的热忱。她默默鼓励自己:"万一侦察员也能进飞骑军团呢!"

突然,耳边炸裂开一阵剧烈的金属撞击声,随之而来的是一阵轰鸣的回音,仿佛厄运降临一般。阿丽感到身后有股力量,把她的身体推了起来,再狠狠甩出去。就在这时,她听到埃肯塔尔一声响亮的大喊:

"快跳!"

电梯迅速向下倾斜,沉重的锁链松开,发出金属碰撞的轰鸣声,震耳欲聋。接着,整个电梯沿着竖井直线下坠,堕入虚无。原本站在电梯间里的有三人,现在仅有两人抓住支点得以自救:阿丽被甩在另一侧的墙上,她趁机抓住了几根主梁,而埃肯塔尔则一直攀附在紧贴电梯的那面墙上,但陪同搭乘电梯的那名士兵便没有这么幸运了。二人听到士兵发出一声惨叫,只见他径直坠入了竖井底部。阿丽和埃肯塔尔都身着沉重的战甲,护住了身上所有的要害部位。也正因为这身累赘,埃肯塔尔只好拼命地攀附在墙上,以免身体在重力牵引下从墙上滑落。

二人听到底下传来两声巨响,随后,那名士兵的尖叫声就听不到了,一片死寂。但灾难并未结束,一根又长又粗的铁链彻底松散开来,顶端那侧开始顺着竖井下坠,方位不断变换着,与四周墙面来回撞击,犹如发狂的巨蛇张扬着飘忽不定的头颅。过了好一会儿她才反应过来,这条铁链可能会击中埃肯塔尔。于是她声嘶力竭地呐喊,试图让自己的声音穿透这隆隆巨响:

"当心铁链!"

埃肯塔尔一抬头,看到死神即将降临。他眼神里没有一丝恐惧,有的只是听天由命的镇静,像是知道自己已经做了力所能及的事,至于生死,只能顺其自然了。他嘴唇翕动,仿佛在轻轻地向善神阿胡拉做着祷告。随着二人不断疯狂下坠,铁链末端狠狠砸了下来,险些击中埃肯塔尔的左手。

一切都发生在电光石火间,阿丽甚至还没来得及爬到主梁顶上。她双臂发力，身躯奋力向前一甩，一条纤细的腿就架在了横梁上，再度发力，人便干净利落地完全站上了主梁顶端。

现在，只剩下大人还身陷囹圄。他还在挣扎，就是无法从苦海中脱身。

"该怎么办呢？"她苦苦思量。

其实，埃肯塔尔的救星就在他下方一米处：第三十一层的支承梁。但如果他纵身往下跳，身体肯定无法保持平衡，最终还是会掉落下去。另一个方法也基本上派不上用场：他身体太重，根本无法像阿丽那样把自己托上主梁。他可不能死啊，阿丽在内心默念着，只觉得越来越手足无措。

阿丽强制自己冷静下来。她觉得自己真是傻得很。每层楼都有一个电梯检修门，但可不是人人都有爬上露台的本事。阿丽以最快的速度移到对面，现在，埃肯塔尔就在她身下，而他此时额头上布满汗珠，脸涨得通红，可见他撑不了多久了。当他注意到阿丽就在头顶正上方时，便开口了，他声音微弱，用阿丽刚好能听得见的声音说道：

"干得好，侦察员……看到那扇门了吗……试试看，能不能打开它。"

"门锁上了……那我试试能不能把锁撬开……"

"有……一个……门闩……就在正中间……靠近……底部那儿。"

"好，我现在就把刀子插进去……有点难呢……"

"要是……你……打不开……你就……必须……闪开了……否则……我……也……会……砸……到……你……因为……"

"您说什么？"

下一秒，阿丽立刻会意。如果埃肯塔尔撑不住了，他可不想砸在阿丽身上……不，一定不会这样的。她把金属刀片往门里一插，再往上提，可没有半点动静，这见鬼的门死活打不开。

阿丽一下慌了神。接着，她又想到一个点子。她试着把门前后推动……好，动了，门松动了。

"快走……我不能……"

"不，我现在就能打开。"

她必须加快速度。阿丽把刀片插入大门中间。不对,再低点……这里……"快啊,开门啊!"终于,门开了。

阿丽翻过身,左脚抵在门边,就在她感觉大人即将掉下去的那一刻,她伸手抓住他身上一只护胫,使出浑身力气往里拽。

最终,两人像叠罗汉一般躺在地上。埃肯塔尔明明没穿盔甲,却依然重得像头猛兽。要是真穿上,那少说也得有一百三十公斤。他压在阿丽身上,那重量几乎叫她背过气去,这简直是在碾压她嘛。

阿丽快要喘不上气了,她胸口上压着的是他硕大的板甲,不偏不倚砸到她脸上的是一只沉甸甸的胳膊,一动也不动。

"啊嘶……大人……您还好吧?我求求您……劳烦您起个身……我没法儿呼吸了。"

埃肯塔尔缓缓侧身,翻到一边。唉,又得添几处瘀青了,阿丽在心里哀叹。所幸没有碰到身上的伤口。刚刚在横梁上,她身上的针口就直发疼。不过现在似乎一切都结束了。阿丽立刻站起身,而她的大人此时正平躺在地,气喘吁吁,满脸通红,过了好一会儿才有力气开口:

"多谢你,侦察员。要是没有你,要不是你这么拼命,我可就没命了。"

"别这么说,长官,您别放在心上。您现在感觉怎么样了?"

"我觉得好多了,谢谢。我欠你一声抱歉。"

"这话怎么说?"

"我觉得你之前说得没错,因为巧合开始变得有些多了,不是吗?等等,我闻到了啮鼠……烧焦的味道。"

"嗯,我也闻到了……这层有厨房吗?"

"没有,不可能有厨房。可那又怎么了?"

"您刚还说能闻到有东西烧焦的味道……而且我也闻到了。"

"我的意思是……你说得太对了!但那又怎样?我的恶神阿里曼啊……快扶我起来。"

副井里的烟味最浓,那是电梯刚刚塌陷的地方。随着副井里也开始冒烟,埃肯塔尔的表情变得十分凝重。

"起火了，我们要马上离开塔楼，这边走！"

于是两人开始从行政办公室离开。FTC所有信件往来都在这层整理，这里存储了海量资料与文档，塞满信件与文档的金属文件柜俯拾即是。但凡拿走一份文档，档案里必定存好了备份。这一精巧的系统早在工业时代正式开启前就设计好了。有了这么一套系统，所有印刷文档就都有了副本。埃肯塔尔穿过中央走廊，看上去胸有成竹，志在必得。每隔几米，两旁大门就开启一次。但唯独在那扇漆成蓝色的大门前，他停下了脚步。阿丽觉得他还活着真是莫大的幸运，此时两人爬上了蜿蜒的螺旋楼梯。薄薄的金属光栅相当于楼梯平台，上面的光线也能滤进来。正因如此，即便这里光线昏暗，也不至于让人一脚踩空。埃肯塔尔之前就向她解释过，这套安全措施是他亲自提议的，因此，纵使没有独立光源，楼梯在白天也能正常使用。还剩下几层楼阶的时候，他们发现这里还不止他们两人。只见上方三层台阶的地方有黑影闪现，那一定是今早跟他们一起过来的士兵。埃肯塔尔把双手举到嘴边，喊出他一贯浑厚的嗓音，吸引一众士兵的注意：

"各位，楼下起火了，拉响警报，现在就必须把火给灭了！"

"石油 & 润滑油"塔楼倒塌的惊悚画面瞬间闪现在埃肯塔尔脑海中，光想想就让人战栗。突然传来三张十字弓同时拉满发射的声音。刹那间，阿丽和埃肯塔尔旋即明白了过来，他们要想活着离开这座塔楼，恐怕没那么容易。

第二十一章　远途惊魂

在潘鲁德河的最后一截，河道结成了一圈圈宽阔而滞缓的水流，最后，泥泞的三角洲水域就变成了致命的玛西拉沼泽。

之所以致命，是因为周边蚊虫肆虐，一只蚊子足足有巴掌那么宽。此外，沼泽里还有鳄鱼、水蛭以及四米长的蜈蚣出没。终极危险就更不必说了，就是傻到来逗英雄的人也没有机会逃出生天——流沙。

爱兹里可没有这种以身试险的打算。六匹玉骢还有背上的CCI骑手在遍地是沙的河岸前停住脚步。她记得非常清楚，当初在河里遭遇惊魂一刻后，她就是在这里抵达对岸的。自此，爱兹里就默默下了定论：之后很长一段时间内，再看到河海湖泊之类的地方，她都一定躲得远远的。

潘鲁德河长期扮演着"不良少年"的角色，它嚣张放肆，现在摇身一变，俨然成了一个文质彬彬、慢条斯理的绅士。卡拉索斯站在她身旁，爱兹里看向他，问道：

"你怎么看？涉水过河能行吗？"

爱兹里翠绿的双眼仔细审视着他花岗岩般刚毅的脸庞，企图从忠心耿耿的将军身上寻到些蛛丝马迹。

一旦河对岸的联军被FTC解决干净，那情势很快就明晰了：他们再次突围石桥无异于自寻死路。

一瞬间，爱兹里竭力在头脑中想象出一系列画面：沉重的马车、驮畜、围攻装备、玉骢，还有身着重甲的部队涉水的场景。虽然她算不上军事专家，但脑中这派景象堪称灭顶之灾。

卡拉索斯并没有直接回答爱兹里的问题，反而径直驱驰身下的坐骑入河。了无生气的死水裹住了坐骑强健的四肢，此时，玉骢看起来异常惊慌，它发起了脾气，但卡拉索斯并未受到影响，反而耐心诱导它继续往河里多走几步。随后他便用缰绳拉着它转了脖子，回到沙质河岸上。卡拉索斯终于给出回复：

"很遗憾，小姐，我觉得这个办法不可取。它不仅耗时过长，而且有可能让我方蒙受巨大损失。"

闻言，一层阴霾就覆上了那双漂亮的杏仁眼，先前那番痛殴留下的伤痕如今在她脸上已是无迹可循。她叹了口气，说道：

"我下水的时候怕得要死，可现在呢？自问自答而已，将军，我只是在自言自语。"

接着，她又神秘兮兮地补充道：

"你对你的坐骑真有一套，要是换我骑进了潘鲁德河，我的玉骢就会麻溜地把我甩下来。"

"我想知道为什么……"卡拉索斯带着些许笑意问道。爱兹里立即打断：

"我真该割了你的舌头。"

她的语调满是玩味。的确，她这位总司令卡拉索斯最近越发大胆了，但爱兹里其实并不怎么介意他的揶揄。相反，她觉得撤军路上，如果手底下多一些这样的人，她会更开心。

刹那间传来数箭齐发的声音，爱兹里身边随侍的骑手纷纷倒下。有埋伏！此时她身下的坐骑扬起了身子，想把她甩下来，让她举步维艰。突然，六名手握兵器的黑衣人从一丛蕨类植物后方闪现，开始向CCI队伍逼近。惊恐万分的玉骢猛地蹿起，将爱兹里甩了出去，她终是脸朝下，一头栽倒在沙质河岸上。此时，就在距她还不到一米远的地方，卡拉索斯的尸体正躺在沙地上，背上插了一根利箭。

最初一轮弓箭扫射之后，爱兹里手下的护卫似乎全军覆没了。其中一匹玉骢窜逃而去，把护卫她的一名士兵拖了一路，但他的双腿依然还挂在镫子上，于是，他的尸体在沙地上画下一道绵延的鲜红色血路。但爱兹里居然毫发无损，真是个奇迹。不过，她内心响起了一个神秘的声音，小声叮嘱她不要乱动，不要慌张。她双手早已攥紧了两把剑的剑柄，只是尚未拔出。"爱兹里，镇定，要镇定。如果现在动了，你也会变成箭下亡魂。"此时，五名黑衣人下到潘鲁德河的河床，只留一人殿后放哨。

他们迈着坚定的步伐向她走来，自动忽略了她的护卫队。就在这时，爱兹里看到还有一名护卫依然活着，他还在动，而这些黑衣人毫无察觉，依然信心满满地向她逼近，犹如一台台致命的杀戮机器。

第二十二章 "柔术软功"

　　公司资产的直接投资份额载于《中央公司管理登记册》中。每张代表证书赋予持有人在股东大会上投出一票的权利。股东大会自每周期木月 12 日起召开，不可晚于火月 21 日。
　　　　　　——节选自《自由贸易巨头公司宪章》总条例

　　飞镖在一栏栏金属光栅间穿梭，呼啸而过，最后击中障碍物。其中两枚击中了更远的光栅，第三枚击中了埃肯塔尔的肩膀，从他沉重的钢制背甲上弹了出去。阵阵飞镖砰砰作响地射穿了第三十六层的蓝色大门，埃肯塔尔不由得在心里默默感激自己的随从，幸亏他今天坚持让自己再次穿上重甲，不然他此时早就被活活射成了筛子。

　　比起身后穷追不舍的杀手，埃肯塔尔与阿丽还是略胜一筹，但他们没有道理在这里浪费时间。阿丽主动为大人殿后，而大人则一副很有把握的模样，带着她接连穿过这层的走廊、办公室和大厅。

　　二人没有任何时间商量对策。埃肯塔尔在一扇蓝色大门附近停下脚步，那扇门与他们刚关上的那扇像极了。阿丽几乎就要把门打开，却又犹豫了。二人迅速交换眼神，虽然一言未发，但心照不宣。阿丽拿左手拢好乱蓬蓬的头发，把耳朵贴在沉重的铁门上。

　　不需要多敏锐的听力就能捕捉到有人下楼的脚步声，阿丽的表情生动地传达出这一信息，于是，埃肯塔尔立即在走廊上再次夺命狂奔。这里宛如一座迷宫，阿丽不知道自己转过了多少拐角，只能在心里默默感叹着。最后，两人停在一间小型办公室前。只是阿丽还不明白，为什么这间办公室三面都有门。埃肯塔尔示意她走近些，在她耳边低语：

"我觉得现在不用再去试下一层楼梯了，无非是再跟这些杀手撞到一起。"

"没错……恶神阿里曼啊，他们究竟是怎么做到的？"

"我也无从知晓，相信我……你是训练班攀爬能力最出色的学生，想试试吗？"

"试什么？去那儿……我要怎么做？爬到露台上去？"

"能做到吗？"

"那恐怕不行。上次试的时候结果可不太妙，但我还有个点子。"

"说来听听。"

"我可以试着钻进回收废纸的斜槽。斜槽虽然都很窄，但我觉得我能钻进去，只是要把盔甲给脱了。"

"好，说不定这办法行得通。我知道哪里能找到斜槽，跟我来。"

二人来到不远处的一间大办公室。四周寂静无声，宽大的竹制树脂办公桌似乎已经废弃，地板角落里有一扇小金属门。他们轻轻推开门，每一次的"嘎吱"声，或者一丁点儿响动都让阿丽心跳加速。如果杀手就在附近，那他们就能轻易捕捉到这些动静。

斜槽又暗又长，径直升到顶层，然后一路降到地下室。地下室里，纸张被直接输送至一个巨大的铁桶，每月清理一次。为防止信息外泄，纸堆就在塔楼内部直接粉碎，然后再送到造纸厂，生产出一卷卷全新的再生纸。

阿丽不情不愿地脱下了军营新发的所有装备：装有带鞘匕首的腰带、皮革胸衣、裤腰带，还有一切有可能被钩住的物件。她躺在地上，将双臂和头伸进斜槽通道。

斜槽里的味道很奇怪，有一小股暖流在上升，总之，这里干净光滑，完全没有任何支点。阿丽的身子向上拱，埃肯塔尔则想方设法地帮她忙。最麻烦的地方在于，一旦臀部钻进了斜槽，重力就会拖着身体向下走，但阿丽又没有支点，爬上去就显得异常艰难。接着，她感受到埃肯塔尔有力的双手把她往上推，帮她减缓了压力。于是，她一步一步设法向上攀爬，把脚趾放在通道口的外缘上。阿丽能感觉到他的手正托着鞋底把她向上推送，轻而易举就把她抬到了更高的位置。埃肯塔尔已经为她做了力所能及的事，现在，就得靠她自己爬上去了。她脚下踏着靴子，脚尖顶住对面的墙，像蛇一样弓起后背，弯着身子，一点一点地向上攀爬。她灵巧的手指终于摸索到头顶处下一扇门的位置，于是轻轻松松地就把门打开了，再回头把门别上。接着，她双手扣住出口边缘，使出平时训练出来的全部力气，轻松地爬出了通道。

现在，阿丽到了第三十七层。每一步她都必须格外小心，以防被黑衣杀手察觉。终于来到蓝色大门前，她缓缓推开门，却发现里面空无一人。阿丽有些焦急，于是将身子探出去查看到底有没有人，结果发现走廊上也空荡荡的。透过光栅，她能看到通往第三十六层的门正大敞着，一个从头到脚都一身黑的男子就埋伏在门口。阿丽不由得暗骂："该死，原来整个区域都有专人把守！"还好，这名杀手并未转身上楼，他大概也意料不到有人就潜伏在他身后吧。接下来每一步都要格外谨慎。她悄然摸进了下一层楼梯，像蛇一般无声无息，站岗的杀手连眼皮子都没抬一下。终于，阿丽得以重见天日，来到了通向露台的门边，她成功了。她小心翼翼地打开门，门位于北面角落处，靠近利瑞鸟歇脚的地方。这些长着双翼的巨型鸟还在原地歇息着，它们躺在散发着茉莉芬芳的花藤架下，花藤就种在露台的北面一角。它们把脑袋收进巨大的翅膀下面，悠然自得地打着盹儿，似乎一切安然如常。

隔着这侧布满花藤的墙壁，阿丽听到另一侧传来声音——几个男人聊得正欢。"他们是敌是友？"她备感疑惑，便壮起胆子透过凉棚偷瞄了一眼。原来这些人都是护卫大人的 FTC 风暴骑兵。只见这十几个人正坐在长凳上，头上是茂密的千叶灌木，他们正坐在树荫下默默等候。

阿丽从凉棚后现身时，好几人都吓了一跳，露出不尴不尬的表情。接着，军衔最高的士兵立刻质问道：

"侦察员？大人呢？"

阿丽也不拐弯抹角：

"快……我们必须撤出去。塔楼里有杀手，埃肯塔尔大人有危险。"

阿丽的口气满是惊恐，不容商量，哪怕是最心不在焉的士兵，听到这话后都瞬间起身。短短几秒钟内，这些骑兵就从一帮优哉游哉的闲人变身为高效的战争机器。

"带路。"空军中校立马下令。阿丽敦促所有骑兵准备好武器，然后沿着她来时的路往回折返。开始下到狭窄的钢铁旋转楼梯时，一行人弄出了巨大的响动，立刻引起下面那名杀手的注意。哪怕楼梯里已是硝烟四起，那名杀手依然坚守岗位，看守着大门。等他终于注意到这些FTC骑兵时，便朝他们射出两支飞镖，随后向里逃去。第一支完全射空，第二支射中了一名骑兵的脚，骑兵旋即发出一声惨叫，而后脸上挂满各式各样的夸张表情。其他骑兵便把他推到一边，率先爬上了狭窄的楼梯。

等他们最终赶到了三十六层，敌人已是了无踪迹。阿丽只好在心里默默回想着此处的布局。终于想清楚他们的所在方位后，她坚定地领着一行人找到了之前那个走廊。

走廊上，左边是一扇大窗户，窗外是一间长长的办公室，里面摆满了竹制胶合板办公桌。"光神"散发出耀眼的光芒，透过后面的窗户照射进来，也照亮了他们现在所在的走廊。

一听到前方传来些许熟悉的动静，阿丽的心就跳到了嗓子眼。那是打斗声，这只能说明一件事：埃肯塔尔被发现了。

一行人加快脚步，朝那个方向疾速冲刺。

转弯后，他们终于和这帮黑衣杀手打了个照面。其中两名杀手试图砸门，把玻璃桌的钢架当作攻城锤使用。还有三名杀手已经摆好了防御姿态，死亡飞镖齐刷刷向他们射来。

阿丽后面的两名骑兵哀号着栽倒在地，其他骑兵勇猛地持剑前冲，激烈的肉搏战就势开启。有两名黑衣人武艺高超，堵住了走廊。虽然黑衣杀手在人数上已经明显落了下风，但他们手握奇形怪状的楔形尖刀，成功抵挡住了FTC骑兵的强大攻势。他们一招一式都是致命的，特意绕开了厚重盔甲的防御，攻击的都是人体要害。另外两名骑兵也倒下了，不知是死是活。终于，一名骑兵刺到了其中一个黑衣杀手的手臂。阿丽则一直站在稍微靠后的位置，不知道该如何下手。虽然她从骑兵那儿借了把匕首，但她并不觉得自己做好了加入这场激战的准备。

正当阿丽瞄准目标，准备投掷匕首，谁知身旁那名骑兵也受伤倒地。他原本一直在等待时机，若有战友受伤，他就加入前线战斗。可阿丽根本没有看到刚刚有谁掷出了飞镖。她回头观察身后，却是空无一人。

就在这时，又有一名FTC骑兵莫名其妙地倒地不起。阿丽不禁暗自咒骂："可恶！这到底是怎么回事？"

接着，阿丽终于反应过来了。原来那两个混战中的黑衣杀手背后还有一人，他站着那儿一动不动，全神贯注。魔法……他在用魔法。阿丽也见过罗恩轻而易举地施法，那还是在他们二人进入隧道里去捉那两名偷铅块的窃贼时。阿丽暗下决心："现在，就由我来对付你吧。"她瞄准了目标，电光石火间，匕首就飞身向那名黑衣魔法师刺去。刀刃深深插入他的胸膛，一声痛苦的惊呼后，他便靠墙向右侧倒去。等他最终滑倒在地，墙面留下了一道长长的血痕。

此时，阿丽早已埋头于寻觅新匕首，地上两名士兵各有一把。她将两把跳刀收入囊中。与此同时，正企图砸门而逃的两名杀手放下了临时拿来当攻城锤的钢架。其中一人替下了自己负伤的同伴，另一人则在门框隐蔽处停下脚步，也一动不动。随即又有一名风暴骑兵脸朝下直挺挺地倒了下去，阿丽这才确信杀手再次使用了魔法。可她不能眼睁睁看着风暴骑兵一个个晕倒而无动于衷，于是她再次掷出匕首。见鬼！一刀扎在了门框上。当骑兵倒地的声音再度传来，她心急如火。这番打斗中，FTC的风暴骑兵遭遇了严峻的挑战，性命危在旦夕。就在刚刚，又有一名骑兵被黑衣人的致命尖刀刺伤。决不能任由黑衣杀手得逞！阿丽屏气凝神，再次瞄准了敌人，匕首向此时奋战中的一名黑衣杀手刺去。杀手一心作战，浑然不觉，猝不及防间被一刀封喉。他向前倒去，鲜血从喉咙汩汩流出，便再没了反应。终于，只剩下阿丽和两名骑兵对阵三个致命的黑衣杀手。只是，现在骑兵露出了怯战的迹象，纷纷向后缓步撤退。

  阿丽拾起身旁唯一一把匕首和剑，为接下来的激战做好了准备。她心里明白，此战必是凶多吉少。

第二十三章　昨日"重陷"

爱兹里不知自己是该哭还是该笑。她的确毫发无损地生还了，但又付出了多少代价呢？

她的卡拉索斯将军已经阵亡，而她自己也迷失在沼泽中。

"我当时在想些什么啊？护卫的兵力根本不够。当然，这都是后知后觉……"

要是珀西斯还在身边，根本不会发生这种事情。爱兹里想象着自己听到了她那深沉又严肃的声音，话里话外无不饱含着对她的担忧："至少要带上三十名士兵，天知道你会碰上些什么人！"她会一直缠着爱兹里，直到后者为了让她放心而让步。可桥上混战那日，这名忠诚的护卫珀西斯却没能脱困，她并没有像往常那样假小子般快活神气地出现在她面前，爱兹里为她痛哭了许久。失去珀西斯让她难以承受。但这都是过去的事情了，现在的她，往好了说是囚犯，往坏了说，不过也是一具死尸。战乱至今可谓是尸骸遍野，自这场血战开启，就已牺牲了太多人。但本不该如此的，之前，CCI 与 CMT 的所有战略专家一致认为，战事一起，FTC 绝对挺不过两个月。"关键就在于拿下梅丹平原。一旦保住了它，古尔都陷落自然水到渠成。"他们向爱兹里解释说，论人力、手段、工业生产，己方两大联军样样占据绝对优势。现在呢？差不多三个月过去了，他们依然陷在僵局里，损失了不计其数的战士，遑论那些夷为平地的工厂与农庄。

一只巨大的斑点蜻蜓把爱兹里的思绪带回了此时此地。在这个臭名昭著的玛西拉沼泽，它可是为数不多的迷人生物。

当然，爱兹里活了下来，这多亏上次救她一命的卡拉索斯将军。黑衣人来临之际，本以为卡拉索斯已经死了，没承想，他竟像翼龙那样有三条命。

一名黑衣人持剑向爱兹里走去，其他人则站在一旁远观。刹那间，她卸下所有伪装，一跃而起，干净利落地将其一剑刺穿。她还记得那名黑衣人手握闪着寒光的利剑倒地，冰冷的眼中写满了震惊。与此同时，卡拉索斯将军站起身来，阔剑一挥，一名黑衣人的脑袋应声而落，像西瓜一样被劈成两半。这样一来，还剩下三名黑衣人要被迫与他应战，而爱兹里只要对付余下两人即可。这帮黑衣人挥舞着奇形怪状的剑，她还从未见过这种武器——剑身颀长，剑刃锋利，比步兵用的佩剑还要精良。只可惜，卡拉索斯身负重伤，再也无力应付第二个对手，他跪倒在地，黑衣人这才趁势发出致命一击，把他刺穿。他用尽最后一口气猛冲过去，抓着杀手就往自己身上拽，最后抽出跳刀刺穿了对方的喉咙。卡拉索斯可真是个了不起的大英雄啊，爱兹里默默赞叹道。

但这并未改变爱兹里的困局。她还是要孤身与三人作战。第三个黑衣杀手再次举起弓弩，只待适合下手的契机。还有两名杀手一开始便阴狠地扑过来，把她一步步逼进河里，最终河水漫过了她的膝盖。包围圈渐渐收拢。爱兹里只有一把剑在手，也无盔甲在身，她现在不想与这群人继续缠斗，于是做出了此刻似乎风险最小的选择：潜入潘鲁德河中。

但她几乎立刻就听到了弩箭发射的声响，不过，想远距离射中移动的目标并不容易。另外两名杀手不打算跟着下水。显然，他们不会水。尽管如此，他们骑上玉骢继续追踪，显得有条不紊、耐心十足，一刻也不让猎物脱离视线。而此时，爱兹里正随着河水漂流而去。她本想从河对岸离开潘鲁德河，只可惜转过几个弯道后，她发现对岸太陡。若是去对岸，杀手就会趁机在不到五十米的范围内尽情放箭。按这个距离，只要将箭矢架在平稳的弓弩上，再定心瞄准，几乎可以做到箭无虚发。

爱兹里游了整个上午，游到河边的风景都变了样才停下来。只有当她深深潜入沼泽腹地时，黑衣人才停止了追踪，因为再追下去就太危险了。

"就这样，我就到了这里！兜兜转转又回到了我最不想来的鬼地方。"她在心里哀号，觉得自己此刻只想大哭一场。

环顾四周，目之所及尽是长满芦苇、青草的泥泞小岛。千回百转的水道绕成迷宫，成为鳄鱼、水蛭甚至蜈蚣的温床。

据说这些凶兽毒虫势如闪电，毫不留情，弹指间就能撂倒一头梅尔克牛，再注入腐蚀性极强的消化液，直到猎物的五脏六腑变成一团腥臭的胶状物，到那时，它们就会静静地安享化为一摊液体的大餐。虽然不知道这究竟是真是假，不过传闻大抵都是如此。所幸她从未撞见过这些怪兽，想想就让人头皮发麻，不寒而栗。

虽然已经日落西山，但四周依然如炼狱般炙热。爱兹里身穿玉骢制的皮衣，早已大汗淋漓。"都怪你，非要穿什么紧身衣！"她埋怨着自己，一心想把衣服脱掉，但还是忍住了。水蛭、蚊子还有其他不计其数的昆虫争先恐后地想霸占她的身体，早已叫她备受折磨。当前，头等大事就是决定接下来往哪边走。她有三个选项：朝海边前行，踏入敌人领地，回到军营。

最后一个选项最诱人，但同样也风险最大。这群黑衣人决不会就此罢手，爱兹里坚信这伙人正在等待着她的到来。大海也不是个合适的选择，到头来还得花上一周时间，才能游出这片泥泞的沼泽地带。那就只剩下一条路可走了。爱兹里不情不愿地上路了。虽然她还没有碰见过流沙，但立刻找来一根棍子傍身，试探未知莫测的地形，似乎是个明智的想法。

第二十四章　化身喷泉

烤面包还需趁着烤箱尚热。

——摩尔丹古训

　　最后三名 FTC 骑兵摆好阵仗，准备迎接这群黑衣杀手的致命攻击。放眼整个走廊，一地都是死尸与昏迷不醒的骑兵。两名杀手一齐发动袭击，在空中劈头盖脸地狂砍猛刺。而这边三人几乎是并肩战斗：阿丽立于右侧，其余两名幸存的骑兵分别站在中间与左侧。一名杀手显然盯上了阿丽，剑尖猝不及防地向她刺来，在空中划出自上而下的弧度，进而瞄准她的脸庞。这一剑差点削掉了她的眉毛，阿丽猛然后退，以防剑刃进前一步刺穿她的右眼。鲜红的血珠从伤口涌出，滑过脸颊。她能感觉到温热的液体从脸上淌下。但她并未露怯，而是迅速反击。杀手一记快刀，挡住了阿丽的重击，一时间，反倒叫她的武器脱了手。

　　阿丽觉得自己死期将至。对手武艺之精湛令她防不胜防。就在这时，中间那名风暴骑兵也莫名其妙地倒下了。

　　杀手准备再刺一剑，想趁机把阿丽干掉。但突然间，他停下脚步，跪倒在地。原来，他身后的埃肯塔尔已将刀刃扎入了他的后背。意识到情势有变后，埃肯塔尔便清开路障，离开藏身之地，及时现身救了阿丽的命。

　　现在，只剩下一个杀手了。埃肯塔尔一行三人迈着审慎轻缓的步子将他团团围住，而杀手则渐渐后撤。突然，杀手打了个迅捷的手势，走廊立即浓烟四起。埃肯塔尔、阿丽以及最后一名幸存的骑兵一齐向他之前所在的方位刺去，但什么也没有刺到。

　　浓雾可以掩藏踪迹，声音却可以暴露行踪。三人听到匆匆逃离走廊的脚步声。于是他们循声而动，果断出手，试图擒住最后一位杀手。如今，孤军奋战的杀手已经陷入了包围圈。他们三人与走廊尽头之间，只隔了一扇玻璃。

杀手持剑朝走廊尽头飞驰而去，把窗户砸得粉碎，玻璃顿时碎成星星点点的碴子。

三人赶忙冲到窗口跟前，看到他们的猎物从空中坠落。突然，杀手头顶上冒出一个边缘圆滑的彩色三角形，自由下落时，空气将它越填越满。随着他加速滑翔，离塔楼越来越远，身体坠落的速度立即放缓了。

"真神奇，"阿丽不禁感叹道，"这是什么把戏？"

当三人把视线转移到塔楼低层，阿丽立即想起还有一桩同样十分紧迫的麻烦事：火灾。是时候尽快离开这个地方了。

他们费了好一番功夫才把所有中了催眠法术的FTC士兵叫醒。接着，所有人再度爬上了旋转楼梯，此时，这里已经变成了烟囱，到处都是灼热呛鼻的烟雾，滚滚浓烟向露台飘去。埃肯塔尔解释道，现在从楼下离开塔楼无异于自寻死路，因为低层已经淹没在熊熊大火中了，向下走是没有出路的。于是，他们用湿毛巾遮住口鼻，安全抵达上面的露台，利瑞鸟此刻就是他们的救星。

"大人？"

到露台上时，士兵发现埃肯塔尔站着一动不动，颇感疑惑，连阿丽也不明所以：

"大人，发生什么事了？"

"我在想怎么扑灭这该死的大火。"

"我看到下面大批人马都在救火。"

"嗯，我也看见了。但不管用的，现在火势还在蔓延……"

埃肯塔尔还清楚地记得当年FTC副楼倒塌时的情景。当时，在场所有人都没料到数年之后竟会重现当年那一幕。众所周知，钢铁不可燃，所以大家一开始都认为一旦办公家具及设备焚烧殆尽，大火自然就会熄灭。可事实恰恰相反，火势持续了六个小时后，副楼竟然轰然坍塌。一开始缓缓下陷，随后便塌得越来越快。一百五十米高的建筑直接内爆了，将横梁、砖瓦还有活生生的人拖进炼狱般的"火葬场"。燃烧的物体落到地面，便膨胀成一朵炽热的云，瞬间席卷了副楼周边一百五十米距离内的所有区域，连带附近一些房子也燃烧了起来，区域内的所有人都化为齑粉。副楼倒塌后，人们对其背后起因起了争执。一时间众说纷纭，偏偏一个专门锻造武器的铁匠说到了点子上。他指出，这么高的温度下，钢铁并没有融化，只是改变了自身结构，变得更软、更具弹性。钢铁依然还是钢铁，只是极度高温下，它不可能还具备承载力。正因如此，副楼才坍塌了。一想起这段往事，埃肯塔尔就觉得不寒而栗，一种无力感占据他全身。阿丽从不是袖手旁观之人，她并不打算就此放弃，任由火势蔓延，于是她提出建议：

"大人，附近没有水源吗？"

"水源……当然有了……谢谢你，阿丽。"

"嗯？"

埃肯塔尔深吸一口气，气体充盈了整个肺部，然后他集中起目前剩余士兵的注意力：

"士兵们，看我这里。你们中间现在是谁管事？"

"回大人，是我，四级骑兵索里亚诺。"

"好，索里亚诺，接下来我向你下达指令，望你严格执行。"

到目前为止，火势已然大涨。每个楼梯井都升起一股滚烫刺鼻的浓烟。熊熊烈火向塔楼北面、东面发起猛攻。从第四层到第十层，火舌夺墙而出，它们嚣张地蹿起身子，火光直冲天花板。在火海中的极限高温与巨大压力下，塔楼上层的窗户接连爆破。

方才血战生还的人里还有个一瘸一拐的士兵，他的腿还在流血，只是草草包扎了一下。这些幸存的 FTC 士兵纷纷跳上玉骢，向港口疾驰而去。

"烈焰焚身"的塔楼楼顶上，埃肯塔尔与阿丽忧心忡忡地注视着士兵远去的身影，直到它们缩成无数个黑点。

埃肯塔尔似乎格外焦心，于是，阿丽试着打破沉默：

"长官，恕我无理，您是觉得他们完成不了任务吗？"

"不，我信任他们，这些士兵个个训练有素。"

"那为什么您的面色如此凝重？"

"近来这桩桩件件的事，背后都隐藏着令人不安的缘由……现在不是谈这个的时候。不过，在士兵们回来之前，趁着这段时间，我倒是有个想法可以跟你谈谈。侦察员阿丽，你也知道，现在我们FTC打的是一场明显敌众我寡的大战。我这么说不是想吓唬你。我知道你是个能干的小姑娘，有独立思考的能力，所以你也明白，其实我们胜算并不大。"

"是，这我知道。但在我看来，战争胜负不单由人数多寡而定，难道不是吗？"

"的确，但你要考虑到这么一件事：尽管FTC资源丰富，但也不是取之不尽，用之不竭。还有一个问题也绝对不容小觑：资不抵债。或许，你的老师已经告诉过你破产后公司面临的后果。"

"我记得好像是说过，但资不抵债的情况并不常发生。"

"的确。金属管制委员会完全有理由防止公司走向破产，不然它就要担上无法全额收回贷款的风险。但如果哪个巨头公司真的破产了，那该公司的所有财产将拍卖抵债。"

"嗯，没错……的确如此。"

"只是，后果其实更为严重，除此之外，连旗下所有的公司成员都将沦为奴隶，被人随意拍卖。"

听到埃肯塔尔这番揭秘，阿丽瞪大了双眼，破产的可怖后果已经浮现在她脑海。她吓得哑口无言，恐慌铺天盖地袭来，叫她连话也说不清了：

"这……这真是……荒谬至极……"

"还惨无人道？泯灭人性？践踏文明？对,当然,说得都对。但这就是法律，白纸黑字载入《巨头公司宪章》，百场大战前就已经生效，自那以后便实行至今。这场战争的代价将无比惨重，付出了代价的人会想办法把损失弥补回来。"

"所以……如果我方战败……那我……还有你，都……会被变卖为奴？"

"如果真有那么一天，你最好别被人在这里找到。好了，不说这些吓人的事情了。我们现在要做的是想办法拯救这栋塔楼。瞧……士兵都回来了。"

顺着埃肯塔尔的目光看过去，眼前的场景在塞邦国土上可谓前所未有。十二只威武雄健的利瑞鸟在高空飞驰，它们运载着货物，货物挂在长长的绳索上，每只利瑞鸟的运载量都平均分配。等再靠近些，就能轻易辨别出运载的货物。利瑞鸟运载的是大型弩车，这些都是从年代久远的港口城墙处弄来的。至少有五百个周期没打过持久战了，所以这些武器其实早已无人使用。弩车装置精简，功能却依旧完善。索里亚诺只需更换绳索，再换上从港口绞车上拿来的钢缆即可。

体形庞大的利瑞鸟不耐烦地扑腾着翅膀，将弩车卸到了露台中央，而此时露台已经浓烟滚滚。FTC士兵立即开始干活儿。他们从港口码头拿来了将电缆固定和切割所必需的所有工具，首先就是把钢缆安好。接着，他们在弩车上装好足以穿透盔甲的巨型箭矢。

埃肯塔尔一再坚持要亲自发射，用它来击碎楼顶上的水箱。

除此之外，他想不出还有什么方法能打破足足五毫米厚的钢制水箱，那里面装载了上百立方米的水量，为塔楼一切必要设施提供水源，当然，旱季时也会用来浇灌露台。

一切就绪，埃肯塔尔已经把沉重的弩车固定到露台的支撑梁，随后人就牢牢贴在弩车上。阿丽和其余FTC士兵骑上利瑞鸟飞走了，地面救援队也已经收到通知，因此只剩下最后一步了。埃肯塔尔调好高度，对准蓄水池底部。接着，巨型箭矢嗖的一声发射，轰然击中了水箱的钢铁外壁。可当箭尖射中靠近凸缘法兰一侧的水箱时，竟然直接从墙面弹了回来。

"混账！"他怒骂一声。原来箭尖用的是粗制钢铁，毕竟这东西也好几百年了！射是射中了，难怪没有半点反应。可就在这时，受到撞击的影响，箭一支支弹射出来，最后水箱外壁迸裂，喷出急流。整个塔楼一下子散了架，涌出滔天洪水，将所经之处横扫一空，末日般的洪流淹没了露台。洪流筑成一堵水墙，朝埃肯塔尔袭来，水流狠狠拍打在他脸上，随后奔腾而去。

等埃肯塔尔清醒过来，再次睁开双眼，露台还浸泡在三十厘米深的积水中，水向四面八方奔流，无孔不入。

　　站在楼下的人看到这一幕，一时之间，还以为 FTC 塔楼变成了巨型喷泉，喷出上吨的水洒遍方圆二百米之地。为此等奇观伴奏的是难以名状的滔滔水声，令人叹为观止。

　　当一切重归寂静，大火显然已经被扑灭了。

第二十五章　不期而遇

"站住，别跑，在那儿，慢一点……别啊。该死！"爱兹里暗自咒骂道。唉，都怪她的倒影……见鬼的影子吓跑了那条鱼！爱兹里的肚子咕咕作响，原本还指望捉到那条美滋滋的鲇鱼，改善她前几周千篇一律的伙食，这下没戏了。

已经整整两周了！准确地说，爱兹里已经在这片沼泽群里绕了十二天了。她甚至都不愿去想自己在这个鬼地方待了多久。她浑身上下都被虫子咬了个遍。她发现有几条恶心的水蛭爬到了难以言喻的部位：几天前她才从腋下捉出一条。爱兹里已经到了对瘙痒麻木的地步了，那一头如丝绸般顺滑的黑发早已变成了一堆黏糊糊的乱麻。

更不要提被蜘蛛咬伤的那回，爱兹里唯愿任何人都不要体验到这番滋味。一开始，咬痕还只是局部发红，刺痛不适。但紧接着伤口就越来越痛，最后甚至痛得她直叫唤。最初只有被咬的那只手受到了影响，然后痛感就扩散到了肩膀。她疼得一身大汗，眼泪直流，感觉就像有一把烧红的钳子在撕扯她手背上的皮肉。这种症状折磨了她好几个小时，最终，夜幕降临，痛感才有所舒缓。然而，就危险程度而言，这种蜘蛛在整个沼泽中甚至还排不上号。至于其他生物有多可怕，她想都不愿多想。

如今，爱兹里吃的是虫卵、幼虫、昆虫、青蛙、蛇这类东西。原本那条鲇鱼可以算作头一顿体面的午餐，结果呢……她犯了一个新手才会犯的错误，爱兹里哀叹道。那条鲇鱼一瞧见她在水底的倒影，便吓得魂飞魄散，鱼尾一甩，就蹿到她那把竹叉子再也够不着的地方去了。到头来，今天的午餐又只能是幼虫。

这些日子里，爱兹里有了一大把时间来分析这次无耻的偷袭事件。她发现有几点完全说不通。首先，至少有三百个周期没有出现过暗杀巨头公司领袖的怪事。随后，她又注意到一些意料之外的细枝末节：黑衣杀手用的是她从没见过的武器，他们的眼睛也不同寻常。等爱兹里游到安全地带，她才把注意力放到杀手的眼睛上。那是一种令人难以置信的瞳色：浅灰，顶多是淡蓝色。人类不可能有那种颜色的眼睛。据说，只有远古时期的人类才有，不过这些人通常是长老族后代，或与长老族有亲缘关系的人。如此说来，现在回想起那步态、身高……不，不会……这不可能。爱兹里不敢相信这些杀手会是长老族人。谁人不知长老是世间最热爱和平、反对暴力的种族。他们奉行素食主义，不沾武器……当然，自达尔·乌尔舒里执政后，就再也没有人去过长老族的领地。想当年，这位可敬可爱的长老几乎将全人类从史上最为严峻的经济危机中解救出来，那至少是五百周期前发生的事了。一部分长老走出贾格尔森林，自愿与人类生活在一起，于是，他们就成了生命导师、顾问、医生、哲人、艺术家、诗人、科学家，还不曾有哪位长老因故意施暴而获罪。但还是说不通啊……爱兹里越这么想，就越觉得这帮杀手同FTC并无关联。不过，从一开始，她就已经把自己能想到的脏话，都在那个自大狂埃肯塔尔身上骂了个遍。每次会面，这个男人总是一副心高气傲，满脸苦大仇深的德行。但如今仔细分析过后，爱兹里一点也不确定他就是这次偷袭的幕后主使了。

突然，水里传来一阵动静，吓得她打了个激灵。原本，爱兹里正拿一排蹩脚的竹木当简易木筏子用，可那排竹子前面冷不丁动了一下。定睛一看，原来是一条鱼，还好。

爱兹里几乎花了一周时间，才做好这个木筏。除此之外，她想不出还有什么办法能让她安然无恙地走出这片地狱般的沼泽。这里到处都是时刻准备拿她饱腹的短吻鳄。但至少现在，她正以适当的速度在滞缓的浅水中平稳前行。

此时此刻，那些长达九米的大怪物离爱兹里越来越远。几天前，她终于想通为什么这些沼泽怪物显得如此慵懒。因为最近几周，河里塞满了士兵的尸体，它们便成为那群巨蜥的免费点心、丰盛佳肴。这些沼泽巨蜥浑身长满鳞片，体形臃肿，躺在河床上晒着太阳、打着盹儿。它们有成堆的尸体饱腹，又过得如此惬意，难怪懒洋洋的。这场景想想就令人作呕，她宁可自己没想到这一点。

跟那群巨蜥不同，爱兹里的肚子可是空空如也。现在，她能轻而易举地把整只手都塞进裤腰带和肚皮之间。暂时她也没法解决果腹的问题，能捡回一条命已经算是个奇迹了。

一声沉闷的轰鸣声拉回了爱兹里纷繁的思绪。这是什么声音？虽然空中没有大片云朵，眼前也没有出现风暴，但轰鸣声越来越强烈。现在，声音还在不断变大，就如同上千只巨型蜻蜓中了邪，互相厮杀着。爱兹里看到前方有动静，这是……

水面上前行的东西叫她瞠目结舌。

第二十六章　揭秘真相

流水方能不腐。

——沙哈尔古谚

　　大水如湍急的河流席卷了整栋FTC塔楼，按道理来说可以彻底浇灭大火，可员工还是又花了四个小时才将余火扑尽。塔楼虽然屹立不倒，但损失必定巨大，得花上数周时间，一切才能恢复如常。当天晚上，阿丽又病倒了，短短几天时间就病了两回。事情一安排妥当后，埃肯塔尔就亲自传唤医生为她诊治。晚餐过后，阿丽开始与大人交谈，他看起来忧心忡忡，情绪异常低落。这次塔楼袭击事件完全是始料未及，且手段狠辣毒辣，计划缜密周全。而且，德温的消息也没打探到。特种部队的首领被传唤到FTC的临时总部——现位于港口办事处。那人斩钉截铁地声明，一周前，德温此人绝对没有被移交至他的部队。埃肯塔尔只能叹了口气，他意识到肯定还有其他探子也潜入了公司，甚至可能潜入了最高层。

　　所有士兵退下后，阿丽问起了施恩泰克的下落。埃肯塔尔含糊其词，只说现在不是谈这个的时候，便匆匆结束了对话。此时，一名FTC士兵跑过来，要求与埃肯塔尔大人谈话。听到这话，大人便亲自下令，叫他立刻进来。士兵无比激动，一边跪在埃肯塔尔身前，一边开口道：

　　"长官，我们找到了一具黑衣人的尸体。"

　　"原来你大老远跑来就跟我讲这个？我猜尸体上既没有刺青，也没有可以辨识的标记——"

　　虽然打断大人说话极为不妥，但下一句话情不自禁地就从他嘴里蹦了出来：

"长官，这人是长老。"

"什么？你确定？"

士兵变得更加紧张。此时，大人的情绪显得格外激动。外界传言埃肯塔尔性情相当积极乐观，于是士兵定了定心神，用较为镇静的语气接着说：

"是的，大人，乍一看，这人长得的确像长老。他长着一双杏仁眼，那种瞳色我还从没见过。面部特征也不同寻常，个子很高，差不多一米九，看身材比例显然也像一名长老。"

听到这一消息，埃肯塔尔双手撑着脑袋，沉默了半晌。士兵只能在一旁候着，恨不得消失到地底下才好。方才他还迫不及待要进来，现在又迫不及待想溜走。如果他头脑还够清醒，就会发现这个想法有多么滑稽可笑。

听到这一消息，阿丽也震惊无比。长老族人素来睿智儒雅、爱好和平，他们做事从不倚仗武力。于是她立即想到了德拉夫·苏尔。他就是一名长老，还救过阿丽的性命，他以慈父般的耐心与关切对她细心照料。不可能。她眼泪直流，理性的思维开始接受刚刚获取的信息，但内心又响起另一种声音，告诉她不要仓促下结论。于是，施恩泰克的身影再次浮现在她脑海中。在长老族中，施恩泰克的地位无疑与众不同，因为他在FTC内部也有相当大的影响力……不，不可能……但现在事实就摆在眼前……于是，阿丽情不自禁地开口：

"长官……但是……"

埃肯塔尔抬起头来，那不容违逆的语气叫阿丽噤了声：

"侦察员阿丽，现在不是你插嘴的时候。士兵，谢谢你，继续去搜查其他尸体吧。除了找到叛徒德温之外，最重要的是要找到活口。如果你想知道德温的外貌，我相信这位侦察员可以给你大致描述一下，退下。"

闻言，那名士兵明显松了口气，便转身退下了。

只剩下他们二人时，埃肯塔尔拳头一挥，狠狠砸在玻璃桌上，玻璃登时化为无数碎片。阿丽惊呆了，这是她认识大人以来，头一回见到他如此大动肝火。大人的眼神里透出愤怒与决绝，但除此之外，在那凌厉的眼神里，阿丽还捕捉到了另一样东西：恐惧。

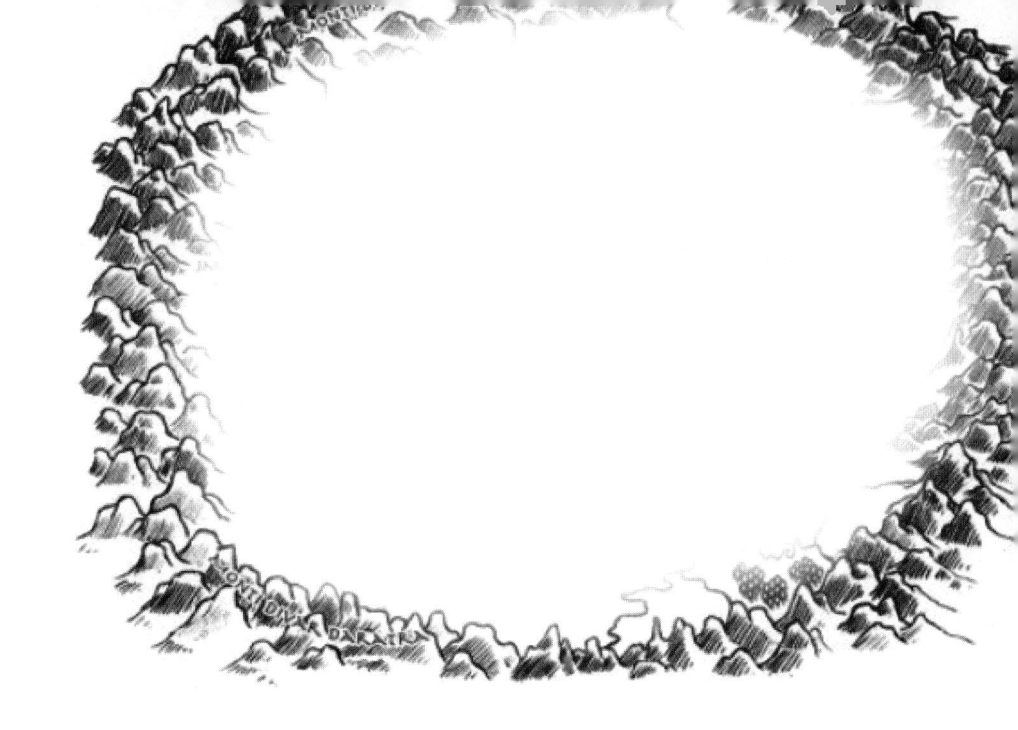

下　卷
长老的怒火

Le Torri del potere

第一章　意外事件

工业时代第517周期
金属管制委员会内部会议

年代久远的委员会会议室中，回荡着首席技术官阿米尔·登戈毕的声音，音调中还夹杂着一丝疲惫。他的确是疲惫不堪，会场里死活安静不下来，他的同僚们似乎一门心思地要把他逼疯。

阿米尔行事向来有条有理，遵循一套固定的行为方式，像他这种人，会通过不断重复熟悉的模式与情境来汲取满足感。阿米尔的眼神在仲裁官赞·伊诺克的书桌上徘徊了许久，那个座位上空荡荡的。此人的缺席让阿米尔内心深切的恐惧感进一步发酵。许多周期以来，阿米尔都一板一眼地重复着固定的模式，而此时，这套模式顷刻间就被全盘打乱，因此，眼下的情形对他这种人来说只会更糟。他感到一股巨大的焦虑涌上心头，心脏怦怦跳个不停。

第二技术官法尔赞·克瓦拉的职责就是敦促不守规矩的同僚遵守会议秩序，但法尔赞畏手畏脚，似乎把控不住局面。于是，整饬纪律的任务再次落到了阿米尔头上：

"诸位，安静，请安静……会议议程必须继续推进。"

此前，窃窃私语的声音仍在大肆扰乱着会议秩序，就像吹过森林深处的一阵微风，搅得树叶沙沙作响。阿米尔发言过后，私语声渐渐减弱，变得越来越轻，到最后，会议室里几乎是鸦雀无声。

阿米尔心乱如麻。近来，一桩桩事件叫他迷茫无措。CCI领袖爱兹里遭暗杀身亡；FTC首领埃肯塔尔在塔楼一场诡异的大火后，奇迹般地幸存下来；

还有两名金属管制委员会的技术官离奇身亡；火宗[①]法师横尸床头。单单这一点就足以让他夜不能寐了……可意外还远没有结束。接着，古尔都又出现了这一具具莫名其妙的尸体。驻古尔都特使已经证实，死者都是与人类生活在一起的长老。现在，阿米尔那向来善于分析的头脑中，出现了一些可怕的画面。他不愿再多想，便强迫自己专注于手头的任务，恢复了发言的思路：

"手上所有信息我都通通告诉各位了，目前没有获取更多细节。FTC 塔楼大火内情我们一无所知，谁下令暗杀爱兹里·梅迪哈也是摸不着头脑。我们在 CCI 和 FTC 内部的情报源都一致表明，FTC 并不是幕后真凶。但现在我想动议投票。我认为现在亟须停战，战争带来的后果已经清清楚楚地摆在每个人眼前。就当下形势而言，如果站在我们对面的是无比强大的外敌，FTC 和其他巨头公司必须齐心协力打败这个突然冒出来的共同威胁。投票前还有人要补充吗？"

台下几乎没有异议。在首席技术官阿米尔看来，投票结果已在预料之中。

可到头来，结果却叫人大跌眼镜。法尔赞·克瓦拉上台宣布投票结果时，阿米尔倒吸了一口凉气。三十六个黑球对三十三个白球，无人弃权——这项动议居然被否决了。

---

① 塞邦国的一大宗派，首领是大法师，善魔法，颇具威望。

第二章　山间来访

阿丽感到心里有根弦紧绷着，血流速度不断加快，而且身体还有些缺氧，只好大口喘着粗气。她朝前方看了一眼，决定翻过前面那座山脊，到了那儿再做片刻休整。

此时，阿丽已是汗流浃背，后背的衬衣被汗水浸湿，衬衣与背在肩上的新配发的皮背包粘连在一起，那背包几乎跟她人一样大。

阿丽强撑着伸出右手，向上抓住一片岩架。等确认真正抓牢靠之后，她左脚便顺势跟上。她一路朝顶峰爬去，速度虽慢，但节奏平稳，现在，她已经毫不畏惧脚下令人头晕目眩的悬崖了。

终于，她爬到了山脊……歇会儿吧。

山脊这块地方就像是一片天然露台，爬上来后，阿丽就开始欣赏起自己几小时艰辛攀爬所取得的骄人成绩。根据这种喘不上气的感觉来判断，她知道自己很快就能登顶了。只可惜利瑞鸟没能一路把她带上山顶。阿丽虽然不断激励着它，但利瑞鸟怎么也飞不上去了，她只好徒手爬完了最后两块岩壁。

虽然没能骑着利瑞鸟直接登顶，但这也在意料之中：阿丽记得，之前训练时马苏尔就解释过，他们曾无数次试着骑利瑞鸟飞越"世界之墙"，但显然都以失败告终。就算是最轻盈的骑手也有难以逾越的高度。他甚至还用技术性的语言进一步解释了大气气压和空气密度，可阿丽难以跟上他的思路，因为她已沉醉在自己的幻想里：茫茫云海中，英勇无畏的骑兵激励着身下的坐骑，就像在汹涌的波涛中那般踏浪而行。

其实今早爬山时，阿丽就不得不放弃直接飞到山顶的幻想。因此，她半道停在一块岩架上，放下筋疲力尽的利瑞鸟，这样就可以继续徒手攀爬。鸟儿待会就会独自飞回大本营，在那儿一直等到阿丽返回营地。根据阿丽提供的情报，之前她和罗恩沿着隧道发现了尽头处门后的世界，因此，埃肯塔尔派兵镇守那条隧道的入口。FTC还在附近搭建了一个大型军事营地。

想象之中，阿丽仿佛又瞬间回到了那条隧道。当时，她刚刚赶到那片空地上，还能闻到那股焚烧的刺鼻味道。于是，她瞬间猜到了刚刚发生的一切——FTC士兵就是在那儿把罗恩的尸体火化了。一想到罗恩，阿丽的泪水就禁不住直往下掉。她都没能及时赶回去为他送终；虽是送终，其实也没有什么特别的仪式，只是简单的火葬柴堆而已。

时间再往前倒流，回到FTC士兵发现罗恩尸身的时候。当时，罗恩被埋在营地附近，埃肯塔尔派去的第二支小分队发现了他，还发现了一些帐篷和大量仓促间丢弃的物资。可惜没找到德温同伙的踪迹。为了继续寻找线索，士兵只好破坏了罗恩的临时坟墓。一看到罗恩的这些私人物件，阿丽就陷入了一连串矛盾的情绪中。这些物件都是在废弃的帐篷里寻到的，它们曾经的主人正是与阿丽并肩同行的伙伴。埃肯塔尔再次亲自陪着阿丽，叮嘱她务必清查所有搜到的物品，包括九级会计师罗恩的私人物品，特别是那本神秘兮兮的紫色小本子。他们希望找到一些跟密码有关的笔记，能输入隧道里那个奇怪的面板上，这样就能进入阿丽和罗恩在那扇门后发现的世界。阿丽几乎花了一整天的时间来完成这项任务。她找到了一些奇奇怪怪的东西，长这么大都从没见过这些个稀罕玩意儿。除此之外，她还找到了许多文件，仔细一看发现是私人信件，就藏在罗恩那件精美的旅行披风里，塞在一个宽敞的口袋中。信上呈现出来的是一个不一样的罗恩，只可惜阿丽还没来得及多加了解：原来他在摩尔丹已有妻儿。阿丽估摸着他儿子的年纪一定与自己相仿。但密码的踪迹却无处可循，唯一与密码有些关联的文件就是罗恩的紫色小本子。记得路途当中，两人静默无言时，他总会掏出来瞧一瞧。原来本子上写满了各种字母、数字序列，还掺杂了一些数学符号，还有一些她看不大懂的箭头：这一定是魔法咒语。只可惜，即便如此，这也派不上什么用场了。

阿丽还找到了一个小袋子，里面装有她与罗恩之前用过的隐身粉，可惜，粉末在她新皮裤的口袋里顷刻间消失得无影无踪，她不禁有些内疚。阿丽只是觉得不能就这么把隐身粉留在这里，万一它还有用武之地呢。

阿丽的思绪迅速回到当下。她已经休息得够久了，是时候再度启程了。好在她还记得之前下山时走的路，最后一截路爬得最为艰难。看来德拉夫的确是选了一处绝佳的藏身之所：此处人迹罕至，不会被人轻易找到。阿丽迫不及待地想再次见到自己的"老师"德拉夫。自离别那日起，发生了太多的变故。她的世界似乎已完全错乱失控了。两家巨头公司向她所在的FTC宣战，古尔都因战乱而饱受饥荒与暴力的摧残。阿丽长途跋涉路过自己挚爱的家乡时，心灵便受到了重创。古尔都之旅如梦魇一般，她见到了一幕幕残酷的画面，时至今日依然在脑海中挥之不去，当时，她觉得自己不是回到了家乡，而是来到了人间地狱。最近又揭露出一系列真相，证明长老族竟然也在这场战争中扮演了某种角色。单凭这一点，就足以撼动她短暂人生里为数不多的信念。阿丽只觉得茫然无措，长老一直都是人类的生命导师，他们就像慈爱的父亲那般，总在历史上最紧要的关头向人类施以援手，不论是从前还是现在，无不如此倾囊相助。他们是哲人、师长、研究学者、顾问，总而言之，长老就是人类一族的向导。这些天来，一回想到近期发生的几件大事，她那年纪轻轻的小脑瓜子里就会时常蹦出一大堆问题：那群黑衣杀手怎能如此轻松地掌握他们的行踪呢？而且，为什么不干脆施法把他们全部催眠，再轻而易举地通通杀光呢？如果杀手果真如此强大，理应有上千种办法除掉他们，又怎么会让他们逃脱……这些都是悬而未决的问题。但阿丽依然期待德拉夫有办法帮她解决眼下的困境。

近几天，阿丽似乎看到眼前出现了德拉夫若隐若现的身影，他在不断地呼唤阿丽。但他显得太过遥远，阿丽无法理解他在说什么。这种幻象每晚都会出现，最终，阿丽意识到这并不是随机出现的梦境，而是她的老师在召唤她。

但要说服埃肯塔尔放她前来找寻德拉夫绝非易事。大人再也无法信任长老族人了，且他担心此事有诈。可阿丽如果下定决心去做一件事，要让她放弃也不是仅凭简单的三两句话就能说服的。为了说动埃肯塔尔，对于梦境里的部分细节，她并没有完全照实讲述。最终，她展现的这套逻辑是：在这场险恶的游戏里，阿丽不过是一枚微不足道的棋子。既然如此，长老族人又何必大费周章把她抓起来呢？反过来想，如果德拉夫真愿意合作，那对 FTC 则是大有裨益。

就这样，阿丽被分派到了一只专属她的利瑞鸟，外加最精良的攀岩装备。她从坐骑上下来，继续步行。那只长着双翼的大鸟现在就是她的好伙伴了。她看着利瑞鸟从岩架上起飞，在空中一路滑翔着向大本营飞去，就像晨风中的花瓣一样轻盈。阿丽真心希望这美丽的生灵待会儿就能回到她身边，因为她已完全体会到飞行的乐趣。对于飞翔的快感，她已经上瘾了。

回到当下，阿丽看到高耸的悬崖上挂满了克尔翩的巢穴。德拉夫曾向她解释，这种飞禽喜欢在这个地方产卵，因为这是避免被天敌捕食的最佳办法。现在，这些蛋近在咫尺。

"想摘克尔翩蛋也用不着爬这么高。"

这声音仿佛凭空出现，说话的人此时正惬意地坐在阿丽头顶上方几米处。阿丽记得她不久前还朝那边的岩架上扫了一眼，明明空无一物。而现如今，一脸笑意的德拉夫·苏尔就安安静静地坐在那里。

"老师！"她爬得气喘吁吁，喘着粗气，连话都说不清楚了，"见到您真是太好了……呼哧，呼……但您是从哪儿过来的？"

"你以为你爬的时候，我就没在上面盯着你？"

"可是……您一滴汗也没流……"

"阿丽，跟踪一个人有很多种方法，不必非得身体力行。能再次见到你，我也很高兴。不过，阿丽，我知道你此行的目的。对你们人类世界发生的一切，我很痛心。"

的确，能再次见到德拉夫熟悉的面容，阿丽由衷地感到万分喜悦，连攀爬的劳累、疲惫都一扫而空。等她爬到山顶，师生二人紧紧相拥。阿丽能感受到德拉夫的思想，仿佛那原本就是她体内的一部分。他们彼此之间有一种异常深厚的亲密感，阿丽几乎能感受到她的内心受到了温柔的碰触。

"我一直很担心你。你冒了很大的风险……我真是为你骄傲，你找到了内心的力量，克服了自己的恐惧。"

"您怎么知道我身上发生的一切？"

阿丽听到德拉夫吐露出的实情，感到十分诧异。她的老师似乎能读懂阿丽内心的所思所想，便主动回答道：

"如果你观察内心深处，就会发现，哪怕是最黑暗的时刻，我也一直都陪在你身边。等回到家，我们就可以冷静下来慢慢谈了，走吧。"

于是，师生两人携手同行，就像一个慈祥的父亲牵着自己最疼爱的女儿。等他们最终来到一个洞穴——德拉夫·苏尔的家，两人都坐了下来。阿丽立刻连珠炮般地抛出一个个问题，但德拉夫并未直接作答，清浅的笑意在他不朽的面庞上泛起一阵涟漪。阿丽没有得到答案，声音里难免有一丝失落。德拉夫察觉到后，便开口对她说：

"亲爱的阿丽，看得出来，在这一点上你还是老样子。那这样吧，我提议咱们还是用老办法：我先开口说，在这期间你不能发问。要是我说的话不能完全满足你的好奇心，那接下来你想问什么就问什么。"

"啊，好的，我把这规矩给忘了。"

"但一时半会儿讲不完，我也知道你又饿又渴，所以自作主张为你准备了克尔翻蛋和海藻汁。这样你就可以一边听我说，一边休整了。"

"谢谢您！克尔翻蛋蘸酱，我的最爱！但您怎么知道……我忘了，您能读到我内心的想法，在您面前，我就是一本摊开的书，一览无遗，对不对？"

"当然喽，小家伙，但你也不必担心。只要你愿意，完全可以把自己的想法藏住，任何人都看不到，就连我也不例外。"

听到这个小秘密后，阿丽做了个鬼脸。她在一番简短的内心挣扎后，最终决定还是让老师先讲上一阵为好，否则，一问一答就没完没了了。于是，她张嘴扑向了自己最爱的美食。

第三章　登陆行动

劣币驱逐良币。

——出处不详的古语

一点梅尔克牛熏肉，再加上前一天煮好的米饭，这便是爱兹里这辈子吃过的最美味的食物。她一边这样想，一边又狠狠地咬了一口，每次咀嚼都散发着野兽般的求生欲望。

细数爱兹里在沼泽地里碰到的所有"意外"，唯独这个最不可思议：几分钟前，她眼前出现了上百艘古怪的平底铁船，甲板上装有一个巨大的螺旋桨。螺旋桨疾速旋转，发出令人生厌的噪声，驱动着船只在泥泞的浅水道上缓缓前行。船上满载着 CMT 的士兵，该公司就是 CCI 在这场战争中实力最强大的盟友。这些铁船就像一窝发狂的大黄蜂，侵入了这片沼泽。

士兵解释说，这些船由运输奥尔门沙的马车匆匆组装而成，这些马车把沙子运到高炉，最后产出成吨的玻璃和水晶。但也不是什么水晶都产，这些高炉里炼造出的可是著名的特什卡水晶，这在塞邦国可是人见人爱的至宝。如今正值战乱，无数空荡荡的马车都闲置着。于是，一家巨头公司的工程师就想出了改造船只的好主意。

这片沼泽被海藻、树根填满，驱动驳船前进的巨大铁桨会立即与浅水中的沉积物纠缠在一起，因此，普通蒸汽船无法通过。但这还没有考虑到另一种情况，即许多地方水深仅仅几十厘米，大型船只立刻就会搁浅。这些临时改造的水陆两栖船则不同，它们在浅水上也能航行，只是速度慢得像蜗牛。

船上直径两米多长的大螺旋桨由一台蒸汽机驱动。为了充分利用蒸汽动力，CMT 拆卸了每一件需要蒸汽机驱动的备用设备：绞车、绞盘、水泵……

眼前这种水陆两栖船共计九百七十五艘，载有一万八千名 CMT 士兵，缓缓向古尔都逼近。

当然，这些船必须先在梅丹平原以南靠岸。上岸后距古尔都不到一百三十公里，且从沼泽一路到古尔都都不会撞见 FTC 的部队，就像在公园里散步一样悠然自得。

爱兹里可算是赶上了好时候，也来对了地方。最初，船上士兵看到她时，还以为是有人意外流落至此。于是头两艘船头也不回地从她身边驶过。但爱兹里看到了这些士兵身上 CMT 的标志，她便不停地挥舞着胳膊试图引起他们的注意。

终于，一艘船停了下来，主事的士兵完全不知晓她是个什么人物，于是询问起她的身份。"我看起来一定落魄极了。"爱兹里自嘲道。等她终于上了船，士兵纷纷挪开，避免坐在她身旁，就像躲瘟疫一样。不过就暂时而言，她觉得最好还是不要暴露自己的身份。她身上的刺青足以证明她跟这些士兵是盟友。

船只渐渐地驶过沼泽的浑浊水域，发出阵阵轰鸣，爱兹里估计自己今天肯定能见到 CMT 的将军。

但她的如意算盘落了空。所有设备再加 CMT 部队全体官兵登岸就花了整整两天时间，基本上相当于水路行驶耗费的总时长。船上没有舷梯，也没有可移动的隔板，难怪士兵上岸、卸载设备如此困难。也正因如此，现在所有设备都必须在河岸上经人徒手搬运。于是，这片巨大的沼泽地完全陷入一片混乱。要是 FTC 此时派兵突袭，大概都不会有人留意到吧，想到这里，爱兹里郁闷不已。不过还好，除了几个心惊胆战的渔夫，再没有旁人出现。

就在这乱糟糟的两天时间里，爱兹里无数次试图找到指挥官，但这根本没戏。她甚至和一个士兵在交谈过程中起了冲突，因为对方误以为她是个细作，还想把她就地逮捕。最终，为了取信于他，爱兹里只好亮出了自己那枚印章戒指。当时，士兵的眼睛瞪得浑圆，还主动请缨，要想方设法地帮她。只可惜，这也没有什么意义了。营地完全乱成了一锅粥。这哪儿像是军事行动，倒像是这帮人准备在玛西拉沼泽大办一场派对。

终于到了第三天，参谋部的帐篷出现了，上面飘扬着旗帜，印有 CMT 的标志。于是，爱兹里决定冒险走上一遭。她尽可能把自己拾掇了一番。由于一再坚持，爱兹里成功拿到了一些肥皂。这样一来，到了半夜，她就能避开那些个窥视的目光去洗个澡，再把衬衫洗得干干净净的。谢天谢地，那条皮裤还能穿着见人。

此时 CMT 的帐篷里，曼多将军正大发雷霆。他简直像是触了恶神阿里曼的霉头，运气格外糟糕。按理说，现在这个时候他们本该在行军，但实际上他们依然陷在沼泽地里，寸步难行。大圆顶帐篷里传来激烈的争吵声：

"我要知道那艘见鬼的船跑哪儿去了——那艘装满了医疗物资的船。我们都在这里待了四十八小时了，早就已经有了伤兵，但我们却没有物资疗伤。我们什么都没有！"

"将军，我们正在搜寻。可能是水路上出了点问题，我们很快就会找到的。"

"那可不……你之前就向我保证用不了几天就能找到呢——"

爱兹里打断了两人的对话：

"这个……不好意思……"

门口的卫兵没有拦她，爱兹里便径直走进了帐篷。五双眼睛齐刷刷看向她。她眼前出现了一个身材矮小、体态臃肿的男人，他挺着将军肚，嘴边挂着两撇大胡子，愤怒地质问道：

"你又是谁？如今小小的女仆都能走进这顶帐篷，没人拦着吗？马上把她给我抓起来！"

外面站岗的卫兵显然听到了这句怒吼，他们立刻冲进帐篷，准备捉拿爱兹里。但她腿脚快人一步，一边迅速躲闪，一边趁机再次发声，这次她的语气明显更加坚定：

"你竟敢管我叫女仆？我可是爱兹里·梅迪哈。我才刚刚死里逃生……"

最终，卫兵还是抓住了她。这显然不是她爱兹里的最佳状态。不过，在被强行拖出帐篷前，她还是放出了最后一句话：

"曼多将军，你最好小心点。我敢肯定，拉马斯大人对我说的话一定很感兴趣。你要不信就自己看，我手上可是戴了印章戒指的。"

卫兵毫不客气地擒住了爱兹里，把她当下水道的啮鼠一般拖出了帐篷大门。但就在那时，拉明·曼多的一声叫嚷盖过了骚动的喧哗声：

"住手！马上把她带进来！"

等曼多将军看到爱兹里手上的戒指时，瞬间愣住了。然后他盯着这个女人的眼睛看了好几秒。

爱兹里则饶有兴致地反盯着他。与此同时，在这帮职业军人的脸上，各色表情轮番登场，流露出他们跌宕起伏的心路历程，从满脸怀疑到目瞪口呆，最后尴尬不已。终于，大庭广众之下，曼多将军脸红了。爱兹里继续打量着他，她不禁留意到，这个男人的长相说到底还是蛮有意思的。他是小个子，又胖乎乎的，粗大的脖子上神气地挂着两撇大胡子。

最终，拉明·曼多恢复了神志，用自己标志性的雄厚嗓音向她致歉：

"梅迪哈大人，抱歉。我怎么会知道……我也没想到……因为他们当时说……"

"他们说什么了，我亲爱的将军？"

"说您中了 FTC 的埋伏，遇刺身亡了。"

"结果我还好端端地站在这里。"

"是……的确如此。那大人，我们能为您做些什么？"

"我猜你应该没有办法让我重归 CCI，对吧？"

"现在的确没有办法……但我可以为您备一艘船……无论如何，如果您留下来，我们最迟一周内就能与卡拉索斯将军的部队会合。"

说完，拉明向帐篷里一个年轻军官使了个相当会意的眼色。一听到自己忠心耿耿的将军被人提起，爱兹里就愣了下神，她意识到原来他还活着。爱兹里按捺不住，立即追问：

"你刚才说的是卡拉索斯吗？也就是说，他并没有在那场伏击中丧生？"

"话是这么说，但实际上……这次他并未亲自领导我们实施袭击。因为他受了很重的伤，目前正在恢复当中。但就您提出的问题，是的，他确实活了下来。"

"简直难以置信，我亲眼见到他被捅了好几下，刀刀致命。"

"那我只能说，他的皮够结实。当时治疗他的医生说，他身上有两处重伤，这两处本都该要了他的命。他已经到了性命垂危的地步，一连几天都没人敢挪动他。于是那些医生决定，为了他，干脆就地在河岸边搭起帐篷。"

说完卡拉索斯的事，话题又转回到爱兹里身上。到了这个节骨眼儿，爱兹里别无选择，只能把过去十天发生的事一五一十地讲出来。当然，她也问了前线的最新消息，只是潘鲁德河那边基本上没有太大进展，最大的一桩新闻就是CMT的沼泽登陆行动。真要说还有什么新闻的话，那就是FTC总部的塔楼莫名其妙暴发了一场火灾。甚至一连几天都有传言，说埃肯塔尔已经葬身火海。但他其实活下来了，而且还活得好好的。听到此事，爱兹里不禁打了个冷战。面对这一桩桩意外事件，她产生了一种不祥的预感。她只知道，自己要尽快与CMT领袖拉马斯沟通一番了。

第四章　遥远的过去

"我即将向你讲述的，是历史上最隐秘的事件。但我个人觉得，是时候让真相大白于天下了，尤其是最近又发生了一系列事件，就更有必要把这些公之于众了。

"你应该知道，几个世纪前，这个世界与你今日所见大不相同。整个星球都是我们的领土。我们就是你们所称的长老族人。那时的世界比现在要大得多，到处都是精妙绝伦的科技奇迹，你见了或许会感叹不可思议。长达数个世纪的战乱与毫无意义的暴行后，我们变得更加和平、包容，但也许还保留了一些傲气。"

德拉夫的声音停顿了一会儿，那些古老历史的记忆一直都尘封在他脑海的隐秘角落，如今，陈旧的记忆浮现在他眼前，焕发出新的生机。于是，带着这股新鲜的活力，他一边沉醉在被往事唤醒的情感中，一边继续讲述：

"那时，我们已经学会了操控物质本身，所以，我们觉得自己无比强大。我们在这个星系的各大星球中漫游，哪怕隔着恒星的距离，我们长老族人也能用思想交流。

"于是，在极其不祥的一天，我族开启了一项生产大量能源的宏伟项目。细节我就不多说了，那只会把你绕晕。但要知道，我们带来了有史以来空前严峻的浩劫，整个星球几乎因此毁于一旦。

"曾经庞大的长老族群几乎被完全摧毁，我族仅剩下区区数千人。当然，尽管我们依然拥有大部分魔法，但却无法让时间倒流。

"那场浩劫抹去了全球大多数动植物的生命，自那以后，这个世界就永远改变了。我族移居到了这个巨大的陨石坑，也就是你们称之为塞邦国的地方，但我们管它叫作欧梅因陨石坑，因为它就是那场毁天灭地大爆炸的震中区。

说来可笑，它竟也是当时整个星球最宜居的地方，而地球则沦为无边无际的沙漠。你曾探索过它的小部分地区，它的环境有多恶劣你应该清楚。我们试过用本土生命形式重新繁衍，塑造新世界，但并没有完全获得成功。如你所见，这个与往昔截然不同的世界就是我们尝试的结果。但它仍然有别具一格的美感和诗意，这些特征是一切源于生命摇篮的生物所独有的。"

德拉夫在那边娓娓道来，可阿丽这边却听得实在坐不住了，甚至想打断对方，直接抛出许多问题，这种冲动至少已经出现了两三回，但她最终还是克制住了自己。于是德拉夫继续他的讲述：

"接着，长老一族不得不面临另一个不小的问题：不孕不育。我们渐渐到了濒临灭绝的地步，但如果你细想，会发现说不定那样反倒更好。

"但我族宝贵的技术再一次帮到了我们。我们运用极为复杂的机制，在时空中制造出摄动。你可以把时空想象成一面巨大的镜子，一面是现在，另一面是这个星球的过去。有一条奇怪的定律，这我就不打算向你解释了，总之，根据这条定律，人可以从'镜子'的另一面穿过来，但不可以从'镜子'的这一面穿过去。无论谁踏进这个奇点，都会被吸进去，立即在这一面出现。我知道这有点复杂，可惜我找不到更简单的词汇来跟你解释了。这种机器最终得以激活，在过去形成了一个时间视界，你可以把它想象成直径数米的湖面，湖面上泛起涟漪。有些人对这种现象很感兴趣，就踏入涟漪，接着就被吸了进去，然后在镜子这面现身。他们的到来能让我们解决繁衍后代的困难。事实也的确如此，于是事情就这样发展下去，就是这些时空访客孕育了你们的文明。"

此时，阿丽再也按捺不住，大声说出了自己的想法，让德拉夫那张古井无波的脸上泛起一丝笑意：

"所以说，你们长老和我们人类……都是一家人。"

"阿丽，你说得对，现在请让我接着讲。"

"那当然，抱歉，您请。"

"阿丽，我必须告诉你，很不幸，那一时期，我族人的所作所为完全称不上正道。对于发生的一切，我深感悲痛。但如果那就是必经之路，那么经历那一切皆是命中注定。一开始，远道而来的时空访客被孤零零地撇在一边，这主要是为了让他们独立学习生存技能，不受任何外界干扰。你也能轻易猜到，他们主要靠的是自己的双手，而非外在的技术，尽管那时的地球原始、简陋，条件恶劣，他们反倒比我们活得更自在。

"但很快，一些毫无防备的时空跨越者被拿来当作实验标本。他们被送回自己的社群，被抹去了之前的记忆。跨种族繁衍就此开始，基因编程计划就势启动，好从新来的一批时空跨越者中获取某一类型的个体。渐渐地，困扰我们的繁衍问题得以解决。你们人类一族也包括了我族的许多后裔，因为一些长老会与心仪的人类女性发生关系，所以他们的孩子也是长老的后代。前几个时代，有部分人类的眼睛是蓝色的，还有一些人长着杏仁眼，这些都是我族后裔。对此，我们一直都有记载，我们知晓谁是我族后代，谁又不是。我为什么要告诉你这些呢？因为，很快你就会发现，这一点非常重要。进化过程中，我族心智能力空前发展，单凭意念就能彼此交流。我们还能凭空移物，影响他人的想法，甚至催眠或用意念杀人。连你也具备这样的能力，阿丽。"

"什么？"

她又忍不住插了嘴，但马上噤声，示意老师继续往下说。

"没错，你，还有其他很多人都是我族的远亲后裔。你也拥有那样的力量，至少你具备潜能。这种力量会让你对其他心灵感应者的精神攻击有更强的抵抗力。"

听到这里，阿丽终于明白了为什么当时那些黑衣杀手不能将她一并催眠。

"回到我们之前讲的故事。后来，我族决定与人类合作，指引你们前行。自那以后，数个世纪以来，两族人民和睦相处。日久天长，我族意识到我们长期出现在人类世界极大地影响了你们的发展进化，因为人类社会的科技发展太过迅猛。当然，我族也试图引导你们远离危险的武器和技术，但很不幸，我们并不是每次都能引导成功。因此，我们决定退隐贾格尔森林。唯有一次我族再度出山，是在人类历经史上一段相当严峻的时期后不久，也就是你们所说的'百场大战'。我相信你应该还记得达尔·乌尔舒里和他推行的改革吧。

"自那一战乱时代后，我族做出了革命性的抉择。我们决定永远放弃我族拥有的大多先进技术，退出人类世界，不再改变它的自然发展轨迹。你应该也听说过，其实有部分长老根本不同意这个决定。但我族做决策时，历来都是全体意见一致，因为我们的思想紧密相连，甚至都很难找到产生异议的缘由。正因如此，当年的分歧让我族很是为难。可那场分歧到了无法挽回的地步，且在长老社会中划下一道真正的裂痕。如今，长老一族中分裂成两大对立派别：一派生活在与世隔绝的贾格尔森林里，与自然亲密接触，几乎完全抵制使用技术，另一派则生活在你们人类世界里。很长一段时间以来，我们的思想与前往人类世界的同胞紧密相连，但现在，好几个周期过去了，我们再也无法读取他们的思想。我们希望，他们能意识到自己犯下的错误，终有一天会重返家园，到那时，我们会张开双臂欢迎他们。只可惜，这都是幻想。

"结合最近发生的怪事，我还可以推断，这些长老的行为已经变得越来越残忍，这令我忧心不已。你看，他们手上还掌握了大量技术，再加上训练有素的心智能力，一旦他们误入歧途，踏上一条不归路，就很容易招致巨大的灾难。也许，是时候让我族子民与你们人类再度保持互联互通了吧。显然，我无法独自做出这样的决定。如果你愿意，可以陪我前往我族的家园，到了那儿，我们将在长老议会上发言。你同意的话，我们明天就可以动身。"

听完德拉夫的讲述，阿丽彻底震惊了。这海量的信息把她压得简直喘不过气来。数个世纪的漫长历史眨眼间就讲完了。多么震撼人心的历史啊！如此说来，她在隧道发现的那个空间很可能就是长老创造出来的，现在那个地方变成了一派"邪恶"长老聚集的大本营。一时之间，她不知道该如何称呼他们，就姑且称"邪恶"派长老吧。德拉夫正准备离开，好留她独自消化这满脑子的混乱思绪，阿丽趁机发问：

"老师，那金条呢？隧道后面的那些金条是从哪儿来的？"

"这也是个相当复杂的问题，难以解释。现在，我可以告诉你，黄金对我们的文明有特殊价值，其价值之重大，远超你们人类世界为它赋予的物质意义。

我族还学会了利用亚原子把铅之类的重元素转化成金。我能想象得到，你在隧道发现的那个空间里，就有这么一台机器。"

"啊，没错，有道理，我觉得我开始想通了。"

"我们还会再谈一谈的，现在你最好休息一下，明天还有一项重大的行程。"

第五章　随机应变

> 选择性地激活内含子序列，同时让外显子序列休眠，从而使胚胎细胞退回到较早的进化阶段，这便称为选择性回归（SR）。
> ——隐秘分子生物学考试讲义

什么东西在响？两个女人坐在工作台上，大眼瞪小眼，一头雾水。她们还从未听到过这种声音。高个子用她修长的手指在虚拟屏幕上一滑，立即打开了一个发光的窗口，上面赫然四个大字："周界入侵"。所以，那是周界警报发出的声音。看来，有人在没有预先通知的情况下擅自闯入了欧梅因测试四号站点。矮个子看着坐在旁边的同事，问道：

"哪有人？我什么也没有发现。你听到什么动静了吗？"

"没有，什么也没有。"高个子一边答道，一边蹙起了眉头，那漂亮又透着几分高傲的脸蛋拧成一团，她接着说，"他们一定是用了什么方法成功屏蔽了自己的思想，所以我们才感应不到他们的存在……等等……我能听到他们的声音了……就在附近。人可真多！"

"那我们该怎么办？说不定他们还带了武器！"

矮个子整理完自己的思绪，露出一脸惊恐的表情，一双杏仁眼瞪得老大，里面写满了恐惧。高个子女人安抚道："我会尽量拖住他们一段时间。到时候，你就去实验室跟其他成员会合，准备好东西把他们弄晕。"

"尚恩……你要怎么拖住他们？他们可都是当兵的。你肯定知道他们会拿什么样的手段来对付你。"

"别傻了，不会的……他们肯定就是在我们站点外面扎营的士兵。你明显还不够了解这帮原始人，他们不会动武的。你肯定能想出办法，叫他们动弹不得……但愿如此吧。"

"那好，我这就过去。但我们拿什么东西对付他们呢？你也知道，我们没有武器。"

"你一定会有办法的。低层的同伴早就已经警觉起来了。快点，秋子，赶紧走吧。"

"好吧，我这就动身。"

于是尚恩和秋子两人都从工作台上站起身，走向大门口，尚恩向右侧走去。离别之际，秋子凝视着尚恩的背影，看着她纤细的身躯走向电梯。

此刻的秋子，为朋友、同事还有自己担惊受怕，但她没有理由停下脚步。于是，她穿过下一扇门，朝实验室方向跑去。

第六章　围攻古尔都

FTC 所有士兵都着了魔一般地卖力干活儿。埃肯塔尔放眼四周，到处都在挖壕沟、筑城防、搭建弓弩手的隐蔽点。但他头脑清醒得很，知道 FTC 在人数上肯定吃亏。阿丽当时怎么说来着？"战争胜负不单由人数多寡而定。"这话肯定有道理，不过当下，他一个字也不信。现在，埃肯塔尔手下约有三万六千名士兵，还包括从潘鲁德河紧急撤下的部队。

CMT 军队一度陷在玛西拉沼泽边缘，动弹不得，刚刚成功脱险，就直奔 FTC 而来。这让埃肯塔尔别无选择，只能下令遣散潘鲁德河的部队，否则刚刚登陆的 CMT 不费一兵一卒就能敲开古尔都的大门。敌军几乎是紧追不舍，逼得镇守前线的 FTC 部队被迫向古尔都撤退。他们险些没来得及占领据点，差点就丢了古尔都城。如今，既然已经守住了这座城市，敌军就不得不等待增援部队赶来后再发动进攻。埃肯塔尔的部队毁桥失败，石桥仍然屹立不倒，这才造成如今这种困局，让 CMT 和 CCI 两支敌军得以成功会师，对 FTC 形成左右夹击。九万多人马已将古尔都团团围住，且后续部队正不断奔赴而来，这将会是致命一击。敌军没有浪费时间去攻克梅丹平原，相反，他们直接向古尔都进军，目的只有一个：给这场战争彻底画上句号。

埃肯塔尔已经养成了大战前亲自检阅军队的习惯。但这次所涉人员及装备数量太过庞大，他只能视察其中一小部分，要不然，他至少得耗上两天才能检阅完毕。

从许多方面来看，此次战役与他之前带兵打过的大仗大不相同。埃肯塔尔摩挲着自己的短胡须，回想起阿丽跟他说过的话。以往，战争胜负靠的要么是军队的勇武，要么是将军的战略技巧，唯独这次，成败竟要取决于一个小姑娘的计谋与执着。

还记得几天前，他揭晓的内幕着实让阿丽大跌眼镜。尽管埃肯塔尔一直不愿放她离开，但综合考量之后，那个奇奇怪怪的长老德拉夫·苏尔对阿丽所说的一切，他其实都觉得完全合乎情理。埃肯塔尔一直热衷于陈旧的历史，那些最黑暗的世纪原本掩藏在口口相传的传统、民谣、诗歌中，德拉夫揭露的真相则拨开了历史的迷雾。除此之外，阿丽还讲述了神秘的隐身术，还有所谓的"长老族"，即那群掌握魔法的生物，讲述了他们拥有的强大力量，说得令人心惊胆战。他们口中的魔法无非是些极度尖端的技术，或者说神秘莫测的精神力量。看来，实际情况要比最初预想复杂得多。长老一族似乎分裂成了两个阵营，一方是和平派、隐世派，另一方就是向他们开战的邪恶派，虽然人数不多，但打斗起来野蛮又凶悍。

如何对付势力渗透全球无处不在的敌人？对于这个问题，埃肯塔尔也希望能从德拉夫这样睿智的长老口中得到答案。埃肯塔尔并没有一味坐等时机，而是主动出击，给各个巨头公司的领导层特别是金属管制委员会发送机密信函，劝说众人同意他的请求，召开一场和平会议。身为老练的政治家，埃肯塔尔绝对不会将手中掌握的信息透露过多。德拉夫·苏尔讲述的故事似乎难以置信，所以他准备将其中最震撼人心的细节留到之后的会议上揭晓。他相信，不久后，他的猜测就会得到进一步证实。

埃肯塔尔从回忆中缓过神来。此时，笨重的马车朝东面的堡垒驶去，正好沿着他右手边的道路与他同向并行，发出阵阵轰鸣。马车上的箱子印有FTC的标志，十有八九是来自贾伊古拉，它们一个个明晃晃地垒在巨大的马车上，让他觉得分外眼熟。埃肯塔尔看到沉甸甸的胶合板盒子上绘制了一串文字"armo pirsin"，这叫他不禁哑然失笑。有人把这几个字匆匆标上了官方认证的标签，意思是"长剑"。显然，这是英格利语，也就是贾伊古拉地区的语言。尽管这与埃肯塔尔的母语大不相同，但对这门语言的了解足以让他意识到这批新铸的长剑定是那位机灵的胖女兵珂琳设计出来的。新制的楔形剑比传统的长剑短，它的威力早已在战场上得到了完美的显现。这对己方绝对有利！

此时，每日普照世界的胭脂色"大球"落在了迪瓦达拉特拉山脉上，箭矢、炮弹开始暴风骤雨般横扫 FTC 的防御阵线，战斗拉开帷幕。

埃肯塔尔正和科斯塔提将军一同观战。他们立于古老的观火台上，从此处可以看到敌军的大部分阵形。

埃肯塔尔一生中从未见过这样庞大的军队同时出动。他不禁想起了四方棋：一排排整齐划一的步兵、弓箭手与巨型攻城机器共同向前推进，那阵仗就像棋盘上林立的众多棋子。乍一看，似乎人马、装备都在随机移动，实际上，这是敌军参谋部精心制订的计谋。敌方包围圈向古尔都越收越拢，如果不打赢这场仗，FTC 守军插翅也难逃。埃肯塔尔凝视着身旁的科斯塔提，发现他饱经风霜的脸上没有流露出任何情绪。

科斯塔提已经不再年轻，但依然斗志昂扬，坚韧不拔。作战之前，他一贯是长期蛰伏，显得虚实难测，以此闻名于世。东拉西扯地把自己搞得晕头转向可不是他的作风。但他并非不善言辞，战前，他会向部队下达最终指令，振奋军心，到那时，全军上下无不屏息凝神，听得全神贯注。对他而言，战斗并不只是双方在生存本能的召唤下进行暴力厮杀，反倒更像是求解一个复杂的方程式，解法就是取得胜利。就科斯塔提的战绩来看，他的方法还是颇有成效的。比如在梅丹平原的军事行动中，他们对战惊慌失措的 CCI 和 CMT 联军，联军的目标是洗劫村庄、农场，切断古尔都的食物供给。最终，这场行动以 FTC 大获全胜而告终，但更重要的是他们做到了速战速决。

目前，FTC 军队还处于敌军强大武器的射程之外。但一旦有弓弩射来，一旦燃烧弹如雨点般砸在他们的防线上，FTC 就必须撤出阵地。

古尔都城在燃烧，整个新城区陷入一片火海。人们成群结队地奋力灭火，但似乎成效寥寥，他们的努力不过杯水车薪而已：刚扑灭一场火，又有五场火在等着他们。

在许多据点，FTC 守军已经和敌军进行了激烈的肉搏战。守军早已击退了向东部城墙发起的两三拨攻击；同时，一场激烈的混战正在消耗北面堡垒的防守军力，那里的情况更加危急。科斯塔提给出了客观分析的结果：北面城防很快就会被攻破。

即便夜幕降临，军队依然能够把握战事进程。因为火海中的建筑点亮了交锋最激烈的地区，仿佛若干支巨大的火把矗立在空中。

最终，太阳照耀在雾蒙蒙的梅丹平原上空，映入眼帘的是古尔都满目疮痍的景象，埃肯塔尔怔住了。那一栋栋民居、工业大楼、工艺品店沦为一片黑压压的废墟，里面还冒着火光。看到此情此景，他觉得连带着自己的身体都在跟着疼。古尔都北部、东部地区则被无情的炮火吞噬，轰炸似乎永无止境。埃肯塔尔这类人永远都厌恶战争，对他们而言，战争是一种折磨。而对于被围攻的古尔都来说，这只是下一场恶战的开端。还好有"光神"在那些士兵头顶上方的高空熊熊燃烧着，因此，在温度最高的几个小时里，敌军的攻势明显减弱了，到最后，敌军完全停止进攻，只有炮弹、弓箭的攻势依旧不减。气温实在太高，根本无法进行局部战斗。在这样炙热的高温下，发动步兵冲锋没有任何意义，只会把士兵折磨得半死不活，而他们早已在漫漫长夜的战斗中精疲力竭了。大多数士兵甚至都不会跟敌人碰面，因为光那身战甲就有几千克重，穿上后只会让早已疲惫的身体彻底崩溃。于是，FTC守军利用这个当口再次挖起了战壕，加强最关键据点的防守。

埃肯塔尔亲自去视察了北面堡垒的情况，死伤人数令他震惊。这些士兵坚硬的钢铁盔甲上出现了异常的迹象，盔甲遭到扭曲、弯折，整整齐齐地陈列在道路边缘。看来，攻击他们的武器是非同寻常的剑与矛。

科斯塔提将军也注意到了这一点。担任北面城防指挥官的是FTC八级士兵鲁尼，他前来汇报后，埃肯塔尔和科斯塔提更加清楚地了解了当前战况。

"事情就是这样，大人。"鲁尼答道，他个子不高，体格敦实，疲惫的面颊上还挂着汗珠，这是他长夜奋战、下达命令的印证，无声诉说着他的煎熬与劳累，"敌军有一整套大型铁锤装备。在它们面前,我军战甲可以说不堪一击。唯一能扛住这些铁锤的就是盾牌，可即便如此……"

不等鲁尼说完，科斯塔提将军就立即提出异议："这不合理，铁锤太过沉重，且攻击速度慢。"鲁尼似乎不敢苟同，立刻解释道：

"科斯塔提大人，话虽如此，但在像这样激烈的近身战中，铁锤的确占优势。如果是单人决斗，那我不否认，拿铁锤的人可能的确会吃亏，因为他速度跟不上持剑的人。但打近身战，攻击从四面八方袭来，有时甚至是不经意间碰上这样的铁锤，只要挨上一下，手脚立刻就断了，即便没有致命伤，整个人也完蛋了。"

"鲁尼，我听明白你的意思了。"埃肯塔尔回复道。有了鲁尼的解释，北面防线损失惨重就说得通了。他心情沉重，觉得自己要是没听到过这番话就好了。

围攻古尔都的敌军一直等待时机，直到日落前半小时，才再次向北面城墙发起了暴风骤雨般的袭击。CMT 的重甲步兵配备有战锤，古尔都守军因此损失惨重。

夜幕降临时，古尔都北面城墙显然已经陷落。科斯塔提站在塔楼东门，下令让阵线后移。东部防御阵地的守军也必须撤出，以免被敌人彻底包围，沦为瓮中之鳖。

号角吹响，FTC 守军开始后撤。东面堡垒的守军撤退时，毅然将北部与东部前线连成一片，撤军进程紧凑有序。但就在这时，敌军突然一拥而上，如一股洪流势不可当，冲破了守军战线。北面战线的撤军进程随即瓦解，溃不成军。没几个 FTC 士兵能幸免于难，连指挥官鲁尼也不例外。

FTC 一开始修筑防御工事时，就把第二道防线挖在了古老的石墙附近。万一被逼到这个地方，FTC 就能占据真正的堡垒，因为石墙上有数十个箭缝，可以用来向敌军发射漫天箭雨。埃肯塔尔虽然感到疲惫，但一直目不转睛地盯着自己的部队，看到他们在下方撤退。只见士兵眼里满是恐惧与痛苦，而几小时前，他们的目光里还闪烁着充满斗志与胆气的烈焰，如今已经荡然无存。就在这时，他知道这仗已经打输了。

埃肯塔尔带着一丝怀疑估量，自己的军队或许是不会轻易投降的。他们可能沦为战俘，甚至更可怕，要亲眼见到自己的家人沦为俘虏。想到这些后果，士兵可能就会斗志倍增，只可惜现在，他们心里都已认定自己必败无疑。

夜间，CMT 和 CCI 联军穿过古尔都大街，甚至围困了 FTC 总部。他们镇定自如、有条不紊地前进。暴力、抢劫、强奸普通民众的事件几乎没有耳闻。这是领导围攻部队的军官做出的成绩，他们尽力将这些难以避免的战争恶果降到最低，以免彻底失了民心。炮火几小时前就停了，现在，联军进攻部队大概在向前方输送重型弩炮和钢弩，天一亮就能再度炮轰 FTC 守军。

午夜刚过不久，一名年轻的 CCI 士兵就来到东门附近。一条白色的长布条环绕在他右臂上，他火急火燎地挥舞着它，这是请求谈判的信号。

听到这一消息后，埃肯塔尔叹了口气。准备接见这名使者时，他感叹道："战争结束了，他们这是要来商谈我军投降的条件了。"

第七章　室内密谈

打赢一场胜仗的是将军，赢得整场战争的是公司首领。

——CCI 卡拉索斯将军追述

真稀奇，爱兹里不禁感叹。阿米尔·登戈毕竟然亲自在帐篷外面求见。她再次对着镜子整理好仪容……完美，至少，几近完美。现在她已经从可怕的沼泽大劫中恢复过来了，清减的体型也恢复了一半。她的脸曾一度成为虫子的美餐，惨烈得像炮弹轰炸过的废墟一样，但现在看上去好多了。花了将近一周的时间，她终于觉得身体恢复得相当不错。科萨尔一直照顾着她的身体，他创造了一大奇迹——三天时间里，他每隔四个小时就给爱兹里涂一次他的神奇药膏，最终，她又是那个生龙活虎、意气风发的爱兹里了。

爱兹里的头发又变得丝滑柔顺，但她还要再养得胖一点才会更好看，眼睛下面浅浅的黑眼圈便是例证，但这事急不得。

阿米尔终于走进了这顶全营地最大的帐篷，迎面而来的是一个满脸笑意、镇定自如的爱兹里·梅迪哈，她大方亲切地上前相迎。阿米尔惊讶不已，不禁盯着她看了许久。

记得每次参加金属管制委员会会议，爱兹里都极尽暴露之能事，穿着打扮让人想入非非，将礼数的底线拉到他前所未见的地步。要是他阿米尔的妻子胆敢在大庭广众下穿成这样，哪怕就一次，他都会毫不犹豫地跟她离婚。

但现在，爱兹里的穿着看起来令人备感得体，她身着一套华美的黑色浮雕盔甲，上面雕刻着相互交缠着的珍奇百合花，一席深蓝的亚麻真丝面料长袍优雅地披在肩上。紧身蛇皮裤收进玉骢皮制的靴子里，让她这一身军装有了完美的收尾。阿米尔不由得在心里默认，这真是个可喜的变化。自他认识爱兹里以来，还从没见过她穿成这样。华丽的帐篷里，她以一个正式的鞠躬礼向阿米尔致意，请他坐到对面的军用椅上。总而言之，爱兹里就像是完全变了个人似的。阿米尔迅速恢复平静，开口道：

"梅迪哈大人，祝您度过一个美好的夜晚。"

"欢迎来到我简陋的帐篷，首席技术官，不知您有何贵干？"

"谢谢，谢谢您，看来您已经从上次惊险的可怕经历中恢复大好了。"

"那是我的幸运，说真的，有时回想起来还是感到后怕。"

"作战行动进行得如何？"

"一切相当顺利，可以这么说吧……"

阿米尔是个观察细致入微之人，他敏锐地捕捉到爱兹里的语气有些异样，追问道：

"那为什么您的语气没那么兴奋呢？"

"因为，整个局势有点复杂。"

"好像的确如此。这个话题我们之后还会再聊到的，不如我先告诉您我为何前来吧。行吗，大人？"

"很好，请说。"

"我请求您，本次会面的谈话内容必须完全保密。我也知道，这个要求似乎有些不合规矩，也有些不同寻常。"

阿米尔说完后，爱兹里大致领会到了这话里的第二层意思。说话弯弯绕绕的，看来这个阿米尔的确是个老古板。但为了让他开口，爱兹里便用眼神示意他继续往下说，阿米尔这才说道：

"那我就直说了。其实，我担心极了，现在发生了一些不太对劲儿的事情，是吗？但我猜，我也不是第一个跟你说这些事的人了，对吧？"

"其实……"

其实，爱兹里在听到阿米尔这番肺腑之言后，多少有些讶异。他每句话都正中爱兹里所想，就好像这个令人捉摸不透的人正在读取她的内心一样。记得两人初次会面是在几个周期前，自那时起，爱兹里就觉得这个保守的死脑筋没有丝毫魅力，但这次对话或许会变得很有意思。阿米尔接着说：

"您肯定已经收到了交战方FTC首领发来的信件。我也相信，您已经得知古尔都最近发生了令人不安的事情，更不要说那次直奔您性命而来的险恶偷袭了。"

爱兹里一言不发，静静地等待着他接下来的爆料。

"那么，接下来我要说的事情实属高度机密，我相信您会守口如瓶的。"

"那当然，首席技术官。"

"上次，金属管制委员会就一重大事项进行了投票。尤其是结合近来发生的几件大事，我深信投票结果应该都在意料之中。我确信，停战动议会以绝对多数票通过。可结果恰恰相反，动议居然被彻底否决了。"

"抱歉，首席技术官，我对您的工作方法并不熟悉，没看出来这件事哪里不正常。"

"是这样，大战刚开始，我们委员会就对类似停战的事项投过票，当时，赞同票占绝大多数……而且，请耐心听我说，我在委员会干了三十七个周期，其中十三个周期里我都是负责人，我了解它的运作机制和其中发挥作用的内部动力。我向您担保，这个结果绝对在意料之外。就像是有二十多位技术官在最后几天突然彻底变卦。但您别忘了，出尔反尔可不是我们的作风。"

听到最后这句定论，爱兹里不禁会心一笑。阿米尔·登戈毕的确是她见过最保守、最顽固的人，从不轻易改变立场，要是其他技术官都跟他一样，那这个投票结果就匪夷所思了……阿米尔说的话几乎验证了她的猜想。于是，此时此刻，爱兹里也大胆透露了一些自己的立场：

"所以，也就是说，您也认为这场巨头公司大战是有人精心策划出来的。如果立即停战，对所有人都大有裨益，对吧？"

"没错，这差不多就是我的想法。"

"那您想到是谁在幕后操纵这一切吗？"

"恐怕还没有，但我的确有了些头绪……"

"方便说得具体些吗？"

"到目前为止，我觉得自己说得已经够多了。而且，这个问题不应该反过来问您吗，梅迪哈大人？"

阿米尔又把问题原原本本地抛给了爱兹里，这让她有些猝不及防，但她不想立马答复，于是转移话题：

"首席技术官，您方便在我们这里多停留片刻吗？"

"方便，没有理由不方便，为什么这样问？"

"请您再耐心等上一会儿，我将与一位重要人物会面，他可能会带来一些关键信息，之后我们再来讨论这些问题吧。"

"会面在什么时候？"

"但愿就在几小时后。"

"嗯……那好，如果你们有任何重大消息，请立即叫醒我。现在，我觉得我最好还是先去休息吧。"

"那我们谈拢了，祝您睡个好觉。"

"您也是，祝您好运，梅迪哈大人。"

第八章　不速之客

隧道中，伴随着一声轻微的震动，白色的门滑入了石子密布的墙，随即消失得无影无踪。看到这一幕，FTC七级士兵哈桑·哈尔温如释重负地叹了口气。此前，侦察员阿丽带来了一个怪人，其实，他一点也不相信那人，可他输入密码后，门就真的打开了。于是，哈桑示意头两名士兵先行进入。那怪人还提醒过他，进去之后，他们会来到一个完全陌生的地方，到处都充满了魔法的力量。

当然，听旁人说是一回事，亲自来到门后的世界完全又是另一回事。这栋楼里有一些充满魔力的半球体，它们神秘地闪着黄色的光芒，看得哈桑汗毛直立。但凡他手下的士兵走进一间房，那些难以捉摸的魔法半球体就会倏然亮起。哈桑看着最后一批士兵快速穿过那扇巨大的门，不禁默默向善神阿胡拉做着最后一次祈祷，但愿这里的主人不要使出取人性命的魔法，像拍苍蝇一样把他们消灭得一干二净。随后，哈桑也迈进了大门。

全体士兵在第二个大房间会合后，哈桑的视线立即集中到那个奇妙的三维图像上，它呈半透明状，还神神秘秘地发着光。这个图像似乎是对他们所处空间模拟出来的比例模型。这个地方大到难以想象，此时，哈桑多么希望自己带的是二百人，而非区区二十三人。但事实就是如此，他们不能再浪费时间了。这个房间有三扇门，长长的白色走廊被那些半球体照亮，一直绵延到整栋楼深处。士兵还没来得及开始东拉西扯，或是问个没完没了，哈桑就立即转身，向他们发号施令。

"全体士兵！A队搜查左侧走廊。B队，中间走廊。C队，右侧走廊。马上行动！"

"大人？"

"怎么了，士兵？你已经收到了我的指令，还不快去执行？"

"我看到有个女人正朝我们走过来。"

现在哈桑也看到了。"啊，真是活见鬼！"他暗骂道。明明前一刻还什么都没有，现在却凭空冒出了一个人。只见一个身穿白衣的高个子女人正沿着左侧走廊前行，她走得理所当然，就像这没什么好奇怪的一样。哈桑立刻咆哮道：

"抓住她，行动！"

见到两名士兵逼近，高个子女人立即停下脚步。虽然她一脸受惊的模样，但哈桑也注意到，她不同寻常的面容透出一种坚毅。他还从没见过像她这样的女人、或者说女性长老。她皮肤呈浅褐色，一头黑发又长又直，一双杏仁眼，身材高挑纤细，这样的人走在塞邦国的大街上必定引人注目。

看到第一批士兵靠近她，她随即一个动作立刻叫他们戒备起来：只见她慢慢地举起了双手。或许，士兵误以为她准备进攻或施展某种魔法咒语，于是即刻将她制服。

被士兵擒住后，女人就开始反抗，并且坚持要见他们的指挥官。她操着一口哈桑从未听过的滑稽口音说着法尔斯语。她每个词都发音准确，还发出了卷舌音。但此时此刻，哈桑不打算再在她身上浪费时间，于是下令让两名士兵把她的手脚捆起来，再塞住嘴，丢进小推车里，把她带到外面去，要是她敢耍花招，就立即把她打晕。

女人试图继续挣扎，但也没有真正反抗。于是士兵轻而易举地就把她给绑了，塞住了嘴。接着，他们继续搜查这栋敌人聚居的大楼。

五名士兵仍在主厅搜查。此时，哈桑发现魔法半球体上冒出了一个个发光小点，不禁吓了一大跳，但又反应过来，这些小点代表的是他刚派出去搜查的几队人马。不仅如此，其他在低层移动的小点必定是潜藏在这栋楼里的长老，这些图像似乎具有意外的战略优势。

这栋楼空间巨大。各个队伍正在对进门的这层楼进行搜查，就哈桑获得的信息来看，这里似乎就是起居室。至于报告里提到的金条，他们连影子都没找到。

第九章　空中捕猎

制作浩莫尔的原料：鹰嘴豆、欧芹、柠檬、大蒜、孜然、芝麻酱。
——来源：拉希德的食谱

一条翼龙不断向他们二人逼近，动作缓慢而笃定。

德拉夫向阿丽大喊："我们该分头行事，阿丽，至少有一个人要赶到贾格尔森林。翼龙凶猛，世上能打败翼龙的只有另一只翼龙。"此时师生两人正在空中并排飞翔。一开始，他们只瞧见远处有个小点，而几分钟后，小点变得越来越大，看上去越来越狰狞。这条翼龙肯定一直跟在他们身后。翼龙这种古老生物浑身鳞片，性情残忍暴虐，二人身下的利瑞鸟完全不是它们的对手。翼龙每次奋力展翅后，它离德拉夫和阿丽的距离又逼近了不少，两人越发提心吊胆。

随后，德拉夫独自飞走，只剩下阿丽一人了。她紧紧地抓住利瑞鸟的脖子，迅速回头，确定身后翼龙的方位。那一刻她意识到，这只野兽的目标并不是她，至少现在不是。刚放下的一颗心又泛起苦涩的滋味，看来，德拉夫和他的坐骑要遭殃了。

阿丽开始想象自己敬爱的老师会面临怎样可怕的结局，但没时间再胡思乱想了，她立马反应过来，情况相当不对劲儿。她本以为自己奇迹般躲过了一劫，没想到翼龙又再度来袭。

或许是德拉夫想出了把翼龙赶走的方法，又或许这场角逐以最惨烈的方式终结了。

面对翼龙的追击，利瑞鸟伸出宽大的羽翼，施展出它的全部力量，在炙热的空气中疾速飞翔。远处，天空染上了一抹明亮的胭脂色：太阳正在西沉。

黄昏即将来临。要是阿丽还能再撑半个小时，或许就能趁着夜色甩掉那只巨大的翼龙。

她必须挺住。

可是阿丽累了，可以说是筋疲力尽了，她猜身下的利瑞鸟必定更加疲惫。阿丽已经没必要再催它加把劲了，因为利瑞鸟使出了浑身解数，它已经觉察到危险近在眼前。翼龙就是利瑞鸟的噩梦，它们才是塞邦天际真正的霸主。

她还能做什么？阿丽的大脑不断分析当下局势，想求得一条出路，想出一个点子，一条或许能助她逃出生天的妙计……肯定还有办法！

阿丽脑子里响起一阵声音："开动脑筋，阿丽。保持专注。"每次只要她深陷危局，阿丽似乎总能听到德拉夫的声音，那是她珍视的朋友，也是她敬爱的老师。

现在，阿丽身下就是浩瀚的多兰海，几里开外就是长老森林，再往前几万里路就是"世界屋脊"。她与身下的利瑞鸟孤立无援：任何能派上用场、能解燃眉之急的事物都是那么遥不可及。翼龙此时追来，的确是选择了最完美的袭击时刻。目之所及也没有任何掩体或藏身之处，如此绝境下，没有任何方法能够扭转局势。这是一盘死棋。

翼龙还在不断逼近。不知是因为自己心生恐惧，还是因为利瑞鸟越发疲惫，总而言之，阿丽发现自己与翼龙之间的距离似乎缩小得更快了。

现在，她都能看到翼龙那巨大的爪子，獠牙跟她的刀子一样长，那双古老又邪恶的黄眼珠一瞬不瞬地盯着阿丽和她的坐骑。猎物与捕食者之间即将展开一场殊死角逐。

阿丽心有不甘，绝不能就这样结束。她已经走了这么远，经历了这么多，如今又遭遇这样一劫。

一种彻头彻尾的挫败感袭来，阿丽再也忍不住，开始痛哭流涕。她知道自己马上就要小命不保，没有什么能改变这一事实。或许是因为心里被彻底的无助感占据，局面变得更糟了，虽然她想尽力克制自己的情绪，但泪水早已滑过脸颊，她发现这种挣扎完全是徒劳无功。阿丽紧紧抱住利瑞鸟的脖子，似乎与这只强大的飞鸟进行沟通，就能找到些许慰藉，她一次次在它耳边激励它：

"拜托了，飞快点，带我们去森林。"

阿丽的言语中充满了深切的绝望。可利瑞鸟毕竟智力有限，哪怕是专属的坐骑，也无法理解主人这些话的确切含义。其实她心里也知道，利瑞鸟又怎么可能听得懂。几分钟后，她就会变成一具尸体。她回想起临别前母亲对她说的话，当时，母亲曾坚决反对自己离去。

或许是因为母亲有一种预感吧，毕竟，母亲对这种事一向都很敏感。显然，阿丽并未屈从于母亲的压力。她身为FTC二级侦察员，又深受埃肯塔尔的信任，她绝不会退缩的。

就阿丽现在的处境来看，即便摔下去后没有命丧黄泉，最终也会坠入多兰海。谁都知道那海底住着什么样的怪物，只怕她还没来得及开始游，就会被怪物一口吞下。德雷克塔尔是她能想象到的最可怕的怪兽，它的獠牙几乎就有半米长，外壳满是鳞片，还长着四只结实的鱼鳍和一条长尾。阿丽还记得，古尔都的一家酒馆里就陈列着这么一颗獠牙，它几个周期前被海水冲上了岸边。

一名当地艺术家甚至画出了那幅可怖的景象。画中，人们绕着这具巨大的尸体站成一圈：这场景真是诡异得很。不过，至少阿丽会死得干净利索。翼龙那长满鳞片的身躯刚刚靠近，利瑞鸟便骤然俯冲。阿丽完全在状况之外，几乎要从鞍上被甩下去，但安全带稳住了她的身子。翼龙不想失去自己的猎物，也立即跟着向下俯冲。它毫不留情，穷追不舍，逼得猎物疯狂逃窜。风在阿丽脸上呼啸，几乎叫她睁不开眼睛，双眼在狂风中刺痛得越发厉害。利瑞鸟俯冲时，阿丽的胃就跳到了嗓子眼儿，那感觉就像是有人真的在挤压她的胃一般。她觉得自己就快吐出来了，但还是拼命忍住反胃的感觉，好让自己神志清醒，保持警惕。她依然抱有一丝希望：说不定翼龙今晚的夜宵就泡汤了呢。

但希望的火苗很快就被掐灭了。阿丽借着眼角余光，瞥到了身后的黑色阴影。她发现，哪怕在俯冲状态下，翼龙依然能加速飞行。

一切都发生在一瞬间。利瑞鸟下落的速度陡然放缓，翼龙张开双翼，将这只可怜的利瑞鸟擒在爪中。阿丽继续努力保持平衡，此时，她感到一股滚烫的液体溅到了自己脸上。

　　原来，翼龙的爪子捏紧了利瑞鸟的脖子，它先是被吓得喘了一口粗气，随即发出一阵厉声尖叫，只见它颈部撕裂的大口子喷出鲜红的血液。

　　翼龙的翅膀布满鳞片，硕大无比，它来回扑打着，轻而易举地控制住了利瑞鸟的降落。阿丽突然彻底醒悟，他们已经逃无可逃，不过是翼龙魔爪下的猎物而已。

　　阿丽不禁自问，还能怎么办？利瑞鸟不再扑腾，它或许已经死了。她对翼龙下一步的行动做出了种种揣测，可接下来，一件她怎么也意料不到的事情发生了。翼龙居然松开爪子，任由他们从空中掉了下去。

　　这样一来，阿丽倒是不会死在翼龙肚子里，倒可能落入德莱克塔尔的腹中。要么溺死，要么摔死，总而言之，她必死无疑。

　　阿丽心想："至少，我也得先把自己从鞍座上解开。"于是，她摸到随身携带的两把小刀，割断了将她固定在鸟身上的皮带。自由下落时产生了巨大的风力涡流，她纤细的身体瞬间从鞍座上剥离开来。现在，不论是利瑞鸟还是阿丽，都只能各自听天由命了。

　　阿丽的身体离大海越来越近，但她没有看到海面，只感到一阵极其猛烈的撞击。刹那间，她眼前一黑。

第十章　临场抉择

哈桑带领的所有队伍都已经潜入了这栋楼的深处。他能在半透明的三维图像上看到士兵的行动进展，图像按比例如实再现了整栋楼的空间。每个队伍都要派一名传信兵，每三十分钟就回来传一次消息。哈桑刚刚收到第一个消息，整层都搜遍了：有的房间里摆放着奇怪的床，有一个房间里放了椅子，像餐厅，还有一个大房间，用途不明，还找到了几个小房间，似乎是小型浴室或厕所。但到目前为止，他们还没找到往下的楼梯。

虽然哈桑光荣服役了十五个周期，长了不少见识，但这次的任务绝对是他职业生涯中最不同寻常的一个。

起初，他手下一名士兵注意到有一股奇怪又刺鼻的味道；接着，哈桑自己也闻到了。这是什么鬼把戏？气味虽然扩散得缓慢，但可以肯定的是，味道越发令人反胃了。几分钟后，他身旁的士兵开始咳嗽，出现了眩晕、恶心的症状。哈桑明白，自己必须有所决断了。

就在此时，三维图像上代表他这方的小点全部停滞，下面的楼层冒出越来越多小点。哈桑看到这一幕，不禁大惊失色。

他手下士兵的状态越来越糟。哈桑集中力气，用仅有的一点声音下达命令：

"撤！马上撤出去。"

接着，哈桑开始跟跟跄跄地走向门厅。他几乎什么也看不见了，也不清楚手下的人有没有搞清楚状况，他至少需要一名士兵跑出来告诉他此刻的情况，但他已经无法向正在巡逻的三支队伍传达命令了。

等哈桑清醒过来，发现自己正躺在洞穴入口。昏暗的灯光下，苏文、多姆就坐在他身旁，他们正费力地站起身来，还有两个人不见了踪影。

哈桑回头朝隧道尽头看过去，发现那扇白色的大门早已紧闭。他只好不情不愿地下令返回大本营。他觉得大事不妙，如果敌人拥有这样的魔法，那问题就远比他预料的严重得多！

第十一章　狭路相逢

箱子要拿空，架子要放满。
　　　　　　——节选自"杰布勒经济贸易培训研讨会"

埃肯塔尔一边等候，一边感到越发焦躁不安。这可能是个布好的局，不久前爱兹里那个女人还试图蒙骗过他。但换个角度想，分明她才是冒了最大风险的人。她居然要亲自过来与他私下交谈，此举实在非比寻常，也惊险万分，还很有可能一无所获，这也正是爱兹里本人的写照，埃肯塔尔暗自评价道。但这也唤起了他的好奇心，"天知道这条毒蛇想干什么！"不可思议的是，三周前爱兹里还历经了一场刺杀。究竟是谁设下的埋伏，他实在是毫无头绪。

埃肯塔尔觉得，这女人简直是脑子不正常。明明知道有人想置她于死地，还把自己摆在银盘子里，亲自端给她最深恶痛绝的仇敌。

埃肯塔尔能猜到的唯一解释，就是她确定自己与那些神秘的黑衣杀手毫无关联。对于爱兹里那次偷袭事件,他的探子仍未给出一个合理的解释。其实,他也并不怎么惊讶。在得知德温·索里亚诺带领整个队伍出卖他后，他就已经丧失了对公司的大部分信心。如果 FTC 如此轻易地就被人混进来，那还不如就地解散。

终于，埃肯塔尔听到踏着观火台的石阶上楼的声音。才刚过两个小时，他就再次打起了哈欠，他几乎智穷力竭了。除了日落后短短的几分钟，他已经超过三十六个小时没合眼了。也正是日落时分，敌军压制性的炮火攻击才消停下来。脚步声就停在塔楼深处，停在这间密室的大门前。这里弥漫着一股融合老式皮革、铁器还有血液的味道。FTC 塔楼遇火后，埃肯塔尔就把这里当成了他的新总部。

埃肯塔尔能听到门外传来的声音。接着，沉重的金属门打开，爱兹里·梅迪哈终是现身了。她身着华丽的定制黑色浮雕盔甲，显得美艳动人，摄人心魄。她并没有携带任何武器，因为埃肯塔尔已经下令，要仔细搜查后才能放她进来。此举对她而言是羞辱，对他而言，则是专属于他个人的小小快感。其实，爱兹里一步也没动，依然站在门口，仅仅是用那双神秘莫测的杏仁眼凝视着他。于是，埃肯塔尔强行摆出一副客气的模样，邀请她进去就座，冷冰冰地对她说：

"晚上好，梅迪哈大人，请进来坐。"

爱兹里向他迈出一步，而埃肯塔尔依然坐在桌子后面冷眼瞧着。他桌上堆满了代表古尔都及战场兵力的地图、模型。唯一的光源来自一盏油灯，油灯年代有些久远，火光明明灭灭。这是最里间的一间房，没有窗户。就在这时，埃肯塔尔万万没想到的事发生了：爱兹里居然在他面前跪了下来。短短的一瞬间里，她一声不吭，只是跪着。接着，那光滑的红唇张开，几乎发出一声叹息，她抬头看着埃肯塔尔，低声说道：

"我必须恳求您的原谅。"

房间里只有埃肯塔尔和爱兹里两人，这也是依照她的要求安排的。埃肯塔尔完全不知道两人会面会发生什么，一切皆有可能。他担心爱兹里会要求他无条件投降，或者把FTC彻底移交给CCI，让他的盟友陷入孤立无援的境地……他想到了各种可能，除了眼前这一幕。话她只说了一半，这样一来，埃肯塔尔就只好给她一个回应：

"我不明白，原谅什么？原谅你们打赢了？"

"不，不是这样，是原谅我们从一开始就搞错了。我不是个轻易承认自己犯错的人，但现在开始我才明白，我们所有人都被耍了。"

"来吧，爱兹里。站起来，与我同坐。"

"不，除非您接受了我的道歉。"

埃肯塔尔大为苦恼，他几乎不敢相信自己的耳朵。内心挣扎了一番之后，他才终于说服自己，不妨先直接接受爱兹里的道歉，再看接下来要谈些什么吧。不过，他内心深处倒是备感宽慰，或许到头来，FTC也不是一无所有。

"不管怎么说，我接受你的道歉，现在起来吧。"

于是，爱兹里优雅地站起身，坐到他书桌前的凳子上。埃肯塔尔不禁留意到，她这身透明的蛇皮裤像是画在她腿上的一般。"不论蜕多少次皮，蛇终归是蛇。"他暗暗评价。即使是这番打扮，爱兹里周身仍然散发着性感的气息。

埃肯塔尔接着说：

"爱兹里，你说我们被人耍了……你说的是谁？"

"埃肯塔尔，请不要跟我装傻，你我都知道指的是谁。贵公司塔楼遇袭后，你就找到了几具尸体，对此我们都心知肚明。如果这样说能带给你些许安慰，我的确有些细节要补充：那些刺杀我的人是长老一族。"

"绝无可能！"

一阵无力感袭来，埃肯塔尔深深蜷缩进皮椅里。这只是进一步证实了他的猜想而已，但这条信息依然很重要，于是他接着问：

"你确定？"

"我有凭有据。只可惜那些杀手抓住时机掩盖了自己的行踪，所以我们没能找到尸体。如果我的话对你而言还有意义的话，那你必须相信我。"

此时，爱兹里那双翠绿的眼睛凝视着埃肯塔尔，露出会意的一笑。"她的眼睛跟我是一个颜色。"他想道。爱兹里这是在跟他亮底牌，现在轮到他透一些口风了，于是埃肯塔尔顺势说道："其实，这样一来情况就有所转变了，是吧？"

"有道理。我敢说局势发生了一百八十度的逆转，你同意吗？"

"所以，你的提议到底是什么？"

"立即停战。"

"我双手赞成。"

这句话在埃肯塔尔听来相当悦耳。就在几分钟前，他绝对想不到事情会有这样的转机。于是，他开始想象不曾预料到的新情况，这时，爱兹里魅惑的声音再次响起：

"但还有一个问题。"

这句话瞬间让埃肯塔尔回到残酷的现实。他心想："开始下套了。"爱兹里接着说：

"停战这样的结局，拉马斯大人连听都不想听到。"

的确，这是埃肯塔尔未曾预料到的一大障碍。此时，看不见摸不着却又致命的敌人正在操纵着他们，把他们当成四方棋棋盘上的卒子肆意玩弄，这种情况下，只有傻瓜才会想着继续打这场毫无意义的战争。为了寻根究底，埃肯塔尔进一步追问：

"你把你跟我说的这番话都告诉他了吗？"

"我都缠着他两天了，他甚至直接闭门谢客了，还搬出各种牵强的借口搪塞我。"

"那么，你的提议是？"

"我真的不知道该怎么办好。依我看，现在只有两种可能：要么拉马斯是个傻子，要么他就不是我们这边的人。他才上任不久，但没人觉得他蠢，那么……"

"那就只有第二种可能了。"

"没错，拉马斯并不知晓你我二人会面，我觉得我不能再相信他了。不过，也有可能是我太多疑，但我确信，一些不妙的大事发生了。啊，对了，还有最后一件事，所有在我公司任职的长老都失踪三周了，难道这还不足以说明背后有古怪？"

"爱兹里，除了停战之外，你还没有告诉我你的提议。"

"你信我吗，埃肯塔尔？"

"现在问这种问题是不是为时尚早？就在昨天，你还想扒了我的皮，挂在杰布勒城门上呢。"

"啊，得了吧……你这是夸大其词！不过我也的确理解，我发现这些内情的时候也郁闷极了，恨不得扇自己一巴掌。不过，我这么问你是有原因的。因为，就在阵线之外，在我帐篷里，有一个人想要见你。"

"敢问是？"

"阿米尔·登戈毕。"

第十二章　劫后复苏

这个世界由形形色色的线条组成，比如光线，它们时而彼此交叉，再奔向四面八方。

阿丽觉得自己已经死了，任务失败了，本不该这样结束的。她脑子里嗡嗡叫个不停，刺痛一阵阵怦然袭来。她感觉似乎一切都很模糊，离她很远很远。而且，还有一件事不对劲儿：为什么觉得这么难受？为什么觉得嘴巴这么干？她再一次缓缓睁开眼，发现自己身处一个茅草小屋里。她此时正躺在干海草堆上，她的视线与一个陌生人交会，那人正坐在她身旁。

"你醒了，感觉怎么样？"这是阿丽醒来后听到的第一句话。

那个男孩面容欢快，肤色黝黑，一双乌黑、热切的眼睛正仔细打量着她。他的年纪也与阿丽大致相仿。

"感觉好多了，谢谢。我们这是在哪儿？"

"在我家。我把你从海里捞上来时，你都快淹死了。"

"我欠你一条命……对了……"

"我可以给你拿点吃的，你渴不渴，饿不饿？"

"嗯，谢谢，我既渴又饿。"阿丽一边回答，一边试着站起来。

"慢慢来，别急着四处走动，像你那样掉进海里是会头晕的。"

的确是头晕目眩，于是，阿丽小心翼翼地试着站起来，却是一屁股栽在床上，发出一声闷哼。

接着，她又慢慢坐了起来。

"你就非要试试，是吧？"

男孩调侃了一句，与此同时，他起身，特地向屋子里另一间房走去，还一边跟她搭着话。

很快，他拿了个碗回来了。

"这是鱼汤，这样既饱腹又解渴！希望你喜欢，因为现在我也没有别的食物给你吃，我的意思是，你总不会喜欢吃生的吧。"说完他手指向角落里的四只龙虾，它们正企图从捕虾笼里爬出来，溜之大吉。阿丽累得没力气接话，她拿起碗，试探着尝尝鱼汤。然后，她瞬间就大口喝完了满满一碗。一分钟都不到，她又睡着了。

阿丽做了一个惊悚的噩梦，梦里回到古尔都，家里跑出一只巨大的蜥蜴追得她满屋乱窜，蜥蜴朝她的脚跟扑过来，想一口咬下。她立刻惊醒，发现自己浑身大汗。外面是大白天，太阳高照。这个地方天气无比炎热。虽然身上还是有些疼，但阿丽感觉好多了。

屋子里并没有见到恩人的踪影，于是，她试着大喊：

"有人吗？"

"我在这儿。"

声音自门外传来。阿丽往屋外望去，她更清晰地看到了自己身处的环境。这间小屋建在沼泽地的短木桩上，沼泽地有许多长满纤细灯芯草的小岛，众多小岛一直延伸到目之所及的远方。高空的太阳照在平静的海面上，反射出耀眼的光芒，她只好单手遮住自己的眼睛。

男孩正蹲在门外的一个小平台上，专心致志地补网。他身上只穿了宽松的米拉克长裤——典型的沿海地区着装。瞧见阿丽，他便咧嘴一笑，冲她打了个招呼：

"早上好！"

"早上好！抱歉，昨天我忘记问你名字了。"

"我叫杰达尔……你呢？"

"我叫阿丽。"

回答的时候，阿丽的身子前倾，和他握了握手。他也紧紧回握住她的手。男孩温暖的手上长满了茧子。

"嘿，阿丽，有些事情你方便跟我解释一下吗？你怎么会跟雨点一样从天而降呢?"

听到这个比方,阿丽忍不住笑了……她答道:

"杰达尔,这就说来话长了……对了,我的坐骑,你没看到它跟我一起掉进海里吗?"

"当时我从船上看过去,就只看到了你。我必须说你可真是命大,要是你掉到几百米开外的地方,那我绝对不可能看见你,也绝对听不见你掉进海里的声音。"

"我想也是,要真是那样,我早就进了德莱克塔尔的肚子。"

"你想象力还挺丰富啊!这是沙干河的浅水区,你顶多有可能碰见几条海蛇。"

"我们离贾格尔森林有多远?"

"几天的路程……不过,要是我载你划船到莎莫里的话,就可以节约一整天的时间。你为什么想去那儿?"

"这个嘛,其实,有个朋友在那儿等我。"

"哦,好,我明白了……我明天就得去市场上卖龙虾,你要是觉得没问题,就跟我一起吧。"

"真的吗,杰达尔?那真是太好了,太谢谢你了。"

"这没什么的,真的。"

阿丽又躺在了海草床上,就在她沉沉睡去之前,阿丽暗暗猜道,自己的幸运星一定就挂在天上呢。

第十三章　人心向善

石头里挤不出血来。

——古谚

任职十五个周期以来，哈桑还从未对女人用过刑；其实，对男人也没用过，他现在也不准备开始用。用刑，这是他从没想过要做的"脏"活儿。明明有这方面的专家，不是吗？可他们都在古尔都。

哈桑再度看了一眼那迷人又神秘的脸蛋。虽然高个子女人的嘴唇开裂了，还被他们打得伤痕累累，但她仍然是个魅力十足的美人。

女人并没有完全配合他们。在哈桑看来，照她这样的种族，实在不该有这样的举动。审讯过程中，她一旦遭到殴打，便号啕大哭，苦苦哀求他们停手，还保证但凡他们想知道什么，自己一定知无不言……这实在不像长老族人的言行举止。但哈桑认为她说的话完全不合理。她声称自己对他手下士兵的遭遇一无所知，也无法解释那栋楼里用了什么魔法。这怎么可能？

FTC 大本营派来的魔法师也无法从她脑海中提取任何信息。徒劳无功两小时后，那名魔法师声称，这个"女巫"完全有化解他魔法的能力。

其实，这魔法师只是个替补，因为火宗法师索玛恩·乌扎尔早在几天前就离奇身亡了。哈桑叹了口气，他觉得如果这位大法师在场的话，结果兴许就截然不同了。

那就只剩下老办法了。无论如何，哈桑不是耳根子软的人，但他无意伤害一个被缚的弱女子，无论她是不是女巫。

他给自己一点时间，先缓一缓再说。

他决定把这个难题踢给自己的上司——埃肯塔尔大人，就这么定了！让大人自己看着办吧！接着，哈桑望向营地中心，一看见厨师就连忙对他喊道：

"给犯人拿点水，问她饿不饿，她要什么就给什么。"

厨师一脸莫名其妙地看着哈桑，一边向他走去，一边开口：

"大人，请恕我直言。"

"说吧，士兵。"

"她可是个女巫，我们不应该为她做这种事。"

"可你别忘了，她也是个活生生的人。而且她对FTC来说也是个无价之宝，你难道是巴不得她出事，好不再配合我们？"

"怎么会……我的意思是……那是……"

"那还不快去，士兵，还是说你已经听不懂命令了？"

厨师愣在原地，他盯着对方看了一会儿，一脸莫名其妙，似乎指挥官哈桑刚刚跟他说的是要去投奔敌军一样。接着厨师就掉头走开了，边走边摇头，一副不可思议的样子。

哈桑把盛满水的钢杯递到女人嘴边，她立刻大口喝下。她那双神秘的眼睛呈青色，那是长老才有的瞳色。她的眼里诉说着恐惧与痛苦，而现在又有了一丝感激之情。她一定是渴极了，喝完那杯水后，她连声向他道谢。就在那时，哈桑突然想起来，自己连她的名字都还不知道呢。

第十四章　形势逆转

埃肯塔尔一边默默咒骂这潮湿发霉的地洞，一边伸手从头上又抹去了一张蛛网。有时，个子高根本不是什么好事，他心想。这时，他注视着爱兹里·梅迪哈那轻盈的身体向前走去，就在他前方一步路的距离。

爱兹里脚下踏着一双军靴，这样看来，她体形的确可以称之为娇小。她的个子似乎跟阿丽差不多，或许稍微高一点吧，埃肯塔尔估摸着。

再往前走了一截，埃肯塔尔早已看到战壕的终点。这个简陋的战壕是从裸泥地、碎石、沙子里挖出来的。一想到有多少条这样的地道时不时在塌陷，他不禁打了个冷战。据说世界上有两个古尔都，一个就大大方方地摆在光天化日之下，而另一个则隐匿在曲径幽深处。但此刻，这是他最不用操心的问题。他已经决定相信爱兹里了，现在要做的事就是继续前进。

最终，狭窄过道的尽头是一个洞穴，这是拿镐头新刨出来的。这间房是个地下室，跟前一间大同小异。同样，这间房的房主也没来得及把装了米拉克奇瑞汁、沙拉克酱还有其他美食的罐子拿走，它们被存放在了架子上，靠着有些破旧的红砖墙。

埃肯塔尔觉得这间房实在是太挤了，十几个身着深蓝色制服的士兵正在那儿等着他和爱兹里。待所有人都走进房间后，有一名士兵说话了：

"埃肯塔尔大人，既然您戴着停战的神圣标志过来，那您可以从哪儿来回哪儿去了。"

接着，众人还未来得及反应，这名士兵便拔剑高呼："梅迪哈大人，你因背叛工商巨头公司 CCI 被捕，立即放下武器！"

听到这番话，爱兹里瞬间看向了埃肯塔尔，迅速瞟了他一眼。这个眼神意义重大，埃肯塔尔完全读懂了她的意思：爱兹里是在无声地恳求他相助。

因为他在那双绿眼睛里，捕捉到了真切的恐惧。

但爱兹里不露声色，听到那名士兵的命令后，她冷漠地回应道：

"士兵，这是谁给你下的命令？"

"我们得到了总司令拉蒂将军的直接命令。"

"拉蒂将军无权决定此事，你们都是叛徒，叛变是什么下场你们心里有数。"

最后这句话明摆着就是威胁，那名士兵显然变得极不自在，他咽了咽口水，但并未退缩。

埃肯塔尔当即娴熟流畅地拔出了战剑，连自己也想不通是出于什么原因。至于爱兹里到底有没有及时看到他迅速点头的动作，他不是很清楚，但他已经与这些CCI的士兵对峙起来。

但埃肯塔尔估计，利剑出鞘这种清晰可辨的声音，爱兹里肯定是听到了。此时此刻绝不能有任何迟疑。埃肯塔尔已经下定决心干预此事了，于是用他盛气凌人的语气对这个士兵放话说：

"我不知道你是谁，也不想知道。听好了，梅迪哈大人现在受FTC保护，滚一边去，否则有你的好果子吃。我们这就原路返回。"

看到埃肯塔尔如此反应，那名士兵似乎真的被唬住了，片刻后才开口说：

"大人，我已经说过了，您戴着停战的神圣标志，所以您可以回去了。但梅迪哈大人不能走，这事关我方内部事务，与您无关，您必须马上离开。"

看到埃肯塔尔拔刀，两边的护卫也立马拔刀。其中年长的一名护卫在他耳旁低语：

"大人，我们显然寡不敌众。我们无法确保您的安全。"

"列兵古尔达巴，没人指望你创造奇迹，做好准备就行。"

"遵命，大人。"

此刻，埃肯塔尔扯去手臂上的白色布条，用最威严的口吻回复那名士兵，字字重如千钧：

"我不再重复第二遍，要么，你连滚带爬地回到你来的那个鬼地方，要么，你就把小命留下。"

善于运用自己浑厚的声音的确是埃肯塔尔的强项。现在，那群士兵都显得犹疑不定，纷纷向后退缩。但唯一一个敢同埃肯塔尔公然叫板的士兵下达了命令，于是，一场恶战即将拉开帷幕。

第十五章　后发制人

　　之所以未能成功重新引入哺乳动物，相关人员经验不足只是其中一小部分原因。需谨记，当时我们面临的是一个恶劣的环境，它与前浩劫时代的陆地生态系统有深远差异。该项目失败的根本原因在于缺乏适宜嫁接、大小吻合的母体子宫。
　　　　　　　　　——分子生物学专业学校第一周期考试文本第一章

　　每个士兵脖子上都戴了一小串石英石。原来如此，这就是他们的大脑迟迟没有发出警报的原因。然后就是密码的问题，这些人类士兵是怎么打开大门的呢？秋子被吓得还没缓过神来，尚恩已经被抓，而且还被那群原始人带走了，天知道那些士兵会怎么处置她。而闯进屋内的士兵都已经动弹不得，但现在要拿他们怎么办呢？带着千般愁绪，秋子立即和同伴们建立起心灵沟通：
　　"现在，我们要怎么处置这些人？"
　　秋子立即感知到研究队队长的思想。所有研究队成员中，只有他头脑最清醒、最冷静，就是他想出了在通风管道里释放氯仿的妙计。还好，每个成员都分到了防毒面具。他们手无寸铁，要是没有队长想出应敌之策，可能真的就只能被迫向这帮原始人屈服了。面对全副武装的敌人，他们都没有多少抵挡的能力。因为欧梅因测试四号站点还没有打造成军事基地，门也封不上。一旦这群原始人得知密码，闯进大门，那肯定就会占领整个基地，把所有人都抓起来。谁知道那些原始人接下来会对他们做什么呢。现在流传着可怕的消息，说战事正在进行。那就意味着这些士兵或许会折磨并杀光他们所有人，且不排除先侵犯女性的可能。想到这里，秋子不寒而栗。
　　这群原始人就是禽兽，毋庸置疑。

队长塔克奥几乎立马回复道：

"如果这些原始人里有女性，就带去实验室，男性你就带出去。"

"可这样的话我们就得打开外门，要是外面还有原始人呢？"

"我们已经打开了摄像头，他们已经通通回到人类世界去了。显然，我们也早就安排了人去重设大门密码，所以不用担心这个问题。"

"那尚恩怎么办？"

"我不知道我们还能做什么……可惜我们没有士兵，恐怕找不到她了。"

"咱们不能提议交换人质吗？我觉得这是个原始人也能理解的概念。"

"嗯……这个办法应该行得通，但务必留下一名男性。"

"会的。"

于是，秋子开始执行命令。他们身上的金属盒实在太沉，还好秋子一行人已经带上了反重力盘。

短短几分钟内，研究队成员就把所有"不速之客"带到了门外。

秋子不明白，为什么他们要缩进这些又沉又不舒服的金属壳子里。不过，能在这群原始人里找到两名女性，的确是无比幸运。她们的身体状态似乎都不错，只是乍一看，可能会被误以为是男性，毕竟她们的身材都相当结实。

回去工作前，所有成员都把思想汇集起来，分析当下形势。形势确实不容乐观：这个基地的位置已经暴露，原始人也成功突破周界。除非他们能找出原始人获取进门密码的渠道，否则大家会时刻处于危险之中。

对于同意与施恩泰克合作一事，塔克奥早已后悔不迭。要是他们一开始就没有开展这个炼金项目，现在这一切都不会发生。

当下，这些研究队成员要做出许多重要的决定，这不仅事关该研究项目，也事关他们的未来。

第十六章　急中生智

阿丽踩着一双皮靴，踏上潮湿柔软的草地。天知道草地里有没有蜗牛。这些黏糊糊的小家伙在古尔都可是美味佳肴，但她一点也不喜欢。

"不要啊，怎么又回到了这里？"阿丽转过身，变得越来越沮丧。这片森林茂密又翠绿，盘根错节又神秘莫测，原本是个令她着迷的地方，可兜兜转转这么久，森林又再次出现在她身后。

这是什么鬼把戏？这次，阿丽一直留意自己的脚步，试图把精力集中在目的地上，可是依旧毫无进展。这已经是她第五次毅然穿过通往贾格尔森林的绿草地了，也是第五次她发现自己走反了方向，因为她的大脑受到了无数琐事的干扰。所以，长老族就是以这种方法，把好奇心又强又多事的人挡在了门外。简而言之，这么走是行不通的。

阿丽想不通怎么会这样，但自从寻找贾格尔森林开始，她就发现了许多古怪，也都渐渐习以为常了。一想起罗恩和他的魔法，阿丽就不禁要叹气。他已经不在人世了，不然此时此刻，他肯定能帮上她天大的忙。

她该怎么办才好？不能就这么轻易放弃。阿丽心不在焉地接着走，一脚前一脚后，把靴子深深踩进柔软的草地。此时，她不再以贾格尔森林为目标，相反，她只是沿着这片森林的边缘行走，仿佛它被一层无形的墙给罩住了，而她要做的，就是寻到那条能带她进入森林的隐蔽小径。不知不觉，她发现自己踩进了水里。

这是一条平静的小溪，溪水清澈诱人。它沿着青草地蜿蜒前行，最后消失在森林中。要是阿丽心情没这么糟糕，说不定还能美美地喝上几口凉爽清新的溪水。她听到左侧有水花溅起的轻声传来，这说明此地有一个小型瀑布。才几步路，她就走到了瀑布，眼前这一幕让她绽放出喜出望外的笑容。只见一株不知名的植物长出硕大、洁白又柔软的花瓣，阿丽的童心立刻就被唤醒了，她在缓缓的溪流中戏起水来。她坐下来，把脚丫泡进清凉舒适的溪水里，双腿悬在潺潺的溪水中，来回摇摆，荡起阵阵水花与涡流：对小花船来说，这堪比真正的狂风劲雨。阿丽玩得由衷地尽兴，一个接一个地弄沉了一艘艘小花船，还想象自己化身为一个小水手，在惊涛骇浪里奋勇前行。纯真的欢乐让她一时忘却了一无所获带来的痛苦与焦躁。虽然她接连捣乱，但部分小花船依然成功顺水漂走了……"等等。"一个念头突然在她心头萌生，"这条小溪正在向森林里流淌……对啊，我怎么这么傻啊？！"阿丽连忙起身，迈着坚定的步伐出发了。

虽然花了几个小时，最终，阿丽还是一边欣赏着自己的杰作，一边感到得意扬扬。她的杰作就是一个手编竹筏，这样的竹筏自然经不起海上的狂风大浪，但在小溪流面前却是最好不过的选择。

阿丽早已注意到这里有个池子，它边上长了一圈芦苇。为此，她还将其巧用，钓到了一顿早餐：她在这个绿色的小池塘里捕获了一条鳟鱼，鱼头和鱼鳍里全是刺，但还能够下咽。

阿丽把颤巍巍的竹筏放入溪流，然后叉开腿，跨坐在筏子上，用一根长竹竿控制方向，它最重要的功能是用来抵住泥泞的河底，好助力她在平缓的水流中不断前进。

等阿丽缓过神来，她已经来到了小溪中央，并再次顺着上游的方向往回走。她右手仍然紧握竹竿，但她的"手工杰作"却不见了踪影。

竹筏丢了，阿丽怒火中烧。也不知道是什么缘故，一穿过森林边缘，她就迷失了方向，也失了神志，不知道自己在做什么。她徘徊游荡，到头来只能原路返回。"该死！"她在心里咆哮，"我绝不放弃！"但这还不够，她还要叫出声来，声音里充满了力量，连自己听了也觉得不可思议：

"你听到了吗？我可不是轻易放弃的人。"

等阿丽稍微冷静下来，便开始感到愈发灰心丧气。她睡意沉沉，昨晚身边传来各种莫名其妙的响声，她自然是没睡好觉。这个地方生长着一些令人难以置信的动物,是她这辈子都没见过的。到了早上,阿丽被一些奇怪的小生灵唤醒,它们长着翅膀,一块坚硬的凸起充当嘴巴,这样的小动物居然能发出骇人的噪声,真奇妙啊。阿丽试着靠近它们,但她甚至还没来得及惊讶,它们就纷纷飞走了。

它们长着一对多么柔软又有趣的翅膀啊,跟克尔翻的羽翼或紫丁香的翅果都全然不同。

阿丽正想着现在打个盹儿也不是坏事,此时,一个完全出乎意料的想法突然在脑海中闪现:"要是我……没错,就这么做。"

当阿丽再度睁开双眼,她吓了一跳,因为直接摆在她眼前的是一张脸:一张睿智而友好的脸。

"德拉夫。"阿丽脱口而出。

"早上好,不对,是晚上好,我聪明伶俐的小丫头。"

"所以,我们现在是在贾格尔森林里,成功了!"

阿丽环顾四周,只见浓密的树叶编织成一件绿色的披风,透进了"光神"散发的最后几缕光线。不论看向何处,满眼都是树叶、树皮、苔藓。这时阿丽才反应过来,她现在直勾勾盯着的人,就是她整整两天苦寻无果的恩师。阿丽转身面向她的老师,情绪瞬间就变了:

"等等……也就是说,您一直都知道我的具体位置,也知道要怎么找到我喽?"

"没错,那当然。"

听到德拉夫的回答,阿丽几乎想一拳砸在他鼻子上,她还担心他会丧命,为他难过,可他倒好……阿丽按捺不住,她开口发问,话里夹杂着轻微的怒意:

"那您怎么不来找我呢?您明明知道我都快担心死了。"

德拉夫·苏尔仍旧一脸平静淡然的模样,阿丽见了越发愤慨。

会不会是因为他根本不在乎,阿丽不禁疑惑。终于,德拉夫开口了:

"是因为我无法干预,也不应该干预。所以,现在看来,你进入森林是命中注定之事。要知道,不是人人都能进入贾格尔森林的,你做到了。但我必须承认,你的方法的确有点不走寻常路。但这并不重要。既然现在你已经来了,我们就可以去长老族议会了。"

阿丽的脾气瞬间爆发。她被迫经受了所谓的考验,并且顺利通过了测试。然而,她按捺不住自己的好奇心,于是质问起德拉夫:

"老师,万一我没能摸进来又会怎样?为什么通过这个考验就这么重要?"

德拉夫叹了口气,这类问题的答案通常只会引发更多疑惑,但他太了解阿丽了,因此还是决定回答她:

"我亲爱的小丫头,你应该知道,自达尔·乌尔舒里时代起,长老一族就采用了一种心灵感应系统,阻止任何没有准备好的人闯入森林。这貌似不公平,但如果没有我们的守护,那这片森林如今大概早已变成建筑材料或家具了吧。你具备跨过那层屏障的潜能,可惜你如此执着于完成自己紧迫的任务,所以心灵感应的威慑力在你身上的效果十分显著。你就不好奇为什么自己能走进来?那是因为你的小伎俩消除了内心紧张的情绪。你为跨越屏障而进入了睡眠状态,这刚好与成功进入森林所需要的心理状态非常相似。这样一来,我们的卫兵就不会把你当成潜在的威胁了。"

"我想也是,当时,竹筏上平稳的水流让我美美地睡了一觉。那种状态下我还能构成什么威胁呢?顺便提一句,您可是欠了我一只筏子,第一只竹筏丢了之后,我只好又做了一只。"

"正好让你有机会锻炼一下动手能力,就不用谢我了。"

"但您是怎么逃出翼龙追捕的呢?"

"那绝不是什么轻松容易的事,我权衡好各个选择,最终决定直接跳进去。"

"跳进哪里?多兰海吗?"

"对啊,没错。虽然有风险,但那是唯一能拯救自己和利瑞鸟的机会。"

"那您是怎么挺过入海冲击力的呢?而且,不是还有德莱克塔尔吗?"

"你不是也好端端地活下来了吗?"

"那倒也是……但我必须承认,其实我从未想过要跳海,直到最后一刻才迫不得已往下跳的。"

"现在我们该动身了。"

"好啊,说真的,我都等不及了。"

听到小姑娘声音里洋溢着的热情,德拉夫不禁笑了。接着,他们走进了贾格尔森林中最黑暗、复杂的地带。

第十七章　地道险战

世上有三种依恋：对物的依恋，对人的依恋，对理念的依恋。
　　　　　　　　　　　　　　——泰恩泰尔教义

随着埃肯塔尔劈下手中沉重的阔剑，敌人的厄运便降临了。埃肯塔尔曾在顶级的剑术大师手下习武学艺，最重要的是，他的力气和脾性也适合用这把阔剑。战斗时，他双手持剑，根本用不着盾牌。他能以常人难以企及的速度和精准度驾驭这把阔剑。就在最后关头，他对面那名士兵已经举起长剑，试图扛住埃肯塔尔的攻击，但没料到他这一剑力量如此强悍，叫士兵完全招架不住。埃肯塔尔手持阔剑，继续向前刺杀，将士兵的头盔径直击穿，随后，那名士兵便倒在地上一动不动了。"解决了一个。"埃肯塔尔心想。现在，还剩下十名士兵要对付。这边埃肯塔尔在奋战，那边爱兹里也主动出击，她手持两把短剑，攻势猛烈，叫敌人无法招架。她右手使的短剑尤其厉害，一剑封喉。与此同时，埃肯塔尔的两名私人护卫正与四名士兵激烈搏斗。显然，由于此地空间有限，其他士兵无法加入这场激战。虽然爱兹里步步紧逼，但下令动手的那个叛徒依然没被打倒。他的作战经验似乎极为丰富，一看到自己的前任领袖爱兹里动起手来，就变得格外谨慎，一直严防死守，紧握盾牌，护住自己的要害部位。

而爱兹里站在叛徒对面，仔细观察着他。此时的爱兹里就像一头猛兽，随时准备扑向自己的下一顿美餐。她双膝下沉，如弹簧般骤然跃起，左手的短剑自下而上挑起，险恶地朝对方刺过去。但这是个假动作，她只刺了一半。那名叛徒放下戒备，准备去防她从低处发来的攻击，谁承想爱兹里纵身一跳，将右剑直插入他盾牌上缘，以便自上而下发力，这一连串的动作绝对令人叫绝。

叛徒本想自右向左一剑砍过去，好杀她个措手不及。但爱兹里快人一步，她的剑尖滑过他的肩膀，直指咽喉，再向里刺入几厘米。刺完后，她立马踩在对方的盾牌上，一边脚下发力，一边抽出短剑，迅速撤到了敌人难以企及的位置，动作行云流水，一气呵成。最后，爱兹里背靠着墙，看着叛徒双手捂住喉咙，跪倒在地，气息奄奄。他脖子上有一道骇人的口子，殷红的鲜血喷涌而出。

此时，埃肯塔尔听到楼梯上传来许多人的脚步声，声音离房间后门越来越近，这只可能意味着一件事：越来越多的CCI士兵正在下楼，准备支援战友。

作为身经百战的勇士，埃肯塔尔明白此时是个有利的时机。于是他令手下士兵准备撤到来时的地道里去。接着，他站到爱兹里身前，试图说服她一起下地道。显然，爱兹里根本不会同意，因为他立马就听到身后传来一声怒吼，那语气蛮横得丝毫不像个女人：

"给我滚开！"

埃肯塔尔明白现在不是继续与她对峙的时候，于是他坚守自己的立场，也回敬了她一声大吼：

"现在必须撤退，快点！我跟你一起下去。"

爱兹里心里怦怦直跳，听到埃肯塔尔的话，她深深地叹了口气。但凡到了即将战斗的时刻，她浑身上下就会充满一股欲望，像性欲一般强烈，几乎叫她热血沸腾。可埃肯塔尔庞大的身躯外加两个护卫完全封死了她的去路，她要通过就只能杀出重围。爱兹里内心响起一种微弱但又执着的声音，告诉她埃肯塔尔说得的确在理。于是，她停顿了片刻，整理好思绪，接下来就头也不回地快步走向地道。他们一行人刚沿着潮湿的竖井向下走了几米，身后剧烈的嘈杂声就戛然而止了。

与此同时，埃肯塔尔背对着地道口，奋力抵挡CCI士兵的进攻，好向后撤进地道里。两名士兵朝他步步紧逼，手中的剑早已朝他砍了好几回，好在埃肯塔尔身上钢甲精良，抵挡住了攻击，护住了身体要害。士兵又砍来一剑，力度更狠，击中了他的侧甲，被击中的部位顿时凹了进去。每走一步，埃肯塔尔都能感觉到盔甲在挤压着他的肋部。

埃肯塔尔的一名护卫及时出手，刺中了敌军的手臂。埃肯塔尔这才得以脱身，顺利撤入地道里。

但他身后只剩下一名护卫队长古尔达巴，因为另一名护卫在战斗中尽心竭力地保护大人，已经献出了自己的生命。此时，古尔达巴正一面抵挡着敌军进攻，一面缓缓撤退。由于通道狭窄，敌军只能排成一列前进。埃肯塔尔则沿着地道继续前行，试图追上爱兹里。

就在埃肯塔尔即将冲出地道时，他听到地道口也传来激烈的打斗声。只见地道入口处，一具尸体躺在暗红的血泊中，喉咙上留下一道熟悉的刀口，让人回想起爱兹里那一击致命的绝妙手法。埃肯塔尔继续奔跑，最后踏入了之前进门的那间地下室里。就在这里，他发现爱兹里再度身陷鏖战之中。她早已打倒了一名士兵，但还有三人将她围住，把她逼进了角落。此时，爱兹里只有左手还握着她那把夺命短剑，右手举着的是一口铸铁煎锅，她顺手拿起来当盾牌用，好抵挡住一次次阴险毒辣的攻击。那她右手那把短剑去哪儿了？原来，它掉到了地上，就在离埃肯塔尔几步远的地方。至于自己下一步要做什么，埃肯塔尔想都没想，他阔剑一劈，一名士兵便拿起盾牌，迅速转身应战，但几乎难以招架。那一剑力道十足，令士兵失去了重心，栽倒在埃肯塔尔左侧。但埃肯塔尔并没有完全把剑收回来，而是直接刺入对方身侧。士兵旋即发出一声哀号，他试图反手向埃肯塔尔劈过去，不料落了个空，原来，埃肯塔尔的阔剑要比那名士兵用的剑长得多。

此时，爱兹里和埃肯塔尔的战绩已持平：爱兹里对面只剩下一个对手，埃肯塔尔则负责解决掉另一个。那两名士兵心惊胆战，试图撤回楼道，到了狭窄的楼道，打斗就不至于如此激烈了。此时，让埃肯塔尔忧心的只有一件事：他跟爱兹里必须尽快离开地下室，因为CCI士兵只是暂时被古尔达巴挡在狭窄的通道里，士兵对他步步紧逼，马上就会成功突破他的防御。他虽然和埃肯塔尔一样体格强健，但恐怕也撑不了多久，等他体力透支就完了……可今天，承蒙善神阿胡拉保佑，厄运并没有降临。剩下那两名士兵刚靠近楼道，就把盾牌一扔，转身逃之夭夭。显然，爱兹里不会放过他们，她飞奔而去，还一边高声大喊，像杀红了眼一样。见状，埃肯塔尔叹了口气，他可是领教了这女人的犟脾气，感到无可奈何。但无论怎样，埃肯塔尔还是跟在三人身后追了上去。

出了地道，映入眼帘的便是天上那轮沙兹玛。沙兹玛散发着淡绿色光芒。那两个孬兵已经钻进了右边的小巷，正逃往城市郊区，那逃跑的架势像遭到了恶神阿里曼的追杀。当然，爱兹里紧随其后，就跟在他们身后几步远的地方。

此时，FTC布下的防线就在反方向，那是埃肯塔尔与爱兹里唯一的安全港湾。不过，爱兹里显然是打斗时被魔鬼上了身，她似乎丝毫也没有放弃这场角逐的意思。出于本能，埃肯塔尔做了一个决定，连自己都觉得出乎意料：他竟然跟在三人身后一路狂追，还声嘶力竭地大喊：

"爱兹里……回来！你疯啦，会被抓住的！"

埃肯塔尔之所以大喊大叫，不仅仅是为了把那个头脑发热的女人喊停。FTC守军就驻守在一百米以外的城墙上，他是希望自己的声音能传过去，让手下的士兵乘势发动突袭，好助他逃脱。

听到埃肯塔尔的呼唤，爱兹里终于停下了脚步，她脑子里更理性的声音一直在呐喊，叫她赶紧回去。她也知道，再这么追下去，最终只会被人擒住，而且这一次追击，她是在孤身作战。

于是，爱兹里转过身开始往回跑，不料径直撞上了一个人：正朝这边跑来的埃肯塔尔。他马不停蹄地飞奔，像逃命一般。

要知道，埃肯塔尔比她重五十公斤。凭借这一体重优势，被撞倒在地的自然是爱兹里。

"可恶，你比狂奔的布菲牛还猛！"爱兹里怒骂道。埃肯塔尔朝她伸出手，用力一拉，她就站了起来。刹那间，弓弩齐发的声音传来，两人立即一前一后地往回跑。所幸没有一箭射中，毕竟他们俩可都不是一般人。

等最终赶到西门城防的隐蔽处，两人终于长舒了一口气。爱兹里活像一只困在笼中的翼龙：不仅脾气火暴，还死活冷静不下来。一想到被自己养的士兵们出卖了，她就怒不可遏。"要是卡拉索斯将军在就好了！"她感叹道。

埃肯塔尔狠狠喘了几口气才恢复过来，他发现自己真是上了年纪，再也不能穿着一身盔甲夺路狂奔了。最后，他终于恢复了说话的力气，质问起爱兹里：

"你刚说什么？狂奔的布菲牛？我倒以为，我刚刚救了你的命呢。"

爱兹里一路狂奔过来，原本还喘着粗气，脸皱成一团。可一听到这话，她的脸瞬间放晴，洋溢着胜利的微笑。她发现，虽然珀西斯不在了，但她找到了一个最适合替代她的人——埃肯塔尔。她还记得激战中，埃肯塔尔一次次的表现都像极了珀西斯。爱兹里自我安慰道，或许，她的幸运星还没有彻底离她远去吧。此时，他们俩艰辛地迈着步子，朝堡垒中的 FTC 军营走去。一路上，爱兹里不禁细细打量起身旁体格庞大的埃肯塔尔，她突然发现，原来这个人根本不是个自大狂。

第十八章　棋子的交易

"大人……哈桑大人！"

一名守在隧道里的哨兵跑了回来。哈桑立马起了戒心，天知道敌人在策划着什么阴谋诡计。他问道：

"出什么事了，士兵？"

"搜查时失踪的士兵回来了。"

这是个好消息。原本，哈桑早就放弃了找到他们的希望。没了这些人，现在他手下的兵力实在少得可怜。于是他回去询问警卫队：

"所有人都回来了吗？"

"大人，还有三人失踪。"

"都有谁？"

"回大人，是凯安尼、纳卡拉和博马。"

哈桑默默记在心里，这三人都非常能干，敌人有可能扣住他们作为人质交换。接着，他下达命令：

"立即把这些人带过来，我要听他汇报情况。"

"是，大人！"

面对所有幸存的士兵，指挥官哈桑那双老练的眼睛一一审视过去。他能看到他们脸上的疲惫，还有一些沮丧。但还不止这些，上面还有复仇的欲望，解救战友的欲望。他立即让所有士兵在营地中心的阅兵场集合。到了阅兵场，哈桑开始逐个盘问：

"士兵阿韦什，你有什么想说的吗？"

"回大人，敌人用了魔法。"

"这个我知道，还有呢？"

"当时我们晕倒了，一醒来就到了门外。有六名骑兵失踪，但我听说您和另外两名士兵及时逃走了。"

"没错，还有呢？"

"敌人想换回被我们抓住的女人，提出要拿博马换她，大人。"

"那凯安尼、纳卡拉呢？"

"敌人说，这两人再也没有醒过来。"

"给你们看过尸体了吗？"

"并没有，大人。"

"如果我见不到他们的尸体，交换人质，哼，想都别想……你要怎么跟他们交流？"

"他们说要把那女人带去大门口，他们不出来也能和我们交流，就跟之前一样。"

"知道了，还有吗？"

"没有了，哈桑大人……啊……对了，还有一件事，大人。我们试着在魔法面板上再次输入密码，但门打不开了。"

"嗯……很好，士兵。还有人要补充吗？"

哈桑熟悉在场每位士兵的脸，他们脸上都挂着几分疲惫，大概是从隧道长途跋涉过来的缘故。发现没有士兵再开口，哈桑就让他们解散了。这样一来，这些士兵必定就能多睡上几个小时了。

没错，今天最糟糕的消息就是得知密码失效。哈桑必须打出一份完整的报告发回古尔都。到目前为止，他已经认识埃肯塔尔大人很多个周期了，他明白，现在发生的一切都会让大人心生不悦。这一点，他可是确信无疑。

第十九章　贾格尔森林

加盐与否，还待亲尝。耳听为虚，亲尝为实。

——古谚

为了迎接阿丽这名稀客，大批长老从自己家里从容、优雅地赶来。这座城市居住了与人类截然不同的长老一族，阿丽迅速游览此地之后，心情便跌宕起伏，犹如惊涛骇浪一般。她发现，这里的一切都出尘脱俗、别具一格，同时这里也是一片净土，景色秀丽、自然淳朴。

初次见到长老族人，阿丽就感受到了平和与宁静。不论是在古尔都喧闹的街道，还是工业化的里弗福克，她都没有体验到这种感觉。长老族人的生活完全与自然融为一体：每一栋建筑都历经许多周期才得以建成，每块石子、每架横梁、每扇窗、每面墙的位置都经过了精细的研究，明确了它们与土地、方位基点、太阳、盛行风、地球能量路径的相互作用，最后才确定下来。万事万物都与周边环境无比巧妙地融合在一起，甚至给人一种印象，仿佛它们一直就在这里，一直就是跟森林的部分。这里看上去更像花团锦簇的森林，而非汇集文明的热土。当然，跟人类相比，长老的数量可谓寥寥无几：古尔都的人口几近三百万，而贾格尔森林里长老的数量还不足五万五千。

田野上，阿丽能看到成群的农夫在耕耘播种，播种地的面积小得惊人，完全不像她日常所见的大小。长老族的农夫向她解释，他们特意只在部分耕地上耕作，将其他土地闲置起来，因为这是控制害虫的最佳办法。只要通过有利的间苗技术，他们就能使害虫远离大麦、小麦、水稻的麦穗。当然，必须确保完全闲置的只是小部分土地，并且害虫也正是在这小片土地上侵蚀、繁衍，间苗技术才能发挥效力。长老族的领地上，一切都小巧而简单，但在古尔都，一切都显得庞大而复杂。其实，她还真想不出，世上还有哪两处地方能如此格格不入。阿丽所在的人类世界里，工厂能批量生产出上千个一模一样的物件，但在这里，所有事物都是独一无二的。长老不在田野劳作时，就去钻研雕塑、诗歌、绘画、创意写作，或是以戏剧形式来诠释写作内容。

此外，长老族还善于模仿。若非亲眼见到，阿丽恐怕永远也无法想象，他们竟能如此生动地模仿他人表情。比方说，有些长老刚刚还是淡然平静的模样，眨眼间脸上就挂满了各式各样的表情，就算她家乡的班图戏子见了也要自愧不如。还有这里的孩童，他们快活自在，充满好奇，但又不失礼貌；自由自在、无拘无束，但又未沾染上暴虐的痕迹。长老是相当长寿的族群，因此人丁稀疏。他们的教养虽然严苛，但对子女充满关爱之情。年纪很小的时候，孩子们就学会了要尊重所有生命，尊重他人。

有生以来，阿丽第一次见到了真正的金发女郎。她们跟古尔都里所谓的金发女郎截然不同，其中年纪较小的头发呈最浅的小麦色。

震撼人心的事还有一件，那是阿丽在池塘见到的场景。一些非常年幼的长老族孩童正在玩小木船，他们仅凭意念的力量就能驱动小船。其中一个顶多只有四五周期大的小男孩把阿丽喊过来一起玩。在那个孩子眼里，阿丽是个与众不同的姑娘，看到她全心全意地关注着自己，小男孩满意得不得了，甚至都不愿离开她半步。他问了她许多许多的问题，想把她身上的装备看个遍，然后又喊她一起来玩小木船。阿丽明白，小木船这个游戏要用意念的力量，但她并没有这个能力，于是拒绝了。但小男孩误以为他新结识的红发小伙伴不愿再跟他玩耍了，脸上的笑容渐渐消失了。看到他的失落，阿丽赶紧想办法弥补自己的过失，只好向德拉夫求救，让他帮忙移动小船，他也欣然同意。毕竟，在小男孩的世界里，意念移物是再简单不过的小事，怎么会有人连这都做不到呢？随后，德拉夫向阿丽解释，孩童时期的长老是严禁窥探成人的内心世界的。其实，还没有小孩试图阅读过阿丽内心的想法，所以她拒绝加入游戏，孩子们才产生了困惑。阿丽难免疑惑为什么要采取这样的预防措施，但德拉夫并不回答，只是让她自己思索片刻。然后她想通了，如果孩童能看到阿丽身上过往数月的记忆，尤其是那些心理冲击巨大、最为悲痛的经历，他们极有可能遭受到严重的心灵创伤。

阿丽觉得自己实在太傻了，这么简单的道理都没想到，不禁羞愧得满脸通红。时至如今，脑海中的一些画面依然折磨着阿丽，那同样也必然会刺伤这些稚嫩纯洁的心灵。至于她性生活的想法就更不要提了，那是绝不能让孩子看到的。虽然那方面的事他们还不懂，但一定会问出自己完全不知道该如何作答的问题。

短短几个小时，阿丽就体验到了这么多积极的思想情感，让她觉得深受震撼，似乎此生已经无憾。

长老议会一连开了几天，但阿丽并未获准参加。其实，不参加也不打紧，反正她也跟不上他们的思路，因为长老族都是通过心灵感应进行讨论。他们的心灵感应能力简直令人难以置信，都用不着借助反射镜或是卡布泰。所谓卡布泰，就是各大巨头公司之间用来当信使的小飞虫。这些小信使被委以传送各类电讯、信件的任务，远距离传送也不在话下。而长老一族具备高度发达的大脑，可以直接传输并接收所有信息。

阿丽与这些奇妙的长老族人度过了几天美好的时光，每天都能学到许多新奇事物。最终，到了临别之际，阿丽发现自己一点也不想回到人类世界，不想活在战火纷飞的噩梦里。

第二十章　种族偏见

在尚恩·努维尔看来，这次古尔都之行无疑是人生中最惨痛的经历。要跟这些原始人持续近距离接触本身就令人烦恼。她不知道这些士兵还想从她身上得到什么，她已经把知道的一切都全盘交代了。就算她还要补充些什么，其中大部分内容这些人也完全听不懂。尚恩已经注意尽量避免使用技术性或过于复杂的语言。她还注意到，如果这些士兵没听懂，就会变得紧张兮兮。原始人的标志性行为，她总结道。不过，至少他们问话时不再动粗了。可她不知道，最糟糕的事情还在后头。

士兵押着她穿过人口密集的地区，一路上，尚恩感受到许多针对她的敌意，满含敌意的思想一齐涌入她的大脑，连她的身体都产生了不适的反应。她双腿打战，彻头彻尾的恐慌时不时地向她袭来。而且，尚恩的相貌与众不同，辨认她的种族并不困难。当她长老的身份被人识破后，人们就用粪便和任何手头能摸到的脏东西向她丢去。甚至有一次，有人还冲她扔了石块。

尚恩感到四面八方都充满了憎恨的情感，而憎恨的矛头直接对准她本人。她的大脑不堪重负，路上大部分时间里她都在痛哭流涕。还好，发生最后一次不愉快的冲突后，士兵们变得更加谨慎，给她披上了一件宽大的军衣斗篷，戴上帽子，这样的装扮几乎完全遮住了她的脸。显然，尚恩也尽量躲着人群，如此一来，她的状况明显改善了不少。

在这地狱般的处境下，指挥官哈桑是尚恩唯一的光亮。因为他表露出了一丝善意，也一直在照顾她的需求。她训练有素的大脑读出了哈桑的浅层思想，发现他对自己竟然不再是公然仇视的态度，现在，他能怀着些许同情的目光来看待自己。这一转变叫尚恩大为诧异，她没有想到自己居然能在原始人这里看到同情心这种情愫。

想到这里，尚恩头脑中更理智的部分立即被激活。理智告诉她，这种想法可能是由斯德哥尔摩综合征引起的，她最好记住这一点，不要对原始人抱有任何幻想。

当他们终于抵达FTC总部，尚恩对原始人取得的科技进步惊叹不已。她发现，人类社会中，有些方面的技术发展已经可以与现代技术相媲美。当然，他们还没有发现电力。但就目前掌握的技术而言，人类做得相当不错。

士兵带尚恩来到一栋塔楼前，塔楼显得庄严宏伟，甚至还装有简易电梯。接着，她就被带到了另一名原始人前面，那似乎是个大人物。士兵向她解释，按规矩，在此人面前要跪下左膝，行屈膝礼。于是，尚恩立马做出决定，她打算给这些原始人一个面子，遵从这种野蛮的习俗。

第二十一章　往事剪影

如公司无法还清债务，则视为破产。如破产，金属管制委员会应指定一名清算人，负责将破产公司的资产出售给最高竞标人，再将收益分配给各方债权人。如公司应收账款、流动资产、有形资产不足以完全还清债务，清算人将继续把公司成员变卖为奴。以下操作流程定义优先标准。

——第二十一章－1.《巨头公司宪章》条目

这几天，爱兹里真是帮了埃肯塔尔大忙，她提出了周到的建议，展现出精明强干又切中实际的战略眼光。过去两天里，两人每时每刻都形影不离，一同工作、吃饭，也一起筹划下一步的行动，跟已熟络多年的盟友一般。CCI和CMT联军如今不再进攻FTC，只是在不断巩固已经占领的阵地。就在一个忙碌的下午，一名士兵突然送来急件。仅看这名信使的表情，埃肯塔尔便猜出此事紧迫万分。看到金属管制委员会的印章时，他的猜想便得到了证实。整洁的手书无疑是出自首席技术官阿米尔，信件的内容是邀请他们前往沙哈尔参加一场机密会议，沙哈尔就是古老的委员会坐落的地方。他与自己的新盟友爱兹里商议后，两人决定明天一早就出发。由于接下来路途遥远艰辛，吃过晚饭埃肯塔尔就想着回去早些歇息，可爱兹里没有给他一丝喘息的机会。

"想听点有意思的事吗？"爱兹里挑起话头。她抬眼看向埃肯塔尔，眼里闪着精光，还带着一丝居心不良的笑意。埃肯塔尔干脆主动发问：

"爱兹里，你想说什么？"

"上一次，你差点打断了我的手，还拿像针一样的鬼东西来扎我的喉咙，接着就把我推进了人堆里，这事你还记得吗？"

"喂喂，差点打断你的手，扎了你的喉咙，对吧？这就是你对我那把跳刀的全部评价？那样小巧的武器总是能从安检中蒙混过关的。"

"看来你还记得嘛，只是你的侧重点很特别……你知道你把我推到哪儿去了吗？"

"当然不知道，我又怎么会知道……我当时肯定没回头看，那个时候几乎整个CMT的驻防部队都在追我。但我的确记得，你当时穿了条极不雅观的裙子。"

"你拖着我绕了整座塔楼一大圈，把我那条'不雅观'的裙子毁了个彻底，你看我多惨啊……"

如果说爱兹里身上有什么可取之处，那就是她的确很有幽默感。旁人碰到这种情况就要急眼了，她却能开怀大笑。不过，现在埃肯塔尔被她吊起了胃口，他追问道：

"爱兹里，你到底想说什么？"

"这个嘛，在场的那么多护卫中，你能猜到我最后撞到谁身上了吗？阿米尔·登戈毕。"

"那个对女人过敏的老古板？"

阿米尔·登戈毕是金属管制委员会中有权有势的首席技术官，正是邀请他们俩明天去沙哈尔参会之人，此人也是整个塞邦国最具影响力的大人物之一。那些不幸与他私下打过交道的人，都说他是出了名的无趣，更不要说他还偏执、保守到了极度正统的地步。

"你也知道，他对我肯定没别的意思。当时那场景，你肯定能想象到……你直接把我推到他身上，结果我们两人就撞到了一起，在地上一路翻滚，一上一下。他本来是想爬起来，但你知道他把手放到哪儿去了吗？就放在我胸上。"

说完，两人放声大笑。阿米尔那个脾气暴躁的老男人似乎打心眼儿里讨厌爱兹里，结果反被她压在了身下，那画面，光是想一想都让人捧腹不止。常言道，机缘有时会帮人做出最好的选择，无非就是这个道理。

"但我没想到，他居然跟小男生一样，脸唰地一红。然后他才意识到已经在我胸口上摸索了好一阵子，立马就吓傻眼了，尴尬得一句话也说不出口。别急，别急……马上就到精彩的部分了。我站起来的时候，整条裙子都从我身上滑落下来，直接掉到了大马路上。你这么了解我，应该知道我可从来都不穿内衣的……"

埃肯塔尔哈哈大笑，调侃道："说真的，我可真想去现场好好观摩一番。"

"那当然，我看你现在就跟一头发情的布菲牛一样。"爱兹里反唇相讥，接着继续说：

"不管怎么说，我可不是因为走光就会觉得难为情的人，你懂的。所以，我就站在原地，一动不动，装出一副吓傻了的模样。但其实，我可是费了天大的力气才憋住没笑场，因为他活像一只四脚朝天的乌龟，来回扑腾着翻身。"

"爱兹里，你这女人真够坏的。好了，快告诉我……接下来呢？"

"接下来啊，就有人在我肩上披了件斗篷，好遮住我一丝不挂的身体。等阿米尔终于爬起来，他嘟嘟囔囔地说了一句我完全听不懂的道歉。他还一直盯着我瞧，脸就红得更厉害了。你肯定能想象到那可笑的画面。我当时还特地没把斗篷拉紧呢。最后他就落荒而逃，跑得要多快有多快。"

一想到那场景，不仅埃肯塔尔没止住大笑，爱兹里貌似也乐不可支。埃肯塔尔暗自估摸着，似乎已经有好几年不曾这样彻底放松过了。随后，看着爱兹里这位被迫寄人篱下的客人，埃肯塔尔道了声晚安。明天就没有这么多乐子了，他心想，转身朝塔楼里简陋的营地走去。

第二十二章　超能失控

高空中，巨大的翼龙松开了爪子，埃肯塔尔的利瑞鸟从它爪下滑落，翅膀和双腿绞在一起开始下坠。看到这一幕，爱兹里感到一阵恐慌。

怎么可能会这样？几分钟前，翼龙朝埃肯塔尔的利瑞鸟猛扑过来，爪子刺进了它脆弱的翅膀和脖子，那时，利瑞鸟必定受了致命伤。它已经收起了双翼，开始晃晃悠悠地俯冲，坠落的速度不断加快。而埃肯塔尔的身体依然被牢牢地绑在鞍座上，陷入这地狱般的旋涡里，无能为力。

翼龙一口咬住利瑞鸟的后脑，后者随即发出一声凄厉的惨叫。爱兹里立即夹紧身下坐骑继续飞行，她用了一招屡试不爽的小技巧，强行让坐骑以最快的速度剧烈俯冲，好尽快赶到埃肯塔尔身边。

与此同时，翼龙就跟在爱兹里身后，在她上方几米处的地方飞翔，跟着她的利瑞鸟一起向下俯冲。

"加把劲儿……再快点，你可不要像它一样往地上砸啊。"爱兹里默默激励着利瑞鸟。耳边狂风咆哮，她把自己缩进鞍座里，试图尽量减小对风的阻力。

爱兹里和她的坐骑已经不在高空中了，而是以惊人的速度冲向地面。利瑞鸟骤然加速时，她感觉胃在向上翻涌，险些连早餐都吐出来。她咽下胆汁，试图压制住反胃的感觉。她绝不能有一点失误。背着埃肯塔尔的利瑞鸟还在自由下落，等爱兹里终于降落到他身边，埃肯塔尔的脸与她相距不足五米，清晰地摆在她眼前。"我们就快成功了！"她内心呐喊道。

下坠时，四周狂风呼啸，埃肯塔尔听不到爱兹里的声音。她使出全身力气身体前倾，想告诉他接下来该怎么做。埃肯塔尔早已拿着小刀忙活开了……啊，他顿悟了。他奋力往前一扑，这样一来，爱兹里就可以操控自己的坐骑，让它拿爪子把他庞大的身躯给提起来。等利瑞鸟牢牢抓住埃肯塔尔，爱兹里还没来得及命令它停止疾速俯冲，忠实的利瑞鸟早已张开硕大的翅膀，全力撑开薄薄的膜翼，一头扎进风口里，逆风飞翔。他们以疯狂的速度冲向地面。真的就快成功了。可惜，还是差一点。

现在，爱兹里觉得他们要大难临头了。他们降落得太低，且负重太多。她和埃肯塔尔两个人的重量实在是太为难这只可怜的利瑞鸟了，它正在空中挣扎，不想一头砸在地上。

就在他们疾速砸向地面之前，爱兹里成功切断了安全带，她轻盈的身体和利瑞鸟分开了。

最终，他们坠落在一片竹林中央：纤细的竹竿像许多支锋利的长矛，刺穿了爱兹里身下那只可怜的利瑞鸟，它当即断气而亡。爱兹里的运气稍好一些，她掉落在它的膜翼里，一直滚到一棵树的树干上。起身时，爱兹里觉得浑身都在疼，但她身上几乎没有伤痕。她以撞击区为中心，目光向四周扫视，找寻在此番险情中她唯一的战友——埃肯塔尔。经历了晕头转向的下坠和惊险的撞击后，爱兹里身上似乎出现了一种非同寻常的镇静。但她没有看到埃肯塔尔的踪迹。她疼惜地注视着这只可怜的利瑞鸟，那曾是她尊贵的坐骑，而现在它的尸体已经扭曲变形。就在此时，一个念头在她脑海闪现：她的战友一定是掉到了那儿。

于是，爱兹里迅速检查整个区域，最终看到了一抹金属的亮光。她好不容易才把利瑞鸟的前肢拉开，发现埃肯塔尔就躺在他坐骑下方。

他腰部以上都能自由活动，就是双腿被利瑞鸟的胸脯给压住了。

埃肯塔尔一动不动，双眼紧闭。爱兹里开始呼唤他：

"埃肯塔尔！埃肯塔尔，回答我，你还活着吗？"

他咳了咳，然后睁开眼睛，看到爱兹里，深深叹了口气，用游丝般的声音说道：

"当然，毕竟你不能这么轻易地就摆脱我。"

埃肯塔尔的声音更像是胸腔里发出的喘息声，但他还活着，意识清醒。

"你动得了吗？"

"不行，动不了……老实说，我感觉不到自己的腿了，就像是已经没有了一样。"

此时，爱兹里突然反应过来，她漏掉了一个重要的细节，那就是酿成整场灾祸的始作俑者：翼龙。

爱兹里环顾四周，看到一大团黑影就在大约五十米开外的地方。原来，翼龙降落在了不远处的空地上。它正在竹林里开路，把竹竿通通撞开，仿佛它们不过是小小的牙签。你能听到竹林窸动、竹竿折断的声响，因为这头大怪物以一种奇怪的方式在地面爬行。它用后肢行走，半闭的双翼就像它的前肢。刹那间，她的目光被那对庞大又邪恶的黄眼珠捕捉到。她立即意识到，在这台造孽的杀人机器面前，自己同埃肯塔尔早已沦为它的猎物。

爱兹里感到体内一股冲天的怒意油然而生。这可怕的翼龙差点要了埃肯塔尔的命，他可能再也无法行走了，而且它还要来取她的性命。内心的恐惧渐渐消散，如同正午阳光暴晒下的潮沙被慢慢蒸干。一股原始的怒火席卷全身，爱兹里恨透了那只畜生，感到无比嫌恶。她没有半分迟疑，流畅娴熟地抽出两把短剑，向怪物奔去，步伐不断加快。她目不转睛地盯着自己的猎物，眼中闪烁着无法撼动的坚定。爱兹里心中只有一个念头：要一剑刺穿它的头骨，看着它奄奄一息，命丧黄泉。她感到浑身发烫，热血沸腾，她的身体变成了一座即将爆发的火山，完全挣脱了理智的掌控，仿佛在凭自己的意志行事。

现在，爱兹里与翼龙仅相隔几米。她能看到一只凶残的眼睛正在监视她的一举一动，看着她在宽广的竹林中穿梭。她几乎能看穿它的想法：捕食者爆发出原始的怒火，要将猎物征服在地。但还不止于此，那幽深、带着恨意的怒火，似乎要将眼前的猎物烧成灰烬。

盛怒之下，她的聪明才智将火力聚焦于这头怪物的内心世界。与此同时，爱兹里两次轻盈地起跳，越过最后几丛竹子，终于，她站到了可以刺到翼龙的范围内。

紧接着，完全出乎意料的事情发生了。巨大的翼龙抬起两条健壮的后腿，爆发出雷鸣般的吼声，迅速移动到爱兹里的攻击范围之外。顷刻间，翼龙向爱兹里猛扑过来，逼得她连忙闪到一旁，以免那庞大的身躯把她给活活压死。她的理智似乎有了一丝回归的迹象，她原本以为自己分析判断的思维陷入了沉睡，此时却在帮助她清晰地做着细致观察。她发现，自己正明目张胆挑衅着的怪物少说也有四十米长。翼龙撞到地上，发出了巨大的轰鸣声，猛烈的撞击下，连大地都在颤抖。

爱兹里立刻一跃而起，想利用这一时机击倒对手。看到怪物的头迎面而来，她理智的头脑立刻感到不对劲儿。但她管不了那么多了，她带着无尽的怒火奋力刺了一剑，可刀刃只稍微划破了它脖子上坚硬的鳞片。

爱兹里砍了两三下，发现翼龙身上只是擦出了皮外伤而已，于是她停手了。此时，翼龙一动不动，巨大的头颅僵硬地躺在地上，眼睛还睁得老大，这只怪物似乎停止了呼吸。

爱兹里小心翼翼地向它走去，仔细查看了那只硕大、发黄的左眼：它的瞳孔固定散大，鲜血从它布满鳞片的鼻腔中汩汩流出。翼龙居然死了，它就这样一命呜呼了，连明显的死因都找不到。她的怒火来得快，去得也快。爱兹里赢了，虽然心里知道不是自己打败了它，但结果已成定局：翼龙真的死了。

第二十三章　红与黑

不战而胜的指挥官才是最伟大的指挥官。

——凯莫尔·罗曼的战争追忆

清晨，阿丽的利瑞鸟在空中翱翔，它的身躯在空中敏捷地攀升。此时阿丽的思绪飘回到最近发生的事情上。还记得德拉夫跟她打招呼时，那张平静、永恒的面容泛起各种情绪，其中还有些不佳的神色。阿丽一点也不觉得分头走是个好主意，可德拉夫坚持己见。因此，她现在正在高空中独自飞行。

对于长老议会上做出的决定，德拉夫没能完全缓和阿丽失落的情绪：长老一族非常坚定，不会改变已经做出的决定。这一决定完全出人意料，阿丽确信，自己已经让长老族人相信情势有多危急。此外，他们本族人也卷入其中，这总能够引起他们的关注吧？可他们依旧不为所动。他们还向她保证定会全力支持，会聚集所有长老的思想，将力量赋予她和所有请求援助的人，但无论如何，他们不会走出贾格尔森林。总而言之，他们反对暴力，并不认为暴力是解决当前问题的一种途径。

但德拉夫向阿丽保证，她不该低估长老族许诺的援助。她早已数次体验过思想的力量，长老能保护她抵御精神攻击，也能指引她度过最艰难的时刻。

但最终，还是要靠阿丽自己来面对势不两立的敌人。

现在，阿丽要尽快赶回古尔都，向埃肯塔尔汇报目前取得的进展。她骑着之前载过德拉夫的利瑞鸟疾速前行，看到下面是沙干大陆。谁知道杰达尔现在在哪儿呢？如果现在就能降落在他的小木屋前，阿丽真想看看他脸上是什么表情。不论怎样，她必须抓紧时间。突然，深深的恐惧袭来，阿丽打了个冷战，她又回想起那只袭击她的翼龙。长老用思想的力量找到了那只猛兽的方位，临行前，他们向她保证翼龙已经不在附近，但她还是情不自禁又想起了它。撞上这种怪物真是可怕极了。毫无疑问，翼龙是阿丽这辈子碰见过的最惊悚的东西。

到了中午，阿丽必须着陆，好让累坏了的利瑞鸟稍做休息。阿丽的身体自然是无比轻盈，尽管如此，利瑞鸟也不能持续飞行三四个小时以上。她正咀嚼着长老给她的奇怪食物，利瑞鸟也大口享用着它自己的那份熏鱼。若不是亲眼所见，阿丽永远也无法想象长老集市上是怎样的景象：有自制面包，还有秘制的油炸馅饼，上面精心撒上了香喷喷的佐料，样样都美味可口。人家向她保证，这些食品都是植物制成，虽然尝起来有一点玉骢肉的味道，但口感明显更加柔嫩。相比之下，她觉得利瑞鸟的午餐散发出的气味则太过浓郁。"说不定我的利瑞鸟还想去捕鱼呢！"其实，她从未见过哪只利瑞鸟一头扎进大海，再钩住一条大鱼跃出水面。但她听说，哪怕是巨大的金枪鱼，利瑞鸟也能擒住。但一般情况下，驯养的利瑞鸟不会去捕鱼，何况，捕鱼也不是没有风险。要是附近就有德莱克塔尔，这些鸟就会立马从捕猎的猎人沦为被捕的猎物。

吃完饭后，漂亮的利瑞鸟蜷着修长优雅的脖颈，把头缩进了一侧的翅膀里，如同阿丽在FTC塔楼楼顶上见到的那一幕一样。短短几分钟它就进入了梦乡。可阿丽一点也不觉得困顿，她依然保持着高度警惕。毕竟，她降临的这座小岛或许会有鳄鱼或是其他惹人不快的沼泽生物造访。

几小时后，利瑞鸟睡醒了，它用力拍打着羽翼，持续了好几分钟。据说，这是为了促进体内血液向胸部肌肉流动，从而支撑起强健的前肢，驱动它在空中飞行。这种运动能促进血液循环，几次拍打之后，利瑞鸟很快就要再次飞翔。从地平线凌空而起绝非易事。骑手把自己牢牢拴在鸟背的鞍座上，利瑞鸟舒展双翼后，就能载着主人起跑。虽然只是短短几步，再加上羽翼的奋力扑打，但对骑手而言，这绝不是什么愉悦的体验，最终，他们会像一袋马铃薯那样被甩来甩去。但这次感觉好一些了，自己似乎渐渐习惯了起飞的过程，阿丽心想。此时，利瑞鸟的爪子离开了潮湿的地面。它用力扇动了几下翅膀，疲惫地往高空飞去。

又飞了一个漫长的下午，他们再次着陆，阿丽这才开始觉得疲累。太阳早就踏上了回归黑夜世界的旅途。

很快，天色就会完全暗下来，但阿丽今晚没有安身之所。她回想起飞行时看到下方有许多圆圆的茅草小屋，它们漫山遍野地散布在草地上，如同一丛丛的蘑菇。那个地方是渔村，而且离这里不远。但最终，她还是不愿把性命交到陌生人手里。要是村民为私留利瑞鸟，把她给钳制住了呢？当然，要是和平时期，她身上FTC的刺青就能成为护身符，小小的渔民绝不敢对官方信使动手，他们确信，一旦被巨头公司发现，整个村子面临的后果将不堪设想。但今时不同往日……战争时期，许多情况都发生了很大变化，而这些变化自然不是往好的方向发展。

阿丽选了一小块长满芦苇和高草丛的地盘。利瑞鸟蹲在地上，被两米多高的芦苇丛掩住，完全从视线里消失了，高高的草丛成为柔软、优质的睡垫。她三下五除二就把陌生人给的最后一点东西吃完了。她心里估量，现在只剩下一些蜂蜜面包了，这些留着明天当早餐。其实，由于面包偏咸，口感不佳，要在附近找饮用水就成了一大问题。利瑞鸟则不同，它已经习惯了在这种环境中生存，完全不成问题。但对阿丽来说就是另一回事了。她估摸着，无论如何，在黎明到来之前，她必须进村快速搜寻一番。

阿丽在利瑞鸟宽大的羽翼下过了一夜。到了白天，高温令人窒息，沼泽地的空气既不流通，又潮湿得很，这些通通在挑战她的耐力，更不要提那些咬人的虫子。但到了夜间晚些时候，气候就没有这么恶劣了。此时，气温比预料中凉爽了不少，海风习习，裹挟着来自遥远大陆的芳香。黎明时分，阿丽决定去村里探探路，存些水。对她而言，白天在村里稍做停留似乎也不是特别危险。

村子里，灯芯草搭起来的简易茅草屋连成一面密实的屏障，与宽阔的运河网交相重叠。竹制的渔船歇靠在屋底下木桩的阴凉处，仿佛在静候更好的时机。这里的渔民简单纯朴，过着与自然亲密接触的生活。男人要是不外出捕鱼，就会修补渔网、船只，女人则把捕到的鱼洗净、晒干，她们还要打扫房屋，照看儿女。当看到阿丽停在村子中央时，他们吓坏了。到处都能看到渔民饱经风霜的面庞，他们躲在栅栏后面，甚至躲在倾翻的船只下面，瞪大了眼睛看着阿丽，满脸好奇。等终于明白阿丽是孤身一人前来的，他们这才慢慢走出家门，开始向她提出各种问题。他们的担忧不无道理，就目前而言，战争还未波及这里。然而，就连此地也流传着令人惶惶不安的故事，讲述着难以言喻的暴行。

最后，阿丽准备动身离开，她发现这些纯朴的渔民无比善良好客，不禁后悔昨晚竟没有进村落脚。他们为阿丽和利瑞鸟备足了补给，显然，他们不愿让她离开。听到这个小姑娘要铤而走险踏进战区，还有一些村妇不禁落下泪来。

阿丽估计这里并不缺粮，村民甚至难以把手中的粮食卖出去，因为几乎没人觉得有这个必要，非得大老远地赶到莎莫里，拿鲜鱼去换蔬菜、大米。

当阿丽越飞越高，她还盯着下方的村子看了好一会儿。最后，一座座茅草屋变成小麦粒那么小，撒在无垠的"墨绿毯子"上。

就在今日，阿丽将再次见到埃肯塔尔。其实她计划要在天黑前就赶到古尔都。出发前，她就记住了地图上的距离。一天能赶多远的路程，她对此了然于胸。路途无比遥远，要是步行，的确要花上数月的时间才能赶到。

日落之前，阿丽突然产生了一种奇怪的想法，内心有个声音告诉她要降落。这种感觉挥之不去，最终，她还是命令利瑞鸟降落了，她自己都对这个决定感到吃惊。德拉夫教导她要时时聆听内心的声音，尽管现在她觉得这个决定做得毫无逻辑可言，但她最终还是听从了内心的召唤。于是，阿丽继续引导利瑞鸟往一片竹林的方向降落。现在，她依稀能看到一个大黑点。接着利瑞鸟就恐慌起来，她马上明白自己看见的是个什么东西：正是那只该死的翼龙。显然，那个躺在地上的家伙令利瑞鸟心烦意乱，所以才会突然偏向右侧。利瑞鸟并不打算降落在此。阿丽在这只漂亮的大鸟耳旁轻声细语，终于让它冷静下来。或许是因为翼龙正以一种奇怪的姿势躺在地上一动不动，让利瑞鸟也意识到，这怪兽不可能还活着。

　　阿丽降落在稍远处的一块小草地上，但空间也足以让他们毫不费力地再次起飞。她灵巧地翻身而下，却惊讶地发现面前站着一个女人，她身着全套黑甲，全副武装。于是，阿丽也立刻准备应战。

第二十四章　吐露真情

爱兹里和阿丽两人对视良久。她们就像同一个硬币的两个侧面：截然不同，但又不无相似之处。两人身材都优美纤细，身高大致相当，但相似点也仅止于此。年长一些的全身黑甲，显得英勇无畏，而年纪小的则是一头红发，只是气场稍有逊色。一个武艺高超，但脾气火暴，一个年龄尚小，但心思缜密。

两人面面相觑，一同看向彼此翠绿色的眼睛。阿丽发现，对面那个女人的盔甲上印有敌对公司 CCI 的标志，于是，她明显嗅到了危险的气息。出于本能，阿丽认为绝不可轻易相信对方，而对面的爱兹里也深有同感。在阿丽眼中，面前的女人就和那个长着硕大毒针的怪物一样危险，那还是几周前阿丽在沙漠里碰到的家伙。刀已出鞘，阿丽即将发起进攻。爱兹里立马开口制止：

"住手，我不是你的敌人。现在，埃肯塔尔大人需要你的帮忙。"

阿丽察觉到对方声音里的紧迫感，但爱兹里的话语未能击破她大脑中理智的防线。在她看来，这话显然是为了骗她放下防备，她不会再被糊弄一次了。其实，阿丽打算假意相信这个黑衣美人的说辞，这样，她就能一刀刺入对方那毫无防护的喉咙了。

以这个距离，阿丽不会失手……"这下你死定了。"她暗暗想道。此时，爱兹里虽然看起来紧张，但还未拿出武器，她继续用恳求的声音说道：

"拜托，请你务必相信我！如果我们不把他从那下面抬出来，他就没命了……埃肯塔尔不能死。"

听到这话，阿丽勃然大怒，这女人居然敢如此戏弄她！现在就是动手的时候了。紧接着，阿丽听到心里传来一阵声音，虽然轻柔，但它不断地响起，告诉她此刻一定要停手。这种固执似曾相识……是德拉夫。阿丽听出这是老师的声音。她不知如何是好,因为她什么声音都听不到了,但不知是何缘故,她就是知道这是德拉夫在试图与她交流。可是为什么要停手呢?出于本能,阿丽依然保持戒备,暗自琢磨道:"这个女人明显就是我当下的危机。我现在就应该杀了她,等解决了她,我或许就能发现她下了个什么圈套。"即便如此,阿丽仍无法忽视心里那种更为镇静的声音,它告诉自己不要着急动手。于是,阿丽壮起胆子命令她:

"你慢慢转身。现在,跪下来。"

"好,我会照做,但拜托,你必须向我保证,之后我让你去哪儿,你就去哪儿。"

"我什么都不保证。"

"但你必须按我说的做,不然他就会死掉。他现在已经无法呼吸了,我们必须把他从下面抬出来。"

"那好……我同意,现在你先跪下。"

爱兹里犹豫了片刻,她又打量了对方片刻。其实,爱兹里觉得,要解决对面这只"小野猫"并不难,对方显然不是身经百战的老手。但爱兹里转念一想,现在FTC是她的保护伞,向FTC的士兵出手对她没有任何好处。最终,她还是不情不愿地按红发小姑娘说的去做了:她转过身,跪在草地上。爱兹里正要再次开口催促她快点行动,就在此时,她感到脑袋受到一阵猛烈的撞击,立刻眼前一黑。

对这个小计谋,阿丽感到无比自豪。这女人显然是CCI的人,把她打晕在地是个正确的决定。阿丽把对方的手脚牢牢捆上,此时,她觉得可以慢慢花时间证实一下自己的猜想了。

阿丽先在翼龙尸体附近搜寻。她的视线越过翼龙投下的巨大黑影,不由得感到脊背阵阵发凉。就在此时,她看到一只利瑞鸟的尸体,它一半的身躯都被竹林遮住。

埃肯塔尔就在那里。原来,那女人说的是实情。只见他的身躯被利瑞鸟的死尸遮住了一半；他一动也不动，胸膛也找不到起伏的迹象，他一脸苍白，可以说面如死灰。阿丽开始默默祈祷："请您不要让埃肯塔尔死掉，求求您了，善神阿胡拉！"她大声呼唤着埃肯塔尔，他睁眼了，睁开的缝隙正好能让他看见阿丽。见到阿丽的一瞬间，他脸上就绽开了笑容。然后，他轻轻地咳嗽起来，嘴唇立刻被染得鲜红。"该死。"阿丽心头一紧，"我必须马上带他离开这里。"但问题是要想办法让利瑞鸟把埃肯塔尔身上的尸体搬走。"想办法阿丽，快想想办法。"犹豫片刻后，阿丽知道该怎么做了。她向利瑞鸟的死尸走去，抓住鞍座上垂下来的一捆长绳，她把绳子一端伸到尸体的翅膀和脖子下方，再把绳子紧紧地拉到胸前。就这样，她把利瑞鸟的尸体捆了一圈，并系好了绳子。

现在，阿丽需要她的坐骑使出全部力气来拉尸体，于是朝它跑了过去。

从尸体到阿丽的利瑞鸟，这两边距离并不远。阿丽估量，这么短的距离，让利瑞鸟起飞再着陆还不如直接让它在地上走来得快。

利瑞鸟在地上行走的姿态非常滑稽，摇摇晃晃的，像喝醉了酒一样，后腿则跟着身子跳来跳去。它们的后腿不适合地面行走，还要用半伸展开的翅膀支撑着身体，等于说用翅膀来充当前腿。结果，利瑞鸟走起路来就东倒西歪的，长长的脖子左右摇摆不停。

阿丽正要经过翼龙的尸体，此时，利瑞鸟却一动也不肯动了，让她好伤脑筋。最后，阿丽只好蒙上它的眼睛，拿绳子牵着它走。她也不知道利瑞鸟究竟能不能挪动那具尸体。

蒙上眼睛后，她那忠心耿耿的利瑞鸟温驯地跟在她身后。它无法看到翼龙的尸体，就没那么紧张了。阿丽估摸着，利瑞鸟的嗅觉应该不怎么灵敏，明明她都能闻到翼龙尸体上散发出的些许酸臭味，利瑞鸟竟然毫无察觉。

时机到了。阿丽将绳子系到利瑞鸟的挽具上，试着哄它往前拉。它展开有力的双翼，下了好一番力气，但尸体没有任何动静。该怎么办才好呢？现在利瑞鸟冷静多了，它再次听令往前拉。阿丽把它撂到一边，自己则回到大人身边。虽然情况没有任何变化，但他的脸色更加苍白了。阿丽捡起一根偏大的竹竿，它被压在埃肯塔尔坐骑的尸体下，已经裂开了。拿到竹竿后，她回到埃肯塔尔身边，将竹竿末端放到尸体下方，同时命令利瑞鸟往前拉。所幸她的利瑞鸟足够机灵，她使出浑身力气挑起那根竹竿的同时，它开始执行命令。

终于，原本一动不动的庞大尸体开始移动。他们绝不能停下，因为以埃肯塔尔的状态，他不可能凭一己之力走出困境。接着，阿丽听到竹竿折断的声音，此时利瑞鸟的尸体缓缓移开了，埃肯塔尔终于自由了。

阿丽撤下临时用作杠杆的竹竿，立即朝大人弯下腰来。她蹲在他身侧，将水壶递到他嘴边，把少量水倒进他嘴里。一半的水都洒了出来，但看到他喝下了嘴里的水后，阿丽大喜过望，觉得现在或许还是有希望的。他喝了些水后，阿丽试着问道：

"长官，您能动吗？"

"怕是不能，阿丽。我的腿已经没有知觉了，我觉得我这辈子就到头了。"

"别这么说。"

阿丽感到自己的眼泪已经夺眶而出。他接着说：

"听好了，阿丽，有些事我必须告诉你。其实，我真心希望之前就能跟你坦白，我只希望，终有一天你能明白我如此犹豫的原因。"

阿丽吃了一惊，她不禁自问："大人准备透露些什么给我呢？"

"我要是告诉你了，你恐怕会恨我，但现在那些都不重要了……阿丽，其实，你是我的女儿。"

"什么？"

这番揭秘完全出乎阿丽的意料，令她惊恐万分，无言以对。她曾无数次设想过类似的场景：她终于与父亲相见的时刻。孩提时代，她常常幻想这一场景，热切期望着终有一天能拥抱自己的父亲。后来，又过了好几个周期，阿丽的看法已全然改变。自从进入青春期，她唯一想见到父亲的原因就是想狠狠踹上他一脚，因为他抛弃妻子和女儿，丝毫没有将她们母女俩放在心上。她恨过这个男人，甚至偶尔做着与他相见的白日梦，梦中以某种方式让他付出代价。她每次想象的都是不同的场景，但它们往往有一个共同点：梦中的她总会冷酷无情地嘲讽那个小气又可恨的男人。近来一段时间，这些幻想渐渐消失，最终她得以确信，那个男人在她和母亲的人生中不再扮演任何角色，对他，阿丽心中只剩下冷漠与厌恶。现在真相大白了，原来她的上司埃肯塔尔大人就是她的亲生父亲。命运给了她多么致命的一击啊，是她生命中无法承受之重。所有这些画面一齐涌上心头，阿丽感到腹部传来一阵剧痛，仿佛她被人紧紧抓住，然后一点一点被碾成碎片似的。然后，这种痛苦渐渐消逝，她泪流满面，注视着埃肯塔尔那张疲倦的面容，内心不由得受到了触动。她产生了一种前所未有的深切感受，她再也忍不住了，失声痛哭起来。她人生中头一回这样痛哭流涕。不论是德温背叛她，还是初恋离她而去，她都不曾哭得这么凶。她感到自己的父亲正把一只宽大的手掌轻轻放到她腿上。她再也按捺不住内心澎湃的情感，她紧紧抱住他，忍不住又是一番号啕大哭。有一件事确凿无疑：她曾设想过与父亲的相遇会格外不同寻常。如今看来，的确如此。看到他受了这么重的伤，阿丽多年内积攒的满腔愤慨不知不觉就烟消云散了。现在，她对父亲再也恨不起来了，一心只想救他的命。这么多个周期以来，她从未感受过父亲的温暖，而现在，她可能会永远失去自己的父亲。就在这时，埃肯塔尔发出一声轻轻的呻吟，阿丽立马回过神来，原来是她抱得太紧了。埃肯塔尔终于再也忍不住，轻声问道：

"你恨我吗？或者，你能试着爱我这个父亲吗？"

阿丽试了好几次，终究答不上来。不知什么原因，她觉得如鲠在喉，什么话也说不出来。埃肯塔尔凝视着她的双眼，从他的眼神里，阿丽依然能读到这个问题。最终，她只是摇了摇头。于是埃肯塔尔追问道：

"不什么？不恨还是不爱？你不能试着爱我这个父亲吗？"

阿丽再次摇头。

"所以说，你的确还是有一点爱我的喽？"

阿丽羞怯地点了点头。埃肯塔尔的脸上露出一丝微笑，接着他又问了一个问题：

"抱歉,阿丽,和我一起的那个女人爱兹里哪去了?我们原本要一起前往沙哈尔,但愿她还安然无恙。"

阿丽脸上瞬间闪现出一丝醒悟的神色,她大叫起来:

"哎呀,她还被我绑在那儿呢!"

第二十五章　所谓正义

> 聆听内心的声音。
>
> ——泰恩泰尔教义

好疼啊。细绳擦破了爱兹里手腕上的皮肤，脚踝上也没好到哪儿去，她的双手和双脚都渐渐变得麻木起来。

车辆不断前行，坑坑洼洼的路面让爱兹里颠簸个不停，于是，她把地上每一个坑洞都咒骂了一遍，她似乎变成了CMT军车上放的一袋土豆。

CMT三级士兵冈杜尔暗自得意，这一切简直是太完美了，这么多好事都发生在自己身上，他都不敢相信这是真的。那是自然，这个女人必定就是CCI的领袖，她还戴着那枚印章戒指呢。拉马斯大人亲口承诺，凡能提供情报有助于抓捕爱兹里的人，重赏一万五千西敏。真是太反常了……不知是谁费了一番工夫绑了这女人的手脚，将她丢在那片空地上，这才让CMT的士兵找到了她。

接着士兵们就注意到旁边还有翼龙和利瑞鸟的尸体。另一只利瑞鸟及时飞走了，但奇怪得很，那鸟背上居然没有骑手。他们又在周边地区搜寻了一番，结果就正好撞上了敌军头目——FTC首领埃肯塔尔。冈杜尔还没听说过有针对他的悬赏，但他肯定也值不少钱。没错，今天会改变他们的命运，冈杜尔不禁大胆猜测。今天是多么美好的日子啊！

爱兹里身上的绳结绑得很紧，正因如此，她绝对不能长时间被捆住。幸亏这还没多久，要是一连被捆上几个小时，那现在她的手早就乌黑发紫了。冈杜尔见过被这样绑了几个小时的俘虏，那画面实在不怎么美好。最后，他们就只能双手截肢。究竟是谁绑了爱兹里还不得而知，毕竟当时唯一的当事人埃肯塔尔似乎受了重伤。

士兵把爱兹里扛到军用马车后面,冈杜尔看着叹了口气。可惜啊,这女人长得可真不赖。但一万五千西敏的赏金可是一大笔钱呢,队里十二名士兵人人都有份。

军车穿过梅丹平原上一望无垠的稻田,整趟行程花了近两小时,这漫长的旅途对爱兹里来说简直是一场艰巨的考验。她双手已经呈现出骇人的紫色,现在完全失去了知觉。她也曾试图唤起士兵的同情心,虽然其中部分人同意解开绳索,但军衔最高的士兵一口回绝,说解不解开到头来都一样。

这一次,爱兹里感到无能为力,她觉得自己被彻底抛弃了:她不知道还能指望谁来救她。听着士兵满嘴的闲话,她觉得自己活不长了。终于抵达军营时,士兵毫不客气地把她扔到泥地上。爱兹里看到周围有上百顶帐篷,她还能认出附近 CMT 的标志。有一顶帐篷要比其余帐篷高得多,那个地方她再熟悉不过了。近几周来,她曾数次尝试请求在那里获准接见。这次,CMT 领袖拉马斯没有让她等太久。虽然只有短短几分钟,但爱兹里却觉得等了一辈子。终于,一个颀长高挑的身影从帐子里现身,朝她走了过来。爱兹里没有放过主动开口说话的机会:

"拉马斯大人,见到您真高兴!您可终于有时间见我了。请接受我的道歉,只可惜,现在我似乎伸不了手。"

"别担心,亲爱的爱兹里,一切都早已为你安排妥当。我为你准备了一场仪式,很快就要开始了。"

"您不必如此大费周章,让您手下给我松绑就够了。"

"哦,松绑啊……我可以肯定地跟你说,没这个必要,我们会打理好一切的。"

接着,拉马斯就转过身去,向站在他右侧的士兵命令道:

"把刽子手喊来,我不想在这个人身上再浪费时间。"

"是,大人。"

爱兹里眼看着那名士兵消失在视线中,他朝营地里的某个地方走去,那里明显传来一大群布菲牛的声音。

爱兹里感到一阵恐惧袭上心头，她看不到自己的出路。这次，卡拉索斯将军不会在危急关头再次现身了。可她就是不明白，为什么拉马斯这帮人这样恨她。爱兹里感到涌上心头的恐惧扼住了她的咽喉，于是壮起胆子质问道：

"为什么要这样对我？我们又不是敌人……我们其实是一个阵营的。"

拉马斯抬头看着爱兹里，那表情异常古怪。他们两人自几个周期前相识起，她还从未见过拉马斯用这种表情看着她。这次，拉马斯卸下了那副冰冷的伪善面具，回应了她：

"你居然有胆子说这种话？你和我一个阵营？你分明就是个叛徒，现在，你要为此付出应有的代价。"

看来，现在跟他争执毫无用处，爱兹里默默估量道。如今，拉马斯已经变了一个人，爱兹里觉得他就像突然被恶魔附身，成了恶魔的传声筒。那如果试着换个话题，分散他的注意力呢……于是，爱兹里换了一种策略：

"你想想，谁能从这场战争中得利？是长老在幕后布局，我们只是他们手中的傀儡而已。"

爱兹里无比绝望，她的语气暴露出她内心的痛苦，而拉马斯只是双手交叉放在胸前，冷漠地看着她，无动于衷。此时，一个魁梧的男人驾着一辆马车驶来，拉马斯这才展颜一笑。那车上载着一台铁砧、一把巨斧。然后拉马斯对那个男人下令：

"好，快动手吧，别浪费时间，我要看到她人头落地。"

拉马斯说话时，爱兹里瞥见一个身影从另一顶帐篷里走出来，那人显得又矮又胖，脸上还挂着两抹大胡子：拉明·曼多将军。他停在主人身旁，面色相当凝重。短暂的停顿让爱兹里觉得格外漫长，之后他终于打破沉默，直接对拉马斯说道：

"大人，我想向您指出，整件事都相当不合常规。因为目前还没有进行任何审判，再说梅迪哈是 CCI 的前任领袖，并不是我们公司的成员。"

"为什么要让这条毒蛇接受审判？这个女人的手段你应该非常清楚。

不……不行,她必须马上死。快动手……砍了她的脑袋。"

与此同时,那个身材魁梧的大块头已经把车上所有物件通通搬了下来。地上摆了一个大铁砧,中间有个凹槽,要把犯人的脸放到凹槽处。这样一来,斧头砍断犯人脖子的时候,头颅自然就会滚到一边。

两名士兵紧紧抓住爱兹里的胳膊,她奋力挣扎,但就凭她现在的处境,完全是徒劳无功。士兵用蛮力逼她在铁砧前跪了下来,压着她的身体前倾,然后控制住她的身体,极力让她保持不动。虽然她手脚还被绑着,但她依旧不停地挣扎着,只可惜这两名士兵对她而言太过强壮。

另一名士兵在旁边地上放了一个竹篮,里面装着灰色的厚棉布。爱兹里顿觉惊恐万分,她意识到这些人很快就要把她的头颅装进篮子里了。

接下来,士兵把爱兹里的脸强行塞进凹槽,现在,她什么也看不见了。

这时,刽子手早已拿起那柄巨斧,摆好姿势。他举起沉重的斧子,再轻轻放到她裸露的修长脖颈上,比画着如何才能狠狠砍下一刀,精准地削掉她的脑袋。埋在凹槽里的爱兹里瞬间感觉到了金属刀刃的冰凉。然后,刽子手举起斧子,转头看向拉马斯大人。拉马斯见他已经就位,便不由分说地下达命令:

"动手。"

第二十六章　扳回一局

阿丽途经翼龙庞大的尸体，打算回去寻找被缚的爱兹里时，她意识到情况不太对劲。就在这时，有人来了。这是个战事四起的地方，谁来都不奇怪。

该死！来的是却是CMT的兵！阿丽几乎一眼就认了出来，因为她看到其中一人身着白色长袍。白色——CMT的标志性颜色。

现在该怎么办？她一定要保持镇静，绝不能被抓住。这些士兵不可能已经发现阿丽的身影，也不可能听到了她的动静，因为嘈杂声是这些士兵自己发出来的，他们正驾着两辆大车，每辆都由两头布菲牛牵引着，身边还跟着骑在玉骢上的骑兵。

两名士兵迈着坚定的步伐向阿丽走来，她立刻权衡起各种选择。首先，不能动武：这里有十几个CMT士兵，哪怕她偷袭也绝无获胜的机会。逃跑风险又太大，因为她跑回利瑞鸟身边再起飞的话，所有人都会立马知道还有人躲在这里，所以逃跑也不行。更何况，利瑞鸟本身就有弱点。她遇到的所有骑手都一致认为，这些俊俏鸟儿身上的翅膀都太过金贵，只要几箭，它们就再也飞不起来了。

这样一来，摆在阿丽面前的就只有一个选择：藏起来。可最大的问题还是在于埃肯塔尔，他一定会被士兵发现的，毕竟他又动不了。阿丽不禁暗叹一声："这下完了。"

她想破了脑袋也没想出把埃肯塔尔藏起来的好办法。虽然，前方利瑞鸟的尸体离她仅几步之遥，但凭她的体力，还不足以把她父亲一路搬移到这里。士兵越走越近，她的选择也就越来越少。仓促之下，阿丽立即做出决定。她先让自己的坐骑逃走，自己再躲到利瑞鸟尸体身后。

阿丽的坐骑从林中起飞，但没有遭到箭雨的袭击。士兵发现鸟背上没有骑手，就一定会彻底搜查整个竹林。其实，他们也正准备这么做。

两名士兵险些踩中了阿丽的脚，但好在他们并未察觉到任何异常。

这是因为阿丽用了她身上最厉害的法宝——她在罗恩行李中搜出的隐身粉。

不过，阿丽还是得加倍小心，士兵或许看不见她，但还是可以听到她的声音。不过，此时此刻，他们似乎沉浸在自己的巨大发现中。阿丽觉得，就算此时载歌载舞，这些人仍然不会发现她。面对这一个个新发现，他们显得无比激动。这也在情理之中，毕竟不是每天都能碰到翼龙的尸体，更别说撞见FTC首领，居然身负重伤，还孤身一人。

对爱兹里，阿丽的确有些愧疚。CMT士兵不仅把她给绑了，还像扔一袋土豆似的把她扔到了车上。

不过，检查过埃肯塔尔的伤势之后，士兵至少对他没有那么残忍。他们把另一辆车尽量拉近些，再把埃肯塔尔扛了上去。

阿丽像啮鼠一般静悄悄地跟着这一行人。士兵把她父亲扛上去时，她也悄无声息地爬上了车。所幸那辆车几乎空空如也，只有几袋大米和扁豆，这一定是士兵从当地农场抢来的。

车辆缓缓前行。虽然他们很快就要落入最危险的敌人手里，阿丽却一点也不担心。她一心只想把父亲救出来。

阿丽跪在埃肯塔尔身边，俯下身来，嘴唇几乎快碰到他的耳朵，她尽量压低声音轻声说：

"爸爸……我就在这儿陪着你。千万不要担心，我会把你救出去的。"

"爸"字出口的那一刻，阿丽的内心深深一颤，她还没有完全习惯这个称呼。

阿丽的真情流露让埃肯塔尔吃了一惊，原本面无表情的脸庞顿时鲜活起来。他不想让坐在车前的两名士兵听到他们说话，便压低声音对女儿说：

"我的孩子……你快点走，你现在救不了我的。"

"我不走。"阿丽的语气十分坚定。虽然现在情况危急，甚至可以说是大难临头，好在她还留了几招后手。埃肯塔尔又悄声问道：

"但是我怎么看不见你？"

"你可以认为我借用了某种魔法。"

"那爱兹里怎么样了？"

"她在另一辆车上。"

"他们没有放了她？"

"没有，我确定没有。"

"大事不妙，恐怕她现在的处境比我还危险。"

"那我先把你照顾好，如果还有余力，我就去关照一下她。话说她是谁啊？"

"说来话长——你千万别被人抓住，你该清楚被抓的下场。"

"嗯，我清楚，你千万别担心……我有帮手的。"

阿丽一个劲儿地盼着这句话能成真。她稍微后退几步，好让自己凝神聚气，保持专注。如果她的"帮手"能听到她的呼唤，那现在是时候得到一些实实在在的帮助了。阿丽试着稍加放松，德拉夫的话语便在她脑海里浮现："要想跟我交流，你就必须先冷静下来，聆听内心的声音。"

阿丽试了几招简单的放松技巧，所有会太奇格斗术的人都学过这些。她静静地盘腿坐下，摒除杂念，专注于自己的呼吸，她的呼吸声随即变得平静而规律。

天地万物间，只有呼吸存在。"吸气，呼气……吸气，呼气。"

"好姑娘，阿丽。目前为止，你表现得相当不错。"

是德拉夫的声音，阿丽现在能真真切切地听到他的声音。近来，阿丽还只能感觉到他的声音，而此刻，她头一回真正听到了他的声音，就像是在她脑海中响起一般。德拉夫的声音真切，但显得非常静谧。

"老师，听到您的声音我真高兴，可为什么您之前不跟我说话呢？"

"因为你听不进去，小姑娘，我都尝试跟你沟通好几天了。"

"我现在遇到了大麻烦，该怎么办呢？"

"等你到了目的地，我什么都无须解释，你自然就知道要怎么做了。别担心，我永远都会陪着你。"

"那您还有什么要叮嘱我的吗?"

"有一件事,拉马斯大人的思想被人操控了。找到幕后之人,问题就能迎刃而解。"

"真要有那么简单就好了。"阿丽无奈地暗叹道。此时,军车沿着凹凸不平的道路前行,咯噔作响。她认出了他们在路上的方位,此刻正在梅丹平原的稻田中穿行,驶向她的家乡古尔都。应该就快到了。

不知过了多久,车才终于开进一座巨大的军营。阿丽还从没见过这么多士兵,或者说这么多帐篷、军车、补给物资。戴着 CMT 标志的士兵随处可见。现在情况真是糟透了。最后,两辆军车停在泥泞的空地上。士兵有的下车,有的从玉骢上跳下来。其中两名士兵抓住爱兹里,毫不客气地把她扔在泥地上。接着他们走向第二辆军车,打开车门,把埃肯塔尔放在轿子上抬走了。

显然,阿丽跟上了抬起她父亲的士兵。不过,她突然发现泥地粘住了自己的脚,身上一些地方现了形,她顿时慌了神。现在她必须万分小心,如果士兵仔细观察地面,就能看出他们后面跟了个"尾巴"。

不过万幸,走了短短一截路后,这些士兵就进了战地医院:长形的帐篷里满是行军床与大批伤员。士兵把埃肯塔尔放到床上后,便急速离开了。阿丽看到医生离着她很远,趁机再次对父亲说:

"爸爸……我在这儿。"

"听着阿丽,你没必要担心我,你要做的是搞清楚他们要怎么处置爱兹里。"

"但是……"

"没有但是……听我说,那个地方就是军营中心,在那儿你还能看到 CMT 领袖拉马斯。要想搞清现在发生的一切,你就必须到那儿去。最近一段时间,拉马斯的行为变得非常诡异,他恐怕是被什么东西或什么人操控住了。"

"但我不能留你一人在这儿。"

"我不会有事的,去吧,这是命令。"

阿丽知道,自己依然是一名 FTC 侦察员,哪怕埃肯塔尔是他父亲,他也完全有资格给她下命令。阿丽只好不情不愿地离开,回到了军营中心。她特地避开大路，离泥地远远的。

　　阿丽靠近这间最大的帐篷后，便知道自己已经抵达了目的地。那个一身黑甲的女人依然侧身躺在空地中央，阿丽觉得有些内疚，毕竟是自己把她绑了起来才导致她被抓的。阿丽还注意到，由于一直被绑在身后，女人的双手已经发紫了。之前把她绑上的时候，阿丽完全没料到对方会被绑这么久，如果不马上松绑，她的整双手可能就废了。

　　阿丽听到一些砍头的传言。她看到广场上挤满了士兵。终于，载着刽子手的车到了。现在，阿丽确信，爱兹里失去的或许不只是一双手而已。就在这时，阿丽发现脑子里又传来一些动静，她很清楚这是德拉夫的声音，但她就是听不到他想说什么。不论如何，她决定先进帐篷，她可不想看到爱兹里掉脑袋的场景。甚至早在年幼时，阿丽就对处决怕得很。对她而言，参观刀刃砍在毫无还手之力的人身上，这似乎是一种极为卑鄙、令人不齿的行径。不论犯人做了什么，世上都无人有权剥夺他们的生命。不是还有关押犯人的监狱吗？

　　眼下这种情况甚至更加恶劣，看着这样一位年轻的女士以这种残忍的方式惨遭杀害，实在是叫人心惊胆寒。阿丽总忍不住设想，要是身处险境的人是自己呢？她正准备跨过门槛，就听到背后的声音越来越嘈杂。行刑的时间马上就要到了。

　　阿丽走进帐篷后，发现里面一片漆黑，她的眼睛花了几秒钟时间才适应过来。接着，她闻到一股味道……这是什么东西？啊，没错，一开始她没闻出来是因为这东西本不该出现在这里，通常寺院里才会闻到它——熏香。

　　接着，阿丽就看到了帐篷里的人。那是一位长老，他在帐篷另一侧，端坐在一张折叠军椅上。但他并非一般的长老，他是施恩泰克。

　　施恩泰克似乎全神贯注，一时之间，都没注意到身边有人。但阿丽的目光刚落到他身上，他就立刻反应过来，猛然睁开灰色的眼睛，环顾四周。

　　施恩泰克显得坐立不安，仿佛非常笃定帐篷里确实是有旁人进来了。

　　阿丽马上明白过来，原来他才是真正的敌人，他才是造成所有问题的祸端，是那个可恶的始作俑者，而现在要靠她才能阻止施恩泰克。可怎么阻止？她依然处于隐身状态，身上还带了特制的匕首，她迅速抽出其中一把。就在这时，施恩泰克出手了，他闪身从身边的桌子上抓起一只水壶，把壶里的水用力向帐篷门口泼去。

此举完全出乎阿丽的预料，身上难免沾上了一些水渍，但大部分水都洒在了华美的米拉克地毯上。

此时，施恩泰克摆出了防御姿态，面朝阿丽，仿佛能清清楚楚地看到她一般。

终于，阿丽也注意到了：不管身上哪个部位被水弄湿，她都会现形。皮革胸衣与黑色皮裤的个别部位在帐篷里飘浮着，暴露了她的位置。事到如今，阿丽直接掷出匕首，施恩泰克迅速闪开，任匕首刺穿帐篷的薄布料，继续向外飞去。她发现，似乎在投掷匕首之前，施恩泰克就预见了它会扎到哪里。

突然，阿丽产生了一种奇怪的感觉，仿佛有好几个声音一同在她脑海里发声：两个、三个、十个……不计其数……啊！她几乎感到了疼痛。刹那间，她的对手施恩泰克也突然停手了。

他感受到了久违的声音，但也并未显得太过惊慌。他必须马上解决掉这个近在眼前的威胁，否则他就控制不了那个愚蠢的小个子了。施恩泰克听到了从前玩伴的声音，便用精神的力量向他示威：

"德拉夫·苏尔，就是一万个人里我也能认出你的声音。你再也拦不住我了，现在，我的力量无比强大，而你远在天边……"

"你说得不错……我的确无法阻止你，但是，我并不是孤军奋战……"

现在，施恩泰克听到了所有人的声音，有两个、三个、四个、十个……不计其数的声音在他脑海中呼号。他一定要撑住，绝不能被打倒。虽然这些长老族人多势众，但毕竟距此十万八千里，距离越远，他们的力量就越薄弱。

"你们阻止不了我，明白吗？"

"我们不能让你再继续作恶了，快放了那个人类。"

"不可能！"

"你要是死不悔改，就只会自讨苦吃……兄弟，听我们说……停手吧，还不算太晚！"

"不，绝不……听到了吗？我说不！"

阿丽瞪大双眼，她看到施恩泰克的脸扭曲成狰狞可怖的模样，上面一半是仇恨，一半是痛苦。突然，他倒了下来，就像班图戏院里的木偶被赋予它生命的木偶师扔在了地上。

阿丽也参与了这场奇妙的精神对决，觉得脑袋阵阵作痛。但她马上就恢复过来，现在不是在这里逗留的时候。她穿过帐篷，走到施恩泰克身前，向他俯下身来，手里还不忘握紧匕首，以防万一。阿丽觉得还是要保持警惕为妙，要是施恩泰克耍花招，就要他好看。

阿丽凑近打量着这具在地上摊开的身躯：那晶莹剔透的眼睛睁得大大的，盯着天花板，鼻腔渗出血滴。他保持着这种无比怪诞的姿态，就像是时间突然静止了一样。她既恐惧又激动，双腿直发抖。"清醒一点，阿丽。"她默默给自己打气，试图鼓起勇气。接着，她决定上前听一听施恩泰克的心跳，听到了一阵微弱的心跳声。于是，阿丽把他绑了起来，一边塞住他的嘴，还不禁一边自我调侃，她也算是半个绑人专家了吧。但此刻，她还不知道拿他如何是好，不过，她肯定不会对一个毫无还手之力的人下毒手。德拉夫还与阿丽维持着微弱的心灵沟通，对她的选择，他似乎也表示赞同。

与此同时，帐篷外像是爆发了一场大骚乱。阿丽瞬间有一种预感：现在一定是在砍爱兹里的头。她决定把帐篷划开一条口子，再从后面溜走。一想到行刑后会发生的事情，阿丽就直犯恶心。在古尔都，行刑之后，人们一般会把头颅插在长矛上，像是举着奖杯一样进行全城游行，供全体民众参观。但现在，阿丽还有一个任务：营救自己的父亲。

第二十七章　神秘的包裹

那场浩劫过后的几个周期里,全人类的意识水平出现了惊人的提升。长老议会做出的首批决定就是摧毁任何可能伤害或终结高级生命形式的事物。

——第四个学校周期的历史教材(扬格尔)

一个年轻人站在首席技术官阿米尔·登戈毕的办公室里,但阿米尔头也没抬,依然伏在桌上写个不停。他是物流与集成系统巨头公司(LIS)的一名职员,刚刚获准进入阿米尔的办公室。LIS专门从事邮寄业务,对各种包裹、信件进行分类、派发,服务范围几乎覆盖整个塞邦国。至于最敏感的急件,LIS自然也有专门的内部服务。虽然卡布泰仍常用于紧急通信,但就寄送包裹而言,LIS最便捷也最迅速。为了吸引阿米尔的注意,年轻人故意咳了一嗓子,他这才把笔放下,从厚重的文件夹中抬起头。文件夹里装的是中型公司德赛坎德拉得出的结算结果,阿米尔一直都在进行着分析。"这个小年轻要干什么?"他早已弄不清账目的头绪了,"难不成营业额下降的情况下,支出还能增加这么多?"他确信一定是那些财务报表出了问题。

青年解释说,有人送来了一个受控发运的紧急快件,需要收件人签名。于是,阿米尔一如往常在文件底部信手签上了自己的大名。青年把包裹放在他珍贵的老式黑乌木桌上,然后转身飞快地走出了他的办公室。

阿米尔再次钻研起桌上的报表。"刚刚看到了哪儿来着?人员开销2710万西敏,上个周期才2630万西敏。原材料花了8700万西敏,上周期才……该死!"摆在一旁的包裹老让他分心,眼神时不时就瞟了过去。

阿米尔打算把包裹放到角落里去,于是他起身,拿起裹着LIS包装纸的箱子。天哪，这包裹可真沉！这里面是什么东西？"该死的账目表，去见恶神阿里曼吧。"阿米尔甩手不干了。此刻他倒是很想看看包裹里装了些什么东西，看完就立马回去工作。现在他开始找剪刀，剪刀在哪儿？放哪儿去了？桌上没有，抽屉里也没有，阿米尔恼火得很，他一向是讲究整洁与条理之人，一旦找不着东西，他就要暴跳如雷。这时，他把自己的秘书喊了进来：

"萨米尔？……萨米尔！"

"长官……抱歉，我刚刚没听到。"

萨米尔相当清楚，他的上司可不喜欢提着嗓门叫唤。一旦提高声音，比方说现在这番场景，那就是要发脾气的前兆了。接着，阿米尔再次开口，语气镇静了不少：

"你是不是顺手拿了我桌上的剪刀？"

"啊，是，长官，是的，是我拿的，请您原谅我，我正要把它放回来呢……只不过……不，没事……在这儿！"

其实，萨米尔想告诉他，他用那把剪刀从洞里捉出了一只蟋蟀。自一大清早，那只蟋蟀就吵得他不得安宁。不过这事他最好还是别提了。阿米尔拿回剪刀，但还是剜了他一眼。这孩子就是不长记性，他是阿米尔手下用过最粗枝大叶的人，也许他真该去找个女秘书。原则上，阿米尔一直反对这种做法，但如果说女性技术官有什么特点的话，那就是她们比大多男同事整洁得多。

这件事之后再去细想吧，现在该打开包裹了。里面必定装着贵重或精致的东西，因为外层的 LIS 包装纸裹了不下两层。最后一层包装纸材质奇特，他从未见过拿这种纸来装包裹的。他费了好大劲儿才撕开所有包装纸，一直疑惑包裹里究竟装了什么。他确信这几天不会收到任何包裹，毕竟公司所有的季度报表都已经送来了，还是说漏了一张？

不可能。而且，这包裹沉得很，他估计至少有八千克重。或许是有人寄了钱过来？

阿米尔终于拆下最后一层包装纸，打开了里面的竹篮子。他见到的东西惊得他哑口无言。

第二十八章　公开做证

工业时代第 517 周期
金属管制委员会内部会议

宽敞的圆形会议室里，阿米尔·登戈毕的目光掠过古老的石柱，石柱支撑起会议室的拱顶。此刻，整个大厅里挤满了人，在座的技术官纷纷观望着，期待阿米尔接下来的演讲。下午的阳光透过一排排细长的窗户，在大厅中央勾勒出橘色的光柱。

那个神秘兮兮的竹篮里有一封信，那是 FTC 首领特地亲自写给他的，整洁清晰的手书让阿米尔立刻意识到事关重大。信中，埃肯塔尔要求他亲自将篮子里的所有石英水晶石放入议会会议厅的每个角落，而且此事不可让他人代劳。此时，阿米尔就照着信中的指示谨慎行事。其实，这个近似圆形的多边形会议室里有足足 36 个角落。还好埃肯塔尔那边出手大方，箱子里密密麻麻装满了小水晶石，难怪包裹沉得厉害！

信中，埃肯塔尔解释说，这些水晶石能防止他人用魔法影响投票结果。这一大揭秘叫阿米尔猛然醒悟，但埃肯塔尔并没有给出进一步的细节，而是把悬念留到即将到来的会面上。

虽然阿米尔并未全然相信，还是依照埃肯塔尔的指示完成了任务，毕竟这也没什么风险。万一埃肯塔尔所说当真，他就可以找到之前投票结果出乎意料的原因了。

可埃肯塔尔和爱兹里并未在约定的会面中现身。但无论如何，真相都会在今天揭晓。

这是头一回阿米尔不需要维持会场秩序，因为整个现场压抑而沉寂。清了清嗓子后，他开启了担任首席技术官的漫长岁月中最艰难的一次演讲：

"女士们，先生们，此次会议与以往大不相同。最近几个月，我们的世界被近代以来最严峻的灾难搅得翻天覆地。"

说完，阿米尔停顿了一下，缓过一口气。这种停顿是他如今出了名的技巧，以此制造演说效果。他注意到会场上鸦雀无声，而且台下还坐着派驻杰布勒和古尔都的特使，就连这些年纪轻轻的同事都敛声屏气地聆听他的发言，他感到非常满意。接着，他着重讲道：

"我用不着提醒诸位，这场战争带来了毁灭性的破坏，大家都有目共睹，战事带来的影响将持续很多个周期。但还有一个最根本的问题：谁会从中获益？"

阿米尔铿锵有力的嗓音还在回响，他在等待场下的听众消化这句话。此时，全体听众的注意力高度集中，于是他趁热打铁接上：

"过去几周，我们获悉了一些关键证据。在座诸位中，有不少人早已知晓，塞邦国一些举足轻重的大人物纷纷遇袭。我们沉痛哀悼牺牲的同僚，还有一些人奇迹般地幸存下来。但许多人或许并不知晓的是，现在我们终于知道了谁是幕后主使。"

阿米尔话音刚落，场下就开始小声议论起来，但他觉得议论声尚在可接受的范围内，便不动声色，接着讲：

"在说下去之前，我想请几位重要的证人参与此次听证会，他们的证词会让诸位对真实情况了解得一清二楚。如果第二技术官没有异议，请允许我开始介绍两位嘉宾。"

第二技术官法尔赞·克瓦拉点头致意，于是，两名卫兵打开青铜双开门，爱兹里·梅迪哈和杰·拉马斯步入会场，他们并肩走在会议室中间长长的过道上，一直走到会场中央。阿米尔觉得，拉马斯大人看起来异常焦虑。虽然爱兹里偶尔也会揉一揉手腕，但她明显更为镇静。

两人入场后，会场上便爆发出阵阵惊呼，场下嘈杂到让人难以忍受的地步，法尔赞喊"肃静"就喊了三回。等阿米尔发现喧哗声降到可以接受的程度时，他大声清了清嗓子，开始介绍两位嘉宾：

"我相信诸位都认识梅迪哈大人与拉马斯大人，这就有请两位发言。"

现场七十八名技术官的眼睛齐刷刷地看向这两位不同寻常的贵客。

爱兹里依然穿着黑色战甲、黑色皮裤，脚下踏着军靴，肩上披着一件深蓝色长披风，她显得异常镇静。在座大多数人以为爱兹里会第一个发言，结果出人意料的是杰·拉马斯向前走了半步，率先开始讲话：

"尊敬的委员会成员，我来此向各位报告过去一个月亲身经历的事情。或许我说的话让人难以置信，但我向各位保证，我所说句句属实。诸位若有意，大可向其他证人提问，就连梅迪哈大人也愿意帮我做证。

"上个月，一名强大的长老侵占了我的思想，以我的名义制定战略决策。"

此事一经披露，全场哗然，拉马斯只能暂停发言。法尔赞连声高呼"肃静"，不知道喊了多少次，喧哗声才恢复到可以忍受的程度。于是拉马斯继续讲道：

"我可以向各位担保，事实就是这样，我都不记得那整整一个月里发生了什么，早在古尔都沦陷之前，我的大脑就被控制住了。左右我思想的那名长老已被抓获，两天时间里，我们想尽办法尽量从他身上获取更多信息。我们把各种线索拼凑在一起后，发现那些跟我们人类生活在一起的长老，那些魔法大师、太奇格斗术大师、冥想大师，那个长于诸多学科领域的神秘种族，其实渗透了我们整个人类社会，甚至是最高层。"

话音刚落，场下再次骚动起来，拉马斯只好逐渐抬高音量。稍做停顿之后，他继续说：

"目前为止，我还无法向各位提供更多细节。我们尚未确定他们的想法，但他们的目的很可能是想完全掌控整个人类社会。"

说到这里，一些现场聆听的技术官实在按捺不住，开始大声提问。阿米尔·登戈毕身为德高望重的首席技术官，及时进行了干预，建议他们先让拉马斯大人讲完再提问也不迟。拉马斯这才继续讲道：

"这场巨头公司战争可能就是一个烟幕弹。这群长老似乎无法轻松掌控所有人类的思想，因为部分人类天生就对他们的魔法有着较强的抵抗力。对于他们尚未能以武力掌控的几大巨头公司，这群长老就趁势使用离间计，挑起彼此之间的武装对抗，这样一来，他们对于这些公司的接管就顺理成章了。"

此时，阿米尔接着哈马斯的话，再次发言：

"就在几天前，我在议程中提出停战动议。大家可能还清楚地记得，那项动议彻底遭到否决。各位尊敬的同事，我必须坦率地讲，对于那次投票结果，还有随后几场针对政治问题的投票，我都感到震惊不已。这些都是最新揭露的内情，也是最令人忧心的真相，它们已经清清楚楚地摆在了各位面前。现在，我想再次发起投票，明确一下是否还有继续这场战争的理由。"

会议室里的人们顿时一片哗然，阿米尔一时半会儿是无法重新掌控局面的。显然，不少技术官根本不记得对此项动议投过票。对此，阿米尔展颜一笑，显得无比得意。他知道自己已经大获成功，都不需要等待投票的最终结果了。

投票过后，技术官开始对投票箱里的票进行验票，发现只有五人弃权，其他人都放了白球。

随后，全体技术官离开了会场，准备继续进行小组会谈。阿米尔回想起遍布整个会议室的石英水晶石，不禁疑惑道：它们对魔法真的有这么强大的干扰力吗？

第二十九章　后记

　　傍晚，阿丽注视着夕阳悄然躲进迪瓦达拉特拉山脉身后，埃肯塔尔则忍不住想趁机好好看一眼自己唯一的女儿。虽然过去几天，父女俩一起度过了许多时光，但他依旧没有看够她的面部表情，还有他逐渐熟悉起来的说话方式，甚至是她手上的小动作。阿丽真是个俊俏的姑娘，像极了她的母亲。几周前战事才刚刚结束，于是，埃肯塔尔对此次战争造成的破坏开始细细思索起来。发生了这么多的事，感觉像是过去了好几个月。现在，古尔都一切渐渐步入正轨：匠人开工，超市开张。虽然许多家庭还在为没能生还的家人哀恸不已，但生活还得继续下去。FTC 总部遭到的大部分破坏如今已经修缮完毕。就目前而言，FTC 还不会破产。当然，还有战争赔款的问题，包括战后重建的开销应如何分配，几大巨头公司在金属管制委员会面前上演了永无休止的唇枪舌剑。当初签署停战协议，他们曾像亲兄弟一般握手言和，可一旦开始谈钱，很快就如从前那般吵得不可开交，只是没有变本加厉罢了。不过值得庆幸的是，他们采取的方式少了些蛮横的味道。

　　其实，这场战事还产生了一个惊人却可喜的结果：CCI 完全转变了对其宿敌 FTC 的态度，竟然一反常态地支持该公司提出的多项要求，还时而与多年的盟友公开作对。尽管如此，埃肯塔尔不得不承认，爱兹里·梅迪哈仍是个每回都能叫所有人目瞪口呆的女人。她似乎已经彻底忘记了不久前那些可怕的经历，CCI 也再次处于她的完全掌控之下。不过，拉蒂将军的下场似乎相当惨烈。一天晚上他独自逃跑后，效忠于 CCI 的部队对他穷追不舍，指挥军队的是身体已经康复的卡拉索斯将军。他一路追击，最终，拉蒂被迫跳入湍急的潘鲁德河。据目击者回忆，他们看到拉蒂的头渐渐淹没在汹涌的洪流之中。

　　只是有一点遗憾，要是那些医生能像工人修好总部塔楼一样治好他受伤的后背，那该多好啊。只可惜，这是不可能的，医生肯定地告诉埃肯塔尔，他再也不能走路了。

　　回到当下，阿丽向埃肯塔尔保证，她请来的神秘人很快就会到来。他焦急地等待着，因为他有一肚子的问题要问。

　　过去几周里，阿丽改变了许多。当然，她明显深爱着自己的父亲，只是近来两人的对话常以争执、口角收场。

　　在经历了这一切之后，阿丽似乎还没有彻底原谅自己的父亲，对他在自己年幼时就抛弃她们母女二人的所作所为一直耿耿于怀，他做出了解释也无济于事。埃肯塔尔辩解道，他不希望母女俩因为自己而身处险境，而且当时她的母亲固执己见，不愿放弃之前的生活。他们都清楚，身为 FTC 高层的妻子，她可能面临巨大的危险。董事会成员或是部门经理的家属可能会遭敌对公司绑架，或是沦为勒索筹码，这些情况都不少见。埃肯塔尔不愿冒这么大的风险，不想一辈子都为家人担惊受怕。阿丽脑子里理性的一面轻松地理解了这种想法。但她自然不会承认这一点，而是坚持认为他当时就应该从 FTC 辞职，回到家人身边。但唯一的问题就在于，他已没有回头路可走。一旦在公司里爬得够高，离职就等于背叛公司。但大多情况下，选择叛离公司的人最终都会死于非命。只是，阿丽脑子里感性的一面显然还在抗拒着这种说辞。

　　无论如何，能把女儿带回自己的生活中，埃肯塔尔欣喜万分。虽然这有些打乱全局，但这个麻烦，他甘之如饴。

　　至于整场巨头公司战争，这是由少数人精心谋划的阴谋，他们的诡计现在才开始渐渐得以揭露。这些长老的目的是掌控整个世界，但要实现这一目标，就必须除掉所有能抵挡他们邪恶心灵感应力的人类。

　　但这还不是全部的真相：阿丽告诉埃肯塔尔，施恩泰克扭曲的心里，暗藏着对他们所有人类深切的憎恶，甚至是恨入骨髓。但许多周期来，他一直将这种恨意精心掩藏，因为他选择与人类共同生活的目的只有一个：掌握充分的信息，等待有朝一日，便试行他的疯狂计划。施恩泰克在自己布下的庞大棋局中，打了一场完全属于个人的战争：他计划将全体人类从塞邦世界抹除。好在人类成功抓获了施恩泰克,并确保他不会再造成伤害。直到这时,他才终于把对在场所有人的刻骨恨意发泄出来。几名目击者称,当时,施恩泰克似乎开始了一通控诉,接着情绪越发失控,像个歇斯底里的疯子……埃肯塔尔瞬间觉得,他至少能从理性上理解施恩泰克的部分动机。施恩泰克将人类比作一窝贪得无厌的蝗虫,摧毁阻挡它们前进的一切事物,而把自己视为解药:一场能消灭所有"蝗虫"的传染病。

埃肯塔尔越思索就越发现,从根本上讲,这种观念是有道理的。FTC 是全球最强的巨头公司之一,身为这样一家公司领袖,埃肯塔尔不可能没有发现人类文明对世界造成的破坏,其中一些破坏甚至无法挽回。只是,施恩泰克的方法绝不可取。一定还有别的出路……埃肯塔尔在躺椅上换了个姿势,想稍微起身。这就是如今他的病情带来的一大麻烦:如果不时时变换姿势,身上就会长出严重的溃疡,直到溃疡开始溃烂,他才能发现。到那时,医生就必须为他截肢了。

这时,巨大的青铜双开门打开了,埃肯塔尔这才从那些无比沉重的思绪中缓过神来。进来的是士兵甘达巴熟悉的身影。于是,埃肯塔尔明白他们的客人终于来了。

这位客人正是德拉夫。他走进来时,周身散发着长老一族特有的气度,令人倾慕,却又显得异常危险。他优雅地低下身,轻轻施了屈膝礼,然后迅速起身。他的脸上只流露出平和与喜悦。埃肯塔尔立即打破沉默:

"欢迎您来访,德拉夫·苏尔大师。"

"多谢大人,我向您致以真挚的敬意,向您了不起的女儿致以热情的拥抱。"

可阿丽既不满足于口头上的拥抱,也不是循规蹈矩的人。她径直扑向了德拉夫,给了他一个深情的拥抱。师徒二人对视片刻,阿丽立刻就感受到他眼神中的疼爱。德拉夫接着说:

"我带来了新消息。"

父女俩几乎异口同声地说道:

"我们已苦等多时。"

于是，德拉夫开始娓娓道来：

"施恩泰克已经被送去了贾格尔森林，我族同意把他留在那儿，和族人待在一起。虽然他依然在族群里自由生活，但严禁离开森林。至于对那栋楼的搜查工作，也就是我族人所称的欧梅因测试四号站点，我必须告诉你们，我们成功进入了。不过遗憾地通知你们，那里早已经彻底荒废，里面没有留下主人的任何痕迹，只找到了你们的一名士兵。还有两名卫兵似乎和我族研究人员一同消失了。我无法重建他们现行研究项目的具体架构，因为所有的系统记忆通通被删除了。"

听到这个消息，埃肯塔尔脸色越发凝重起来，但没有流露出任何消极的情绪，只是夸赞了一句：

"干得漂亮，想过为我们公司做事吗？"

"当然，那正是我要说的最后一点。"

埃肯塔尔显然是在说笑，但德拉夫一本正经的回答着实让他大吃一惊。德拉夫也看出了这一点，解释道：

"别担心，我不打算步施恩泰克的后尘，您担心的也是这一点，对吧？恰恰相反，我有个很特殊的请求。"

"请说。"

"近几天，我有机会与你们人类世界的领头人物打了些交道。不得不承认，当我的思想碰触到在场部分人类的思想时，我感到十分惊讶。正如我之前所说，许多我族的远亲后裔如今都居住在你们人类世界中。现在看来，部分人类继承的神秘力量似乎远远超出我的预料。普遍的看法是，人类在代际繁衍中，身上携带的长老基因会逐渐淡化，后代身上的心灵感应能力也会逐渐削弱，但显然，事实根本不是这样。一些人类依然拥有强大的精神能力，但如果没有受到与其力量相匹配的训练，我觉得这会是件很危险的事情。"

一瞬间，德拉夫回想起旁人引荐给他的那名奇女子。德拉夫与她进行了短暂的思想接触，他的大脑搜集到女子与翼龙搏斗的记忆碎片。显而易见，那名女子仅凭意念的力量就斩杀了那头怪兽。但她可能并不知道自己有能力操控的这一武器会是多么致命。她应该成为接受他培训的首批学员。

提起这神秘莫测的精神力量,埃肯塔尔说道:"我倒是想起,在您的指导下,我的女儿取得了不小的成就,我猜这恐怕全是您的功劳,德拉夫大师。"

德拉夫只是倏然一笑,回应道:

"看来,我们又达成了共识。请您允许我在山里建一座小寺院,我打算邀请有意者来寺院接受我数月的训练指导。虽然这本非我接下来几个周期的安排,但我相信这件事情势在必行。"

"不只是建寺院,其他事情我也会出力。FTC 会遵照您的指示修建好寺院,我想您也同意把它建到外人难以进入的地方,好让您远离外界干扰。"

"那我别无所求了。如果您不介意,我想先告退,去做晚间冥思。"

"当然不介意……我已经为您备下了一间房。"

"这……如果不麻烦的话,我其实更想去露台休息,我早就不习惯待在人工制造的封闭空间里了。"

"完全没问题。"

"大人,还有最后一件事。"

"请说。"

"您现在的病情,我认为是很容易治好的。"

"我的医生告诉我,我这个样子是好不了的。"

"如果我没弄错,您应该是抓住了一名在欧梅因测试四号站点工作的研究人员。"

埃肯塔尔立刻想起了几周前发生的事,他早就把那个女人忘到九霄云外去了,说不定她正在塔楼中哪个黑漆漆的小牢房里自生自灭呢,他必须尽快解决这个问题。埃肯塔尔答道:

"没错,我记得没有向您提及过这件事,但想来您也用不着我提及……您想问她一些问题吗?只可惜,一直以来,我们都很难与那名女子进行任何形式的交流。"

"我觉得这个问题我能解决。无论如何,我向您问起她是因为她是一名分子生物学家,所以她受过基础的医学训练。我能向您保证,在欧梅因测试四号站点,这种基础性手术的器械配备一应俱全,就连一名生物学家也能进行这种简单的手术。"

听到这一消息,埃肯塔尔面露喜色,仿佛一轮红日升起,一扫之前的阴霾。他此时的心情连用欣喜万分来形容都显得寡淡。原来,他还能下地走路。现在他要做的就是去说服那个女人。

"真的太感谢您了,德拉夫大师。"

"您没必要谢我,真的,我也该向你们二人道声晚安了。明天我们还有许多工作要做,做完之后我才能开始专心授徒。"

德拉夫抱了抱阿丽,向埃肯塔尔道了晚安,转身朝青铜双开门走去。

现在,埃肯塔尔正琢磨着,明天又要和那个惹人恼火又难以捉摸的女人谈话了。但那是明天的问题,就留给明天操心去吧。现在,他只愿意想一件事。

埃肯塔尔心满意足地笑了,不仅是因为刚刚德拉夫带来的好消息,更因为这是许久以来,他享受到的第一个手头没有任何工作事项或会议的夜晚。他特地空出时间,就是为了陪他人生中最重要的女人共进一顿特别的晚餐:三级侦察员阿丽。

图书在版编目（CIP）数据

权力之塔 /（意）阿里桑卓·阿吉纳著；高静，万代玉译 . -- 北京：中国友谊出版公司，2022.11
ISBN 978-7-5057-5540-6

Ⅰ.①权… Ⅱ.①阿…②高…③万… Ⅲ.①幻想小说 – 意大利 – 现代 Ⅳ.① I546.45

中国版本图书馆 CIP 数据核字（2022）第 152994 号

著作权合同登记号　图字：01-2021-5101

书名	权力之塔
作者	[意]阿里桑卓·阿吉纳
译者	高静　万代玉
出版	中国友谊出版公司
发行	中国友谊出版公司
经销	新华书店
印刷	三河市冀华印务有限公司
规格	700×980 毫米　16 开 21.5 印张　314 千字
版次	2022 年 11 月第 1 版
印次	2022 年 11 月第 1 次印刷
书号	ISBN 978-7-5057-5540-6
定价	58.00 元
地址	北京市朝阳区西坝河南里 17 号楼
邮编	100028
电话	（010）64678009